Marina Maass
My Secret Desire

Marina Maass wurde 1996 in Niedersachsen geboren. Gemeinsam mit ihrer Familie und zwei Hunden lebt sie in einem kleinen Dorf am Rande der Südheide. Ihre Liebe zu Büchern und dem kreativen Schreiben hat sie schon im Kindesalter entdeckt und sich mit der Veröffentlichung ihres Debütromans im Juli 2021 einen lang ersehnten Traum erfüllt.

Marina Maass

# My Secret Desire

Roman

*Mehr über unsere Autoren und Bücher:*
*www.piper.de*

Wenn Ihnen dieser Roman gefallen hat, schreiben Sie uns unter
Nennung des Titels »My Secret Desire«
an empfehlungen@piper.de, und wir empfehlen Ihnen
gerne vergleichbare Bücher.

Wir behalten uns eine Nutzung des Werks für Text und Data Mining
im Sinne von § 44b UrhG vor.

ISBN 978-3-492-50781-3
© Piper Verlag GmbH, München 2024
Redaktion: Cornelia Franke
Satz auf Grundlage eines CSS-Layouts
von digital publishing competence (München)
mit abavo vlow (Buchloe)
Covergestaltung: Giessel Design
Covermotiv: Shutterstock (MPFphotography, Merfin)
Printed in the EU

*Für alle, die zweite Chancen lieben.*

## Content Notes

**Stalking**: Kapitel 7, Kapitel 10, 16 (Angriff auf Romy)
**Gewalt an Frauen**: Kapitel 16, 17
**Polizeiliche Ermittlung**: Kapitel 7, 13, 14, 20, 21

Explizite Beschreibung von:
**Alkohol- und Drogenmissbrauch**: Kapitel 13, 20, 21

# 1

*Asher*

»Die Bewerberinnen waren alle scheiße, Marlie. Kannst du nicht doch weiterarbeiten?« Ich sitze hinter meinem gläsernen Schreibtisch und trommle mit den Fingern auf meinem Oberschenkel. Meine hochschwangere Assistentin lächelt zuckersüß, während sie mit der Gabel eine Olive aus dem Glas in ihrer Hand fischt.

»Ich glaube kaum, dass ich mein Kind im Vorraum deines Büros zur Welt bringen soll.«

Sie ist die einzige Mitarbeiterin, die mich duzen darf und das auch nur, weil ich es ohne sie nicht geschafft hätte, diese Firma aufzubauen. Marlie hat mir immer den Rücken freigehalten und des Öfteren auf Knien unter meinem Schreibtisch dafür gesorgt, dass ich schnell und einfach Stress abbaue. Ein Jammer, dass sie letztes Jahr geheiratet hat und das mit der Treue ernst nimmt.

»Du könntest es im Krankenhaus rauspressen und danach direkt wiederkommen«, schlage ich vollkommen überzeugt vor.

Eine Assistentin wie sie finde ich nie wieder. Alle Frauen, die wir uns heute angesehen haben, waren zu jung und dadurch zu unerfahren oder nicht intelligent genug. Ich erwarte hohe Kompetenz und zusätzlich etwas Nettes fürs Auge.

Offensichtlich existieren solche Frauen nicht mehr in New York.

»Mit einem Neugeborenen vor der Brust?« Marlie zieht amüsiert die Augenbrauen hoch. »Ich bitte dich, Asher. Du bist nicht der Typ Mann, der gern Kinder um sich hat.«

Seufzend lehne ich mich zurück. »Hast recht. Ich kann mit Babys nicht viel anfangen. Die sind halt noch zu nichts fähig.«

Marlie lässt sich leise ächzend auf einen der Sessel vor meinem Schreibtisch sinken, bevor sie sich die nächste Olive in den Mund schiebt. Seit sie schwanger ist, ist ihr Verbrauch von diesen Dingern besorgniserregend hoch.

»Mach dir keine Gedanken. Wir finden eine akzeptable Vertretung für mich. Außerdem wäre es nur für drei Monate. Das wirst du schon überleben.«

Eine auf meinem Bildschirm erscheinende Nachricht hindert mich an einer Antwort.

»Ich habe einen Anruf in Leitung zwei. Wir sprechen später.« Mit einer schlichten Handbewegung fordere ich sie dazu auf, den Raum zu verlassen, bevor ich das Telefonat annehme.

»Was gibt's, Preston?«, knurre ich und drehe mich mitsamt Stuhl um, sodass ich die Aussicht der Upper East Side genieße.

»Ein Vögelchen hat mir gezwitschert, dass du eine neue Assistentin suchst. Wie es der Zufall so will, habe ich die perfekte Kandidatin. Sie hat an der NYU studiert, ist offen und kommunikativ und ein richtiges Organisationstalent. Deine Termine würde sie mit links koordinieren und dir mit der rechten Hand Kaffee bringen.« Preston klingt so sehr von seinem Vorschlag überzeugt, dass ich mich dabei erwische, Gefallen an dieser Unbekannten zu finden. Allerdings weiß ich auch, mit welchen Frauen mein bester Freund normalerweise verkehrt.

»Wehe, du schleppst mir eine von deinen Bettgeschichten hier an, Nolan«, warne ich. »Ich stelle dich zu Marlie durch, damit sie dir die Zeit für das Vorstellungsgespräch gibt.«

»Bettgeschichte? Gott, nein. Es geht um ...« Bevor er den

Satz beendet, habe ich ihn weitergeleitet. Für einen Außenstehenden mag das unhöflich erscheinen, aber Preston kennt mich, seitdem wir im Sandkasten gespielt haben. Er weiß mit meinen Allüren umzugehen, genauso wie ich seine kleinen Macken aushalte.

Mit der Handfläche fahre ich mir übers Gesicht. Dieser Bewerbungszirkus hat mich den kompletten Vormittag gekostet. Also vertiefe ich mich in die angehäufte Arbeit, halte Ausschau nach neuen Baugrundstücken, die ich günstig aufkaufen kann, und überprüfe anstehende Immobilien-Deals, die kurz vor dem Abschluss stehen. Irgendwann bringt Marlie mir mein Mittagessen, doch erst, als sie erneut den Kopf in mein Zimmer steckt, werfe ich einen Blick auf die Uhr. Es ist bereits nach fünf.

»Ich mache jetzt Feierabend. Morgen kommen weitere fünf Bewerberinnen. Also mach nicht zu lange und schlaf genug, damit du sie nicht direkt beim Reinkommen abschreckst.«

»Sehr witzig. Bis morgen.« Meine Freude auf weitere Vorstellungsgespräche hält sich in Grenzen.

Ich warte ab, bis Marlie die Bürotür schließt. Erst danach logge ich mich über einen sicheren Browser in ein separates E-Mail-Programm ein. Die kleine Eins an dessen Icon zeigt, dass neue Informationen auf mich warten.

An meinem zweiten Whiskey nippend, studiere ich den neusten Bericht, den meine Privatdetektivin mir hat zukommen lassen.

Seit Kurzem sind Gerüchte darüber im Umlauf, dass einige meiner Geschäfte nicht legal sein sollen. Diese Vorwürfe lasse ich sicher nicht auf mir sitzen, daher muss ich den Drahtziehenden dahinter finden, um ihn oder sie zur Rede zu stellen.

Ich tippe eine knappe Antwort, stehe mit dem Glas in der Hand auf und stelle mich vor die Fensterfront, durch die ich über die Dächer der Stadt sehe. Inzwischen ist es dunkel geworden und New Yorks Skyline besteht nur noch aus Schatten und blinkenden Lichtern.

Für meinen Erfolg habe ich hart gearbeitet. Es ist nicht einfach, mit achtundzwanzig bereits CEO eines eigenen Unternehmens zu sein. Das hat Disziplin, viel Schweiß und den Großteil meines Privatlebens gekostet. Und nur, weil ein Neider mit diesem Erfolg nicht zurechtkommt, sollte keinesfalls mein Name darunter leiden.

Manche Leute behaupten, ich wäre ein rachsüchtiger, kalter Bastard, der nur an sich selbst denkt. Aber das stimmt nicht. Ich bin in keiner Weise kalt. Vielmehr reserviert. Auf meinen Vorteil bedacht. Talentiert darin, Menschen zu lesen und ihre Absichten zu erkennen. Dabei hilft es enorm, ein gutes Pokerface zu besitzen.

Doch seitdem die ersten Geschäftspartner mich auf die Gerüchte angesprochen haben, lodert in meinen Adern der Wunsch nach Rache. So hoch und heiß, dass es sich an manchen Tagen anfühlt, als würde ich von innen heraus verbrennen.

Der Drahtzieher wird für seine Lügen zur Rechenschaft gezogen werden, denn niemand legt sich mit mir an, ohne Konsequenzen zu spüren.

## *Romy*

Seufzend lehne ich mich an die Wand des großen Gebäudekomplexes und puste mir frustriert eine Strähne aus dem Gesicht. Wieso ist es so schwer, in New York einen Job zu finden? Seit zwei Wochen renne ich von einem Vorstellungsgespräch zum nächsten und jedes Mal habe ich noch vor Ort eine freundliche Absage bekommen. Niemand ist sonderlich von meiner Mitwirkung bei einem Start-up beeindruckt. Mein Ex-Freund Dan hat seine Firma aus dem Nichts aufgebaut und ich war von Anfang an dabei, doch an der Upper East Side schenkt man mir dafür lediglich ein mildes Lächeln.

Mein Handy vibriert und als ich den Namen meines Bruders auf dem Display lese, fühle ich mich noch schlechter. Seit ich meinen Job, zeitgleich meinen Freund und die gemeinsame Wohnung verloren habe, lebe ich bei ihm.

»Na, wie liefs?« Seine Stimme klingt so hoffnungsvoll, dass ich am liebsten in Tränen ausgebrochen wäre.

»Wie zuvor. Ohne Berufserfahrung kein Job.« Was wiederum bedeutet, dass ich entweder weiter auf Prestons Sofa versauere oder zurück zu meinen Eltern nach Rhode Island muss.

»Das ist ... echt scheiße.«

»Wem sagst du das?« Ich stoße mich von der Hauswand ab und trete an die Straße, wo ich versuche, die Aufmerksamkeit eines vorbeifahrenden Taxis zu erregen.

»Aber vielleicht kann ich dich aus deiner Misere befreien.« Sofort werde ich hellhörig.

»Inwiefern?«

Preston räuspert sich und ich verdrehe die Augen. Diese spannungsaufbauenden Pausen muss er sich echt abgewöhnen.

»Du könntest in einer Stunde bei einem weiteren Vorstellungsgespräch sein. Es wäre zwar befristet für drei Monate, aber besser als nichts, oder?«

Quietschend hüpfe ich aufgeregt auf und ab. »Wo muss ich hin? Schreib mir sofort die Adresse! Du bist der beste Bruder auf der ganzen Welt!«

Preston lacht, doch ich kenne ihn gut genug, um zu wissen, dass das nicht sein typisches Lachen ist.

»Wo ist der Haken?«, frage ich misstrauisch.

»Das Gespräch ist bei *AB International*«, gibt er kleinlaut zu, doch ich verstehe nur Bahnhof.

»Und?«

»Das ist Ashers Firma.« Schlagartig wird mir die Tragweite seiner Worte bewusst und die Welt bleibt stehen. Krampfhaft halte ich das Telefon fest.

*Asher.* Dieser Name reißt nach fast zehn Jahren noch immer alte Wunden auf. Normalerweise schalte ich auf Durchzug, wenn ihn jemand erwähnt, oder blättere schnell auf die nächste Seite der Tageszeitung, wenn ich ihn im Wirtschaftsteil entdecke.

»Romy? Bist du noch dran?« Prestons Stimme klingt weit entfernt und ich konzentriere mich wieder darauf, um mich nicht in Erinnerungen zu verlieren.

»Ja, bin ich«, entgegne ich seufzend.

»Drei Monate wären doch super zum Überbrücken und parallel suchst du weiter. Außerdem hast du gute Chancen, den Job wegen eurer Vergangenheit zu bekommen. Wegen *unserer* Vergangenheit«.

Neben mir hält ein Taxi. Ich muss unbewusst danach gewunken haben. Wie in Trance öffne ich die Tür und rutsche auf die Rückbank.

»Schick mir die Adresse, Pres. Ich gehe hin.« Auch wenn sich alles in mir dagegen sträubt, tue ich meinem Bruder den Gefallen, damit er seine Wohnung so schnell wie möglich wieder für sich hat.

\*\*\*

Zwanzig Minuten später stehe ich vor dem imposanten Gebäude von *AB International* und kämpfe gegen meinen inneren Schweinehund.

»Es ist nur ein Vorstellungsgespräch und Asher wird dich nicht direkt rausschmeißen. Preston hat ihm gesagt, dass du kommst, und er hatte deutlich mehr Zeit, sich auf dieses Zusammentreffen vorzubereiten als du.«

Es ist offiziell: Ich rede mit mir selbst und die ersten Leute in meiner Nähe schauen mich deswegen merkwürdig an. Also hole ich noch einmal tief Luft und drücke die Glastür auf. Das Klacken meiner Absätze hallt auf dem grau-schwarz marmorierten Boden wider. Von einem grimmig dreinblickenden Sicherheitsmann bekomme ich einen Besucherausweis. Anschließend schickt er mich in die zwanzigste Etage, um mich anzumelden.

Hinter dem dortigen Empfangstresen sitzt eine hübsche dunkelhaarige Frau mit vollen, roten Lippen.

»*AB International*, wir sind gleich für Sie da. *AB International*, bitte haben Sie noch einen Moment Geduld.« Sie schiebt ihr Headset beiseite und lächelt mich freundlich an. Eine Reihe strahlend weißer Zähne kommt dabei zum Vorschein.

»Guten Tag, willkommen bei *AB International*. Was kann ich für Sie tun?«

»Mein Name ist Romy Nolan. Ich bin wegen des Vorstellungsgesprächs mit Mr. Brennon hier.« Ich zeige ihr meinen Besucherausweis. Nachdem sie einen Blick darauf geworfen hat, wendet sie sich von mir ab. Mit ihrem langen, rot lackierten Fingernagel fährt sie eine gedruckte Liste entlang.

»Miss Nolan, da haben wir Sie. Fahren Sie mit dem Fahrstuhl in den achtzigsten Stock. Wenn Sie links abbiegen, kommen Sie zu einigen Sitzgelegenheiten. Dort warten Sie. Die Assistentin von Mr. Brennon wird Sie aufrufen.«

Ich kralle meine Finger um den Henkel der schwarzen Handtasche, bevor ich mich abwende und langsam zum Aufzug gehe. Das hier ist real. Gleich werde ich Asher gegenüberstehen. Mit zitternden Fingern drücke ich den Knopf für die achtzigste Etage. Anschließend lehne ich mich gegen das kühle Metall der Fahrstuhlwand und schließe die Augen. Mein Herz hämmert wild gegen meine Brust. Es will ausreißen. Sich daraus befreien und davongaloppieren, um sich selbst zu schützen. Eine leise Stimme in meinem Kopf wiederholt immer wieder, dass es ein Fehler war herzukommen.

Zeitgleich mit dem *Pling* des Aufzugs öffne ich meine Augen und trete hinaus in den Flur. Die Sitzecke links von mir ist leer. Ich nehme auf einem der Sessel Platz und ziehe den

Saum meines schwarzen Kleides nach unten. Auf einmal kommt es mir furchtbar freizügig vor. Zu kurz, zu viel Ausschnitt, zu figurbetont. Dabei habe ich es heute Morgen noch für die beste Option gehalten.

Es ist still um mich herum.

Zu still; weshalb meine Gedanken umso lauter sind.

Neben mir öffnet sich eine Tür und eine hochgewachsene, dunkelhaarige Frau mit verträumtem Gesichtsausdruck kommt heraus. Als sie mich bemerkt, lächelt sie. Doch es wirkt eher wie das Zähnefletschen eines Hais, statt einer freundlichen Geste.

»Du kannst direkt wieder gehen. Sie waren so begeistert von mir, dass ich die Stelle sicher bekomme.« Sie wackelt Richtung Fahrstuhl davon. »So einen Mann habe ich noch nie getroffen. Er ist unfassbar heiß und zeitgleich kalt wie Eis«, schwärmt sie währenddessen.

Ich sehe ihr hinterher und überlege, direkt die Flucht zu ergreifen, doch das Auftauchen einer weiteren Brünetten hindert mich daran. Im Gegensatz zu der Bewerberin lächelt sie mich einladend an, während sie sich über ihren prallen Babybauch streicht.

»Miss Nolan? Wir wären bereit für Sie.«

Schön, dass sie bereit sind. Ich bin es nicht. Trotzdem stehe ich auf und folge ihr. Das Büro ist groß. Drei der vier Wände sind verglast und bieten einen atemberaubenden Blick auf die Upper East Side. Ein Mann mit dunklem Haar und breiten Schultern steht mit dem Rücken zu mir vor der Glasfront. Die Hände hat er locker in den Taschen seiner schwarzen Anzugshose vergraben.

»Bitte setzen Sie sich. Ich bin Marlie und wie Sie unschwer erkennen«, sie zeigt auf ihren Babybauch, »ist das der Grund, weshalb Mr. Brennon eine neue Assistentin benötigt.«

Bei der Erwähnung seines Namens dreht er sich um. Unsere Blicke treffen sich und meine Welt steht still. Diese dunkelbraunen Augen würde ich überall wiedererkennen, auch wenn unsere letzte Begegnung zehn Jahre her ist.

Ich öffne den Mund, bekomme keinen Ton heraus, und schließe ihn wieder. Asher setzt sich mir gegenüber. Sein Gesicht ist starr, wie eine Maske; seine Augen so dunkel und undurchsichtig wie die schwärzeste Nacht. Kein Hinweis darauf, dass er sich an mich erinnert.

»Lassen Sie sich von seinem hübschen Äußeren nicht blenden.« Marlie lacht und löffelt Oliven aus einem Glas. Mit gerümpfter Nase beobachte ich sie dabei. Allein beim Geruch wird mir schlecht.

»Haben Sie Ihre Bewerbung dabei?« Marlie lächelt mich an und ich schiebe eine Mappe über den Tisch. Dabei bin ich mir überdeutlich bewusst, dass Asher jede meiner Bewegungen verfolgt. Am liebsten würde ich ihn ignorieren. Mich auf das Gespräch mit Marlie konzentrieren, lächeln und ihre Fragen beantworten. Leider hat er mich schon immer angezogen, wie die Motte das Licht.

Ich straffe die Schultern, schlage die Beine übereinander und lehne mich im Sessel zurück.

»Sie haben Personalmanagement an der NYU studiert und mit sehr gut abgeschlossen. Beeindruckend.« Marlie klingt ehrlich begeistert.

»Vielen Dank«, erwidere ich, ohne den Blick von Asher abzuwenden. Seine Gesichtszüge haben die jugendliche Leichtigkeit verloren. Sie sind jetzt härter und kantiger. Gleichen dem Marmor, der hier überall verlegt ist. Sein braunes Haar ist akkurat frisiert. Jedes Härchen sitzt an seinem Platz. Allein durch sein Auftreten bekomme ich das Gefühl, er hat sein Leben vollkommen im Griff. Anders als ich, sonst würde ich mich nicht ausgerechnet bei ihm bewerben.

»Weshalb hat Ihr letzter Arbeitgeber Sie gehen lassen?« Endlich löse ich meine Augen von ihm und schaue stattdessen die Frau an seiner Seite an.

»Fragen Sie ihn, falls Sie ihn treffen. Er hat alle ohne Vorwarnung gekündigt und die Firma dicht gemacht«, antworte ich wahrheitsgemäß. Marlies volle Lippen formen ein perfektes O.

»Ihre Referenzen sind hervorragend. Die besten, die wir bisher gesehen haben. Ich bin überzeugt, dass Sie die richtige Kandidatin für meine Vertretung sind.« Ich lächle, während Marlie meine Mappe auf den Tisch legt und sich ihrer nächsten Olive widmet. Asher schweigt weiterhin. Er hat sich die Unterlagen nicht einmal angesehen. Ist es ihm so egal, wer seine neue Assistentin wird?

»Hast du gar nichts zu sagen, Asher? Erzähl mir nicht, du wüsstest nicht, wer ich bin«, platzt es aus mir heraus, während ich ihn provozierend anfunkle.

Er lehnt sich vor, stützt die Ellenbogen auf die gläserne Tischplatte und legt die Fingerspitzen aneinander. Ein dunkler, holziger Duft schlägt mir entgegen. Irritiert kräusle ich die Nase. Inzwischen riecht er sogar anders. Männlicher. Gefährlicher. Verlockender. Ich schlucke.

»Unsere letzte Begegnung ist fast zehn Jahre her, Süße. Ich selektiere Erinnerungen aus dieser Zeit.« Ich beiße mir auf die Unterlippe, damit mir die Kinnlade nicht herunterfällt.

Diese Ignoranz entfacht eine brennende Wut in meinem Inneren. Meine rechte Hand kribbelt und ich balle sie im Schoß zur Faust. Noch nie wollte ich jemandem sehnlicher eine reinhauen als Asher Brennon in diesem Moment. Deshalb ärgert es mich ungemein, dass seine raue, düstere Stimme mir eine Gänsehaut verpasst.

»Ihr kennt euch?« Marlie klingt gleichermaßen überrascht, wie enttäuscht. Wahrscheinlich hatte sie gehofft, mit mir ihre Suche zu beenden.

»Willst du damit sagen, dass du mich vergessen hast?«, frage ich Asher schnippisch und spüre, wie mein Herz leichte Risse bekommt.

Er erwidert nichts. Lediglich seine Kiefermuskulatur

zuckt, als er sich in seinem Stuhl zurücklehnt. Ich schürze die Lippen. Das ist nicht der Mann, in den ich mit sechzehn verliebt war. Der mir süße Floskeln ins Ohr flüsterte, während wir nackt in seinem Bett lagen. Er mag aussehen wie ein Abbild von ihm, aber kein Funke seines jugendlichen Ichs steckt noch in ihm.

»Vielen Dank für das Gespräch«, sage ich, während ich mich erhebe. »Marlie, ich gehe davon aus, dass Sie mir den Job anbieten wollten.« Sie nickt zerknirscht. »Tut mir sehr leid, aber bevor ich für *den da* arbeite, werde ich lieber obdachlos. Einen schönen Tag.«

Ohne Asher eines weiteren Blickes zu würdigen, verlasse ich sein Büro und knalle die Tür hinter mir zu. Ich rechne es Preston hoch an, dass er mir diese Chance ermöglicht hat, aber für diesen Asher arbeite ich für kein Geld der Welt.

# 2

*Asher*

»Verrätst du mir, was das eben war?« Marlie sieht mich mit großen Augen an, doch ich bin nicht in der Stimmung für Erzählungen aus meiner Vergangenheit. Erst muss ich etwas anderes klarstellen.

»Nein«, antworte ich schroff und stehe auf.

»Asher! Wo zum Teufel willst du hin? In fünf Minuten kommt die nächste Bewerberin.« Ich ignoriere sie und stürme aus dem Büro. Niemand wagt es, so mit mir zu sprechen, außer Romy.

Die Aufzugtüren schließen sich vor meinen Augen, doch im letzten Moment schiebe ich meine Hand dazwischen. Romy lehnt in der hinteren Ecke der Kabine; den Kopf in den Nacken gelegt. Ihre Augen sind geschlossen. Auf Hals und Dekolleté zeichnen sich rote Flecken ab. Wie damals schon, wenn sie sich aufgeregt hat. Ihre Brust hebt und senkt sich schnell. Noch hat sie mich nicht bemerkt.

In der Kabine steht ein junger Mann, der mich irritiert ansieht. Doch ich will keine Zeugen für das kommende Gespräch.

»Raus!«, blaffe ich und der Angesprochene stolpert bei dem Versuch, schnellstmöglich zu verschwinden, über seine eigenen Füße.

Romy öffnet die Augen und funkelt mich böse an, während die Türen sich schließen. Sie verschränkt die Arme vor dem Oberkörper und drückt ihre Brüste damit noch weiter nach oben. Mein Schwanz zuckt, während mein Blick über ihren Körper gleitet. Sie ist kurviger als früher. Weiblicher. Und das steht ihr verdammt gut.

»Willst du auch was sagen oder mich nur angaffen?«, fragt sie und eigentlich hätte ich nichts dagegen, sie weiter anzuschauen. Ich liebe den Anblick wütender Frauen.

Stattdessen drücke ich den roten Knopf hinter mir und der Fahrstuhl kommt mit einem Ruck zum Stehen. Romys Augen weiten sich, während ich langsam auf sie zugehe.

»Asher, ich warne dich.« Sie will zurückweichen, doch die Wand verhindert, dass sie sich weiter von mir entfernt. Ich stütze meine Hände rechts und links von ihrem Kopf ab, kessle sie mit meinem Körper ein. Ihr süßer Rosenduft steigt mir in die Nase. Verboten und verlockend zugleich.

»Ich will nur eine Sache klarstellen«, raune ich leise und sehe in ihre blauen Augen, in denen ich früher so oft ertrunken bin, während sie in meinen Armen lag oder unsere Blicke sich auf dem Schulflur trafen.

»Die da wäre?« Romy schluckt und ich verdränge die Erinnerungen an unsere gemeinsame Zeit. Dieser Mann bin ich nicht mehr.

Wir sind uns so nah, dass ihre Brust bei jedem Atemzug meine berührt. Meine Hose wird von Sekunde zu Sekunde enger.

Langsam löse ich eine Hand von der Wand und umfasse ihr Kinn mit meinen Fingern. Nicht so grob, um ihr wehzutun, allerdings auch nicht sanft, damit sie nicht auf falsche Gedanken kommt. Die Flecken an ihrem Hals und dem Dekolleté sind verschwunden. Dafür ziert eine sanfte Röte ihre Wangen.

»Ich habe uns nie vergessen, aber ich habe mich weiterentwickelt. Für derartige Erinnerungen gibt es keinen Platz mehr in meinem Leben«, raune ich und streife mit den Lippen ihren Mund. Sie erzittert. Ihr warmer Atem trifft auf meine Haut und ich spüre einen Schauer, der meinen Rücken hinabläuft. Es ist ein kleiner Moment der Schwäche, den sich der masochistische Teil in mir gönnt, bevor ich von ihr ablasse und den Fahrstuhl durch einen Knopfdruck wieder in Bewegung setze.

Romy hat sich von mir abgewandt. Ihre Stirn lehnt am kühlen Metall der Wandverkleidung. Jede noch so kleine Veränderung ihres Körpers fällt mir auf. Zehn Jahre mögen vergangen sein, aber meine Anziehungskraft auf sie hat nicht nachgelassen. Das sehe ich, in der Art, wie sie die Schenkel zusammendrückt, und höre es durch ihr schnelles, unregelmäßiges Atmen.

»Faszinierend, dass du immer noch so stark auf mich reagierst.«

»Leck mich, Asher«, knurrt sie.

Ich lache leise und zufrieden, bevor ich hinter sie trete. Meine Hände platziere ich an ihren Hüften, meine Lippen liegen an ihrem Ohr. Ihr Schaudern lässt meinen Schritt beinahe explodieren.

»Das könnte ich. Aber wie würde das aussehen, wenn sich die Türen öffnen und der CEO eines Unternehmens zwischen den Schenkeln einer Frau erwischt wird?«

Ich spüre, wie sie die Luft anhält, als das *Pling* des Aufzugs ertönt. Ohne etwas zu erwidern, schiebt sie sich an mir vorbei. Zurück bleibt nur ihr süßlicher Duft, der mich beinahe um den Verstand bringt, während ich die achtzig Stockwerke wieder nach oben fahre.

Zurück in meinem Büro, begrüßt mich Marlie, die es sich auf meinem Stuhl bequem gemacht und die Hände über dem Bauch gefaltet hat.

»Das war interessant«, bemerkt sie, während ich mir einen Whiskey einschenke. Es ist zwar noch früh, aber irgendwo auf der Welt wird es bereits vier Uhr sein.

»Bringen wir die anderen Vorstellungsgespräche hinter uns«, murmle ich und kippe den Inhalt meines Glases schnell herunter, um dafür gewappnet zu sein.

»Es gibt keine. Ich habe allen weiteren abgesagt.« Argwöhnisch betrachte ich ihr zufriedenes Grinsen. »Romy ist die Beste für den Job. Sie hat gute Referenzen und kann dir, wenn nötig, den Kopf zurechtrücken. Eure gemeinsame Vergangenheit ist ärgerlich, aber inzwischen solltest du wissen, wann dein Schwanz besser in der Hose bleibt.«

Etwas zu laut stelle ich das leere Glas auf dem Tisch ab und werfe Marlie einen warnenden Blick zu. Sie mag besondere Privilegien in dieser Firma genießen, aber gerade geht sie eindeutig zu weit.

»Hast du es überhört, als sie meinte, dass sie nicht für mich arbeiten wird.« Außerdem weiß ich nicht, ob *ich* mit ihr arbeiten will. Romy Nolan bedeutete schon immer Ablenkung und die brauche ich momentan nicht.

»Mit der richtigen Bezahlung lässt sich jeder umstimmen. Also denk drüber nach, Asher. Entweder es wird Romy oder du wählst jemanden aus den vorherigen Bewerberinnen aus. Bis morgen Abend brauche ich eine Antwort.«

Marlie sieht zufriedener aus, als sie sein sollte, während ich versuche, meine selbst heraufbeschworenen Bilder, zurückzudrängen: Romy halbnackt, während ich vor ihr auf Knien bin und ihr mithilfe meines Mundes zeige, was ich in den letzten Jahren perfektioniert habe. Jede Frau, mit der ich geschlafen habe, hat dazu beigetragen und trotzdem konnte ich jede einzelne vergessen, sobald der Morgen anbrach.

Dass Romy jedoch meine Gedanken beherrscht, obwohl sie längst weg ist, ist kein gutes Zeichen. Sie lenkt mich bereits ab, statt dass ich mich auf das Wesentliche konzentriere: die Arbeit und meine persönlichen Nachforschungen.

Dieser Moment im Fahrstuhl hat eine Lawine losgetreten, die nicht mehr zu stoppen ist. Ich weiß selbst, dass sie die Beste für den Job ist, und trotzdem gebe ich Marlie nicht die Genugtuung, direkt einzuwilligen. Denn wenn ich mich für Romy entscheide, schlittern wir auf eine Katastrophe zu, die uns beide einiges kosten wird.

## Romy

Das Zusammentreffen mit Asher hallt noch immer in mir nach, als ich wenig später zu meiner letzten Wohnungsbesichtigung aufbreche. Wenn ich Preston schon nicht mit der Nachricht eines erfolgreichen Vorstellungsgespräches erfreuen kann, dann vielleicht mit einer gefundenen Wohnung.

»Bitte lieber Gott, lass mich dieses Zimmer bekommen«, flehe ich und lege den Kopf in den Nacken, um in den strahlend blauen Himmel zu sehen. Normalerweise bete ich nicht, aber ein bisschen Hilfe von oben schadet sicher nicht. Die letzten drei Wohnungsbesichtigungen waren allesamt Reinfälle und außer für diese hier habe ich keine weiteren Annoncen gefunden. Sie ist also meine vorerst letzte Chance, dem Sofa meines Bruders zu entkommen.

Mit zitternden Knien betrete ich das Gebäude. In der Mail stand, dass das Appartement im vierten Stock sei und allein bei dem Gedanken an die vielen Treppenstufen, seufze ich. Doch, weil sich Ashers Worte noch immer in meinem Kopf abspielen, kann ich unmöglich einen weiteren Aufzug betreten, ohne mir vorzustellen, was passiert wäre, wenn er die Stopp-Taste nicht gelöst hätte.

Ich weiß nicht, was ich erwartet habe, als ich zu diesem Vorstellungsgespräch gegangen bin. Aber sicher nicht eine Version von Asher, mit der ich nichts anfangen kann. Früher waren wir immer auf derselben Wellenlänge. Von dem Moment an, als er das erste Mal bei uns zu Hause gewesen ist. Aber heute ... habe ich nichts davon gespürt. Ich habe vielmehr den Eindruck, dass alles, was ihn früher ausgemacht hat, verloren ist.

Oben angekommen gibt es drei Türen. Zwei von ihnen sind geschlossen, die andere ist geöffnet. In ihr lehnt ein Mann, der einen teuer aussehenden, dunkelblauen Anzug trägt. Sein dunkelblondes Haar ist nach hinten gegelt, sieht allerdings so aus, als wäre er zuvor ein paar Mal mit den Fingern hindurch gefahren. Er ist schätzungsweise Ende zwanzig.

»Romy?« Seine Stimme ist angenehm tief und sein Lächeln so sympathisch, dass ich mich direkt wohlfühle.

»Genau, du bist Robert?« Er nickt und tritt beiseite, um mich reinzulassen.

»Nenn mich bitte Rob. Danke, dass es so kurzfristig geklappt hat.« Er schließt die Tür und nimmt mir den Mantel ab, während ich mich interessiert umsehe. Wir stehen in einem langen, hellen Flur, von dem rechts und links mehrere Türen abgehen.

»Nein, ich danke dir. Diese Wohnung ist meine letzte Hoffnung.« Ich ziehe eine gequälte Grimasse, die ihn zum Lachen bringt.

»Weshalb suchst du denn so dringend?«, fragt er neugierig, während wir den Flur entlang in den offenen Raum gehen. Es ist ein geräumiger Wohn-Ess-Bereich mit bodentiefen Fenstern, einem Zugang zum Balkon und einer Küchenzeile. Die Wohnung passt perfekt zur teuren Lage in Harlems Zentrum; wie auch die Einrichtung, die durch puren Luxus besticht. Von Sekunde zu Sekunde schwindet meine Hoffnung, mir dieses Zimmer leisten zu können.

»Weil mein Exfreund ein Arschloch ist«, antworte ich wahrheitsgemäß und verziehe mein Gesicht. Allein der Gedanke an ihn entfacht die Wut in meinem Inneren.

»Ich höre die Worte *Exfreund* und *Arschloch* in einem Satz und weiß genau, dass diese Story Potenzial hat, ein grandioser Song zu werden.« Überrascht drehe ich mich um. Geräuschlos hat ein weiterer Mann den Raum betreten.

»Romy, das ist Tyler. Er ist der Dritte im Bunde.« Tyler ist etwa im selben Alter wie Rob und doch sehen beide grundverschieden aus. Tyler erscheint in zerrissenen Jeans und einem ausgewaschenen Bandshirt. Aufgrund der vielen dunklen Bartstoppeln schätze ich, dass er sich seit mehreren

Tagen nicht rasiert hat, und sein braunes Haar trägt er in diesem Man-Bun, auf den viele Frauen heutzutage stehen.

»Du hast doch kein Problem damit, mit zwei Männern zusammenzuleben?«, fragt Rob, woraufhin ich den Kopf schüttle.

»Aktuell wohne ich bei meinem Bruder. Dadurch wurde ich abgehärtet.«

Sich mit Preston eine Wohnung zu teilen, ist in etwa so, als hätte man einen Gorilla als Mitbewohner. Er rastet aus, wenn ich es am wenigsten erwarte. Er markiert sein Revier mit übertriebener Männlichkeit und lässt die Essensreste überall – nicht nur in der Küche – liegen. Außerdem vögelt er in der gesamten Wohnung, ohne darauf Rücksicht zu nehmen, dass ich auf seinem verdammten Sofa schlafe.

»Gute Voraussetzungen. Aber jetzt erzähl mir mehr von deinem Ex. Ich brauche Inspiration.« Verwirrt sehe ich von Tyler zu Rob, der breit grinst. Ein bisschen merkwürdig ist sein Mitbewohner schon.

»Ty ist Musiker und wartet auf den großen Durchbruch. Vielleicht hilft deine Geschichte ihm dabei, den Song zu schreiben, mit dem er eine Plattenfirma überzeugt.« Er lacht dabei so laut, als glaube er seinen eigenen Worten nicht. Auch meine Mundwinkel zucken. Die beiden sind mir auf eine schräge Art sympathisch und falls ich hier einziehe, würden sie die Geschichte ohnehin erfahren.

»Ich habe Dan am College kennengelernt. Er hat ein Start-up gegründet, mit dessen App Leute leichter in Aktien investieren können, und war damit sehr erfolgreich. Ich habe ihn parallel zum Studium unterstützt und bin nach dem Abschluss voll eingestiegen. Vor zwei Wochen hat er alle Mitarbeiter aus heiterem Himmel entlassen. Zu Hause hat er mir eine Abfindung in die Hand gedrückt und mir eröffnet, dass er sich in Paraguay ein neues Leben aufbauen will. Ohne mich. Die Wohnung hatte er bereits gekündigt und unsere Nachmieter sollten in zwei Tagen einziehen. Tja und jetzt bin ich hier.«

Stille breitet sich zwischen uns aus. Tyler ist die Kinnlade nach unten geklappt und Rob sieht betreten zu Boden.

»Das ist ...«, er versucht, die richtigen Worte zu finden.

»... scheiße«, beendet Tyler den Satz. Ich nicke und knirsche mit den Zähnen. So heftig hintergangen wurde ich bisher noch nie. Dan hat es innerhalb weniger Minuten geschafft, meine Existenz komplett auf den Kopf zu stellen.

»Was machst du denn beruflich?«, fragt Rob, während er die Hände in den Taschen seiner Anzughose vergräbt und auf den Füßen vor- und zurückwippt.

»Ursprünglich habe ich Personalmanagement studiert. Im Start-up war ich für die Angestellten verantwortlich und habe Aufgaben der Assistenz der Geschäftsleitung erledigt. Aktuell bin ich auf der Suche, aber die Vorstellungsgespräche laufen anders als erwartet. Aber keine Sorge, ich habe genug Geld beiseitegelegt, um die Miete bezahlen zu können.« Das war das Ausschlusskriterium bei den letzten Besichtigungen: kein Job, also kein geregeltes Einkommen.

»Mach dir darüber keine Gedanken, sondern sieh dir erstmal an, was wir zu bieten haben.«

In der nächsten Viertelstunde führen mich die beiden durch die Wohnung. Es gibt insgesamt drei Schlafzimmer und zwei Badezimmer jeweils mit Dusche. Der Balkon, der vom Wohnzimmer abgeht, ist für jeden von uns nutzbar und bietet einen idyllischen Ausblick auf einen kleinen schlauchförmigen Park. Das Appartement ist perfekt und ich verstehe mich hervorragend mit Tyler und Rob. Am liebsten würde ich sofort einziehen, um Prestons Gastfreundschaft nicht weiter auszunutzen. Außerdem erfahre ich, dass Rob als Anwalt in einer Kanzlei arbeitet und Tyler neben einigen wenigen Auftritten als Sänger, als Barkeeper sein Geld verdient.

»Wenn wir alle zu Hause sind, halten wir uns meistens hier im Wohnzimmer auf. Ty lädt öfter Leute für Jamsessions ein, ich rate dir also Ohropax zu kaufen.« Rob lacht und Tyler boxt ihm direkt gegen die Schulter.

»Wenn die Lautstärke überhandnimmt, kannst du jederzeit ein Veto einlegen und uns rausschmeißen«, versichert er mit bösem Seitenblick zu seinem Mitbewohner.

Ich nicke und nehme einen Schluck von dem Wasser, das die Jungs mir angeboten haben. Jetzt kommt der für mich unangenehmste Teil. »Was würde es denn kosten?«, frage ich zögerlich und knibble am Etikett der Flasche herum.

»Kommt darauf an, was du zahlen kannst. Normalerweise nehmen wir 1000 Dollar für das Zimmer. Wenn du allerdings erstmal nur 800 zahlst, bis du einen Job gefunden hast, ist das auch in Ordnung.« Tyler zuckt mit den Schultern und ich runzle die Stirn, während ich im Kopf die Kosten überschlage. Für eine Vier-Zimmer-Wohnung in Harlem ist das viel zu günstig.

»Wo ist der Haken? Machen die Nachbarn enorm Krach? Seid ihr Drogenhändler und ich muss damit rechnen, dass jederzeit die Polizei reinstürmt?«

Tyler grinst.

»Die Bude gehört meinem Onkel. Wir wohnen hier ... vergünstigter.« Erwartungsvoll sehen die beiden mich an.

»Wann kann ich einziehen?« Die Begeisterung in meiner Stimme ist unüberhörbar. Tyler und Rob tauschen einen Blick. Letzterer zuckt mit den Schultern. Sie führen ein Gespräch direkt vor meinen Augen, ohne Worte zu benutzen, und ich bin fasziniert davon.

»Wenn du willst, sofort. Das Zimmer ist frei und vollkommen möbliert.« Ich springe auf und falle beiden vor Freude um den Hals. Problem Wohnung wurde soeben gelöst.

# 3

*Romy*

In der darauffolgenden Nacht schlafe ich schlecht.

Vielleicht liegt es an dem neuen Bett oder der fremden Umgebung. Vielleicht aber auch an der Begegnung mit Asher, die ich nicht vergesse. Denn er ist der Protagonist in jedem meiner Träume. Zuerst taucht sein Gesicht immer wieder zwischen den Menschenmassen auf, während ich über die Fifth Avenue schlendere. Sei es der Mann neben mir an der Ampel, eine Spiegelung in einem Schaufenster oder der Fahrgast eines vorbeirauschenden Taxis.

Dann ändert sich die Szenerie und ich stehe allein in einem Raum, der über und über mit Bildern gefüllt ist. Es ist eine Fotogalerie meines Lebens von vor zehn Jahren. Erinnerungen an Asher prangen in jedem Rahmen. An sein ungezügeltes Lachen und seine verstohlenen Blicke, wenn er Preston besuchte und ich den Raum betrat. Oder seine Hände, die über meinen nackten Körper strichen, wenn wir allein in meinem Bett waren. Doch immer, wenn ich näher an eines der Fotos herantrete, um mich in einer dieser Erinnerungen zu verlieren, verblasst es und wird weiß.

Beim vierten Mal stampfe ich verärgert mit dem Fuß auf den Boden, der daraufhin unter mir zusammenkracht. Ein Schrei löst sich aus meiner Kehle, während ich immer tiefer falle und der Sturz kein Ende nimmt. Doch dann lande ich überraschend weich. Langsam öffne ich meine vor Angst zugekniffenen Augen und nehme die Umgebung um mich herum wahr. Eine Art Déjà-vu überkommt mich. Ich bin in Ashers Büro. Meine Bewerbungsmappe liegt aufgeschlagen auf dem Tisch. Er sitzt vor mir. Das Jackett hat er ausgezogen und die Ärmel des weißen Hemdes hochgekrempelt, sodass ich seine venendurchzogenen Unterarme sehe. Von Marlie fehlt jede Spur.

Seine braunen Augen glitzern vor Verlangen und je länger er mich ansieht, desto dunkler werden sie. Von Vollmilchschokolade zu Zartbitter; in wenigen Sekunden. Ich schlucke. Zwischen meinen Beinen wird es heiß, als würde die Wärme, die ich eben noch in meinen Wangen gespürt habe, nach unten wandern. Wobei nein, sie wandert nicht. Sie sprintet.

Ich schlage die Beine übereinander und bemühe mich um einen möglichst professionellen Gesichtsausdruck.

Asher lehnt sich in seinem Stuhl zurück und bedeutet mir mit dem Zeigefinger aufzustehen. Wie ferngesteuert erhebe ich mich und umrunde seinen Schreibtisch. Dabei erinnere ich mich nicht, meinem Körper den Befehl dazu gegeben zu haben, doch wenn Asher etwas will, konnte ich mich ihm nie widersetzen. Es ist, als würde mein früheres Ich wieder hervorkommen und die toughe Frau, die ich geworden bin, nach hinten drängen.

»Setz dich.« Seine tiefe Stimme jagt mir einen Schauer über den Rücken, während ich auf seine gläserne Tischplatte sinke. Hungrig wandert sein Blick meinen Körper hinab und bleibt genau an der Stelle hängen, wo ich meine Schenkel fest zusammendrücke. Ein wissendes Lächeln umspielt seine Lippen, als er aufsteht. Betont lässig platziert er seine Hände neben meinem Körper. Dabei kommt er mir so nah, dass mich sein dunkler, holziger Geruch umhüllt. Ein gefährlicher, verführerischer Kokon, dem ich mich nicht entziehen will.

»Erinnerst du dich an das, was ich dir im Fahrstuhl gesagt

habe?«, raunt er mir zu, während seine Lippen mein Ohr streifen. Ich ziehe hörbar Luft ein.

»Du hast viel gesagt«, entgegne ich heiser und balle meine Hände zu Fäusten, um ihn nicht anzufassen, auch wenn alles in mir danach schreit. Doch wenn ich ihn jetzt berühre, könnte ich nicht mehr damit aufhören. Er lacht. Ein leises, raues Lachen, dass so verdammt sexy ist, dass meine Brustwarzen automatisch hart werden.

»Daran, wie ungünstig es wäre, bei dieser einen Sache erwischt zu werden.«

Zwischen meinen Schenkeln ist es so heiß, dass ich drohe zu verbrennen, wenn er mir nicht sofort Erlösung verschafft. Meine Brustwarzen reiben schmerzhaft am Stoff meines BHs. Ich nicke, unfähig, einen vernünftigen Satz zu bilden.

Ashers Gesicht ist nur wenige Zentimeter von meinem entfernt. Er müsste sich nur vorlehnen und könnte meine Lippen in Besitz nehmen.

»Hier wird uns so schnell niemand stören.« Seine Worte sind ein geflüstertes Versprechen, das mich beinahe zum Explodieren bringt. Quälend langsam wandern seine Finger meine Schenkel hinab und schlüpfen unter mein Kleid. Ich wimmere vor Verlangen, als er meinen Slip beiseiteschiebt und durch meine Feuchtigkeit streicht. Asher knurrt, während ich zufrieden aufseufze und mich seiner Hand entgegendränge. Mit einem Ruck zieht er mich bis an den Rand der Tischkante und geht vor mir auf die Knie, während er mein rechtes Bein über seiner Schulter platziert. Heißer Atem trifft meine empfindliche Mitte und ich erzittere.

Stöhnend lege ich den Kopf in den Nacken. Seine Zunge umspielt meine Klitoris, während er langsam einen Finger in mich schiebt. Meine Hände finden ihren Weg in sein dichtes Haar, wühlen darin, ziehen daran und drücken ihn tiefer in meinen Schoß. Seine Zunge fühlt sich besser an als in meiner Erinnerung. Geschickter. Erfahrener. Absolut süchtig machend. Ein gewaltiger Orgasmus baut sich in mir auf; schneller, als ich es je zuvor erlebt habe.

Doch noch bevor ich unter seinen Berührungen zerberste, wache ich auf und starre an die Decke meines dunklen Zimmers.

Mein Atem geht schwer.

Noch immer hängt meine Libido dem Traum nach, während sich meine Gedanken nur langsam klären.

Ich setze mich auf und fahre mir mit den Händen übers Gesicht. Meine Wangen sind so heiß, dass ich Spiegeleier darauf braten könnte.

»Was zur Hölle war das?«, murmle ich und lasse mich zurück in die Kissen sinken. Mein Unterleib pocht verlangend nach einem Ende. Aber ich will nicht, dass Asher der Grund dafür ist. Er sollte keinen Platz in meinen Gedanken einnehmen. Doch mein Unterbewusstsein sieht das anders. Sagt man nicht, dass das, was man in der ersten Nacht im neuen Heim träumt, in Erfüllung gehen wird?

Am nächsten Morgen schlurfe ich vollkommen übernächtigt in die Küche. Mein Körper schreit nach Koffein. Nach dem Sextraum mit Asher habe ich kein Auge mehr zugemacht, aus Angst, dort zu landen, wo wir aufgehört haben.

Tyler lümmelt mit Kopfhörern auf den Ohren am Küchentisch. Seine Finger trommeln rhythmisch auf der Oberfläche und sein Kopf wippt unaufhörlich mit. Einen Moment bleibe ich im Türrahmen stehen und beobachte ihn dabei, doch der Duft von frischem Kaffee zieht mich in Richtung des Vollautomaten.

»Du siehst aus, als hättest du mies geschlafen. Ist das Bett so scheiße?« Tyler hat seine Over-Ears abgezogen. Jetzt hängen sie lässig um seinen Hals. Die Musik spielt noch immer leise und vertreibt die Stille im Raum. Mit hochgezogenen Augenbrauen sieht er mich an.

»Das Bett ist wunderbar. Ich habe nur schlecht geträumt«, erkläre ich, während ich mich mit der Hüfte gegen die Küchenanrichte lehne und an meinem Kaffee nippe. Allein der Gedanke an vergangene Nacht, gepaart mit dem kräftigen Geschmack meines Lieblingsgetränks führt dazu, dass ich begeistert aufseufze.

»Schlecht geträumt. So nennt man das also heutzutage.« Tyler grinst vielsagend. Ich strecke ihm die Zunge raus, bevor ich ihm gegenüber Platz nehme.

»Ich weiß genau, worauf du anspielst, aber glaub mir ... wenn ich männlichen Besuch gehabt hätte, wäre dir das nicht entgangen.«

Mein neuer Mitbewohner lacht, woraufhin sich auch meine Mundwinkel nach oben ziehen. Es ist schön, hier mit ihm zu sitzen und herumzualbern. Mit Preston habe ich das auch oft getan, aber er ist mein Bruder. Es ist quasi seine Pflicht, über Dinge zu lachen, die ich ihm erzähle. Bei Ty habe ich das Gefühl, dass wir eine gute Grundlage haben, um eine tiefgehende Freundschaft aufzubauen. Immerhin hat die Chemie zwischen ihm, Rob und mir auf Anhieb gepasst.

»Was hast du heute noch so vor?« Er macht seine Musik aus, lehnt sich auf dem Stuhl zurück und verschränkt die Arme hinter dem Kopf. Dabei rutscht sein T-Shirt ein Stück nach oben und entblößt einen durchtrainierten Bauch. Für einen winzigen Moment bin ich abgelenkt. Erst sein amüsiertes Räuspern erinnert mich daran, ihm noch nicht geantwortet zu haben.

»Vermutlich Jobanzeigen durchschauen und mich bei allem bewerben, was halbwegs passt.« Ich ziehe eine Grimasse. Allein die Vorstellung ist furchtbar.

»Vielleicht gibt es bei uns in der Bar eine Möglichkeit. Aushilfen suchen wir tendenziell immer.«

»Das wäre klasse, danke!«

»Gern. Ich hake direkt be...« Eine nervtötend klingelnde Glockenmelodie unterbricht uns. Ty kontrolliert sofort seine Kopfhörer, aber die sind inzwischen stumm.

Es dauert einige Sekunden, bis ich realisiere, dass es sich

dabei um mein Handy handelt. Sofort springe ich auf und sprinte in mein Schlafzimmer. Auf dem Display wird eine mir unbekannte Nummer angezeigt. Unschlüssig starre ich die Ziffern an. Normalerweise nehme ich solche Anrufe nicht an. Diesmal habe ich jedoch das Gefühl, dass ich es tun sollte. Womöglich hat sich eine der Firmen, bei denen ich mich beworben habe, umentschieden.

»Romy Nolan.«

»Hier ist Marlie von *AB International*. Störe ich?«

Irritiert runzle ich die Stirn. Ich will gerade den Mund aufmachen, um ihr zu sagen, dass ich keine Zeit habe, als sie schon weiterspricht.

»Dauert auch nicht lange. Ehrenwort! Hast du nochmal über unser Angebot nachgedacht? Asher würde dir sogar mehr zahlen, als in der Position üblich wäre.« Allein bei der Erwähnung seines Namens erwacht ein sehnsüchtiges Ziehen in meinem Unterleib. Ich sinke auf die Bettkante und schlage die Beine übereinander.

»Das ist wirklich sehr großzügig von ihm.« Meine Stimme trieft vor Sarkasmus und ich hoffe, dass Marlie es durchs Telefon versteht. »Aber ich bleibe bei meiner ursprünglichen Antwort.« Ich bin mir fast sicher, Marlies Zähneknirschen zu hören.

»Ich weiß, dass ihr beiden gewisse ... Differenzen habt.« Um ein Haar hätte ich laut losgelacht, tarne es jedoch in einem kurzen Husten. »Aber du bist die Beste für den Job. Es wäre nur eine Anstellung auf Zeit. Bis Ende des Jahres. Läppische drei Monate. Danach bin ich wieder vollständig da, versprochen.«

Unwillkürlich frage ich mich, wann wir vom Sie zum Du gewechselt sind, denn ich kann mich nicht daran erinnern, es ihr angeboten zu haben. »Der Bonus ist wirklich gut«, fügt sie hoffnungsvoll hinzu.

Ich seufze.

»Von wie viel Geld sprechen wir?«, frage ich, während

ich mir mit Daumen und Zeigefinger die Nasenwurzel massiere.

»Zweitausendzweihundert Dollar.« Um ein Haar wäre mir das Handy aus der Hand gefallen.

»Im Monat?«, krächze ich.

»Natürlich nicht. In der Woche«, erwidert Marlie amüsiert. Im Kopf überschlage ich die Zahlen. Während meiner Arbeit im Start-up habe ich bei Weitem nicht solche Summen bekommen.

»Das ist ... viel«, murmle ich. Damit könnte ich die Miete hier locker bezahlen und genug für ein Polster beiseitelegen, falls ich nicht direkt eine Anschlussstelle finde. Aber ist es mir das wert, dafür Zeit mit Asher zu verbringen?

»Romy? Bist du noch dran?« Marlies Stimme erinnert mich daran, dass ich sie noch immer in der Leitung habe.

»Das ist ein großzügiges Angebot, aber ... mir ist mein Seelenfrieden lieber. Deshalb muss ich ablehnen. Tut mir sehr leid. Ich wünsche viel Erfolg bei der weiteren Suche.«

Nach einer kurzen Verabschiedung beenden wir das Gespräch und ich bin Marlie dankbar, dass sie mich nicht weiter überreden will. Diese Summe hat meine standfeste Entschlossenheit ins Wanken gebracht, dennoch ist meine Entscheidung eher eine Vorsichtsmaßnahme. Ich weiß, wie anziehend Asher sein kann und er weiß, welche Knöpfe er bei Frauen drücken muss, damit sie ihm verfallen. Zu flüssigem Wachs in seinen Händen werden. Ich habe mich einmal auf ihn eingelassen und bin damit auf die Nase gefallen. Ein zweites Mal passiert mir das nicht.

Allerdings scheint Asher sich in den Kopf gesetzt zu haben, dass ich die Stelle als seine persönliche Assistentin antreten muss. Bereits am Tag nach meinem Telefonat mit Marlie erreichen mich Blumensträuße. Rote, gelbe, lilafarbene und weiße Lilien. Dazu Rosen in sämtlichen Farbvariationen. Gerbera. Sonnenblumen. Dahlien. Gladiolen. Tulpen. Gänseblümchen. Nach fünf Tagen weiß ich nicht mehr, wohin mit all den Bouquets. Inzwischen sieht unser Appartement aus wie eine Gärtnerei! Und es riecht auch so. Zum großen Amüsement von Rob und Tyler.

Inzwischen ist es Montagmorgen. Der Blumenwahnsinn hat noch immer kein Ende gefunden. Zu meinem großen Bedauern musste ich die ersten Sträuße schon wegwerfen, um Platz für die zu schaffen, die am Wochenende gekommen sind. Gemeinsam mit meinen Mitbewohnern sitze ich im Wohnzimmer. Rob muss heute erst später ins Gericht. Tyler arbeitet ohnehin nur abends. Meine Nase kribbelt von den verschiedenen Gerüchen, die die Blüten absondern. Rob niest, woraufhin er aufsteht und unsere Balkontür weit öffnet.

»Vielleicht solltest du sie verschenken. Unsere Nachbarn würden sich bestimmt darüber freuen«, schlägt Ty vor und schnappt sich ein Gänseblümchen, um es zwischen seinen Fingern zu drehen.

»Keine schlechte Idee.« Rob niest erneut. Seine Augen tränen und ich habe das Gefühl, dass sie leicht angeschwollen sind.

»Bist du gegen etwas in diesem Raum allergisch?«, frage ich vorsichtig, woraufhin er nickt. Und niest.

»Gerbera sind mein Kryptonit.«

Sofort springe ich auf und pflücke die rundlichen Blumen aus den Sträußen. »Wieso hast du denn nichts gesagt? Dann hätte ich die Bouquets nicht angenommen!«

Rob zieht eine Grimasse.

»Es wäre unhöflich gewesen, sie abzulehnen. Aber vielleicht könntest du deinen Verehrer bitten, auf eine andere Sorte umzuschwenken?«

Ich öffne den Mülleimer und ziehe den Beutel heraus, um die Gerbera hineinzuschmeißen und ihn direkt zuzubinden.

»Die sind von keinem Bewunderer«, murmle ich, während ich die restlichen Sträuße akribisch nach Gerbera absuche.

»Von wem dann?« Tyler lümmelt sich aufs Sofa und beobachtet mich interessiert.

»Von jemandem, der unbedingt will, dass ich für ihn arbeite«, erkläre ich.

Nachdem ich sicher bin, alle allergiefördernden Blumen entsorgt zu haben, stelle ich den Müllsack vor die Wohnungstür und komme ins Wohnzimmer zurück, wo meine Mitbewohner mich auffordernd ansehen. In ihren Händen erkenne ich die Visitenkarten von *AB International*.

»Wir werden sicher miteinander auskommen«, liest Ty vor. »Ich verspreche, mich nicht wie ein vollkommener Arsch aufzuführen«, ergänzt Rob.

»Ich wäre bereit, mein bestehendes Angebot noch einmal zu erhöhen. Melde dich bitte. Du bist mit Abstand die Fähigste für den Job.« Die beiden haben sichtlich Spaß daran, mir die Grußkarten vorzulesen, und ich bereue es gerade, sie nicht direkt weggeworfen zu haben.

»Also ... wieso willst du nicht für diesen Mann arbeiten?« Rob sieht mich mit hochgezogenen Augenbrauen an. Seufzend sinke ich auf den gegenüberstehenden Sessel und ziehe mein linkes Bein unter den rechten Oberschenkel.

»Wir haben eine gemeinsame Vergangenheit. Es wäre nicht gut, zu viel Zeit miteinander zu verbringen.«

»Denkst du nicht, dass ihr professionell damit umgehen könntet? Ich meine ... diese Nachrichten sind doch sehr nett und wertschätzend geschrieben.« Rob schaut abwechselnd zwischen den Karten und mir hin und her.

»Das ist eines der Probleme. Beim Vorstellungsgespräch war er kühl und distanziert. Diese Worte passen nicht zu dem Mann, den ich letzte Woche getroffen habe.« Viel eher zu dem Jungen, in den ich mit sechzehn verliebt war. Aber Asher hat sehr deutlich gemacht, dass diese Version nicht mehr existiert.

»Vielleicht hat er gemerkt, dass er sich falsch verhalten hat, und will es wieder gutmachen?« Tyler versucht, überzeugend zu klingen, aber selbst ich merke, dass er seine Worte kaum glaubt.

»Dann hätte er anrufen können, anstatt mich mit Blumen zu überschwemmen!« Wie aufs Stichwort klingelt es. »Hat einer von euch etwas bestellt?« Die beiden schütteln synchron den Kopf. Mit einer gewissen Vorahnung öffne ich die Tür unseres Appartements und sehe denselben Blumenkurier vor mir stehen, der mich bereits in den letzten Tagen beliefert hat.

»Ein weiterer Strauß für Sie, Miss Nolan.« Sein Lächeln ist nicht mehr so breit wie noch bei den ersten Sträußen. Selbst er hat begriffen, dass ich mich nicht darüber freue.

»Sind da Gerbera bei?«

»Ähm ...« Sein Blick zuckt zu dem eingepackten Strauß, bevor er entschuldigend mit den Schultern zuckt. »Das weiß ich leider nicht. Ich bin nur der Fahrer.«

»Schon gut. Einen schönen Tag noch.« Ich nehme ihm die Blumen ab und laufe damit zurück ins Wohnzimmer. Vorsichtig lege ich sie auf einer freien Stelle auf dem Sofatisch ab, bevor ich die Hände in die Hüften stemme und meine Mitbewohner entschlossen ansehe.

»Das hat ein Ende. Und zwar jetzt sofort!«

# 4

*Asher*

Als ich den Namen meiner Privatdetektivin auf dem Handydisplay lese, weiß ich, dass meine reguläre Arbeit warten muss. Trotzdem drücke ich sie weg und schicke direkt eine Nachricht hinterher, in der ich ihr mitteile, mich in wenigen Minuten zu melden. Anschließend verbinde ich mich über das Bürotelefon direkt mit Marlie.

»In der nächsten halben Stunde wünsche ich keine Störungen.« Ihre Antwort ist nicht viel mehr als ein unterdrücktes Stöhnen.

»Was genau treibst du da vorn? Du weißt, dass ich nichts gegen Sex im Büro habe, aber falls Trent dir einen Überraschungsbesuch abstattet, verschwindet in einen privateren Raum.«

»Das sind Übungswehen, du Arsch«, brummt sie. Für einen Moment rutscht mir das Herz in die Hose. Ich habe zwar oft gesagt, dass sie ihr Kind in meinem Vorzimmer zur Welt bringen kann, aber ernst gemeint habe ich das nie.

»Muss ich einen Rettungswagen rufen?« Selbst wenn es für Außenstehende den Anschein macht, ich bin kein komplettes Arschloch. Mir liegt das Wohl meiner Mitarbeiter am Herzen, besonders Marlies. Wenn es sein muss, würde ich sie sogar selbst ins Krankenhaus fahren. Auch wenn das bedeutet, dass sie mir eventuell die Ledersitze meines Wagens mit ihrem Fruchtwasser versaut.

»Nein. Aber du entscheidest dich gefälligst bis zu meinem Feierabend für eine neue persönliche Assistentin. Ich bin ab morgen in Mutterschutz und es ist mir vollkommen egal, ob du dann allein hier sitzt!«

Okay. Sie ist echt sauer. Zähneknirschend lehne ich mich in meinem Stuhl zurück. Mein Handy blinkt erneut.

»Hat sich Romy nochmal gemeldet?« Auch wenn ich mich innerlich dagegen sträube, weiß ich, dass sie die Beste für die Stelle ist. Außerdem wären es nur drei Monate. Die würden wir schon hinter uns bringen.

»Nein, hat sie nicht. Also such dir wen anders aus.« Ich unterdrücke ein Knurren, während ich bereits nach meinem Handy greife.

»Keine Störungen.«

»Hab ich verstanden«, erwidert sie unwirsch, bevor sie die Verbindung unterbricht. Danach stehe ich auf und betätige den grünen Hörer. Bereits nach zweimal Klingeln ertönt die samtweiche Stimme meiner Ermittlerin.

»Das wurde ja auch Zeit.«

»Ich bin ein Mann mit vielen Terminen, Miss Holmes. Es ist eine Kunst, die alle zu koordinieren.« Am anderen Ende der Leitung ertönt ein Schnauben.

»Wenn Ihnen andere Dinge wichtiger sind, behalte ich meine Informationen gern für mich.«

Meine Kiefermuskulatur zuckt. Charlotte Holmes und ich arbeiten noch nicht lange zusammen. Es ist mutig von ihr, mir derart frech zu antworten.

»Ich bezahle Sie nicht dafür, dass Sie mich anschweigen.«

»Dann gehen Sie gefälligst beim ersten Mal ans Telefon. Es warten noch jede Menge anderer Klienten, die sich freuen würden, von mir zu hören!« Ich balle meine linke Hand zur Faust und unterdrücke den Drang irgendwo reinzuschlagen.

»Wie wäre es, wenn Sie einfach zur Sache kommen?«, schlage ich stattdessen vor und merke selbst, wie eiskalt ich klinge. Eine kurze Pause entsteht, in der ich mich wieder an meinen Schreibtisch setze.

»Ich habe denjenigen gefunden, der hinter den Gerüchten steckt. Es ist noch nicht zu hundert Prozent bestätigt, aber alle Hinweise deuten auf ihn.« Sie macht eine bedeutungsschwere Pause und erinnert mich dadurch an Preston, der diese Vorgehensweise ebenfalls oft nutzt, um Spannung aufzubauen.

»Muss ich jetzt raten?« Meine Finger schließen sich fester um das Telefon.

Charlotte schnaubt erneut. »Sagt Ihnen der Name Russell Masters etwas?«

Im ersten Moment glaube ich, mich verhört zu haben.

»Was frage ich überhaupt? Würde mich wundern, wenn nicht. Immerhin ist er Ihr biologischer Vater«, ergänzt sie.

Spätestens jetzt gefriert mir das Blut in den Adern. Diese Information halte ich strengstens unter Verschluss. Niemand soll mich mit diesem Abschaum von Mann in Verbindung bringen. Oder schlimmer noch: Denken, ich wäre nur durch ihn so erfolgreich. Russell Masters hat vor vielen Jahren meinen Respekt und das Recht, sich mein Vater zu nennen, verloren, indem er das Leben meiner Mutter zerstört hat.

»Wie haben Sie das herausgefunden?«, frage ich scharf und habe das Gefühl, dass meine Stimme Stahl schneiden könnte.

»Sie arbeiten mit mir zusammen, weil ich gut bin. Jetzt wissen Sie, *wie* gut.« Miss Holmes klingt so überheblich wie ich an manchen Tagen. »Durch meine Recherche habe ich allerdings ein bisschen Staub aufgewirbelt. Deshalb würde ich Ihnen gern einen Vorschlag machen.«

»Habe ich nach Ihrer Meinung gefragt?«, entgegne ich harsch. Auf gut gemeinte Ratschläge verzichte ich gern. Meinen Rachefeldzug plane ich allein.

»Nein, aber Sie kommen trotzdem in den Genuss. Es ist jemand ...« Ihre Worte gehen in einem lautstarken Knall unter. Es klingt fast so, als wäre eine der Glastüren gegen die Wand geschlagen.

»Was haben Sie gesagt?«, frage ich meine Gesprächspartnerin, werde jedoch von einer anderen Stimme abgelenkt. Einer Stimme, von der ich nicht dachte, sie noch einmal zu hören.

»Ist er da drin?« Romy klingt aufgebracht. Vor meinem inneren Auge taucht direkt ihr Gesicht mit den hektischen roten Flecken auf.

»Ja, aber er ist in einem Gespräch und möchte nicht gestört werden.«

»Das ist mir sowas von egal!«

Keine Sekunde später wird die Tür zu meinem Büro aufgerissen und Romy steht im Türrahmen. Ihre Augen funkeln erbost. Ihr blondes Haar ergießt sich über ihre Schultern. Inzwischen trägt sie es länger als zu High-School-Zeiten. Der Long-Bob hat sie damals älter wirken lassen. Ihre jetzige Länge bewirkt genau das Gegenteil. Sie wirkt dadurch jünger, was sie aber nicht weniger attraktiv macht.

»Du!« Mit erhobenem Zeigefinger kommt sie auf mich zu. »Wenn ich zustimme, deine Assistentin zu werden, hörst du dann mit diesem Blumenterror auf?«

Ich runzle die Stirn. Miss Holmes fragt mehrfach, ob ich noch in der Leitung bin, allerdings bin ich nicht mehr in der Lage, mich auf sie zu konzentrieren.

»Wir reden später«, belle ich ins Telefon und lege auf, ohne die Antwort meiner Detektivin abzuwarten. Mir ist klar, dass sie deswegen höchst angepisst sein wird, aber aktuell ist mir das egal.

»Wenn du außerdem der Meinung bist, mich mit Blumen zu überschütten, dann erkunde dich zumindest vorher, ob eventuell jemand in meinem Haushalt allergisch ist!«

Mit in die Hüfte gestemmten Händen steht Romy vor mir. Sie sieht anbetungswürdig aus. Genauso wütend wie vor einer Woche im Fahrstuhl. Diese Seite von ihr gefällt mir viel besser als die gekränkte Version, die während des Vorstellungsgesprächs kurz durchgeblitzt ist.

»Ich habe keine Ahnung, wovon du sprichst.«

Sie verdreht die Augen.

»Du willst mir weismachen, dass du nicht derjenige bist, der mir seit Tagen Blumensträuße schickt, sodass ich nicht mehr weiß wohin damit?« Ihre Stimme trieft vor Sarkasmus. Ich balle meine Hände zu Fäusten, bevor ich ihr noch zeige, dass sie so niemals mit mir sprechen sollte. Wobei ein kleiner Teil in mir ihr dieses Verhalten durchgehen lassen will.

»Das versuche ich gerade zu sagen.«

Sie klatscht mir einen Haufen Karten auf den Tisch, die alle das Logo meiner Firma aufweisen. Nacheinander sammle ich sie auf und lese die Nachrichten auf der Rückseite. Meine Kieferpartie ist dabei so angespannt, dass es wehtut. »Ich versichere dir, dass *ich* diese Texte nicht verfasst habe.«

»Aber wenn du es nicht gewesen bist ...« Aus dem Vorraum erklingt ein weiteres unterdrücktes Stöhnen. Romys und meine Blicke kreuzen sich. Erkenntnis blitzt in ihren Augen auf und auch mir wird so einiges klar.

»Marlie«, murmeln wir gleichzeitig.

Seufzend sinkt Romy auf einen der beiden freien Sessel vor meinem Schreibtisch. Ihr süßer, blumiger Duft wabert zu mir herüber. Ich versuche, meine Überraschung über ihr Bleiben zu verstecken, denn ich bin stark davon ausgegangen, dass sie direkt verschwindet, nachdem die Sache geklärt ist.

»Für neuntausend Dollar im Monat arbeite ich für dich.«

Mein tiefes, dunkles Lachen erfüllt den Raum und es ist allein meiner jahrelangen Selbstbeherrschung zu verdanken, dass ich mich schnell wieder unter Kontrolle habe. Romy wirft mir einen finsteren Blick zu.

»Wie kommst du darauf, dass ich dir solche Summen zahle?«

Ihre hektischen Flecken verschmelzen miteinander und

ergeben eine flächendeckende, leichte Röte, die mich unheimlich anmacht. Es erinnert mich an die Zeit, in der ich sie mit anderen Worten und Gesten zum Erröten gebracht habe. Und das hatte nichts mit Wut oder Unbehagen zu tun.

»Marlie meinte, du würdest es«, erwidert sie leise, während sie unruhig auf ihrem Platz hin und her rutscht.

»Marlie!«, belle ich laut genug, dass sie es hört. So sehr ich sie auch respektiere, langsam überschreitet sie ihre Grenzen. Nach einer gefühlten Ewigkeit taucht sie im Türrahmen auf.

»Du hast gerufen?« Ihr Lächeln verrät mir, dass alles genau so läuft, wie sie es sich erhofft hat. Allein dafür würde ich ihr am liebsten kündigen. Aber ich bemerke auch ihre schwere Atmung und dass sie häufiger als sonst das Gesicht verzieht. Sie muss dringend nach Hause oder besser gleich in ein Krankenhaus.

»Wenn ich noch einmal höre, dass du finanzielle Entscheidungen für mich triffst, brauchst du in drei Monaten nicht wiederkommen.« Trotz ihrer aktuellen Verfassung bin ich immer noch ihr Chef und dulde solche Einmischungen nicht.

Meine Drohung prallt komplett an ihr ab. Wenn möglich wird ihr Grinsen sogar noch breiter.

»Ihr habt euch also geeinigt? Wie schön! Dann setze ich den Vertrag direkt auf und gebe Romy noch eine Einweisung, bevor ich nach Hause aufbreche.« Ohne meine Antwort abzuwarten, dreht sie sich um und verschwindet wieder im Vorraum. Einige Sekunden sehe ich ihr sprachlos hinterher und frage mich, ob ich sie an einer zu langen Leine gelassen habe.

»Tja, dann siehts wohl so aus, als würde ich ab morgen für dich arbeiten«, meint Romy. Ihr finsterer Gesichtsausdruck zeigt jedoch, dass sie sich deutlich Schöneres vorstellen könnte, als den Großteil ihres Tages mit mir zu verbringen.

»Offensichtlich«, entgegne ich und wende mich wieder

meinem Computer zu. Für mich ist das Gespräch vorerst beendet.

»Sind ja glücklicherweise nur drei Monate«, murmelt sie, steht auf und gesellt sich zu Marlie.

Drei Monate. Das mag für viele eine kurze Zeitspanne sein. Aber für Romy und mich werden es sicherlich die längsten neunzig Tage unseres Lebens. Wenn wir es überhaupt so lange miteinander aushalten.

## *Romy*

Mir raucht der Kopf, als ich wenig später vor dem Gebäudekomplex von *AB International* stehe und mir ein Taxi heranwinke. All die Passwörter, Codes, Arbeitsabläufe und Aufgaben, die Marlie mir erklärt hat, schwirren noch immer durch meine Gedanken.

»Wie zur Hölle ist denn deine Vertretung damit klargekommen, wenn du mal krank warst?«, habe ich fassungslos gefragt, woraufhin Marlie nur glockenhell gelacht hat.

»Krank? Dieses Wort gibt es in Ashers Welt nicht. Seit ich für ihn arbeite, habe ich noch nie einen Tag gefehlt. Außer wenn er einige seiner seltenen Urlaubstage genommen hat. Dann hatte ich auch frei.«

»Ob das arbeitsrechtlich so korrekt ist ...«, murmle ich, während ich mir immer wieder sage, dass ich es lediglich drei Monate ertragen muss. Neunzig Tage. Dann ist Marlie wieder da.

»Asher ist ein guter Chef«, hat Marlie mir zudem anvertraut. »Du musst dich nur an seine kühle Fassade gewöhnen und nicht jedes seiner Wörter auf die Goldwaage legen.«

Allerdings sehe ich das Problem gerade in seiner Distanziertheit. Diese Version von ihm ist mir vollkommen unbekannt. Bei seinem früheren Ich wusste ich genau, welche Worte ich sagen musste, damit wir beide miteinander auskamen. Jetzt hingegen sind unsere Zusammentreffen entweder überaus verkrampft oder von vor Wut triefenden Schlagabtauschen durchzogen.

»Wir sind da, Miss.«

»Was?« Verdattert sehe ich auf und stelle fest, dass wir uns nicht mehr im stockenden New Yorker Stadtverkehr befinden, sondern vor meinem Wohnkomplex stehen.

»Wir sind angekommen. Das macht vierzig Dollar.«

Zerstreut drücke ich ihm die geforderte Summe in die Hand, während ich gedanklich bei meinem Gespräch mit Marlie festhänge. Der unterschriebene Vertrag wiegt in meiner Handtasche so schwer wie hundert Steine.

Mit dem Aufzug fahre ich in unsere Etage. Sobald ich die Tür aufgeschlossen habe, dringt herzliches Lachen an mein Ohr. Meine Tasche stelle ich achtlos unterhalb der Garderobe im Flur ab und werfe meine Jacke auf dem in der Ecke stehenden Stuhl. Lautlos tapse ich Richtung Wohnzimmer und entdecke meinen Bruder, der gemeinsam mit Rob und Ty in dem angesammelten Blumenmeer sitzt und sich bestens über etwas amüsiert, das Ty gesagt hat.

»Hast du mich so sehr vermisst, dass du es keine Woche ohne mich aushältst?«, frage ich schmunzelnd, bevor ich neben ihm auf die Sofagarnitur sinke.

»Ist es neuerdings verboten, seine Schwester ohne Vorankündigung zu besuchen? Ich musste immerhin abchecken, mit wem du jetzt zusammenwohnst.«

Spielerisch genervt verdrehe ich die Augen und boxe ihm gegen die Schulter. »Dein Beschützerinstinkt war noch nie sonderlich ausgeprägt, also musst du nicht damit anfangen, dies zu ändern.«

Preston grinst.

»Stimmt, für deine Sicherheit war immer Asher zuständig. Erinnerst du dich, wie er Milton Kennedy eine reingehauen hat, weil er dir hinterhergepfiffen und einen blöden Kommentar gemacht hat?«

Meine Mundwinkel zucken. Bilder blitzen vor meinem inneren Auge auf, als wäre es gestern gewesen. Asher musste deswegen nachsitzen und ich hatte ein furchtbar schlechtes Gewissen. Also haben wir den Nachmittag gemeinsam unter Aufsicht unserer strengen Bibliothekarin verbracht. Diese zwei Stunden haben den Grundstein für die danach folgenden Monate gelegt und so gern ich an diese Zeit zurückdenke, der heftige Stich in meiner Brust lässt sich nicht ausblenden.

Mittlerweile würde Asher niemanden mehr für mich schlagen. Diese Tage sind vorbei. Nachdem klar war, dass wir die kommenden Wochen zwangsweise zusammen verbringen, hat er ausgesehen, als würde er am liebsten Marlies Arbeit gleich mit verrichten.

»Apropos Asher. Wie war dein Gespräch bei *AB International*? Hört der Blumenterror auf oder muss Rob sich ein stärkeres Allergiemittel aus der Apotheke besorgen?« Ty grinst und ich frage mich, woher er plötzlich Ashers Namen kennt. Entweder haben sie Preston darüber ausgequetscht oder – die weitaus naheliegendere Version – *AB International* in eine Suchmaschine eingegeben.

»Es lief nicht ganz so, wie ich es mir vorgestellt habe.« In einer flüssigen Bewegung öffne ich meinen Pferdeschwanz und rolle mir das Zopfgummi ums Handgelenk.

»Soll heißen?« Die Augenbrauen meines Mitbewohners schnellen nach oben.

»Ich arbeite ab morgen für ihn.«

Preston verschluckt sich heftig an seinem Wasser. Etwas unbeholfen klopfe ich ihm auf den Rücken.

»Du ... was? Ich dachte, die Sache hätte sich erledigt«, japst er, nachdem er wieder Luft bekommt. Ich zucke mit den Schultern.

»War auch so. Aber dann hat seine Assistentin ein verlockendes Angebot gemacht.« Ich seufze. Rob runzelt die Stirn.

»Heißt das die Blumen waren gar nicht von ihm?« Sofort

schießt mir wieder Hitze in die Wangen, wenn ich an den Moment zurückdenke, indem ich ihn damit konfrontiert habe.

»Er hat nie etwas in Auftrag gegeben«, entgegne ich kleinlaut. Preston beginnt, laut zu lachen, weshalb er sich einen Schlag gegen den Oberarm einfängt. Ty murmelt etwas, das wie »peinliche Sache« klingt und Rob wirft mir einen mitfühlenden Blick zu. In Ashers Büro wäre ich am liebsten im Erdboden versunken. Am besten gleich zweimal, als ich festgestellt habe, dass er mir nicht die Summe zahlen wollte, die Marlie in den Raum geworfen hat.

Peinlichster. Moment. Des. Jahres.

Trotzdem bin ich stolz darauf, zweihundert Dollar mehr ausgehandelt zu haben. Wobei ... gehandelt haben wir nicht wirklich. Ich habe sie verlangt und als Marlie dazu gekommen ist, hat Asher sich auf sie konzentriert und vergessen, dass er nie zugestimmt hat. Mir ist das jedoch nur recht.

»Wie kommst du darauf, dass Asher dir Blumen schickt? Das ist nicht sein Stil.« Preston japst noch immer, während die Hitze in meinen Wangen stetig zunimmt. Inzwischen muss ich aussehen wie eine reife Tomate.

»Früher hätte er das getan.« Mein Bruder hält inne. Sein Grinsen verblasst und wird zu einem verständnisvollen Lächeln.

»Aber er ist nicht mehr der Junge von damals«, ruft er mir sanft in Erinnerung und zum ersten Mal frage ich mich, ob Preston ebenfalls Probleme mit der heutigen Version seines besten Freundes hat.

»Wie war es, als ihr wieder aufeinandergetroffen seid?«

Aus den Augenwinkeln sehe ich, dass Rob und Ty sich lautlos zurückziehen. Dieses Gespräch ist nicht für fremde Ohren bestimmt, weshalb ich ihnen sehr dankbar bin, dass sie mir unser Wohnzimmer dafür überlassen. Preston lehnt sich auf der Couch zurück und fährt sich mit der Hand nachdenklich übers Kinn.

»Ich war überrascht, als er plötzlich vor mir stand. Um

ehrlich zu sein, habe ich ihn im ersten Moment nicht erkannt. Er hat sich auch äußerlich stark verändert.«

Definitiv. Seine Schultern sind breiter geworden. Der Körper viel athletischer. Asher war in der Schule schon heiß. Die Mädchen aus allen Jahrgängen konnten nicht die Augen von ihm lassen, wenn er oberkörperfrei mit dem Laufteam der Schule trainiert hat. Mich eingeschlossen. Ob er immer noch joggen geht? Früher hat ihm das geholfen, den Kopf freizubekommen. Als erfolgreicher CEO gibt es sicher einen Haufen Dinge, über die er nachdenken muss.

»Wo habt ihr euch überhaupt getroffen? Ich kann mir schwer vorstellen, dass du Asher zufällig auf der Straße begegnet bist.«

Preston zieht eine Grimasse. Ich weiß, dass er es aus gutem Grund für sich behalten hat. Nachdem Asher damals gegangen ist, war ich ein Wrack. Es hat Monate gedauert, bis ich mich von dieser Trennung erholt habe und mit den wenigen Informationen, die Preston mir bisher zugespielt hat, wollte er mich nur schützen.

Warum er mich dann allerdings zu einem Vorstellungsgespräch in Ashers Firma geschickt hat, ist mir schleierhaft. Entweder wollte er mich dringend aus seiner Wohnung loswerden oder er hält mich inzwischen für erwachsen genug, um vernünftig mit solchen Situationen umzugehen.

»Es war auf einer Firmenfeier. Ich habe das Catering gemacht. Wir haben ein paar Worte gewechselt und er hat ein Treffen vorgeschlagen, weil er an dem Abend sehr beschäftigt war.«

Ich nicke, auch wenn ich überrascht darüber bin, dass Asher den ersten Schritt gemacht hat. Früher war immer Preston derjenige, der die Gespräche am Laufen gehalten hat. Andererseits ... wenn ich Marlies Ausführungen richtig verstanden habe, besteht Ashers Leben überwiegend aus Arbeit. Da bleibt nicht viel Zeit für Freizeit und Freunde. Vielleicht hat er sich schlicht nach seinem ehemaligen besten Freund gesehnt.

»Hör zu, Romy. Ich finde es gut, dass du deine Komfortzone verlässt, um mit ihm zu arbeiten. Das ist sicher keine leichte Entscheidung gewesen.«

Ich schnaube. Wenn er wüsste.

Preston legt mir die Hand aufs Knie und sieht mich eindringlich an. »Der jetzige Asher hält nichts von romantischen Beziehungen und sucht auch nicht danach. Verrenn dich nicht in etwas, dass dir später wieder den Boden unter den Füßen wegzieht. Bitte, versprich mir das.«

Ich lächle meinen Bruder beruhigend an, nehme seine Hand und drücke sie sanft. Es berührt mich, dass er sich so um mich sorgt. Aber diesmal ist es unbegründet.

»Ich habe nicht vor, mich auf einer persönlichen Ebene mit Asher zu befassen. Wir arbeiten drei Monate miteinander und pünktlich zum ersten Januar gehen wir wieder getrennte Wege. Unsere einzige Verbindung wird dann nur noch aus dir bestehen.«

Preston zieht eine Grimasse, weil er mir nicht völlig glaubt. Egal, wie überzeugt ich auch klinge, ein winziger Teil von mir glaubt es selbst nicht.

»Du weißt, dass ich immer noch die eine Karte ziehen kann, die ich damals glücklicherweise noch nicht ausgespielt habe.« Er wackelt mit den Augenbrauen, während ich ihn verständnislos anschaue.

»Kannst du einmal nicht in Metaphern sprechen?«

»Genau genommen sind es zwei Karten.«

Ich verdrehe die Augen.

»Die *Ich erlaube dir nicht, mit meinem besten Freund zu schlafen*-Karte und die *Meine kleine Schwester ist für dich absolut tabu*-Karte.«

Ein ungewolltes Lachen bricht aus mir hervor. »Ist das dein Ernst?«

»Absolut!« Er nickt bekräftigend. »Damals fand ich es

cool, dass ihr zueinandergefunden habt. Auch wenn ich erst angefressen war, weil ihr es so lange für euch behalten habt. Aber diesmal ... ist es anders. Ich habe nicht vergessen, wie elend es dir ging. Das lasse ich nicht noch einmal zu. Im Ernstfall muss ich Asher eine reinhauen.«

Mein Herz quillt beinahe über vor Liebe für meinen Bruder. Ein paar Tränchen sammeln sich in meinen Augenwinkeln, weshalb ich ihn schnell in den Arm nehme, damit er sie nicht sieht.

»Du bist der beste Bruder auf der ganzen Welt.« Leider klinge ich verschnupfter als gewollt.

Preston erwidert meine Umarmung mindestens genauso fest.

»Versprichst du mir, dass du ihn nicht zu nah an dich heranlässt?«

Ich löse mich von ihm, um ihn anzusehen.

»Nur wenn du versprichst, ihm keine reinzuhauen.« Preston grinst und hält mir den kleinen Finger hin. Ich hake meinen ein.

»Dann haben wir einen Deal!«

# 5

*Romy*

»Soll das ein Scherz sein?« Ich klatsche Asher den handgeschriebenen Zettel auf den Schreibtisch und funkle ihn wütend an.

»Für gewöhnlich klopfen die Leute an, bevor sie mein Büro betreten«, entgegnet er kühl. Innerlich zähle ich bis zehn. Mein Zähneknirschen ist dabei so laut, dass er es mit Sicherheit hört.

»Was ist das für eine Liste?« Er nimmt den Blick lediglich für eine Nanosekunde vom Bildschirm. In dieser Zeit kann er unmöglich erfasst haben, welchen Zettel ich ihm hingelegt habe.

»Das sind deine Aufgaben.« Ich grabe meine Fingernägel in das teuer aussehende, dunkle Leder der Sessellehne. Keine Viertelstunde im Job und schon denke ich ans Kündigen.

»Kaffee holen? Anzüge in die Reinigung bringen? Dein Mittagessen besorgen? Da steht nicht eine Sache drauf, die ich hier im Büro erledigen muss.« Dafür braucht er keine persönliche Assistentin. Das kann auch eine Praktikantin erledigen.

»Die Dinge sind erstmal wichtiger, als Telefonate anzunehmen und Termine zu koordinieren. Und bevor ich es vergesse ...« Er zieht eine Schublade seines Schreibtischs auf und wirft mir eine Schlüsselkarte entgegen, die ich ungeschickt auffange. »Damit kommst du in meine Wohnung.

Ich habe dich bereits auf die Besuchsliste gesetzt. Du kannst also problemlos ein- und ausgehen. Die zu waschenden Anzüge hängen auf der linken Seite meines Kleiderschranks im Schlafzimmer.« Diese emotionslosen Aussagen bringen mich beinahe zur Weißglut. Wie hält Marlie das nur mit ihm aus? Aber gut, wenn er mir neuntausend Dollar im Monat zahlt, damit ich mich um seine Wäsche kümmere, dann soll es so sein.

Ohne ein weiteres Wort schnappe ich mir die Liste und verschwinde aus seinem Büro. Dabei kann ich es mir nicht verkneifen, die Tür laut hinter mir ins Schloss fallen zu lassen. Dann schnappe ich mir meine Tasche und mache mich auf den Weg zu seiner Wohnung.

Wie immer geht es im New Yorker Stadtverkehr nur schleppend voran. Ich wäre deutlich schneller gewesen, wenn ich die U-Bahn genommen hätte. Allerdings würde Asher mich vermutlich köpfen, wenn ich mit seinen feinen Anzügen im Untergrund von New York unterwegs wäre.

»Würde es Ihnen etwas ausmachen zu warten? Ich muss nur etwas holen und dann geht es gleich weiter.« Über den Rückspiegel wirft mir der Taxifahrer einen schnellen Blick zu.

»Meinetwegen. Aber das Taxameter läuft weiter«, brummt er, was ich mit einem Schulterzucken quittiere. Ist immerhin nicht mein Geld.

Ich steige aus und laufe durch die Drehtür des vor mir liegenden Gebäudes aus cremefarbenem Sandstein. Im Inneren erwartet mich Prunk und Protz. Zielstrebig steuere ich auf den Fahrstuhl zu, doch je näher ich den schlichten Edelstahltüren komme, desto langsamer werde ich. Hat Asher mir überhaupt gesagt, in welchem Appartement er wohnt? Ich bleibe stehen und gehe unser Gespräch in seinem Büro noch einmal durch. Anschließend begutachte ich die Schlüsselkarte, doch darauf finde ich keinen Hinweis auf die Appartementnummer.

Seufzend mache ich auf dem Absatz kehrt und gehe zu dem Portier, der mich eben freundlich begrüßt hat.

»Entschuldigen Sie? In welchem Appartement wohnt Asher Brennon?« Seine Lippen verziehen sich zu einem amüsierten Lächeln, wodurch sich die Falten in seinem Gesicht vertiefen. Er hat schon einige Menschen hier ein- und ausgehen sehen.

»Würden Sie mir bitte Ihren Namen verraten, Liebes? Ich muss erst prüfen, ob Sie diese Auskunft erhalten dürfen.«

Stimmt. Die Liste.

»Romy Nolan, Sir.« Er nickt und blättert einen Ordner durch. Sobald er die richtige Seite gefunden hat, setzt er seine Brille auf die Nase und überfliegt sie kurz.

»Ah ja, hier stehen Sie. Mr. Brennon wohnt im Penthouse. Halten Sie die Karte im Aufzug gegen das dafür vorgesehene Feld und drücken Sie die Taste *PH*. Dann sind Sie direkt bei ihm.«

»Vielen Dank!« Ich lächle ihm noch einmal zu, bevor ich den Fahrstuhl betrete und seinen Anweisungen folge. Es dauert nicht lange, bis die Türen sich öffnen und ich in einen riesigen, Licht durchfluteten Raum trete.

Bisher bin ich noch nie in einem Penthouse gewesen. Mit schnellen Schritten durchquere ich das Wohnzimmer und stelle mich vor die verglaste Fensterfront. Der ursprüngliche Plan war, schnell seine Sachen zu holen und direkt in die Reinigung zu fahren, aber von hier oben überblicke ich den kompletten Central Park. Ein riesiger grüner Fleck inmitten von meterhohen Wolkenkratzern. Es ist gigantisch schön!

»Du hast einen Job zu erledigen, Romy. Reiß dich zusammen!«, rufe ich mir leise in Erinnerung und bin froh, dass niemand hören kann, wie ich mit mir selbst spreche.

Während ich das Schlafzimmer suche, fällt mir auf, dass Ashers Einrichtungsstil sehr schlicht ist. Schlicht, aber teuer. Die Brennons hatten früher immer mehr Geld als wir, was vor allem an Ashers gutverdienendem Vater lag. Trotzdem hat er das niemals so raushängen lassen wie jetzt. Genau wie im Gebäude von *AB International* schreien die Möbel förmlich Luxus-Kollektion.

Ich schnaube. Damals hatte Asher es nicht nötig zu prahlen. Was ihn wohl dazu bewogen hat, das zu ändern? Oder ist das ein automatischer Nebeneffekt, wenn man Reichtum erlangt?

Während ich mich auf den Weg ins Schlafzimmer mache, finde ich kaum Deko. Nur vereinzelt hängen zeitgenössische Kunstwerke an den Wänden. Aus Neugier tippe ich den Namen des Künstlers in eine Suchmaschine ein und kippe fast um, als ich die Preise entdecke. Fünfzehntausend Dollar für ein Bild, dass so aussieht, als hätte es ein Kindergartenkind gemalt! Vielleicht sollte ich kündigen und mit dem Malen anfangen. Das scheint lukrativer zu sein.

Ansonsten ist der restliche Wohnraum blitzblank und aufgeräumt. Wenn der Portier es mir eben nicht bestätigt hätte, würde ich meinen, die Wohnung sei unbewohnt. Nirgends liegt eine verirrte Socke auf dem Boden. Sogar seine Bücher sind fein säuberlich im Regal aufgereiht. Aber egal, wohin ich schaue, ich finde kein einziges persönliches Foto. Nicht mal von seiner Mom. Dabei waren die beiden früher ein Herz und eine Seele. Wie es ihr inzwischen wohl geht?

Auch im Schlafzimmer setzt sich der sterile Einrichtungsstil fort. Das Bett ist perfekt gemacht. Keine Falte ist auf dem Laken zu sehen. Zwei Nachttischlampen stehen links und rechts auf den Beistelltischen. Auf einer Seite liegt zusätzlich ein Buch. Hier erkenne ich Asher wieder. Wobei das vielleicht das falsche Wort ist. Ich *rieche* ihn. Sein schwerer hölzerner Geruch hängt überall in der Luft, weshalb ich darauf achte, nicht zu tief einzuatmen. Es duftet zu gut.

Stattdessen beeile ich mich, seine Anzüge aus dem begehbaren Kleiderschrank zu holen und zum Taxi zurückzukehren.

Mein Fahrer ist inzwischen ausgestiegen, lehnt mit dem

Rücken an der Beifahrertür und raucht. Auch wenn ich diesen Geruch normalerweise nicht mag, bin ich fast dankbar dafür, dass er den Innenraum des Wagens einnimmt. Damit vertreibt er immerhin Ashers Duft, der mir sonst weiter in der Nase gehangen hätte.

Nachdem ich seine Kleidung bei der Reinigung abgegeben und die frischen Anzüge mitgenommen habe, halten wir an einem der Coffeeshops, von denen Marlie sonst Kaffee holt.

»Diesmal müssen Sie nicht warten. Ich nehme die U-Bahn zurück«, sage ich an den Taxifahrer gewandt und zahle die noch ausstehende Summe. Mit den Anzügen über der Schulter betrete ich den Laden und warte geduldig, bis ich an der Reihe bin.

»Hi, willkommen im *Coffeeshop Deluxe*. Hier bekommst du den besten Kaffee in ganz Manhattan. Was kann ich dir Gutes tun?« Die junge Barista klingt auffallend fröhlich, woraus ich schließe, dass sie noch nicht lange dabei ist. Es ist erfrischend, mal mit jemanden zu sprechen, der noch Begeisterung für seinen Job aufbringt.

»Ich hätte gern einen Caffè Mocha ohne die gesüßte Schlagsahne und für mich einen Iced Cappuccino, bitte.« Sie nickt und beginnt sofort damit, die Bestellung zuzubereiten.

Keine drei Minuten später balanciere ich einen Getränkehalter mit beiden Bechern nach draußen und mache mich auf den Weg zurück ins Büro. Dabei stelle ich fest, dass es deutlich schwieriger ist, sich mit vier Anzügen und zwei To-go-Bechern durch das New Yorker U-Bahn-Netz zu kämpfen. Dementsprechend durchgeschwitzt komme ich wieder bei *AB International* an. Die Anzüge deponiere ich zunächst auf der Lehne meines Stuhls, bevor ich mit dem Caffè Mocha in der Hand in Ashers Büro spaziere. Natürlich nicht, ohne vorher anzuklopfen.

»Das hat ja gedauert.« Kein Hallo. Kein Danke. Kein »Schön, dass du wieder da bist«.

»Stell dir vor, es gibt Warteschlangen in dieser Stadt«, erwidere ich augenrollend. Wann er sich wohl seinen letzten Kaffee selbst geholt hat?

Seine Mundwinkel zucken. Allerdings ist diese minimale Gefühlsregung so schnell wieder vorbei, dass ich sie mir sicher nur eingebildet habe. Asher wirft einen Blick auf die breite Armbanduhr an seinem Handgelenk.

»Ich habe jetzt einen wichtigen Videocall. Normalerweise esse ich um halb eins, aber das wird diesmal nicht möglich sein. Am besten du bringst es mir gegen eins.«

Ich beiße mir auf die Unterlippe, um nichts Falsches zu sagen. Immerhin hat er gerade zum ersten Mal in einem halbwegs vernünftigen Ton mit mir gesprochen.

»Was darf ich dem Herrn denn servieren?« Okay, ganz ohne Sarkasmus geht es nicht.

Asher hebt den Kopf und unsere Blicke treffen sich. Sofort rieselt ein leichter Schauer meinen Rücken hinab. In seinen Augen blitzt etwas auf, dass ich fast als Verlangen bezeichnen würde.

Ich schlucke.

Machen ihn meine Spötteleien etwa an? In meinem Bauch beginnt es zu kribbeln, weshalb ich mich schnell an das Versprechen mit Preston erinnere. Asher ist tabu. Egal, auf welche Weise er mich ansieht. Ich werde nicht darauf hereinfallen.

»Die Bestellung liegt auf deinem Schreibtisch. Sorg dafür, dass ich in den nächsten Stunden nicht gestört werde.«

»An *bitte* und *danke* werden wir arbeiten, aber geht klar. Keine Belästigung bis ein Uhr. Verstanden.«

Ich wende ihm den Rücken zu, um sein Büro zu verlassen. Wenn mich mein Gehör jedoch nicht getäuscht hat, meine ich, dass Asher so etwas wie »braves Mädchen« geantwortet hat. Diese zwei Worte verwandeln meine Beine in Wackelpudding, weshalb ich höchst dankbar dafür bin, dass Marlies Schreibtisch in unmittelbarer Nähe zur Tür steht.

Langsam sinke ich auf meinen Stuhl und fahre mir mit der

Hand einmal übers Gesicht. Ich muss dringend an meiner Deckung arbeiten, sonst hat Asher ein leichtes Spiel.

Die nächsten Stunden ziehen ereignislos an mir vorbei. Ich versuche, das Terminsystem zu verstehen, mit dem *AB International* arbeitet, wühle mich durch die vielen Notizen, die Marlie mir hinterlassen hat, und verbinde erstaunlicherweise eine Person am Telefon nur dreimal falsch. Alles in allem schlage ich mich nicht schlecht.

Nachdem ich Asher pünktlich um eins sein Green Goddess-Sandwich serviert habe, gönne ich mir selbst eine Pause und genieße mein Green Goddess Grilled Cheese Sandwich. Denn anders als er, habe ich kein Problem mit zu viel Käse. Recht unelegant lümmle ich in meinem Bürostuhl. In der einen Hand halte ich mein Handy, um mich über den neusten Klatsch und Tratsch der Promiwelt zu informieren, während ich in der anderen mein Mittagessen balanciere und versuche, es nicht auf mein Kleid zu kleckern. Als sich dann doch ein Stück Avocado herauslöst und in meinem Schoß landet, seufze ich genervt. Mit etwas Wasser und einem Taschentuch versuche ich, den Fleck grob abzuwaschen.

»Ähm, Entschuldigung? Wo ist denn Marlie?«

»Im Mutterschaftsurlaub«, entgegne ich und sehe auf. Vor mir steht ein junger Mann, der mich schüchtern anlächelt. Er ist schätzungsweise etwas jünger als ich. Seine braunkarierten Chinos werden von gleichfarbigen Hosenträgern oben gehalten, die über einem weißen Hemd gespannt sind. Mit dem Zeigefinger schiebt er die dünne silberne Brille auf seiner Nase zurecht.

»Dann bist du ... die Neue? Also ihre Vertretung?«

Ich lächle und verstaue den Rest meines Sandwichs in die Verpackungstüte. Dann wische ich meine Hände an einem neuen Taschentuch ab und halte ihm die Rechte hin.

»Ganz genau! Ich bin Romy.«

»Phil, freut mich.« Er lässt meine Hand los und reicht mir stattdessen einen Stapel Post.

»Du bist also die Brieftaube des Hauses?« Er lacht, bevor er die Griffe seines Wägelchens wieder umfasst und ihn einmal kurz vor und zurückschiebt.

»Könnte man sagen, ja. Ich mache gerade ein Praktikum und zu mehr als Post verteilen, habe ich es noch nicht gebracht.« Phil zieht eine Grimasse, die mich diesmal zum Lachen bringt.

»Was nicht ist, kann noch werden. Wie lange bleibst du?«

»Mehrere Monate«, entgegnet er.

»Dann bekommst du sicher die Gelegenheit, andere Dinge auszuprobieren, und wenn nicht, kommst du vorbei und ich mache dem Herrn da hinten ein bisschen Feuer unterm Hintern.« Ich zwinkere ihm zu. Phil grinst, doch mir entgeht der vorsichtige Blick nicht, den er Richtung Ashers Büro wirft.

»Romy! Ich brauche dich mal«, tönt es genau in diesem Moment durch die Gegensprechanlage auf dem Schreibtisch.

»Ups, da haben wir seinen Namen wohl einmal zu oft gesagt.«

Phil lacht nicht, sondern verabschiedet sich übereilt und ist genauso schnell weg, wie er gekommen ist. Nachdenklich sehe ich ihm hinterher. Ist Asher tatsächlich so ein Tyrann, dass seine Angestellten Angst vor ihm haben? Er wirkt zwar unnahbar und spricht nur das Nötigste, trotzdem kann ich mir nicht vorstellen, dass er seine Mitarbeiter schlecht behandelt.

»Sofort!«, schickt er hinterher, weshalb ich aufstehe, die Tür zu seinem Büro öffne und mich mit verschränkten Armen gegen den Rahmen lehne.

»Erinnerst du dich an das, worüber wir heute Morgen gesprochen haben?«, frage ich und sehe ihn abwartend an.

»Nein. Dementsprechend kann es nichts Wichtiges gewesen sein.«

Ich schnalze mit der Zunge, stoße mich vom Türrahmen ab und lasse mich auf einen seiner Besuchersessel fallen.

»Erstens: Es tut nicht weh, ein bisschen weniger Arschloch zu sein. Und zweitens: Bitte und Danke zu sagen, bringt dich nicht um.«

Er lehnt sich in seinem Stuhl zurück und legt die Fingerspitzen aneinander. Unter seinem eindringlichen Blick beginnt mein Körper zu kribbeln. Sofort rufe ich mich zur Ordnung. Er mag sexy und machtvoll aussehen mit den vielen Wolkenkratzern im Rücken, aber das löst gar nichts in mir aus. Überhaupt nichts.

Unruhig rutsche ich auf meinem Platz hin und her, während er mich lediglich ansieht. Meine Wangen werden heiß und ich versuche krampfhaft, seinem Blick standzuhalten. Aber je länger wir einander in die Augen schauen, desto schwieriger wird es, das Ziehen in meinem Unterleib zu ignorieren.

»Du musst ein Babygeschenk für Marlie kaufen. Nutz dafür ruhig deine restliche Arbeitszeit heute.«

»Was?« Ich war so damit beschäftigt, unter seinem Blick nicht einzuknicken, dass seine Worte nur langsam zu mir durchdringen.

»Ich wiederhole mich ungern. Also hier die Kurzfassung: Du. Babygeschenk. Marlie. Kaufen.«

Ein Lachen entflieht mir, woraufhin sich seine Augen für eine Sekunde weiten. Zufriedenheit flutet mich, weil ich es geschafft habe, ihn aus der Reserve zu locken.

»Ist daran irgendetwas lustig?« Seine Stimme hat einen gefährlich dunklen Unterton angenommen. Einen, bei dem sich mir die Nackenhaare aufstellen sollten, stattdessen spüre ich, dass meine Brustwarzen hart werden und sich gegen den Stoff meines BHs drücken. Ich räuspere mich, um Zeit für die Antwort zu gewinnen.

»Ja, die Tatsache, dass du denkst, ich würde allein ein Geschenk für eine Frau kaufen, die ich zweimal in meinem Leben gesehen habe.«

»Du hast sicher Freundinnen mit Kindern. Auf dem Terrain kennst du dich besser aus als ich.« Asher richtet den Blick wieder auf den Bildschirm vor ihm.

Ich beiße mir auf die Unterlippe. Eine lange nicht mehr da gewesene Melancholie überkommt mich. Ich hätte Freundinnen mit Kindern, wenn Dan mich nicht vollkommen für sein Start-up vereinnahmt hätte. In den letzten Jahren bin ich so mit der Arbeit beschäftigt gewesen, dass ich meine Freundschaften vernachlässigt habe. Nach und nach haben sich alle von mir abgewandt, doch als ich meinen Fehler bemerkt habe, ist es bereits zu spät gewesen. Niemand wollte meine Entschuldigungen hören. Deshalb hat es nur Preston gegeben, an den ich mich nach meiner Trennung von Dan hatte wenden können.

Inzwischen bin ich klug genug, diesen Fehler nicht zu wiederholen, und habe mir fest vorgenommen, meine sozialen Kontakte wieder aufzustocken.

Jetzt allerdings verdränge ich diese Erinnerungen und konzentriere mich auf das Hier und Jetzt.

»Vergiss es, Asher. Aus der Nummer kommst du nicht raus«, entgegne ich und beobachte, wie sich seine Hand um die darin liegende Maus verkrampft.

»Ich bin dein Boss. Du tust, was ich dir sage.«

Mein erneutes Lachen scheint ihn wieder aus der Fassung zu bringen. Seine Augen zucken zu mir und für einen klitzekleinen Moment sehe ich darin den Jungen, in den ich mich damals verliebt habe.

»Die Masche würde bei jeder anderen Assistentin ziehen. Aber bei mir nicht.« Ich lehne mich ein Stück vor. Sein Duft schlägt mir dabei so heftig entgegen, dass ich kurzzeitig aus dem Konzept gerate und zurück in sein Schlafzimmer katapultiert werde.

»Ich werde auf keinen Fall allein ein Babygeschenk kaufen«, knurrt er, woraufhin ich meine Lippen zu einem Lächeln verziehe.

»Musst du auch nicht. Du begleitest mich.«

### *Asher*

Das hier ist die Hölle. Rechts von mir hängt reihenweise blaue Babykleidung an den Ständern und links wiederholt sich der Anblick in rosafarben. Fröhliche Musik dudelt aus nicht sichtbaren Lautsprechern an der Decke. Der ganze Laden sprüht vor Fröhlichkeit und ich bin mittendrin.

Wieso genau bin ich noch einmal hier? Ich lasse den Blick über die anderen Kundinnen schweifen, bis ich *sie* entdecke. Romy. Die Antwort auf meine Frage. Sie hat sich einige Meter von mir entfernt und inspiziert zwei Kuscheltiere, die verdächtig nach einem Hasen und einem Esel aussehen.

Für einen Moment gestatte ich mir, sie richtig anzusehen. Wahrzunehmen, wie gut sich ihr Kleid an ihre weiblichen Rundungen schmiegt. Als sie damit heute Morgen in mein Büro spaziert ist und mir ihre Aufgabenliste auf den Tisch geknallt hat, war ich erleichtert, dass sie zunächst unterwegs ist. Allein zu wissen, dass Romy in diesem Outfit nur wenige Meter von mir entfernt sitzt, hätte mir das Arbeiten unmöglich gemacht.

Dennoch ist es interessant, wie sehr ihr Kleidungsstil sich in den letzten zehn Jahren verändert hat. Damals hat ihre Mom sie nur mit viel Überredungskunst in ein Kleid bekommen. Romy war immer der sportlichere Typ mit Jeans und T-Shirt. Mittlerweile ist ihr Hintern rundlicher geworden. Ihre Brüste voller. Diese Figur würde ich auch nicht unter zu großen T-Shirts und weiten Hosen verstecken.

»Asher! Komm mal her!« Ihre Stimme reißt mich aus meinen Gedanken. Ich schiebe das Handy zurück in die Manteltasche und schlendere langsam zu ihr herüber. Dabei bin ich mir bewusst, wie die anderen Frauen mich ansehen. Nämlich so, dass ihre Männer sie schnell wieder in ein Gespräch verwickeln.

»Was hältst du davon?« Romy zeigt mir Hase und Esel, doch es gibt nichts, was mich weniger interessiert.

»Sind beide in Ordnung. Entscheide du.«

Sie schnaubt. »Du hast eingewilligt mitzukommen, also beteiligst du dich auch an den Käufen.«

»Genau genommen habe ich nicht eingewilligt. Du hast mir keine andere Wahl gelassen.«

Prompt werden Romys Wangen von einer zarten Röte überzogen. »Du hättest Nein sagen können. Das kannst du sonst auch so gut.«

Ich unterdrücke ein Schmunzeln. Unsere kleinen Auseinandersetzungen im Büro machen mehr Spaß, als sie sollten, und wenn es nach mir gegangen wäre, würden wir noch immer darüber streiten, ob ich sie begleite oder nicht. Als wir damals ein Paar gewesen sind, hatten wir selten Streit. Genau genommen nie. Romy ist zwar schon immer ein ungeduldiger Mensch gewesen und ich schätze, dass sich das in den vergangenen Jahren nicht geändert hat, aber sie war nie streitsüchtig. Eher die typische People Pleaserin, die es allen recht machen wollte. Irgendwann muss sie diesen Punkt überwunden und ihr Selbstbewusstsein gestärkt haben.

Es ärgert mich, nicht dabei gewesen zu sein.

»Wir nehmen den Hasen«, beschließt sie und wirft ihn in den roten Einkaufskorb, den sie mir anschließend in die Hand drückt. »Was wird es überhaupt?« Sie läuft weiter in den nächsten Gang, wo es haufenweise Nachtlichter gibt.

»Ein Mädchen«, entgegne ich.

Romy seufzt verzückt auf und greift nach einer Lampe, auf der einige Tiere des Waldes abgedruckt sind. Unter anderem auch ein Hase. Langsam sehe ich, wohin das führt.

»Das können wir sogar personalisieren lassen! Hat Marlie

dir den Namen verraten?« Zu Romys Enttäuschung schüttle ich den Kopf.

»Über solche Dinge sprechen wir selten«, erkläre ich, während ich mich frage, warum ich ihr das überhaupt erzähle.

»Stimmt ja. Für dich gibt es nur Arbeit, Arbeit, Arbeit. Wie konnte ich das vergessen?« Romy zwinkert mir zu und erstarrt im nächsten Moment. Ihre Schultern ziehen sich hoch. Sie wendet den Blick ab und legt eilig das Nachtlicht zu dem Hasen in unseren Korb.

Ich weiß genau, was gerade in ihrem Köpfchen vor sich geht. Das hier, unsere gemeinsame Zeit, die wir außerhalb des Büros verbringen, fühlt sich viel zu vertraut an.

Sofort kommt mir Prestons Nachricht in den Sinn, die er gestern Abend geschickt hat. Mein bester Freund lässt selten den großen Bruder raushängen. Vor zehn Jahren hat er das gar nicht getan, aber diesmal sind seine Absichten mehr als deutlich. Wenn ich auch nur daran denke, Romy in irgendeiner Weise nahezukommen, wird er dafür sorgen, dass mein Sexleben in Zukunft schwieriger zu bewältigen sei. Eine Drohung, die ich durchaus ernst nehme.

»Mein Leben besteht nicht nur aus Arbeit. Ich unternehme auch andere Dinge, die Spaß machen.«

»Zum Beispiel?« Romy läuft zurück zur Babykleidung und begutachtet konzentriert jeden einzelnen rosafarbenen Strampler.

»Aktivitäten, die überwiegend nach Feierabend in horizontaler Lage stattfinden.«

Mit hochgezogenen Augenbrauen sieht sie mich an. Es dauert einen Augenblick, bis sie versteht. Ihr Mund formt sich zu einem überraschten O und sieht dabei so perfekt aus, dass ich mir vorstelle, wie ihre Lippen meinen Schwanz umhüllen.

Ihre Wangen nehmen einen dunkelroten Ton an, bevor sie sich abwendet und sich wieder intensiv mit der Babykleidung beschäftigt.

»Wie gut, dass ich diese Art von Terminen nicht koordiniere«, murmelt sie.

Ich stelle den Korb ab und trete hinter sie. Ihr blumiger Duft streift meine Nase, weshalb ich mir erlaube, kurz tief einzuatmen.

»Preston hat mir bei unserem Telefonat versichert, dass du meine beruflichen und privaten Termine mit Leichtigkeit regelst.« Ich meine ein leises »Das darf doch nicht wahr sein« zu hören.

»Ich werde trotzdem nicht deine Bettgeschichten für dich einbestellen«, sagt sie dann etwas lauter. Für einige Sekunden erlaube ich mir ein Grinsen, doch dann erinnere ich mich daran, wer ich bin. Bevor Romy sich umdreht, kehre ich zu meinem gewohnt ernsten Gesichtsausdruck zurück.

Unsere Blicke verankern sich ineinander. In ihren warmen blauen Augen liegt ein stoischer Ausdruck, der mich mehr anmacht, als er sollte. Romy hat sich zu einer Kämpferin entwickelt und ich würde gern wissen, welche Hürden sie nehmen musste, um die Person zu werden, die sie heute ist.

Gleichzeitig könnte ihr Auftreten mir gegenüber auch ein Schutzmechanismus sein. Egal, was es ist, ich werde es herausfinden. Obwohl mir klar ist, dass ich damit ein gefährliches Spiel beginne.

»Du hast eine Kleinigkeit vergessen«, meine ich leise und stütze meine Arme rechts und links neben ihrem Kopf am Kleiderständer ab. Ihr warmer Atem trifft auf mein Gesicht. Sie kräuselt die Stirn.

»Was genau?« Sie versucht, ihre Stimme unter Kontrolle zu halten, aber die leichte Atemlosigkeit entgeht mir nicht.

»Du bist meine *persönliche* Assistentin. Es ist egal, was ich dir auftrage. Du musst es erledigen.«

Ein kurzes, hartes Lachen verlässt ihren Mund.

»In welcher Welt lebst du denn? Ich regle alles, was mit dir und *AB International* zu tun hat, aber deine Sexdates kannst du selbst anrufen.«

Sie duckt sich unter meinem Arm hindurch und widmet sich wieder der Auswahl an Stramplern. Mit der Hand fahre ich mir durchs Haar. Beobachte Romy, wie sie ein Kleidchen nach dem anderen in unseren Korb schmeißt und dabei den Blickkontakt mit mir meidet.

Irgendwann hole ich mein Handy hervor und beginne, einige geschäftliche Mails zu beantworten. Vor allem, um mich von der Tatsache abzulenken, dass ich aktuell nur eine Frau zu einem »Sexdate« einladen will. Eine, die ich bereits hatte und verloren habe. Die eine, die unerreichbar ist, obwohl sie nur wenige Meter von mir entfernt steht.

# 6

## *Romy*

»Hier.« Asher ist neben mir aufgetaucht und hält mir ein schwarzes, dünnes, in Leder gebundenes Buch vor die Nase.

»Was soll ich damit?« Ich nehme es entgegen und drehe es verständnislos in den Händen.

»Das ist mein Adressbuch. Ich habe einige Kontakte für dich markiert. Reservier für die kommenden vier Abende jeweils einen Tisch für zwei Personen in einem hübschen, angesehenen Lokal. Immer für acht Uhr.«

Ich versuche, das Gesicht nicht zu verziehen und scheitere kläglich.

»Ich soll ernsthaft deine Dates planen?« In meinem Bauch bildet sich ein Knoten aus Wut. Wie kann jemand nur so unsensibel sein? Immerhin waren wir mal ein Paar. Gut, das ist inzwischen ein Jahrzehnt her, aber findet er es nicht unangebracht, mich um so etwas zu bitten? Arschloch hin oder her.

»Ich bezahle dir eine Menge Geld. Überdurchschnittlich viel, wenn wir beide ehrlich sind. Da erwarte ich, dass du dies für mich erledigst. Außerdem bin ich jetzt in einem Meeting. In der nächsten Stunde also keine Telefonate durchstellen und andere Störungen unterbinden.«

Ich kralle meine Finger fester um das kleine Büchlein. »Na ja, immerhin führst du sie vorher zum Essen aus und vögelst sie nicht nur.« Es sollte mir nichts ausmachen, mit wem er ins Bett geht. Aber das tut es. Und das stört mich gewaltig.

Asher beugt sich zu mir herunter. Sein intensiver hölzerner Duft umschmeichelt meine Nase. Ich schlucke, als seine Lippen mein Ohr streifen.

»Ich hätte nichts dagegen, stattdessen dich zum Essen auszuführen. Aber das wäre unangebracht.« Ehe ich etwas erwidern kann, hat er sich aufgerichtet und verschwindet in sein Büro.

»Da würde ich sowieso nicht zustimmen!«, rufe ich ihm hinterher, doch seine Tür ist bereits geschlossen.

Seufzend sinke ich auf meinem Stuhl zusammen und erinnere mich an meinen Fingerschwur mit Preston. Dabei habe ich weder vor, mit Asher Essen zu gehen noch mit ihm in die Kiste zu steigen. Aber die Spannungen zwischen uns sind deutlich spürbar. Er hat seinen Reiz auf mich nicht verloren und ich habe das Gefühl, dass es ihm nicht anders geht. Abgesehen von seiner kühlen Art, ist er überraschend flirty. Wobei ich nicht weiß, ob er das Frauen gegenüber immer ist.

Argh! Ich muss dringend mit Preston sprechen. Also schicke ich ihm kurzerhand eine Nachricht mit der Frage, ob wir uns nach Feierabend auf einen Drink treffen wollen. Seine Antwort kommt innerhalb weniger Minuten und beinhaltet lediglich zwei Daumen-hoch-Emojis.

Trotz seiner wortkargen Auskunft bessert sich meine Stimmung. Auf einmal kommt es mir nicht mehr furchtbar vor, in schicken Restaurants Tische zu reservieren. Anschließend blättere ich Ashers Adressbuch durch und rufe die ausgewählten Frauen an, um sie über das Treffen zu informieren. Überraschenderweise hat jede von ihnen Zeit. Dabei bin ich mir sicher gewesen, dass mindestens eine das Date nicht wahrnimmt.

Pünktlich um fünf mache ich Feierabend und fahre mit der U-Bahn zu meinem Treffen mit Preston. Er wartet bereits in der stylishen Rooftop-Bar mit Ausblick über Manhattan auf mich.

»Ich habe dir einen Cosmopolitan bestellt. Ich hoffe, das war in Ordnung.«

»Alles mit Alkohol ist aktuell gut«, erwidere ich, drücke ihm einen kurzen Kuss auf die Wange und lasse mich dann auf den Stuhl ihm gegenüber fallen.

»So schlimm, hm?« Preston zieht eine Augenbraue nach oben und schmunzelt.

»Schlimmer«, entgegne ich, nachdem ich den ersten Schluck des Cocktails zu mir genommen habe.

»Na, los. Erzähl mir davon.« Ich lasse meinen Blick über die Speisekarte schweifen. Da Asher darauf besteht, sein Mittagessen immer von einem bestimmten Laden zu erhalten, habe ich heute nur ein Green Goddess Grilled Cheese Sandwich gegessen und tassenweise Kaffee in mich hineingeschüttet.

»Er ist ... der Teufel! Höflichkeiten scheint Asher in den letzten Jahren vollkommen verlernt zu haben. Er zitiert mich regelrecht in sein Büro, wenn er etwas besprechen will. Zitieren, Pres! Er könnte nett fragen, aber nein! Dazu ist er nicht im Stande. Und weißt du, was das Schlimmste ist?«

Mein Bruder schüttelt den Kopf, kann sich ein Grinsen allerdings nicht verkneifen.

»Ich muss Dates für ihn organisieren. Dates! Ist das zu fassen? Und zwar nur, weil *du* gesagt hast, dass ich sowohl private als auch berufliche Termine locker koordinieren kann.« Mit dem Finger deute ich anklagend in seine Richtung.

Preston bleibt eine Antwort vorerst erspart, weil genau in dem Moment ein Kellner vorbeikommt und fragt, ob wir etwas Essen möchten. Mein Bruder entscheidet sich für ein Sandwich, während ich mir die größte Portion Nachos mit Käsesoße und zusätzlich noch eine Portion Pommes bestelle. Nicht die gesündeste Ernährung, aber aktuell ist mir das egal. Fettiges Essen beruhigt Nerven und Geist. Und das brauche ich gerade.

»Zu meiner Verteidigung: Ich habe das damals nur gesagt, damit du beruflich attraktiver wirst. Außerdem wusste Asher zu dem Zeitpunkt nicht, wen ich ihm vermitteln wollte. Er hat das Telefonat beendet, bevor dein Name gefallen ist.«

Ich schnaube in meinen Cocktail. Das sieht ihm ähnlich. Unsere Gespräche bricht er auch einfach ab.

»Halt das nächste Mal trotzdem lieber die Klappe«, murmle ich, woraufhin Preston nur breiter grinst.

»Keine Sorge. Asher und ich reden bei unseren Treffen nicht über dich. Aber jetzt mal ernsthaft: Du glaubst doch nicht wirklich, dass du für ihn Dates planst, oder?«

Genervt rolle ich mit den Augen und trinke noch einen Schluck, bevor ich mein Firmenhandy hervorkrame und ihm die Bestätigungsmails der Restaurants zeige.

»Sieht das für dich nach Einbildung aus?«

Da ist etwas in Prestons Blick, das mich aufmerksam werden lässt. Dieses kleine Aufblitzen von Wissen, das er nicht haben dürfte. So hat er schon früher ausgesehen, wenn er Geheimnisse vor mir hatte.

»Was weißt du?« Ich verenge die Augen zu Schlitzen und lehne mich ein Stück über den Tisch.

»Denk doch mal an früher. Als ihr noch nicht zusammen wart, sondern wir ohne Hintergedanken abgehangen haben.« Preston seufzt, als ich nach einer geschlagenen Minute noch immer nicht geantwortet habe. »Asher hat dir Streiche gespielt, um dich aus der Reserve zu locken. Und genau das hat er heute wieder getan. Asher datet nicht, Schwesterherz. Niemals. Er muss Frauen nicht zum Essen ausführen, damit sie sich für ihn ausziehen.«

Ich runzle die Stirn und versuche, mich krampfhaft an die Zeit zu erinnern, als Asher nur der beste Freund meines Bruders war. Es stimmt schon, dass er sich hin und wieder einen Scherz erlaubt hat, damit ich aus meiner Komfortzone herauskomme. Aber das ist eine Ewigkeit her. Er würde doch nicht ...?

Als unser Essen serviert wird, drehe und wende ich die Worte noch immer im Kopf und zerbeiße nachdenklich meine Nachos. Würde er so weit gehen, meine produktive Arbeitszeit dafür zu verschwenden? Nur, um aus mir eine Reaktion herauszukitzeln?

Bis es plötzlich *Klick macht.*

»O mein Gott! Er hat mich verarscht.«

Preston sieht mich kauend an und nickt schließlich. »Und du bist voll drauf reingefallen«, bestätigt er mit vollem Mund.

»Ich fasse es nicht! Der Kerl ist achtundzwanzig! Wachsen Männer nicht irgendwann aus diesem kindlichen Verhalten raus?«

»Ne, ein bisschen jugendlicher Leichtsinn bleibt immer. Auch bei so reichen Männern wie Asher«, entgegnet Preston.

Genervt knabbere ich an meinen Nachos. Dieser verfluchte Mistkerl wollte testen, ob es mir etwas ausmacht, wenn er sich mit anderen Frauen trifft und hat Erfolg damit gehabt! Innerlich klatsche ich mir mit der Hand gegen die Stirn. Wieso bin ich da nicht von selbst darauf gekommen? Dating passt nicht zu seinem jetzigen Lebensstil. Außerdem ist er kommunikationsbehindert und bekommt kaum ein nettes Wort über die Lippen. Da wäre jegliches Gespräch vollkommen sinnlos. Im Bett müsste er allerdings nicht viel sprechen. Das übernehmen die Körper.

Ich schlucke, als sich plötzlich Bilder von Asher vor mein inneres Auge schieben, wie er nackt in seinem Bett in dem dunklen, verboten gut duftenden Schlafzimmer liegt.

»Hör auf, dir Sex mit meinem besten Kumpel vorzustellen.« Preston schmeißt mich mit einer zerknüllten Serviette ab, die mich mitten im Gesicht trifft.

Ich zucke zusammen. Meine Reaktionsfähigkeit ist aufgrund des Tagtraums deutlich eingeschränkt.

»Daran habe ich nicht gedacht«, erwidere ich und werfe die Serviette zurück, die Preston mühelos abfängt.

»Aber an ihn.«

Statt einer Antwort schiebe ich mir einige Pommes in den Mund.

Mein Bruder seufzt.

»Ich werde dich nicht jedes Mal an unseren Schwur erinnern. Du bist ein großes Mädchen und kannst inzwischen auf dich selbst aufpassen.«

»Wie äußerst großzügig, dass du mich inzwischen als erwachsen ansiehst«, entgegne ich sarkastisch.

Preston grinst.

»Du wirst immer meine kleine Schwester sein. Genau aus dem Grund habe ich Asher davor gewarnt, was passiert, wenn er versucht, sich an dich ranzumachen.«

Ich halte im Kauen inne und schlucke die restlichen Pommes herunter. »Hast du gesagt, dass du ihn schlagen wirst?«

Er schüttelt den Kopf. Sein Grinsen wird breiter und mir schwant Böses. »Ich habe ihm geraten, die Finger von dir zu lassen, wenn er in naher Zukunft kein Eunuch werden will.«

»Ach du heilige Scheiße.« Stöhnend vergrabe ich mein Gesicht in den Händen. »Ist dir dabei nicht in den Sinn gekommen, dass er immer noch mein Chef ist?«

»Nope. Für mich ist er mein bester und dein Ex-Freund. Von daher ist es vollkommen in Ordnung, so mit ihm zu reden.« Ich sehe meinen Bruder zweifelnd an. Liegt darin vielleicht der Grund, weshalb Asher mich zum Essen eingeladen hat? Weil er wusste, dass ich seinem Charme erliege und in seinem Bett lande? Bin ich durch Prestons Eingreifen zu etwas Verbotenem geworden, dass er auf jeden Fall haben will?

»Zwischen uns wird nichts passieren«, stelle ich klar und

weiß dabei nicht, ob ich es sage, um Preston zu beruhigen oder um meinen Willen dahingehend zu stärken.

»Diese Einstellung gefällt mir! Gib Asher so viel Kontra, wie du kannst. Soweit ich weiß, hasst er Widerworte.« Ein triumphierender Ausdruck tritt auf sein Gesicht. Fast so, als hätte er die Idee des Jahres gehabt.

Ich hingegen bezweifle, dass Asher vor meiner spitzen Zunge zurückschreckt. Dieser Mann hat vor nichts und niemandem Angst. Wenn überhaupt spornt ihn meine ablehnende Haltung noch weiter an. Aber das sage ich Pres natürlich nicht.

Stattdessen bestellen wir noch eine weitere Runde Cocktails und quatschen über Gott und die Welt. Es ist ein schöner, entspannter Abend, den wir öfter wiederholen sollten. Vor allen in den kommenden drei Monaten. Da werde ich sicher den ein oder anderen Cosmo brauchen, um den Arbeitstag Revue passieren zu lassen, ohne mich vollkommen aufzuregen.

Gegen acht winkt Preston ein Taxi für mich heran. Seine Wohnung liegt nur wenige Straßen entfernt, weshalb er selbst zu Fuß geht. Wir verabschieden uns und ich rutsche auf die Rückbank. Aus zwei Cosmopolitan sind letztendlich vier geworden, weshalb sich mein Kopf leicht schwummrig anfühlt.

Es wäre klug, nach Hause zu fahren, zu duschen und mich ins Bett zu kuscheln. Aber ich war noch nie bekannt dafür, gute Entscheidungen zu treffen, wenn ich Alkohol getrunken habe. Also nenne ich dem Fahrer nicht die Adresse meines Appartements, sondern die des Restaurants, in dem ich für heute Abend einen Tisch reservieren musste. Preston ist zwar felsenfest davon überzeugt, dass Asher sich einen Scherz erlaubt hat, aber ich brauche einen handfesten Beweis. Und deswegen bin ich jetzt auf dem Weg zum *La Petite*.

Der New Yorker Verkehr ist gnädig mit mir, denn die Fahrt ist wesentlich kürzer als erwartet. Trotzdem sind die

Straßen noch immer voller Leben. Menschenmassen strömen an mir vorbei. Fahrradkuriere klingeln, um sich Platz zu verschaffen. Autofahrer hupen, weil es ihnen nicht schnell genug geht. Genau für diese Hektik liebe ich diese Stadt und würde sie um nichts in der Welt verlassen.

In wenigen Schritten bin ich vom Taxi an der Fensterfront des *La Petite*. Inzwischen ist es halb neun, weshalb Asher und sein Date bereits hier sein müssten. Fast alle Tische des Restaurants sind besetzt. Systematisch scanne ich sie mit den Augen ab, entdecke Asher jedoch an keinem.

Glücklicherweise sitzt auch keine Frau irgendwo allein und fragt sich, weshalb sie versetzt wurde.

»Ich fasse es nicht«, murmle ich, während ich mein Handy aus der Tasche ziehe und seine Nummer wähle.

Es klingelt dreimal, bis er mit einem schlichten »Ja?« abhebt.

»Was fällt dir ein?«, schimpfe ich und lasse ihm keine Zeit, auf meine rhetorische Frage zu antworten. Innerlich koche ich. Am liebsten würde ich gegen die steinerne Wand des Restaurants treten, um meinem Ärger Luft zu machen. »Lässt mich einen Tisch reservieren, um ihn selbst wieder abzusagen. Wenn dir meine Zeit so wenig wert ist, wäre es tatsächlich besser, wenn ich kündige. Marlies Aufgaben sind in deinen Augen anscheinend zu komplex für mich. Oder hast du solche Späße auch mit ihr getrieben?«

Am anderen Ende der Leitung bleibt es still. So still, dass ich mich frage, ob er aufgelegt hat.

»Hast du getrunken?«

Ich lache verblüfft. Das ist alles, was er dazu zu sagen hat? »Geht dich einen Scheißdreck an.«

»Wo bist du?« Seine Stimme klingt so kontrolliert wie immer und das nervt mich. Kann er nicht einmal aus der Haut fahren? Lachen, weil die Situation so amüsant ist? Mich anschreien, weil ich ihm offensichtlich hinterherspioniert habe? Ich will ihm eine Reaktion entlocken, die mich an den alten Asher erinnert. Aber darauf kann ich offensichtlich lange warten.

»Ist egal.« Ich seufze und massiere mir mit Daumen und Zeigefinger die Nasenwurzel. »Ich hätte nicht anrufen sollen. Wir sehen uns morgen.«

»Wo. Bist. Du?« Seine Worte klingen kurz und abgehackt. Wenn er jetzt vor mir stehen würde, könnte ich ihn vor Wut vermutlich vibrieren sehen. Trotz der vielschichtigen Geräuschkulisse um mich herum, höre ich, wie bei ihm im Hintergrund eine Tür ins Schloss fällt.

»Hm, lass mich nachdenken. Wo bin ich wohl, wenn ich weiß, dass du gerade nicht im *La Petite* sitzt?« Da hätte er auch selbst draufkommen können.

»Bleib da, ich hole dich ab.«

»Was? Nein, dass ...« Doch Asher hat längst aufgelegt. »Scheiße!« Hektisch schlängle ich mich durch die Menschen auf dem Bürgersteig und versuche, ein Taxi auf mich aufmerksam zu machen. Währenddessen rufe ich Asher erneut an, aber er nimmt nicht ab. Zu meinem Pech übersieht mich jedes Taxi. Egal, wie heftig ich winke. Als dann plötzlich ein schwarzer Bugatti neben mir hält, rutscht mir das Herz in die Hose. Das Fenster der Beifahrerseite wird heruntergefahren und Ashers Gesicht kommt zum Vorschein.

»Steig ein.« Kühl. Distanziert. Beherrscht. Wie immer.

Trotzig verschränke ich die Arme vor der Brust.

»Ich habe nicht darum gebeten, dass du mich abholst.« Ich bin mir fast sicher, dass er aufgrund meines Tonfalls mit den Augen rollt, allerdings zuckt lediglich seine linke Braue nach oben.

»Ich diskutiere nicht mit dir. Steig ein oder ich sorge dafür, dass du es tust.«

Für einen Moment wäge ich meine Möglichkeiten ab, wobei ich keinen Zweifel habe, dass Asher seine Drohung wörtlich meint. Will ich es riskieren, dass er mich vor den

Augen Hunderter Menschen über die Schulter wirft und in seinen Wagen verfrachtet? Himmel, nein!

Also öffne ich die Tür und lasse mich in den warmen Beifahrersitz sinken. Asher sagt kein Wort, sondern gibt direkt Gas und fädelt sich mühelos in den Verkehr ein.

Die Fahrt zu meinem Gebäudekomplex verläuft schweigend, wobei ich mir die Frage spare, woher er weiß, wo ich wohne.

Geschickt lenkt Asher den Wagen in eine freie Parklücke vor dem mehrstöckigen Haus und schaltet den Motor ab.

»Dann ... danke. Wir sehen uns im Büro.« Ich steige aus und mit winziger Verzögerung fällt nach meiner Beifahrertür eine weitere zu. Überrascht drehe ich mich um. Asher kommt mit großen Schritten auf mich zu. »Was genau hast du vor?«

»Ich bringe dich rein, um sicherzustellen, dass du dir nicht irgendwas brichst. Immerhin hast du getrunken.«

Ich unterdrücke ein Augenrollen.

»Das waren vier Cosmos. Du tust gerade so, als wäre ich stockbesoffen.« Ohne weiter auf ihn zu achten, spaziere ich durch die Eingangstür.

»Mit wem warst du unterwegs?« Asher hält mühelos mit mir Schritt, während ich durchs Atrium Richtung Fahrstuhl marschiere.

»Geht dich nichts an.« Ich drücke auf den Knopf und die Türen öffnen sich. Wir treten ein.

»Doch. Vor allem, wenn die Person nicht sicherstellt, dass du gut nach Hause kommst.«

Nachdem ich den Knopf für den vierten Stock betätigt habe, lehne ich mich gegen die Wand. Die Kabine ist viel kleiner als bei *AB International*, weshalb Ashers Präsenz sie vollkommen ausfüllt. Der Blick aus seinen zartbitterbraunen Augen durchbohrt mich förmlich. Sein süchtig machender Duft ist so intensiv, dass ich so flach wie möglich atme. Sofort muss ich an mein Vorstellungsgespräch denken. Die

Wärme seines Körpers, als er mich zwischen Fahrstuhlwand und sich eingekesselt hat. Hitze schießt mir in die Wangen, was von ihm nicht unbemerkt bleibt. Seine Augen verdunkeln sich um einige Nuancen.

Ich höre das leise *Pling*, was unsere Ankunft im gewünschten Stockwerk ankündigt, doch ich setze mich nicht in Bewegung. Die Türen öffnen sich. Wir bleiben an Ort und Stelle.

Es ist fast so, als würde Ashers Blick mich paralysieren. Das Feuer in meinen Wangen ist unerträglich und im Innenraum des Aufzugs ist es auf einmal so warm, dass ich meinen Mantel aufknöpfen muss. Asher verfolgt dabei jede meiner Bewegungen genau mit den Augen. Ich schlucke. Mein Verstand brüllt, dass ich schnellstens hier raus muss. Mein Herz verlangt zu bleiben.

»Ich sollte jetzt gehen«, krächze ich und schaffe es endlich, einen Fuß vor den anderen zu setzen. Allerdings sind die Fahrstuhltüren längst wieder geschlossen. Asher greift nach meinem Handgelenk. Dort, wo er mich berührt, fängt meine Haut Feuer.

»Damit eine Sache klar ist: Deine Arbeit ist mir neuntausend Dollar wert. Du dagegen bist unbezahlbar. Also denk nicht mal daran, innerhalb der nächsten drei Monate zu kündigen.«

Mein Herz macht einen Satz, während ein heißes Prickeln meine Wirbelsäule hinabläuft. Ich hebe das Kinn ein wenig, um ihn anzusehen, und da weiß ich, dass kurz Ashers altes Ich hervorblitzt. Der Junge, der mir solche Komplimente zuhauf gemacht hat.

»Wieso hast du mich heute verarscht? Damals konnte ich dein Triezen verstehen. Du wolltest, dass ich meine Schüchternheit überwinde und mehr aus mir herauskomme. Aber jetzt ...« Ich lasse den Rest des Satzes in der Luft hängen.

Asher lässt mich los und mir fehlt direkt die Wärme seiner

Berührung. Stattdessen streicht er mir eine verirrte Strähne aus der Stirn.

»Mittlerweile bist du selbstbewusst genug, ich weiß. Es gefällt mir, wie sehr du in meiner Gegenwart aus der Haut fährst und ich wusste, dass du es hassen würdest, meine ... Sexdates zu organisieren. Ich mag es immer noch, dich herauszu–«

»Das war keine Herausforderung, sondern demütigend«, falle ich ihm ins Wort und weiche einen winzigen Schritt zurück. Ein Stich durchzuckt meine Brust. Ich weiß nicht, ob es ein Gefühl der Kränkung oder eine schmerzhafte Erinnerung daran ist, dass ich den Mann vor mir nicht mehr kenne. Dabei wusste ich früher jedes noch so kleine Detail von ihm.

»Ich würde dich niemals demütigen, Romy. Aber ich verspreche dir, solche Aktionen in Zukunft zu lassen. Du hast mir gezeigt, dass du für dich selbst einstehen kannst. Sehr gut sogar.«

Ein kleines Lächeln umspielt meine Lippen und ich könnte schwören, dass sich auch seine Mundwinkel leicht in die Höhe ziehen.

Sein Lob gefällt mir. Es war ein harter Weg vom schüchternen Mäuschen zu der Frau, die ich heute bin, und Ashers Verschwinden hat wesentlich dazu beigetragen. Jeden Tag war ich in der Schule dem Getuschel und den öffentlichen Lästereien ausgesetzt. Aber das ist kein Thema, worüber ich mit ihm in einem Fahrstuhl sprechen will.

»Danke, dass du mich nach Hause gebracht hast.« Nachdem ich die Türen wieder geöffnet habe und nach draußen auf den Flur getreten bin, drehe ich mich noch einmal um.

»Ich habe mich übrigens mit Preston getroffen.«

Asher öffnet den Mund, doch da schließen sich die Türen bereits wieder und der Fahrstuhl fährt nach unten.

Sobald ich unsere Wohnung betreten habe, stürmen Rob und Ty mir entgegen.

»Du bist aus einem Bugatti ausgestiegen.« Tyler sieht

mich mit großen Augen an. »Wer bringt dich mit einem derart teuren Sportwagen nach Hause?«

Grinsend hänge ich meinen Mantel weg.

»Du darfst zwar alles essen, aber nicht alles wissen.« Ich zwinkere ihm zu und gehe an den beiden vorbei ins Wohnzimmer, wo ich vollkommen erschöpft aufs Sofa falle.

»Es gibt da etwas, worüber wir mit dir sprechen müssen.« Rob setzt sich neben mich und faltet die Hände ineinander. Er klingt ungewohnt ernst. Sofort breitet sich ein mulmiges Gefühl in meiner Magengegend aus.

»Ist alles in Ordnung?« Besorgt sehe ich zwischen meinen Mitbewohnern hin und her, die daraufhin einen schnellen Blick wechseln.

»Es war jemand hier und hat nach dir gefragt«, beginnt Rob.

»Wer?« Es wissen noch nicht viele Leute von meinem Umzug.

»Er hat seinen Namen nicht genannt. Wollte nur wissen, ob du zu Hause bist.« Tyler setzt sich uns gegenüber auf den Couchtisch. Das mulmige Gefühl in meinem Bauch nimmt zu.

»Könnt ihr ihn beschreiben?« Vielleicht hilft es mir dahinterzukommen, wer dieser ominöse Besucher war.

»Groß, sehr schlaksig. Dunkelblondes Haar. Riesige, drahtige Brille. Hab ich was vergessen?« Rob sieht Tyler an.

»Dunkle Ringe unter den Augen. Wirkte gestresst. Irgendwie gehetzt, als ob er verfolgt werden würde«, ergänzt er.

Nachdenklich tippe ich mir mit dem Fingernagel gegen das Kinn.

»Klingt ein bisschen nach meinem Ex.«

»Der Ex, der dir von heute auf morgen offenbart hat, dass eure Beziehung ein Ende hat und du ausziehen musst, weil die Wohnung neu vermietet ist?«

Ich nicke. Allerdings dachte ich, dass Dan sich längst in der Sonne von Paraguay bräunt.

»Hat er gesagt, worüber er sprechen will?« Beide schütteln synchron den Kopf, was mich noch mehr zum Grübeln bringt. »Falls er noch einmal auftaucht, lasst ihn auf keinen Fall in die Wohnung, verstanden?«

Bis zum überstürzten Ende unserer Beziehung habe ich Dan für einen klugen, sehr bedächtig handelnden Menschen gehalten. Sein plötzlich wieder entfachtes Interesse an mir und der unangekündigte Besuch hinterlassen allerdings einen bitteren Beigeschmack. Was könnte Dan von mir wollen? Und wieso ruft er nicht einfach an?

# 7

*Asher*

Charlotte Holmes hätte sich keine schäbigere Kneipe für unser Treffen aussuchen können. Schon beim Eintreten schlägt mir der Geruch von schalem Bier und kaltem Zigarettenrauch entgegen. Auch die Besucher dieses Etablissements passen perfekt. Abgetragene Kleidung. Dreckige Fingernägel. Verfilztes Haar. Fehlende Zähne.

Ich rümpfe die Nase und bereue einen Augenblick, mich nicht vorher umgezogen zu haben. Denn in meinem dunkelblauen Maßanzug, der vermutlich mehr kostet als das Gebäude, falle ich auf wie ein bunter Hund. Eine Tatsache, die ich gern vermieden hätte.

Zielstrebig steuere ich auf einen Tisch am Ende des Lokals zu, wo meine Privatdetektivin bereits sitzt. Ohne groß darüber nachzudenken, welche Körperflüssigkeiten sich eventuell auf den Sitzoberflächen befinden, sinke ich auf die freie Eckbank ihr gegenüber. Sie sieht mich nicht an, sondern ist weiterhin in ihre Akten vertieft.

Ich räuspere mich, woraufhin sie überrascht aufschreckt und eine Mappe mit dem Ellenbogen vom Tisch fegt.

»Mach dich beim nächsten Mal früher bemerkbar«, schimpft sie und sammelt die Dokumente vom Boden auf, der auch schon bessere Zeiten erlebt hat.

»Seit wann sind wir beim du?«, entgegne ich mit hochgezogenen Augenbrauen.

»Seit ich das so entschieden habe.« Sie setzt sich wieder und faltet die Hände ineinander. »Ich habe einen Vorschlag für dich.«

»Hatte ich nicht klar gemacht, dass sowas nicht notwendig ist?« Meine Stimme ist kalt wie Eis.

»Auch dann nicht, wenn es Russell Masters ins Gefängnis bringt?« Charlotte klimpert mit den Wimpern und setzt ein Lächeln auf, das jeden anderen Mann schwach gemacht hätte.

Äußerlich ist sie das Ebenbild einer Barbie. Blonde Haare, grüne Augen, eine Figur, für die sie viele Frauen sicher beneiden. Aber hinter der Fassade versteckt sich ihr knallhartes Inneres. Eine toughe Frau. Nie um einen Spruch verlegen. Die sich traut ihre Stimme zu erheben, falls nötig. Deshalb wollte ich mit ihr zusammenarbeiten. Sie ist die Inkarnation der perfekten Täuschung. Süß und unschuldig auf den ersten Blick. Gefährlich und verbissen beim zweiten Hinschauen.

»Wie meinst du das?« Ich senke die Stimme und lehne mich in ihre Richtung. Natürlich würde ich niemals ein Angebot ausschlagen, dass meinem Vater schadet. Und das weiß sie genau, wie ihr triumphierendes Lächeln beweist.

»Während meiner Recherchen darüber, wer die Gerüchte über dich in Umlauf gebracht hat, ist ein alter Arbeitskollege auf mich zugekommen. Er hat herausgefunden, dass ich mich über Russell informiere, und mir einen Deal vorgeschlagen.« Sie macht eine kurze Pause. Ich hebe die Hand, um sie am Weitersprechen zu hindern.

»Was für ein Kollege? Hast du etwa mit jemand Außenstehendes darüber gesprochen?« Ein weiterer Grund, weshalb ich mich für sie entschieden habe, war, dass jeder ihre absolute Verschwiegenheit beteuert hat.

»Mach dich locker. Ich habe nicht erwähnt, woran ich gerade arbeite. Im Gegensatz zu ihm.«

»Wer ist dein ominöser Freund denn?« Ein Kellner kommt vorbei, um mich nach meiner Bestellung zu fragen, doch ich gebe ihm mit einem finsteren Blick zu verstehen, wieder zu verschwinden. In dieser Kaschemme werde ich sicher nichts essen oder trinken. Sonst fange ich mir noch eine Hepatitis-A-Infektion ein.

Charlotte spielt mit einigen Unterlagen. »Sagt dir die Financial Action Task Force etwas?«

»Natürlich. Die verfolgen alles, was mit Geldwäsche zu tun hat.«

Sie nickt.

»Russell hat also Probleme«, mutmaße ich und verspüre, wie sich eine willkommene Ruhe in mir ausbreitet.

»Das ist noch gelinde ausgedrückt. Ihr Vater hat einen Haufen Scheiße an den Hacken kleben.«

Mein Blick zuckt nach rechts. Aus dem Schatten hinter Charlotte hat sich ein Mann gelöst. Schätzungsweise Mitte dreißig. Er trägt einen dunklen Anzug und fällt damit genau wie ich in diesem Etablissement auf.

Sofort setze ich mich aufrechter hin. »Und Sie sind?«

»Special Agent Dean North. Leiter der FATF.« Er hält mir die Hand hin, die ich nach kurzem Zögern ergreife. Anschließend sinkt er neben Charlotte auf die Bank und sieht mich erwartungsvoll an.

»In Ihrer Position muss ich Ihnen wahrscheinlich nicht erklären, was der Bank Security Act ist?«

Ich schüttle den Kopf. Mir ist sehr wohl bekannt, dass Banken durch den BSA verpflichtet sind, Geldtransfers über 10.000 Dollar zu tracken und dabei auffallende Unregelmäßigkeiten zu melden.

»Ihr Vater hat aufgrund des BSA unsere Aufmerksamkeit gewonnen. Er soll Gelder seiner Kunden unterschlagen. Es läuft zwar bereits eine Ermittlung, allerdings kommen wir nicht so schnell voran wie erhofft.« Ich sehe Agent North an, wie sehr ihn das wurmt. Wenn jemand seine komplette Aufmerksamkeit in einen Fall steckt und keine Ergebnisse erzielt, muss das zermürbend sein.

»Was genau wollen Sie von mir?« Betont lässig lehne ich mich zurück, doch in meinem Inneren herrscht Chaos. Russell bescheißt seine Kunden. Verbreitet parallel Gerüchte über mich. Warum? Damit meine Geschäftspartner mir den Rücken kehren und ihre Immobiliengeschäfte stattdessen in seine Hände legen?

»Ihr Geld.«

Um ein Haar hätte ich laut aufgelacht. Wenn es nur das ist. Davon habe ich genug. »Etwas mehr Informationen wären schön.«

Charlotte zieht ein Blatt aus einer ihrer Mappen und schiebt es mir herüber. Darauf ist eine Einladung für eine Spendengala abgedruckt. Gastgeber: Russell Masters.

»In letzter Zeit laufen seine Geschäfte nicht gut. Nur noch wenige Leute wollen mit ihm zusammenarbeiten und ihm ihre Immobilien verkaufen. Außerdem sind ihm einige Investoren für größere Projekte abgesprungen. Er braucht Geld. Deshalb hat er diese Gala organisiert«, erklärt sie, bis Agent North übernimmt.

»Sie sollen spenden, Mr. Brennon. Außerdem haben wir uns überlegt, dass sie ihm einige Ihrer Grundstücke verkaufen. Jetzt, wo ihr Name in Verruf gerät.«

Ich schnaube.

»Wir behalten Ihr Geld im Auge und schauen, welche Summe Russell in seine Bücher einträgt. Da wir den genauen Betrag kennen, den Sie ausgeben, wird es leicht sein, ihn zu überführen.«

»Also fungiere ich als eine Art ... V-Mann?« Skeptisch sehe ich zwischen den beiden hin und her. Keine Ahnung, was ich davon halten soll. Einerseits würde es mich freuen, Russell das Handwerk zu legen, andererseits erkenne ich den Mehrwert für mich dahinter nicht.

»Genau das wären Sie. Ein Informant«, bestätigend Agent North nickend.

»Was springt für mich dabei raus?«

»Was wollen Sie?« Agent North lehnt sich ein Stück vor. Sein Blick ist fest auf mich gerichtet und er gibt mir das Gefühl, alles verlangen zu können. Blöd nur, dass ich reich bin und alles, was ich will, bereits habe. Zumindest, was die materiellen Dinge angeht.

»Im Gegenzug für meine volle Kooperation will ich Immunität. Für mich und ... meine Mom. Sie müssen versprechen, Sie zu schützen, falls die Presse Wind von Russells kriminellen Aktivitäten bekommt. Sie würde keine Reporter verkraften, die sich wie ausgehungerte Hyänen auf sie stürzen, um eine gute Story zu bekommen.« Es hat lange genug gedauert, Mom an den Punkt in ihrem Leben zu bringen, wo sie jetzt ist. Diese hart erarbeitete Gesundheit gebe ich für nichts wieder auf.

»Das können wir Ihnen garantieren.« Agent North hält mir erneut die Hand hin und diesmal schlage ich direkt ein.

»Gut. Wie komme ich an Karten?«

»Erledige ich für dich«, wirft Charlotte sichtlich erleichtert ein. Während des Gesprächs habe ich mich so auf den Agenten konzentriert, dass ich ihr keinerlei Beachtung mehr schenkte. Aber ich erkenne deutlich, wie ihr eine Last von den Schultern fällt. Wahrscheinlich dachte sie, dass unser Zusammentreffen deutlich unangenehmer verläuft.

»Dann sind wir hier fertig?« Ich stehe auf, ohne ihre Antwort abzuwarten. Agent North tut es mir gleich.

»Ich lasse Ihnen die notwendigen Unterlagen ins Büro schicken. Sie müssen eine Verschwiegenheitserklärung unterschreiben. Kurz vor der Gala besprechen wir das genaue Vorgehen.«

Mit einem knappen Nicken verabschiede ich mich und verlasse dieses Drecksloch, das sich Kneipe schimpft, als V-Mann des FBI. Dass ich mich jemals so bezeichnen würde, hätte ich nicht gedacht.

Um zu diesem Treffen zu kommen, habe ich ausnahmsweise die U-Bahn genutzt. Zumindest für einen Teil der

Strecke. Trotzdem bin ich froh, als ich in dem weichen Leder meines CLE-Coupés sitze und den Motor starte. Ins Büro fahre ich trotzdem nicht, auch wenn dort viel Arbeit auf mich wartet. Stattdessen werde ich mich daran erinnern, weshalb ich Russell vernichten will.

Wenig später parke ich gegenüber einem imposanten Haus mit Dachterrasse in der Nähe des Central Park. Hier ist es genauso grün wie in der Gegend, wo ich wohne. Ich überblicke von meinem Penthouse den kompletten Park. Russell tut es von der anderen Seite. Upper East Side gegen Upper West Side.

Eine Weile sitze ich hinterm Steuer und beobachte die vorbeieilenden Menschen. Es vergehen Minuten. Schließlich sogar eine volle Stunde und ich frage mich, ob es Sinn macht, noch weiter zu warten. Immerhin habe ich keine Ahnung, ob sie überhaupt zu Hause sind. Doch da geht die Haustür auf und eine Frau kommt gemeinsam mit zwei Mädchen heraus, die einander bis aufs Haar gleichen. Sie lachen und mein Herz zieht sich schmerzlich zusammen. Nicht lange. Nur wenige Sekunden. Bis ich mich daran erinnere, dass ich nicht so ein Mensch bin. Einer, der sich von Gefühlen weichkochen lässt. Zumindest nicht mehr.

Ich starte den Motor, als ein dunkler SUV auf der anderen Straßenseite hält. Türen werden geöffnet und wieder geschlossen. Der Wagen fährt davon und plötzlich sind die drei Frauen nicht mehr allein. Bei ihnen steht Russell Masters. Der Mann, der das Leben von meiner Mutter und mir zerstört hat. Der Mann, der Mom durch sein Verschwinden über den Rand des Abgrundes geschubst hat. Der Mann, durch den ich zu einem emotionslosen Eisblock mutiert bin.

Er begrüßt seine Frau mit einem Kuss und nimmt seine Töchter fest in den Arm. Ich beiße die Zähne aufeinander, spüre, wie meine Kiefermuskulatur zuckt. Beim Anblick seiner Kinder, die ihn anhimmeln, als wäre er der beste Dad überhaupt, dreht sich mir der Magen um.

Heiße, mich verbrennende Wut brodelt in mir. Er hat das nicht verdient.

Am liebsten würde ich aussteigen und ihnen die Wahrheit sagen. Jeden einzelnen von Russells Fehltritten vor ihnen ausbreiten, aber heute ist dafür nicht der richtige Tag. Er wird kommen. Irgendwann.

Mit quietschenden Reifen reihe ich mich in den Verkehr ein. Es wird Zeit, dass ich zurück ins Büro fahre.

Ohne groß auf meine Umgebung und Mitarbeiter zu achten, stürme ich zwanzig Minuten später ins Gebäude von *AB International*. Der Vorteil daran, dass ich CEO bin? Alle gehen mir aus dem Weg und räumen sogar den Fahrstuhl, wenn ich mit einem Gesicht wie drei Tage Regenwetter die Kabine betrete. Niemand spricht mich an, weil alle genau wissen, dass es keine gute Idee ist. Der Nachteil als CEO? Du hast eine persönliche Assistentin, die dieses Memo nicht bekommen hat.

»Bist du krank?« Romy lehnt im Türrahmen meines Büros. Ich spüre ihren Blick, verbiete mir aber, sie anzuschauen.

»Nein«, entgegne ich schroff.

»Wie gut. Ich habe mir schon Sorgen gemacht! Immerhin hast du deine Mittagspause heute außerhalb deiner Komfortzone aka deinem Büro verbracht und das viel länger als sonst. Wenn du mir jetzt noch sagst, dass du etwas anderes als ein Green-Goddess-Sandwich gegessen hast, falle ich in Ohnmacht.« Ihr Lächeln ist unüberhörbar, aber ich bin nicht in der Stimmung für Kabbeleien.

»Geh arbeiten, Romy. Ich bezahle dich fürs Telefonieren und nicht fürs Quatschen.« Meine Stimme klingt abweisender als sonst, dem bin ich mir durchaus bewusst.

»Arschloch«, murmelt sie und knallt die Tür hinter sich zu. Sofort werde ich von Stille umhüllt. Eine willkommene Abwechslung zur Musik in der Kneipe und dem New Yorker Straßenlärm, der mich in den letzten Stunden umgeben hat.

Allerdings ist es jetzt so leise, dass meine Gedanken umso lauter sind.

Ich versuche, mich in Arbeit zu ertränken. Führe Telefonate, schreibe E-Mails und wickle Verkäufe ab. Alles ist besser, als immer wieder die Bilder vor Augen zu haben, wie mein Vater seine Familie begrüßt. Eine Familie, die nicht aus mir und meiner Mom besteht. Denn wir waren jahrelang ein gut gehütetes Geheimnis.

Irgendwann ploppt eine E-Mail von Charlotte auf, die mir mitteilt, dass sie zwei Tickets für die Gala organisiert hat. Nachdenklich betrachte ich den Bildschirm. Ist das zweite Ticket für sie? Oder geht sie davon aus, dass ich mit Begleitung erscheine?

Also frage ich sie und bekomme prompt die Nachricht, dass wir uns vor Ort treffen und sie auf gar keinen Fall den Abend als Anhängsel an meinem Arm verbringt.

Kurz darauf erklingt vor der Tür Romys Lachen. Für einen winzigen Moment sind alle negativen Gefühle unbedeutend. Stattdessen breitet sich so etwas wie Gelassenheit in mir aus.

Ruhe.

Plötzlich weiß ich, für wen ich das zweite Ticket nutze.

In wenigen Schritten bin ich bei der Tür und reiße sie auf. Dieser schleimige Praktikant, der Marlie bereits schöne Augen gemacht hat, steht mit seinem Postwagen vor Romys Schreibtisch. Ich balle die Hand zur Faust und räuspere mich. Normalerweise ist ihre Aufmerksamkeit bereits auf mich gerichtet, sobald ich aus der Tür getreten bin. Mr. Ich-mache-allen-schöne-Augen zuckt zusammen und verabschiedet sich so schnell, dass er beinahe über seine eigenen Füße stolpert, als er den Wagen davon schiebt. Romy hingegen sitzt mit dem Rücken mir zugewandt und betrachtet konzentriert ihren PC.

»Komm in mein Büro. Ich muss etwas mit dir besprechen.« Keine Reaktion.

Meine Kiefermuskulatur zuckt.

»Bitte«, knurre ich, woraufhin sie aufsteht, an mir vorbeiläuft und »Geht doch« murmelt. Ich schließe die Tür hinter mir und schaffe es geradeso, sie nicht zuzuknallen.

»Könntest du deine Pläne für Freitagabend canceln? Ich brauche eine Begleitung für eine Gala.« Sie verschränkt die Arme vor der Brust. Ihre Augen funkeln bereits diskussionsfreudig, bis sie plötzlich innehält und mich mit offenem Mund anstarrt.

»Hast du mich gerade höflich gefragt, ob ich mit dir ausgehe?« Sie klingt überrascht, was ich ihr nicht verüble. Normalerweise schlage ich einen harten Befehlston an, aber ich weiß, dass ich damit diesmal nicht weitergekommen wäre.

Ich schiebe die Hände in die Hosentaschen und komme langsam näher. Einen Schritt nach dem anderen. Den Blick die ganze Zeit auf ihr hübsches Gesicht gerichtet.

Sie schluckt.

»Das wird kein Date. Sieh es als Überstunden an, die ich dir in Form von gutem Essen und Champagner bezahle.« Romy macht einen Schritt rückwärts. Weit entfernen kann sie sich allerdings nicht, denn mit dem Hintern stößt sie bereits an meine Schreibtischkante. Ohne mit der Wimper zu zucken, folge ich ihr. Ihr blumiger Duft steigt mir in die Nase. Ich atme tief ein.

»Ich begleite dich nicht auf eine private Veranstaltung. Ruf dafür irgendeins deiner Sexdates an.« Sie klingt atemlos.

Gut.

Ich platziere meine Hände rechts und links von ihren Hüften auf der Schreibtischoberfläche. Bei jedem Atemzug streifen ihre Brüste meinen Oberkörper.

»Genau genommen ist es eine berufliche Gala. Ich besuche sie als CEO von *AB International* und benötige eine Begleitung mit Stil.« Um ehrlich zu sein, brauche ich eine Person an meiner Seite, vor der ich mich zusammenreißen muss. Von der ich weiß, dass sie mich erdet.

»Nein«, haucht sie, doch ihre Absage überzeugt mich nicht. Denn ich spüre, wie schnell ihr Herz schlägt. Spüre, wie sich ihre Atmung verändert, als ich ihr noch näherkomme.

»Das war keine Bitte. Auch wenn ich es ausnahmsweise mal nett formuliert habe.« Sie presst die Lippen aufeinander und ich erkenne am Ausdruck ihrer Augen, dass ich diesen Kampf gewonnen habe.

»Na gut«, murmelt sie, woraufhin ich von ihr ablasse und ein paar Schritte Abstand zwischen uns bringe. Eine sichere Entfernung, die mich daran erinnert, dass sie tabu ist. Ich hatte vor zehn Jahren meine Chance. Alles in mir schreit danach, sie zu packen und auf diesem Schreibtisch zu vögeln. Aber ich halte mich zurück. Preston hat mich diesbezüglich sehr deutlich gewarnt. Er hat mir zwar nichts vorzuschreiben, allerdings ist mir unsere Freundschaft wichtig und ich respektiere seine Wünsche. Zumindest so lange, bis Romy mir ein Zeichen gibt, dass sie mich will. Dann werfe ich alle guten Vorsätze Preston gegenüber sofort über Bord.

»Super. Zieh dir was Hübsches an. Ich hole dich Freitag gegen sieben ab.«

# 8

*Romy*

Ich laufe an den Schaufenstern der Einkaufsläden an der Park Avenue vorbei und bewundere die darin ausgestellten Kleider. Eines ist schöner als das andere, doch sobald ich die Preisschilder entdecke, werde ich daran erinnert, dass ich mir frühestens in vier Wochen so etwas leisten kann.

Doch für Freitag brauche ich etwas Schickes. Etwas Atemberaubendes. Ich habe viele Kleider, keine Frage, aber keines davon ist passend für eine Gala. Sie sind eher bequem, um den Tag im Büro zu überstehen. Luftig, um im Sommer nicht zu sehr zu schwitzen.

Bisher gab es keine Gelegenheit, bei dem ich ein Abendkleid gebraucht hätte. Meine Freunde waren damals nicht verheiratet, also musste ich mich für keine Hochzeit einkleiden. Und selbst wenn sich das inzwischen geändert hat, wurde ich nicht dazu eingeladen. An den Geschäftsessen für Dans Start-up habe ich auch nic teilgenommen.

Ich schlendere zum nächsten Schaufenster, wo ein atemberaubendes Kleid ausgestellt ist. Das würde sicher toll an mir aussehen, aber leider ist es viel zu teuer. Vielleicht sollte ich nach einem Secondhandladen Ausschau halten. Da habe ich zu Collegezeiten einige Schnäppchen gemacht. Andererseits ... Asher hat gesagt, ich soll mir was Hübsches anziehen. Da hat er sicher nichts dagegen, wenn ich dafür die Firmenkreditkarte nutze.

Ich stehe im Laden, bevor mein Kopf realisiert, was meine Beine gerade getan haben.

»Hallo! Kann ich Ihnen helfen?« Eine Verkäuferin tritt an mich heran und lächelt freundlich.

»Ich suche ein Kleid für eine Spendengala. Es sollte edel sein, sexy, aber nicht zu aufreizend. Trotzdem auffallend«, erkläre ich, woraufhin sie nickt und sich mit dem Finger gegen das Kinn tippt.

»Sie sind recht groß und haben eine hübsche Figur. Im Prinzip können Sie alles tragen ... Kommen Sie mal mit.« Die Verkäuferin bedeutet mir, ihr zu folgen. Wir laufen einmal quer durch den Laden bis ans andere Ende.

»Schwarz würde hervorragend zu ihren blonden Haaren passen. Oder ein tiefer Grünton. Etwas Rotes käme auch in Frage. Wir haben so viele Möglichkeiten!« Sie klingt aufgeregt und von dieser Begeisterung lasse ich mich direkt anstecken.

»Ich fände Blau sehr schön«, werfe ich ein, woraufhin sie sofort heftig nickt.

»Hellblau wäre wunderbar. Was halten Sie davon, wenn ich Ihnen eine Auswahl in die Kabine bringe?«

Ich nehme ihr Angebot dankend an. Für mich und meine Entscheidungsunfreudigkeit ist es vermutlich besser.

Also betrete ich die kleine Eckkabine und ziehe den Vorhang hinter mir zu, bevor ich beginne, mich auszuziehen. Bereits nach wenigen Augenblicken bekomme ich die ersten beiden Teile gereicht. Das eine ist hellblau mit kleinen 3D-Blüten auf dem leicht ausgestellten Rock und wird am Rücken nur durch ein paar dünne Schnüre zusammengehalten. Es hat einen recht tiefen V-Ausschnitt und einen langen Schlitz bis zum Oberschenkel. Vielleicht etwas zu gewagt für eine Gala.

Das zweite Kleid ist schulterfrei und grau-silbrig. Eine hauchdünne Schicht Tüll liegt über dem Stoff und ist mit silberfarbener Spitze bestickt, die den Eindruck erweckt, tausend kleine Schmetterlinge würden darauf sitzen. Es hat ebenfalls einen Schlitz, der allerdings nicht so stark auffällt. Sofort schlüpfe ich hinein und ziehe den kaum sichtbaren Reißverschluss an der Seite zu. Der Stoff schmiegt sich eng an meinen Oberkörper und fällt ab der Taille locker um meine Beine. Ich fasse meine Haare zu einem Dutt zusammen, sodass nur noch einige vereinzelte Strähnen mein Gesicht umrahmen.

»Und? Haben Sie schon eins an?«

Ich nicke, auch wenn die Verkäuferin es nicht sieht. Dann ziehe ich den Vorhang beiseite und trete nach draußen. Direkt links neben der Kabine steht ein bodentiefer Spiegel, in dem ich mich ausgiebig betrachte. Und je länger ich mich ansehe, desto schöner finde ich mich.

»Das ist …« Auch meiner Beraterin scheinen die Worte zu fehlen.

»… perfekt«, ergänze ich nickend.

»Irgendwo habe ich die passenden Schuhe dazu. Größe acht müsste passen, oder?« Ich nicke und sie wuselt davon. Das ist mit Abstand das schönste Kleid, das ich jemals getragen habe. Es fühlt sich so leicht an, als wäre es eigens für mich gemacht worden. Ich schaffe es kaum, den Blick von meinem Spiegelbild abzuwenden.

»Hier sind sie!« Mit einem Paar silberner Riemchensandalen kommt die Verkäuferin zurück und stellt sie vor mir ab. Ich schlüpfe hinein und schließe den Verschluss oberhalb des Knöchels.

»Ach, das Kleid ist sogar im Sale!«, ruft die Verkäuferin plötzlich. »Anstatt zweitausend zahlen Sie jetzt nur noch die Hälfte.«

»Und die Schuhe?«, frage ich.

»Dreihundertfünfzig.« Insgesamt also tausenddreihundertfünfzig Dollar. Das sollte Asher verkraften.

»Dann nehme ich beides.«

Das Lächeln meiner Beraterin wird noch ein Stück größer und das Funkeln in ihren Augen nimmt zu.

»Sehr schön! Es steht Ihnen hervorragend.« Ich erwidere ihr Lächeln und verschwinde in der Kabine. Nachdem ich mich umgezogen und bezahlt habe, rufe ich mir ein Taxi und mache mich auf den Weg nach Hause.

Sobald ich auf die Rückbank des Wagens gesunken bin, machen sich mein langer Arbeitstag und der anschließende Schaufensterbummel bemerkbar. Meine Knochen werden schwer und eine bleierne Müdigkeit überfällt mich. Ich sehne mich nach nichts mehr als einer heißen Dusche und meinem Bett. Ob Ty noch etwas von dem Falafel-Teller übriggelassen hat, den wir gestern bestellt haben? Mein Magen verlangt mit einem Knurren, das dem Paarungsruf eines Bisons gleicht, bereits nach einer Mahlzeit. Glücklicherweise ist das Radio so laut, dass mein Fahrer davon nichts hört.

Als ich die Tür zu unserer Wohnung aufschließe, schlägt mir der Geruch von frisch gekochtem Essen entgegen.

»Ich bin wieder da!«, rufe ich, hänge meinen Mantel weg, stelle die Einkaufstüte in mein Zimmer und laufe in die Küche. Rob und Ty stehen dicht nebeneinander vor dem Herd. Die hellen Fliesen dahinter sind mit etwas Rotem bespritzt. Dem Geruch nach handelt es sich um Bolognese.

»Was genau macht ihr beiden da?« Mit verschränkten Armen lehne ich mich gegen den Küchentisch.

»Wir haben gekocht«, erklärt Tyler stolz, woraufhin Rob sich kurz räuspert und seinem besten Freund einen vielsagenden Blick zuwirft. »Na gut ... Rob hat gekocht und ich sollte die Soße im Auge behalten, als er kurz auf Toilette musste. Ist nicht so gut gelaufen.«

»Offensichtlich.« Schmunzelnd unterdrücke ich ein Lachen.

»Aber du kennst ja die goldene Küchenregel: Wer kocht, der muss im Anschluss nicht aufräumen. Und weil du natürlich herzlich zum Essen eingeladen bist, bleiben der Ab-

wasch und die Beseitigung des Soßenchaos an dir hängen.«
Tyler dreht sich zu mir um und grinst so jungenhaft, dass es schon wieder niedlich ist.

»Was, wenn ich mich weigere zu essen?«

Seine Augenbrauen ziehen sich zusammen.

»Dann muss Ty putzen«, brummt Rob. Oh je. Der ist eindeutig angefressen.

»Ey! Ich habe auch gekocht!«

»Nein, du hast eine Sauerei veranstaltet. Ich weiß nicht mal, wie du das geschafft hast.«

»Also, das war so ...« Während Ty Rob die Geschichte des Soßenunfalls erzählt, beginne ich damit, den Tisch zu decken. Natürlich habe ich meine Aussage, das Essen zu verweigern nicht ernst gemeint. Wer sagt zu Pasta schon nein?

»Falls du irgendwann keinen Bock mehr auf Jura hast, sag Bescheid. Dann spreche ich mit meinem Bruder, ob der dich als Koch anstellt. Diese Bolognese ist verdammt gut!« Mit vollem Bauch lehne ich mich auf dem Stuhl zurück und grinse Rob an.

»Danke, ich werde es mir überlegen.« Er zwinkert mir zu, während Ty eine dritte Portion in sich reinschaufelt. Glücklicherweise haben die beiden ihren kleinen Streit begraben, nachdem Ty sich bereiterklärt hat, den Abwasch zu machen und die Flecken von den Fliesen zu entfernen.

»Kochen entspannt mich, weißt du? Da musst du nicht viel nachdenken, sondern die richtigen Zutaten in der angegebenen Menge in den Topf schmeißen und fertig.«

Ich lache und wünschte, es wäre so leicht, wie es aus Robs Mund klingt. Preston hat mir striktes Küchenverbot erteilt, nachdem ich sie beinahe abgefackelt hätte.

»Anwalt zu sein, ist hart, oder?« Ich lehne mich ein Stück vor und stütze das Kinn in die Handinnenfläche. Rob wackelt vage mit dem Kopf. Seine grünen Augen wirken matt. Das dunkelblonde Haar ist länger als sonst und steht zu allen Seiten ab. Er wirkt erschöpft. Als aufstrebender Jung-Anwalt bekommt er wahrscheinlich nicht viel Schlaf.

»Es gibt deutlich einfachere Jobs, ja. Aber ich würde nichts anderes machen wollen.« Er lächelt und ich bemerke direkt, wie glücklich er in seinem Job ist.

»Wolltest du schon immer Jura studieren?« Interessiert sehe ich ihn an. Dieser Abend ist eine gute Gelegenheit, um mehr über meine Mitbewohner zu erfahren.

»Nicht unbedingt. Aber ich wollte etwas machen, womit ich etwas bewirke. Leuten helfen. Gegen die Ungerechtigkeit in dieser Welt in den Krieg ziehen. Meine Familie hatte nicht viel. Ich bin in einer schlimmen Gegend aufgewachsen, aber ich habe es da raus geschafft und etwas aus mir gemacht. Vielen meiner Schulfreunde ist es anders ergangen. Einige haben nicht mal den Highschool-Abschluss geschafft.« Robs Stimme hat einen bitteren Ton angenommen. Ich kann mir vorstellen, was mit seinen Freunden passiert ist. Drogen, Gangs, kriminelle Aktivitäten, die letztendlich im Knast enden. Alles Dinge, die ich auch in Rhode Island miterlebt habe.

»Du kannst dennoch stolz auf dich sein, dass du es raus geschafft hast«, meine ich leise und greife über den Tisch hinweg nach seiner Hand, um sie sanft zu drücken.

»Bin ich auch«, murmelt er, bevor er meinen Händedruck erwidert.

»Was ist mit dir? Wolltest du schon immer Musik machen?«, frage ich an Tyler gewandt, der in ein Foodkoma verfallen ist, nachdem er seinen Teller bis auf die letzte Nudel geleert hat.

»Mein Dad sagt, dass ich schon singen konnte, bevor ich mein erstes Wort gesagt habe.« Er lacht. Seine sturmgrauen Augen funkeln begeistert und ähnlich wie bei Rob erkenne ich dieselbe Passion darin. Auch wenn beide für komplett unterschiedliche Dinge brennen.

»Singst du mir was vor? Bisher bin ich noch nicht in den Genuss gekommen.«

»Klaro, komm mit.« Ty springt schneller auf, als ich es ihm zugetraut hätte, und läuft Richtung Wohnungstür. Irritiert sehe ich ihm hinterher.

»Was hat er vor?«

Rob grinst und erhebt sich ebenfalls. »Lass dich überraschen. Es wird gut. Vertrau mir.«

Ich folge den beiden in das Treppenhaus, das direkt in die Tiefgarage unseres Hauses führt. Neugierig nehme ich neben Rob auf einer der oberen Stufen Platz, während Ty unterhalb von uns an einer Bluetooth-Box herumnestelt. Die ersten Töne einer Melodie erklingen und als Ty beginnt, dazu zu singen, fällt mir die Kinnlade herunter. In seiner Stimme liegt so viel Kraft, die ich im normalen Gespräch mit ihm bisher nicht bemerkt habe. Sein Gesang hallt von den Wänden wider und erzeugt einen so besonderen Klang, dass sich die Härchen auf meinen Armen aufstellen.

»Wow«, flüstere ich an Rob gewandt, der grinsend nickt.

»Er ist herausragend. Wenn es jemand verdient hat, groß rauszukommen, dann er«, entgegnet er ebenso leise. Ich nicke und wende meine Aufmerksamkeit wieder Tyler zu. Die Range seiner Tonlagen ist beeindruckend! Sein dunkles Timbre bei den tiefen Tönen verursacht mir eine Gänsehaut und nur Sekunden später rutscht er zwei Oktaven höher und klingt auch dabei fantastisch. Mit den zerschlissenen Jeans, dem lässigen Kapuzenpullover und dem schulterlangen dunklen Haar sieht er nicht aus wie der typische Promi. Aber seine Stimme hat Star-Potenzial.

Als Tylers letzter Ton verklungen ist, breche ich in begeisterten Applaus aus.

»Das war ... also ... ich weiß gar nicht, wie ich das beschreiben soll! Du bist so gut!«

Er lächelt und fährt sich einmal durchs Haar, das er heute ausnahmsweise offen trägt. Normalerweise bändigt er es in einem Dutt.

»Danke, lieb von dir.« Eine leichte Röte überzieht seine

Wangen und ich frage mich, ob ihm derartige Komplimente unangenehm sind. Wenn das der Fall ist, muss er dringend lernen, damit umzugehen, denn Tyler wird mit Sicherheit irgendwann an der Spitze der US-Charts stehen.

»Hast du schon mal überlegt, Videos von dir online zu stellen? Heutzutage brauchst du nur einmal viral zu gehen und schon stehen die Plattenfirmen Schlange!« Ich bin so aufgeregt, dass sich meine Stimme überschlägt.

»Ich lade regelmäßig Videos auf *YouTube* hoch, aber der erhoffte Erfolg ist bisher ausgeblieben.« Er zuckt mit den Schultern und schiebt die Hände in die Hosentaschen.

»Na ja, da findest du deine Zielgruppe wahrscheinlich nicht mehr. Du müsstest auf *TikTok* oder *Instagram* aktiv sein.«

»Meinst du wirklich?« Ty klingt unschlüssig, weshalb ich kurzerhand die Stufen zwischen uns überwinde, mich bei ihm unterhake und die Bluetooth-Box aufhebe.

»Ich bin mir sogar absolut sicher. Lass uns wieder hochgehen. Dann zeige ich dir, welche Art von Videos ich meine und du überlegst, ob das was für dich ist.« Er wirft einen hilfesuchenden Blick zu Rob, der sofort abwehrend die Hände hebt, sich ein Grinsen allerdings nicht verkneifen kann.

»Ich habe dir schon lange gesagt, dass du jemanden brauchst, der dir Nachhilfe im Social-Media-Bereich gibt. Sieht so aus, als hättest du deine Lehrerin mit Romy gefunden.«

Mein Kopf geht auf und ab, wie der eines Wackeldackels auf der Hutablage eines Autos.

Tyler seufzt. »Du wirst keine Ruhe geben, bis ich wenigstens einen Versuch unternommen habe, oder?«

Meine Mundwinkel hüpfen nach oben, während ich ihn mit mir mitziehe. »Ich finde es richtig schön, wie gut du mich inzwischen kennst!«

# 9

## *Romy*

Nachdem wir uns gefühlt hundert verschiedene Sänger auf *TikTok* angesehen und die ersten Videos für Tyler im Treppenhaus gedreht haben, falle ich vollkommen erledigt ins Bett. Trotzdem würde ich diesen Abend nicht missen wollen, denn ich hatte schon lange nicht mehr so viel Spaß.

Mein Wecker zeigt nach Mitternacht an, als ich mich endlich in die Kissen kuschle. An Schlaf ist allerdings nicht zu denken, denn mein Handy vibriert kurz darauf in einer Tour auf dem Nachttisch.

Genervt setze ich mich auf und greife danach. Jeder weiß, dass man mich nach zehn Uhr nur noch anrufen sollte, wenn es sich um einen Notfall handelt.

Zwei verpasste Anrufe von Asher prangen auf dem Display und eine Nachricht, bei der mir das Blut in den Adern gefriert.

**Asher:** *9-1-1*

Ich bin schneller aus dem Bett, als ich es mir zugetraut hätte. Diese drei Zahlen habe ich schon lange nicht mehr gelesen. Genau genommen seit zehn Jahren nicht mehr. Asher würde sie niemals leichtfertig versenden.

Der 911-Code war unser geheimes Zeichen, wenn etwas nicht stimmte. Asher hat ihn meistens geschickt, wenn er

Stress mit seinem Vater hatte und von zu Hause raus musste. Dann hat er sich nachts durchs Fenster in mein Zimmer geschlichen und bei mir geschlafen, bis die ersten Sonnenstrahlen durch meine Vorhänge gekrochen sind. Ich hingegen habe ihn gesendet, wenn ich Streit mit Freundinnen oder Preston hatte und jemanden gebraucht habe, mit dem ich alles bis ins letzte Detail ausschlachten konnte. Rationales Denken lag Asher schon früher gut, während ich diejenige gewesen bin, die sich von ihren Emotionen hat leiten lassen.

In Windeseile schlüpfe ich in eine herumliegende Leggings und ein Longsleeve und stolpere dabei beinahe über meine eigenen Füße. Nebenbei versuche ich, Asher zurückzurufen, doch er nimmt nicht ab.

**Weshalb schickt er mir diese Nachricht?** Streit mit seinen Eltern wird es kaum sein. Hoffentlich wurde nicht bei ihm eingebrochen und er liegt verletzt in seiner Wohnung und braucht Hilfe. Vielleicht wollte er direkt den Notruf wählen, statt mir zu schreiben.

Mein Herz hört einen Moment auf zu schlagen, als ich aus der Wohnung hechte und mir ein Uber rufe. Sollte ich die Polizei rufen? Oder wäre das übertrieben? Ich werfe einen erneuten Blick aufs Handy, wobei mir die beiden verpassten Anrufe ins Auge springen. Wenn er verletzt wäre, hätte er nicht zweimal versucht, mich anzurufen.

Mein Herzschlag beruhigt sich etwas. Trotzdem fühlt sich mein Körper an, als stünde er unter Strom. Unruhig tigere ich auf dem Bürgersteig auf und ab. Ginge es schneller, wenn ich die U-Bahn nutze?

Während ich warte, rufe ich Asher erneut an. Doch auch mein zweiter Versuch bleibt unbeantwortet. Ich stoße einen leisen Fluch aus, welcher einem erleichterten Seufzen weicht, als endlich mein Uber um die Ecke biegt. Noch beim Einsteigen nenne ich dem Fahrer Ashers Adresse und verspreche ihm zehn Dollar mehr, wenn er ein bisschen aufs Gaspedal tritt. Das lässt er sich nicht zweimal sagen. In Rekordgeschwindigkeit legen wir die Strecke zu Ashers Wohnkomplex zurück.

»Vielen, vielen Dank!« Vor lauter Nervosität dauert es länger, als mir lieb ist, bis ich die geforderte Summe samt Trinkgeld und den versprochenen zehn Dollar aus dem Portemonnaie geholt habe.

»Ist alles in Ordnung, Miss?« Mein Fahrer betrachtet mich mit zusammengezogenen Augenbrauen. Vom Alter her könnte er mein Vater sein und die Sorge in seiner Stimme führt dazu, dass ich mich direkt gut aufgehoben fühle.

»Das wird es hoffentlich gleich sein«, entgegne ich mit einem schwachen Lächeln und verlasse den Wagen. Am liebsten würde ich losrennen und nicht mehr aufhören zu laufen, bis ich in Ashers Penthouse stehe. Aber ich zwinge mich dazu, ruhig zu bleiben und verfalle deshalb in einen schnellen Laufschritt.

Charlie, der Portier, öffnet mir die Tür.

»Eine angenehme Nacht, Miss Nolan. Etwas spät für einen beruflichen Besuch, oder?« Er lächelt freundlich und normalerweise nehme ich mir immer ein bisschen Zeit, um mit ihm zu plaudern, wenn ich Ashers Anzüge abhole. Aber heute fehlen mir dazu die Nerven.

»Keine Zeit. Wir sehen uns!«, rufe ich und lächle ihn entschuldigend an. Hektisch drücke ich auf den Fahrstuhlknopf und stoße ein leises Stöhnen aus, als die Anzeige von dreißig herunterzählt. Vielleicht sollte ich die Treppe nehmen. Meine nicht vorhandene Kondition protestiert jedoch lautstark. Also begnüge ich mich damit, unruhig von einem Fuß auf den anderen zu treten, bis das leise *Pling* die Ankunft des Aufzugs ankündigt. Ich springe regelrecht in die Kabine und drücke mehrmals auf die Penthouse-Taste, obwohl ich weiß, dass einmal genügt.

Normalerweise liebe ich es, Fahrstuhl zu fahren. Dieser Moment im Inneren, wenn man kurz alles andere um sich herum vergessen kann, wirkt erfrischend entschleunigend.

Aber heute juckt es mir in den Fingern, den Lautsprecher in der Decke zu zerdeppern, weil mich die leise vor sich hin dudelnde Musik nervt.

Innerlich wappne ich mich für den schlimmsten Anblick, den ich mir vorstellen kann. Ein verwüstetes Penthouse. Asher bewusstlos am Boden. Der Einbrecher vor Ort.

»Ruhig bleiben, Romy«, murmle ich mein kleines Mantra die letzten Stockwerke vor mich hin. Woher kommt diese irrationale Angst, Asher könnte etwas zugestoßen sein? Wir hatten zehn Jahre keinen Kontakt. In dieser Zeit habe ich alle Berichte und Artikel gemieden, in denen sein Name erwähnt wurde. Kaum arbeite ich zwei Wochen für ihn, hat sich das schlagartig geändert. Er beherrscht meine Gedanken und allein die Vorstellung, ihn wieder zu verlieren – unter welchen Umständen auch immer – bereitet mir Bauchschmerzen.

Als der Aufzug endlich hält, bin ich tatsächlich ruhiger als zuvor. Ich trete ins Penthouse, das auf den ersten Blick vollkommen normal und aufgeräumt aussieht.

»Asher?«, rufe ich, während ich meine Tasche auf den Boden fallen lasse und mich aus meiner Jacke schäle.

»Asher! Wo bist du?« Einen Moment lang bleibt es still. So still, dass ich mich frage, ob ich etwas in der Nachricht überlesen habe. Doch dann öffnet sich in meiner unmittelbaren Umgebung eine Tür, aus der er hervortritt.

»Gott sei Dank«, stoße ich aus, nachdem ich ihn mit den Augen abgescannt habe und keine sichtbaren Verletzungen erkenne. Er sieht aus wie immer. Dunkle Anzugshose, weißes Hemd. Der einzige Unterschied ist, dass er keine Krawatte mehr trägt und die obersten Knöpfe seines Hemdes offen sind, sodass ein Teil seiner muskulösen Brust entblößt wird. Ein leichter Bart-Schatten ziert seine Kieferpartie. Dadurch erinnert er mich an eine ältere, verwegenere Version von Chuck Bass.

»Wieso siehst du aus, als wärst du einen Marathon gelaufen?« Seine Stirn kräuselt sich irritiert.

»Du hast 9-1-1 geschrieben«, entgegne ich, als wäre das Erklärung genug.

»Ja, und?« Wie kann er so ruhig und gelassen bleiben, wenn es anscheinend ein Problem gibt, dass so gravierend ist, dass es mitten in der Nacht gelöst werden muss?

»Wo ist der Notfall?«

»Im Schlafzimmer.«

»Bitte was?« Ich balle meine Hände zu Fäusten und zähle innerlich bis zwanzig. Ja, genau. Bis zwanzig. Denn bis zehn hätte auf keinen Fall gereicht.

»Du musst mir helfen, wen loszuwerden.« Er fährt sich durch sein dunkles Haar, woraufhin es unordentlich zu allen Seiten absteht. Plötzlich wirkt er nicht mehr wie der knallharte CEO eines erfolgreichen Unternehmens. Vor mir steht eher ein junger Mann in den Zwanzigern, der eine Entscheidung getroffen hat, die er nun bereut und immerhin den Anstand hat, ein klein wenig verlegen auszusehen.

»Du willst mir nicht ernsthaft sagen, dass du mich für einen deiner Bootycalls mit 9-1-1 aus dem Bett geholt hast, oder?«, presse ich zwischen zusammengebissenen Zähnen hervor. Heiße, wild lodernde Wut breitet sich in mir aus, die innerhalb kürzester Zeit meinen kompletten Körper in Brand steckt.

»Also erstens war es kein Bootycall. Ich habe sie in einer Bar kennengelernt. Zweitens: Wir hatten keinen Sex. Das Problem ist, dass sie immer noch darauf hofft und deshalb mein Bett nicht mehr verlässt.«

Wenn ich nicht stinksauer wäre, würde ich die Situation vermutlich lustig finden.

»Benutz nie wieder den 9-1-1 Code für so eine Scheiße! Gute Nacht.« Ohne ihn eines weiteren Blickes zu würdigen, mache ich auf dem Absatz kehrt und stolziere zu den Fahrstuhltüren, als sich warme Finger um mein Handgelenk legen.

Ein Stromschlag jagt meinen Arm hinauf und mein Herz schlägt binnen Sekunden so schnell und laut, dass ich Sorge habe, Asher könnte es hören. Seine Lippen streifen mein Ohr. Ich spüre seinen warmen Atem an meiner Wange.

»Denk daran: Du bist meine *persönliche* Assistentin. Alles, was ich von dir will, machst du. Ohne irgendwelche Fragen zu stellen.« Seine tiefe Stimme verursacht mir Gänsehaut und ich hasse meinen Körper dafür, dass er auf diese Weise auf Asher reagiert.

Ich sollte mich von ihm losreißen, irgendeinen bissigen Kommentar ablassen, kündigen und mich einer Gehirnwäsche unterziehen, damit ich vergesse, dass Asher Brennon überhaupt existiert. Aber ich bleibe stehen und erinnere mich daran, dass neuntausend Dollar im Monat verflucht viel Geld sind. Anschließend werfe ich ihm einen vernichtenden Blick über die Schulter zu.

»Ich hasse dich«, knurre ich, woraufhin er mich loslässt. Das Gefühl seiner Finger auf meiner Haut bleibt jedoch.

»Ehrlich? Sah vorhin eher so aus, als wärst du um mich besorgt.« Seine Mundwinkel zucken in die Höhe.

»Das musst du dir eingebildet haben«, erwidere ich schnippisch, bevor ich mich auf den Weg in sein Schlafzimmer mache. Kurz vor der Tür atme ich noch einmal tief ein und reiße sie dann so heftig auf, dass die Frau in seinem Bett erschrocken hochfährt.

»Wer bist du denn?«, fragt sie entgeistert, während sie versucht, ihre nackten Brüste mit der Decke zu verstecken. Ich sehe sie mit ausdruckslosem Gesicht an. Die Hand noch immer fest um den Türgriff geklammert.

»Da Sie in meinem Bett liegen, müsste wohl eher ich diese Frage stellen?«, erwidere ich trocken und fasse es nicht, dass ich Asher tatsächlich dabei helfe, eine seiner Barbekanntschaften loszuwerden.

Die Augen der jungen Frau werden von Sekunde zu Sekunde größer. Zunächst macht sie keine Anstalten aufzustehen, doch als der Groschen fällt, ist sie schneller aus dem Bett, als ich »Ehefrau« sagen kann.

»Ich wusste nicht, dass er verheiratet ist. Er hat ... also er hat nichts dergleichen gesagt. Ich meine ... er trägt nicht mal einen Ring.«

Darauf erwidere ich nichts. Stattdessen zuckt lediglich meine rechte Augenbraue nach oben, während ich sie dabei beobachte, wie sie in Windeseile ihre Kleidung anzieht und an mir vorbeistolpert. Sie beschimpft Asher als Arschloch, diese Beleidigung hat er definitiv verdient, und es ist noch das Harmloseste, was er heute zu hören bekommt. Denn ich habe noch nicht einmal angefangen.

Ich bleibe so lange im Schlafzimmer stehen, bis ich mir sicher bin, dass sie im Fahrstuhl auf dem Weg nach unten ist. Erst dann drehe ich mich um, marschiere zu Asher zurück, der im Wohnzimmer auf dem Sofa sitzt, und baue mich vor ihm auf.

»Damit eine Sache klar ist: Das war das erste und letzte Mal, dass du mich wegen so einer Scheiße nachts aus dem Bett geklingelt hast. Ich mag deine persönliche Assistentin sein, aber ich bin nicht für jeden deiner Lebensbereiche zuständig. Und schon gar nicht dafür, deine Betthäschen zu verscheuchen!« Mit jedem Wort rede ich mich weiter in Rage.

Asher lehnt sich auf dem Sofa zurück und legt einen Arm lässig auf der Lehne ab. Dadurch vermittelt er mir das Gefühl, als wäre er sehr wohl mit dieser Situation allein klargekommen. Meine Augen verengen sich zu Schlitzen.

»Wieso hast du den 9-1-1 Code benutzt?« Sein Blick trifft meinen. Ein Schauer läuft mir über die Wirbelsäule hinab.

»Weil ich wusste, dass du den nicht ignorierst«, gibt er ehrlich zu. Innerlich verfluche ich mich dafür, dass er recht hat.

»Früher haben diese Zahlen noch etwas bedeutet«, knurre ich gereizt.

»Richtig. Wie dir allerdings schon aufgefallen ist, bin ich

nicht mehr der Mann von damals.« Er erhebt sich und ist jetzt derjenige, der sich vor mir aufbaut. Ich muss den Kopf in den Nacken legen, um ihm ins Gesicht zu schauen.

»Habe ich gemerkt. Du wolltest also, dass ich herkomme.« Asher nickt knapp.

»Warum?« Was ist so wichtig, dass es nicht bis morgen früh warten kann?

Er schweigt weiterhin und sieht mich lediglich an. Der dunkle unergründliche Blick seiner Augen geht mir durch Mark und Bein. Er verursacht ein heftiges Ziehen in meinem Unterleib, das sich bis zwischen meine Beine ausbreitet.

Ich schlucke.

»Sollte ich sehen, dass du dich gut amüsierst? War das der Grund? Falls das Memo noch nicht bei dir angekommen ist, es hat mich in den letzten zehn Jahren nicht interessiert, mit wem du ins Bett gestiegen bist, und es schert mich auch jetzt nicht.«

Wieso klinge ich dann so atemlos?

Seine Mundwinkel zucken leicht. Er hat es auch bemerkt.

Langsam beugt er sich zu mir herunter. Ich will zurückweichen. Mehr Abstand zwischen uns bringen und trotzdem bleibe ich wie festgenagelt stehen. Starre ihn an, wie ein Reh das Scheinwerferlicht eines herannahenden Autos.

»Du warst schon immer eine miserable Lügnerin.« Sein warmer Atem trifft meine Haut. Er riecht nach Zitrone und einem Hauch Gin. Als hätte er sich in der Bar einen Gin Fizz gegönnt, bevor er mit der Unbekannten nach Hause gegangen ist.

»Und du ein Arschloch.« Meine Stimme klingt viel zu weich. Ich will hart klingen. Abgeklärt. So, als würde mir das alles hier nichts ausmachen. Aber ich scheitere kläglich.

Asher lacht leise.

»Wir wissen beide, dass das gelogen ist. Das Leben hat mich erst zu einem Mistkerl gemacht.«

Ich knirsche mit den Zähnen und hoffe, dass das Geräusch

so laut ist, um meine Gedanken zu übertönen. Denn ich will mich nicht fragen, was ihm zugestoßen ist. Was ihn zu dieser Art Mann gemacht hat. Wenn ich darüber nachdenke, müsste ich mir eingestehen, dass ich doch ein größerer Teil von Ashers Leben sein will. Jemand, der eine tiefere Verbindung zu ihm hat. Der mehr ist als nur seine persönliche Assistentin.

»Warum bin ich hier?« Er soll mir diese eine Frage beantworten, damit ich in ein Taxi steigen und nach Hause fahren kann.

»Weil ich Sex wollte.« Asher ist wie immer schonungslos ehrlich und direkt. »Aber nicht mit einer dahergelaufenen Frau aus einer Bar.«

### *Asher*

Ich beobachte, wie die kleinen Rädchen in Romys Kopf langsam einrasten und sie die Bedeutung meiner Worte versteht.

Ihre Augen weiten sich. Sie öffnet den Mund und schließt ihn direkt wieder. Ich rechne fest damit, dass sie mir eine knallt. Verdient hätte ich es. Mir bedeutet der 9-1-1-Code mindestens genauso viel wie ihr. Ich wusste, sie würde kommen, wenn ich ihn schicke.

Doch wie so oft in letzter Zeit überrascht sie mich aufs Neue.

Anstatt zur nächsten Standpauke anzusetzen, beginnt sie zu lachen. Tränen schießen ihr in die Augen. Sie hält sich den Bauch und krümmt sich vorn über, während sie aus tiefster Kehle lacht. Mein Herz gerät für den Bruchteil einer Sekunde aus dem Takt, weil es vergessen hat, wie schön dieser Laut klingt.

»Denkst du ... denkst du wirklich, ich würde mit dir ins Schlafzimmer gehen und da weiter machen, wo du mit der anderen Frau aufgehört hast?«, japst sie und bekommt kaum noch Luft.

»Ich habe nichts vom Schlafzimmer gesagt«, erwidere ich schulterzuckend. Im Prinzip ist es mir egal, wo wir es tun, Hauptsache, es passiert überhaupt.

Die letzten zwei Wochen waren die reinste Hölle für mich. Dank meines jahrelang antrainierten Pokerface konnte ich es gut überspielen, wie sehr mich Romys süßer Duft betört hat. Wie schwer es mir gefallen ist, sie nicht anzufassen, wenn sie in meiner Nähe war. Manchmal musste ich diesem Drang jedoch nachgeben. Dann haben meine Fingerspitzen flüchtig ihre Hand berührt, während sie neben mir am Schreibtisch stand. Oder ich habe sie im Vorbeigehen leicht gestreift und es genossen, wie die Röte in ihre Wangen geschossen ist.

Für mich ist es unausweichlich, dass wir miteinander schlafen. Ich erachte es als notwendig, um die Spannungen zwischen uns aufzulösen. Wenn wir in den kommenden Wochen professionell Seite an Seite arbeiten wollen, darf ich nicht ständig an sie denken, und ein Mann verliert am schnellsten das Interesse, wenn er bekommt, was er will.

Romy hat inzwischen aufgehört zu lachen.

»Das ist nicht dein Ernst?«, fragt sie und sieht mich fassungslos an.

»Sehe ich aus, als würde ich scherzen?«

»Asher, ich habe keinen Sex mit dir. Wie zur Hölle kommst du auf diesen schmalen Trichter?«

Ich gehe langsam auf sie zu, während sie ein, zwei Schritte zurückweicht, bis sie mit dem Rücken gegen eine der Säulen stößt, die sich mitten in meinem Wohnzimmer befinden.

»Deine Atmung verändert sich jedes Mal leicht, sobald ich dir zu nahekomme. Außerdem beginnst du, unruhig auf der Stelle zu treten, wenn ich dich zu lange ansehe. Oder dich kurz berühre. Genau wie jetzt.« Das sind Kleinigkeiten, die mir bei anderen Frauen nicht auffallen, aber bei Romy entgeht mir nichts.

»Jeder wird unter deinem Blick nervös.« Sie schluckt.

»Nicht so wie du.« Vorsichtig streiche ich ihr eine Strähne aus dem Gesicht. Romy schließt die Augen und atmet einmal tief durch.

»Irgendwann passiert es sowieso.«

»Aber nicht heute«, murmelt sie und bringt mich damit leicht zum Lächeln.

»Bist du dir da sicher?«

Sie nickt. Hält in der Bewegung inne. Schüttelt dann den Kopf. Nickt wieder. Seufzt. Es ist faszinierend, ihr dabei zuzusehen, wie sie den Kampf mit ihrem inneren Schweinehund austrägt.

»Was ist, wenn ich dir sage, dass ich dich spüren will? Dass ich den Gedanken nicht länger ertrage, dich in meiner Nähe zu wissen, aber nicht anfassen zu dürfen.«

»Dann würde ich antworten, dass du versuchst, mich zu manipulieren.«

»Dafür hältst du mich also? Für jemanden, der seine Ziele nur dadurch erreicht, indem er andere beeinflusst?« Wir sprechen beide so leise, dass unsere Stimmen kaum ein Flüstern sind. Ein heimliches Wispern inmitten der Nacht.

»Ich weiß schon lange nicht mehr, was für ein Mann du bist.« Romys Blick trifft meinen. Ich erkenne schonungslose Ehrlichkeit in ihren Augen. Höre sie in ihren Worten.

»Und das stört dich.« Es ist eine Feststellung. Keine Frage, weil ich sicher bin, ihre Antwort zu kennen.

Sie nickt.

»Was muss ich tun, um das zu ändern?«

Romy lehnt den Kopf gegen die Säule hinter sich, während sie nachdenkt. Sekunden verstreichen und werden zu einer Minute. Ihr Schweigen gefällt mir nicht.

»Sei ehrlich zu mir. Verschließ dich nicht hinter diesem arroganten CEO-Gehabe. Ich bin mir sicher, dass der Junge, den ich früher geliebt habe, noch irgendwo in dir steckt. Du musst nur zulassen, dass er die Führung übernimmt.«

Angespannt presse ich die Zähne aufeinander. Dieser Teil meines Selbst ist tief in meinem Innersten vergraben. Gemeinsam mit den Erinnerungen und Gefühlen von damals.

»Wenn ich dir verspreche, zu versuchen, mich zu bessern, reicht das zunächst aus?« Romy ist die einzige Person, der zuliebe ich die heutige Version von mir mit der damaligen verknüpfen und einen Mittelweg finden würde, um ihr und mir selbst gerecht zu werden.

»Pinky Promise?« Sie hält mir den kleinen Finger hin. Diese Art von Schwur haben sie, Preston und ich uns früher oft abgenommen. Also hake ich meinen Finger ein und nicke.

»Pinky Promise.«

Ihr darauffolgendes Lächeln ist entwaffnend. Seit wir uns wieder getroffen haben, habe ich Romy nicht derart offen und zufrieden erlebt. Vorsichtig ziehe ich sie zu mir heran, beuge mich hinunter und verschließe ihre Lippen mit meinen.

Ihr zufriedenes Stöhnen verliert sich in meiner Mundhöhle und plötzlich weiß ich, dass sie auf diesen Augenblick genauso lange gewartet hat wie ich.

Unsanfter als gewollt drehe ich sie um und drücke mich von hinten gegen sie. Ein überraschtes Keuchen verlässt ihren Mund, als sie meine Härte an ihrem Hintern spürt und obwohl ich es nicht erwarten kann, mich in ihr zu versenken, halte ich mich zurück. Stattdessen schiebe ich meine Hand in ihre Hose und danke einer höheren Macht dafür, dass sie keine Jeans trägt. Durch den dünnen Stoff ihres Slips spüre ich bereits, wie feucht sie ist. Ein leises Lachen entflieht mir, während ich meine Lippen an ihr Ohr lege.

»Ich hätte einfach freundlich sein müssen?« In kreisenden Bewegungen massiere ich mit dem Daumen ihre Klitoris. Romy erzittert in meinen Armen und stützt sich haltsuchend an der Marmorsäule ab.

»Es ist eindeutig besser als Arschloch-Asher. Deine herrische Art gefällt mir allerdings auch. Manchmal«, entgegnet sie stockend, während sie ihre pochende Mitte fordernd an meinen Fingern reibt.

»So, so. Unsere kleinen Auseinandersetzungen machen dich also auch scharf. Verrat mir doch bitte, wie oft du schon feucht im Büro gewesen bist, ohne dass ich davon wusste.« Allein der Gedanke daran lässt meine Hose noch enger werden.

»Bild dir bloß nichts ein. Ich kann ... auf der Arbeit professionell sein.« Sie keucht wieder, woraufhin ich leise lache.

»Nur, weil dein Kopf dazu in der Lage ist, heißt das nicht, dass dein Körper es auch ist.« Langsam schiebe ich einen Finger in sie hinein und genieße ihr folgendes Stöhnen, als wäre es eine Sinfonie von Beethoven.

»Willst du jetzt die letzten Arbeitstage mit mir analysieren oder mich vögeln?«

»Definitiv vögeln«, erwidere ich und ziehe den Finger aus ihr heraus, um ihn gleich darauf mit einem zweiten wieder einzuführen.

Romy murmelt irgendetwas, dass ich nicht verstehe, aber es ist mir auch egal. Die Art, wie sich ihre Muskeln um meine Finger schließen, bringt mich jetzt schon um den Verstand. Mein Schwanz drückt so hart gegen meine Hose, dass es wehtut. Es könnte passieren, dass ich komme, noch bevor ich ihn ausgepackt habe. Das ist mir zuletzt in der Highschool passiert und bedarf keiner Wiederholung. Also ziehe ich meine Finger aus Romy heraus, was von einem entrüsteten Grummeln begleitet wird.

»Zieh dich aus«, fordere ich, während ich mein Hemd aufknöpfe und es achtlos beiseite werfe. Anschließend öffne ich meine Anzugshose und lasse sie zu Boden fallen. Romy kämpft derweil mit ihrer Leggings und ich bewundere ihren perfekten Hintern, der seit der Schule deutlich runder geworden ist.

Doch für mich war sie schon damals eine Zehn von Zehn.

Mit der Hand streiche ich über die Beule in meinen Boxerbriefs und spüre das erwartungsvolle Zucken meines Freundes. Beinahe lautlos trete ich wieder hinter sie und streife ihr den Slip von den Hüften, bevor ich ihren BH durch eine simple Bewegung aufschnappen lasse und zu den anderen Kleidungsstücken befördere. Anschließend drehe ich sie zu mir herum, wobei ich rückwärts zum Sofa laufe.

»Kein Schlafzimmer. Wie versprochen.«

Ihre Lippen verziehen sich zu diesem kleinen Lächeln, das mich direkt ins Herz trifft. Den Part in mir berührt, der ihr vor zehn Jahren gehört hat und den ich bis heute keiner anderen Frau geschenkt habe. Ich sinke aufs Sofa, ohne sie dabei loszulassen. Verunsichert bleibt sie vor mir stehen.

»Da wäre noch etwas.«

»Was denn?«, frage ich abwesend, weil ich viel zu sehr damit beschäftigt bin, ihren Körper zu bewundern, der im letzten Jahrzehnt noch schöner und kurviger geworden ist.

»Das ist eine einmalige Sache. Es beeinflusst unsere Arbeit nicht und wir halten es vor Preston geheim.«

Schmunzelnd sehe ich sie an.

»Wir sind kurz davor Sex zu haben und du machst dir Gedanken um deinen *Bruder*? Sehr antörnend.«

Romys Lippen zucken. Ihre Schultern fallen hinab und sie klettert auf meinen Schoß, woraufhin ich scharf Luft einziehe. Ihre warme, weiche Mitte ist zum Greifen nah und obwohl ich sie am liebsten an den Hüften packen und mich in ihr vergraben will, sollten wir ihre Bedenken zuerst klären. Ansonsten geistert Preston durch ihren Kopf und sie soll nicht an ihren Bruder denken, wenn wir nach zehn Jahren wieder miteinander schlafen.

»Könntest du aufhören, so herumzurutschen? Sonst komme ich noch, bevor ich überhaupt in dir gewesen bin.« Sofort hört Romy auf, sich zu bewegen. Angespannt stoße ich die angehaltene Luft aus. »Danke.«

»Kein Wort zu Preston?« Sie sieht mich direkt an und ich erkenne, wie ernst ihr diese Sache ist.

»Ich schweige wie ein Grab. Versprochen.« Erneut streiche ich ihr eine Strähne aus dem Gesicht. Sie seufzt unter meiner Berührung, was mich fast zum Explodieren bringt.

Meine Hände graben sich in die Haut an ihrer Hüfte. Noch bevor sie reagieren kann, habe ich ihren Körper unter mir begraben und drücke sie in die weichen Sofapolster. Mit dem Finger streiche ich erneut durch ihre heiße Mitte. Trotz unseres Gesprächs hat sie nichts von ihrer Lust eingebüßt.

»Kondom?« Sie sieht mich durch ihre halb geöffneten Lider an. Ich stoße einen Fluch aus, weil ich daran nicht gedacht habe und keins in unmittelbarer Nähe liegt.

»Nicht bewegen«, weise ich sie an und verschwinde im Schlafzimmer. Noch während des Rückwegs reiße ich die Packung auf und rolle es mir über den Schwanz.

Sobald ich wieder bei ihr bin, stütze ich mich mit den Händen neben ihrem Kopf ab, platziere mich zwischen ihren Beinen und dringe mit einem geschmeidigen Stoß endlich in sie ein. Mein erleichtertes Stöhnen vermischt sich mit ihrem lustvollen Keuchen. Für einen kurzen Moment verharre ich in ihr. Genieße das vertraute Gefühl von nach Hause kommen und gebe ihr einige Sekunden, um sich an meine Größe zu gewöhnen.

»Erwartest du, dass ich die Arbeit übernehme? Das wird in dieser Position etwas schwierig.« Ihre Stimme holt mich zurück in die Realität. Ein tiefes Knurren bildet sich in meiner Kehle und kommt mir über die Lippen, als ich beginne, mich zu bewegen. Erst langsam, damit wir einen gemeinsamen Rhythmus finden. Doch es ist, als hätte es unsere zehnjährige Pause nicht gegeben.

Romys Körper wird zu Wachs in meinen Händen. Sie schlingt ihre Beine um meine Hüften und gräbt ihre Ferse in meinen Hintern, um mich dichter gegen sich zu drängen. Selten hat sich das Zusammensein mit einer Frau so unkompliziert und gut angefühlt. Dabei weiß ich, dass diese Nacht unser Verhältnis nur noch kniffliger machen wird.

Ich ziehe mich fast gänzlich aus ihr zurück und genieße ihr leises, entrüstetes Wimmern.

»Sag mir, was du willst.« Meine Stimme klingt noch tiefer und rauer als sonst. Abwartend knabbere ich an ihrem Ohrläppchen, woraufhin sie den Rücken durchbiegt und ihre Fingernägel in meine Schultern gräbt. Sofort breitet sich ein süßer Schmerz darin aus.

»Das weißt du genau.« Sie keucht. Meine Lippen verziehen sich zu einem Grinsen.

»Aber ich will es aus deinem hübschen Mund hören.« Romys Blick findet meinen. Ihre großen blauen Augen sind lustverhangen.

»Ich will, dass du mich nimmst.« Quälend langsam gleite ich in sie zurück. Es kostet mich alle Willenskraft, sie nicht besinnungslos zu vögeln. Aber ich genieße unser Zusammensein zu sehr, um es jetzt schon zu beenden.

»Seit wann willst du das?«

Sie küsst mich und für einige Augenblicke vergesse ich, dass ich die Oberhand habe. Denn sobald ihre Zunge meine umspielt, bin ich ihr hilflos ausgeliefert. Glücklicherweise setzt mein Verstand schnell wieder ein, weshalb ich mich mit einem leisen Lachen von ihr löse.

»Netter Versuch. Seit wann willst du, dass ich dich vögle?«

Romy verdreht die Augen. Ihre Lippen sind vom Küssen geschwollen. Eine leichte Röte überzieht ihr Gesicht. Sie sieht anbetungswürdig aus.

»Seit dem Moment, als du mir im Fahrstuhl gesagt hast, dass du dein Gesicht am liebsten zwischen meinen Beinen vergraben würdest.«

Mehr braucht es nicht. Diese ehrliche Antwort und die Bilder, die sie heraufbeschwört, reichen aus, um alles loszulassen, dass mich bisher zurückgehalten hat. Immer wieder ziehe ich mich aus ihr zurück. Versenke mich anschließend erneut bis zum Anschlag in ihr. Romys Stöhnen ist dabei die schönste musikalische Begleitung, die ich mir vorstellen könnte. Meine Finger krallen sich in die Haut ihres Oberschenkels, während ich den Winkel ihres Beines ein Stückchen ändere. Sofort gleite ich noch tiefer in sie hinein. Romy hat meine Schultern inzwischen losgelassen und umschließt mit den Händen die Lehnen des Sofas. Ich senke den Kopf und knabbere abwechselnd an ihren aufgestellten Nippeln.

Plötzlich spüre ich eine Veränderung ihres Körpers. Ihre Muskeln ziehen sich um meine Härte und machen es mir so immer schwerer, in sie einzudringen. Romys Atmung wird abgehackter. Ihr Stöhnen lauter. Sie beißt sich auf die Unterlippe und legt den Kopf in den Nacken, indem sie ihn stärker in die Polster drückt. Das hat sie schon früher gemacht, kurz bevor sie gekommen ist.

»Nicht aufhören«, stößt sie zwischen zusammengebissenen Zähnen hervor. Ungewollt sind meine Bewegungen langsamer geworden, weshalb ich wieder an Tempo zunehme. Ich will sie über den Abgrund stoßen. Nur, damit ich sie im Anschluss auffangen kann.

Romy stöhnt meinen Namen und das ist es, was mich zum Zerbersten bringt. Ich unterdrücke ihr erneutes Stöhnen durch einen Kuss, während ich mich in ihr ergieße und selten so viele Gefühle zur gleichen Zeit verspürt habe. Erleichterung, weil ich sie endlich wieder in Besitz genommen habe. Bedauern, dass es viel zu schnell vorbei war und Wut auf mich selbst, weil ich vor zehn Jahren so egoistisch war und sie zurückgelassen habe. Aber es war notwendig. Damit ich dorthin komme, wo ich jetzt bin, und um sie selbst zu schützen. Sie sollte nicht mit ansehen, wie rapide mein Leben bergab ging.

Zufrieden beobachte ich, wie die Wellen des Orgasmus in ihrem Körper nachhallen. Erst, als sie nicht mehr vor Lust zittert, ziehe ich mich aus ihr zurück. Schwer atmend sinke ich neben sie und fahre mir mit der Hand einmal durchs Haar.

»Das war deutlich besser als früher.«

Ihre Lippen verziehen sich zu einem kleinen Grinsen, bevor sie aufsteht und ihre Kleidung zusammensucht.

»Wir hatten immerhin beide Zeit neue Erfahrungen zu sammeln«, entgegnet sie und schlüpft in ihr verwaschenes Longsleeve und die Leggings.

»Du solltest das wieder ausziehen.«

Sie hält verdutzt inne und wirft mir einen überraschten Blick zu.

»Weshalb?«

»Für Runde zwei«, erwidere ich schlicht und setze mich auf.

Romy lacht, während sie auf mich zukommt und mir einen Kuss auf die Lippen drückt. Ich versuche, nach ihr zu greifen, doch sie entzieht sich meiner Reichweite.

»Einmal. Das war die Abmachung«, erinnert sie mich.

»Und du denkst, das war genug?« Für mich eindeutig nicht. Es war dumm, zu denken, dass wir durch eine Nacht alle Spannungen aus der Welt schaffen und zum normalen Alltag übergehen.

Romy zuckt mit den Schultern und lächelt mich traurig an.

»Es wird niemals genug sein, Asher. Aber wir wissen beide, dass es nicht weitergehen darf. Ich ... also ich kann nicht ...« Ihre Stimme bricht.

Ich bemerke den Schmerz, der das eben noch da gewesene Funkeln in ihren Augen trübt, und würde mich am liebsten dafür ohrfeigen, sie damals allein gelassen zu haben. Gleichermaßen spornt es mich an, mich ihr weiter zu öffnen. Ihr zu zeigen, dass ich mein Versprechen ernst gemeint habe.

»Schon gut. Ich verstehe.«

»Danke. Dann ... sehen wir uns später im Büro?«

Ich nicke. »Soll ich dich nach Hause fahren?«

»Nicht nötig. Ich bestelle mir ein Taxi und unterhalte mich mit Charlie, während ich warte.«

Ein Teil von mir würde ihr gern anbieten hierzubleiben. Aber ich weiß, dass sie dieses Angebot nicht annehmen würde.

»Schreib mir, wenn du zu Hause bist.«

Sie schlüpft in ihren Mantel und lächelt. »Das werde ich. Gute Nacht, Asher.«

»Gute Nacht«, erwidere ich, während ich sie dabei beobachte, wie sie mit schwingenden Hüften zum Fahrstuhl spaziert und mein Appartement verlässt, ohne sich noch einmal umzublicken.

## 10

*Romy*

»Guten Morgen«, flöte ich, während ich um kurz nach neun in Ashers Büro komme. Er sitzt wie gewohnt an seinem Schreibtisch und starrt mit gerunzelter Stirn auf den Computerbildschirm. Hinter ihm ragen die New Yorker Wolkenkratzer in die Höhe. Sofort kommt mir das Wort »Macht« in den Sinn. Dieser Anblick symbolisiert für mich Führung, Stärke und Herrschaft. Denn in seinem Büro im achtzigsten Stock wirkt Asher wie ein König.

»Du bist zu spät.« Er spricht, ohne den Blick vom Bildschirm zu lösen.

»Ich hatte letzte Nacht wenig Schlaf. Da dachte ich, es ist in Ordnung, den Wecker nicht um halb sieben klingeln zu lassen.« Meine Stimme hat einen neckenden Ton angenommen, der mich selbst überrascht.

»Ich erinnere mich nicht, gestern zugestimmt zu haben, dass du später anfängst.« Er sieht mich immer noch nicht an. Meine Finger krallen sich fester um die Pappe, in der unsere Kaffee-to-go-Becher stecken.

»Hast du wenigstens meinen Mocha dabei?« Asher klingt so monoton, dass ich ihm seinen Kaffee am liebsten ins Gesicht gekippt hätte. Stattdessen knalle ich den Becher auf den Schreibtisch. Er kann von Glück sagen, dass ein Deckel darauf ist, sonst wäre die braune Flüssigkeit übergeschwappt.

»Ich hoffe, du erstickst dran«, knurre ich und stolziere nach draußen.

Seufzend sinke ich in meinen Stuhl und warte darauf, dass der Computer hochfährt. Was habe ich überhaupt erwartet? Ich bin diejenige, die gestern klar gemacht hat, dass der Sex mit ihm eine einmalige Sache gewesen ist und wir zum normalen Alltag übergehen sollten. Dass er meine Worte allerdings *so* genau nimmt, habe ich nicht bedacht. Um ehrlich zu sein, bin ich davon ausgegangen, dass er sein gestriges Versprechen direkt in die Tat umsetzt.

Natürlich weiß ich, dass ich eine Änderung nicht von heute auf Morgen erzwingen kann, aber mit dieser kühlen Reaktion hätte ich nicht gerechnet.

»Du bist doch selbst schuld«, murmle ich, während ich das E-Mail-Programm öffne und die Spammails in den Papierkorb verschiebe. Es wäre wahrscheinlich besser gewesen, standhaft zu bleiben und dem Verlangen nicht nachzugeben, dass seit unserem Wiedersehen in mir brodelt.

In den nächsten Stunden widme ich mich, so gut es geht, meinen täglichen Aufgaben. Gegen Mittag mache ich mich dann auf den Weg, um Ashers Mittagessen zu besorgen, und spiele einen Moment lang mit der Idee, sein Sandwich mit irgendetwas Scharfem belegen zu lassen, um eine Gefühlsregung bei ihm hervorzulocken. Doch so gern ich auch sein entsetztes Gesicht sehen würde, als ich im *Sandwich Palast* an die Theke trete, verwerfe ich den Gedanken wieder.

»Hi Romy! Einmal wie immer?« Beth lächelt mich freundlich an und ich nicke.

»Ja, aber hau bei mir diesmal Peperoni und diese Chilisoße mit drauf. Ich brauche einen Muntermacher, sonst überlebe ich die restlichen Stunden nicht.«

Sie lacht und beginnt direkt damit, die Toastbrote vorzubereiten.

»Lange Nacht gehabt?« Mit der Hand fahre ich mir übers Gesicht.

»Du hast keine Ahnung. Mein Chef hat mich aus dem Bett geklingelt, damit ich eine seiner Barbekanntschaften rausschmeiße. Ist das zu fassen?« Was danach passiert ist, binde ich ihr nicht auf die Nase. Beth ist nett und wir unterhalten uns immer gut, während sie unser Mittagessen vorbereitet. Aber mein Sexleben muss ich nicht in einem überfüllten Imbiss ausbreiten.

»Oha. Klingt so, als hätte er den Preis für den Boss des Jahres verdient.« Ihre Stimme trieft vor Sarkasmus und bringt mich dadurch zum Lachen.

»Er ist tatsächlich ein bisschen gewöhnungsbedürftig, aber damit muss ich nur drei Monate klarkommen.«

Beth packt unsere Sandwiches ein, während ich mein Portemonnaie zücke und die passende Anzahl an Scheinen herausziehe.

»Und dann?« Sie reicht mir die braune Papiertüte und nimmt mir im Gegenzug das Geld ab.

»Erwartet mich etwas Neues. Ich bin nur als Schwangerschaftsvertretung eingesprungen.«

»Wenn es so weit ist, schau ruhig an unserem Infoboard vorbei. Da hängen junge Unternehmen oft Stellenausschreibungen auf.« Beth lächelt mich an und deutet in die hinterste Ecke des Lokals, wo eine riesige Pinnwand hängt.

»Danke für den Tipp! Das mache ich. Wir sehen uns morgen.« Ich winke ihr zum Abschied zu und verlasse den Laden, bevor ich mit der U-Bahn die zwei Stationen zurück zum Büro fahre. Wie jedes Mal, wenn ich das Gebäude betrete, bin ich wie erschlagen vom majestätischen Design der Eingangshalle. Glücklicherweise schüchtert es mich inzwischen nicht mehr ein. Wenn ich an das erste Mal zurückdenke, an dem ich hier gewesen bin ...

»Miss Nolan? Haben Sie einen Moment?« Ich halte inne und sehe zu Bert, dem brummigen Sicherheitsmann. Er hat mir am Tag meines Vorstellungsgesprächs den Besucherausweis ausgehändigt und später meine Karte, die mich als Mitarbeiter von *AB International* auszeichnet. Das waren bisher unsere einzigen Berührungspunkte.

»Was gibt's?« Langsam trete ich näher und stelle die Tüte mit unserem Essen auf dem Tresen ab.

»Es war eben jemand hier, der mit Ihnen sprechen wollte.«

Ein ungutes Gefühl breitet sich in meiner Magengegend aus. Schlagartig ist mir der Appetit vergangen, obwohl die Sandwiches heute noch besser duften als sonst.

»Wartet derjenige?« Ich werfe einen Blick über die Schulter. Der Empfangsbereich ist leer. Als ich wieder zu Bert schaue, schüttelt er den Kopf.

»Nein. Der junge Mann hat auch keine Nachricht hinterlassen. Sobald er gehört hat, dass Sie nicht im Haus sind, ist er gegangen.«

Ein Déjà-vu-Gefühl überkommt mich. So ähnlich ist es abgelaufen, als mich ein Mann vor einigen Tagen bei uns aufgesucht hat.

»Wie sah er denn aus?«

»Groß, schlaksig. Riesengroße Brille. Dunkelblondes Haar. Drei-Tage-Bart. Er wirkte gehetzt«, kommt es wie aus der Pistole geschossen.

Ich schlucke. Das ist exakt dieselbe Beschreibung wie die von meinen Mitbewohnern.

»Vielen Dank für die Info. Ich glaube, dann weiß ich, wer es ist. Falls er noch einmal hier auftauchen sollte, schicken Sie ihn nicht zu mir hoch, okay?«

Bert nickt. »Soll ich ihn auf die Liste derjenigen setzen, die einen Backgroundcheck benötigen?«

»Das wäre lieb, danke! Sein Name ist Dan Myers.« Mit einem knappen Lächeln in seine Richtung schnappe ich mir die Tüte und verschwinde schnellen Schrittes Richtung Aufzug. Währenddessen krame ich mein Handy aus der Handtasche und wähle Dans Nummer. Ursprünglich wollte ich sie nach der Trennung blockieren, aber dann habe ich es nicht übers Herz gebracht.

»Der Anrufer ist vorübergehend nicht erreichbar ...« Ich beende das Telefonat, bevor die Stimme seiner Mailbox zu Ende gesprochen hat. Wenn Dan mich so dringend sprechen möchte, wieso ist sein Handy dann aus? Plötzlich kommt mir ein ganz anderer Gedanke: Offensichtlich weiß er, wo ich inzwischen wohne und arbeite. Da mir niemand einfällt, der ihm diese Information hätte geben können, müsste das bedeuten, er beobachtet mich. Oder hat jemanden beauftragt, um das zu erledigen. Doch warum sollte Dan mich beobachten lassen?

»Jetzt drehst du komplett durch«, murmle ich, als das leise *Pling* des Fahrstuhls ankündigt, dass ich im achtzigsten Stock angekommen bin.

Ohne anzuklopfen, gehe ich in Ashers Büro, lege ihm sein Sandwich auf den Tisch und verschwinde wortlos. Meine Gedanken kreisen weiterhin um Dan und die Beschreibungen, die sowohl Rob, Tyler als auch Bert über ihn abgegeben haben. Er hat immer stark auf sein Äußeres geachtet. Ein Bart ist für ihn nie in Frage gekommen. Sobald auch nur ein kleiner Schatten sichtbar gewesen ist, wurde der direkt abrasiert.

Immer noch grübelnd packe ich mein Sandwich aus und halte irritiert inne. Das sieht weder gegrillt aus, noch quillt der Käse an den Seiten hervor. Hat Beth mir aus Versehen etwas Falsches vorbereitet? Denn vor mir liegt eindeutig ein Green Goddess Sandwich. Oder ...?

Ein lautes Fluchen ertönt aus dem Büro hinter mir.

Oh, scheiße!

Sofort bin ich auf den Beinen, als Asher schon die Tür aufreißt und mich mit hochrotem Kopf in Grund und Boden starrt.

»Versuchst du, mich umzubringen?« Er schnappt nach Luft und sieht sich hilfesuchend nach etwas um. Instinktiv greife ich nach meiner Wasserflasche und halte sie ihm hin.

Er stürzt deren Inhalt hinunter, als wäre er kurz vorm Verdursten oder stünde in Flammen. Immerhin hat er Peperoni und Chilisoße zu sich genommen. Das ist selbst mir manchmal zu scharf, auch wenn ich es liebe, mir sämtliche Geschmacksknospen wegzubrennen.

»Sorry! Ich habe dir versehentlich das falsche Sandwich gegeben. Das war eigentlich für mich.«

Seine Brust hebt und senkt sich schnell. Die Röte auf seinen Wangen ist durch das Wasser zwar etwas blasser geworden, aber nach wie vor deutlich sichtbar. Schnell packe ich sein richtiges Sandwich wieder in die Folie und reiche es ihm.

»Tut mir echt leid«, murmle ich zerknirscht. Asher hat scharfes Essen schon früher gehasst, weshalb ich die Idee, ihm etwas unterzujubeln, vorhin so lustig fand. Die Tatsache, dass es unabsichtlich doch passiert ist, war nicht so amüsant wie angenommen.

Er stapft in sein Büro zurück und drückt mir wenige Sekunden später mein Mittagessen in die Hand.

»Such mir nach dem Essen die Unterlagen für den Connelly-Verkauf raus und wehe ich sehe irgendwelche Fettflecken auf dem Papier.«

Nachdem die Tür hinter ihm ins Schloss gefallen ist, sinke ich wieder auf meinen Schreibtischstuhl und verstaue mein Sandwich in der braunen Tüte. Appetit hatte ich ohnehin kaum und spätestens jetzt ist er mir vergangen. Also organisiere ich mir lediglich eine neue Flasche Wasser und suche lieber im Computer nach der gewünschten Akte, als das Telefon klingelt. Einen Augenblick lang starre ich es an.

Normalerweise werden in der Mittagspause keine Gespräche weitergeleitet. Ich schlucke, umfasse den Hörer und führe ihn langsam an mein Ohr.

»*AB International*, Sie sprechen mit Romy Nolan. Was kann ich für Sie tun?« Meine Stimme klingt wacklig und dünn.

Zunächst bleibt es still am anderen Ende der Leitung. Ich höre lediglich jemanden atmen und bekomme direkt Gänsehaut. Eine von der Horrorfilm-Sorte.

»Hallo?«

»Du solltest Dinge zurückgeben, die dir nicht gehören.« Die Stimme ist tief. Eindeutig männlich, klingt aber eigenartig. Als würde der Anrufer einen Verzerrer benutzen, wie in den Krimis im Fernsehen. Mir läuft es eiskalt den Rücken herunter.

»Ich ... ich weiß nicht, wovon Sie sprechen«, stammle ich.

»Dann erfährst du das bald auf die harte Tour.«

Das Telefonat wird beendet, bevor ich etwas erwidern kann.

Was zur Hölle war das? Falls Dan sich einen blöden Scherz mit mir erlaubt, dann schwöre ich bei Gott, ihn umzubringen, sobald er mir zwischen die Finger kommt. Hat er mir nicht schon genug angetan, indem er mich Hals über Kopf verlassen hat? Sofort greife ich nach meinem Handy und wähle erneut seine Nummer. Doch auch dieses Mal werde ich direkt auf die Mailbox umgeleitet.

»Romy! Die Akte!« Ashers Stimme kommt blechern aus der Gegensprechanlage. Schnell drucke ich das immer noch geöffnete Dokument aus, sortiere die Papiere und bringe sie in sein Büro. Meine Gedanken kreisen allerdings weiterhin um diesen ominösen Anruf. Genau genommen hat der Kerl mir gedroht. Wäre das ein Grund, um Anzeige gegen Unbekannt zu erstatten? Bin ich womöglich in Gefahr? Aber warum? Ich habe mir nie etwas zuschulden kommen lassen.

»Das ist nicht Connelly, sondern Constance.« Asher knallt die Akte so laut auf die Tischoberfläche, dass ich zusammenzucke. »Was ist heute nur los mit dir? Bisher hast du keinen einzigen Fehler gemacht. Von deinem ersten Tag mal abgesehen.«

Ich sehe Asher an, doch irgendwie auch nicht. Vielmehr schaue ich durch ihn hindurch.

»Um ehrlich zu sein, fühle ich mich nicht gut. Ich gehe am besten nach Hause und kurier mich aus, damit ich morgen wieder fit bin.«

Entschuldigend lächle ich ihn an und bereite mich jetzt schon auf eine Schimpftirade à la »Später kommen und früher gehen, das kann ich ja leiden« vor. Aber das ist mir momentan egal.

Asher zieht die Augenbrauen zusammen, steht auf und kommt um den Schreibtisch herum.

»Ist alles in Ordnung?« Forschend sieht er mir in die Augen. Für eine Sekunde denke ich darüber nach, ihm von dem Anruf und dem Mann zu erzählen, der offensichtlich nach mir sucht, entscheide mich dann aber dagegen. Solange er mir nicht auf persönlicher Ebene entgegenkommt, vermeide ich das ebenfalls. Also setze ich wieder ein kleines Lächeln auf und nicke.

»Ja. Wahrscheinlich brüte ich nur etwas aus und es geht jetzt schon mit Kopfschmerzen los.«

Er sieht nicht überzeugt aus. Mit verschränkten Armen lehnt er sich gegen seinen Schreibtisch, während er mein Gesicht noch eingehender studiert.

»Hör zu, wenn ich gewusst hätte, dass unsere gemeinsame Nacht die Arbeit beeinflusst, dann hätte ich mich zurückgehalten.«

Verständnislos schaue ich ihn an, bis es *klick* macht. Ein ehrliches Lachen bricht aus mir hervor und ich bin ihm beinahe dankbar dafür, weil es mich von den bedrohlicheren Gedanken ablenkt.

»Ist dir mal in den Sinn gekommen, dass sich nicht alles um dich dreht? Meine Welt schon gar nicht. Vermutlich werde ich krank, weil ich mitten in der Nacht nur in einem Pullover durch die Stadt gerast bin.«

»Okay. Dann ... gute Besserung. Falls du morgen nicht kommst, schick bitte rechtzeitig eine Nachricht.« Er stößt sich von der Tischkante ab und geht zurück zu seinem Stuhl.

»Weshalb? Damit du dich um Ersatz kümmern kannst?« Meine Mundwinkel zucken, weil ich die Antwort darauf bereits kenne.

»Nein, dann arbeite ich von zu Hause aus«, entgegnet er schlicht.

»Das ist möglich?«

»Für mich, ja. Für dich, nein. Kurier dich aus.«

Asher wendet seinen Blick wieder gen Bildschirm, was ich als Zeichen nehme zu verschwinden. Nachdem ich meinen Schreibtisch halbwegs in Ordnung gebracht und den Computer heruntergefahren habe, schlüpfe ich in meine Jacke und schnappe mir Handtasche und Mittagessen. Mit schnellen Schritten verlasse ich das Gebäude von *AB International* und mache mich auf den Weg zur U-Bahn. Noch während ich die Stufen in den Untergrund hinablaufe, bereue ich es, kein Taxi genommen zu haben. Denn ich werde das Gefühl nicht los, beobachtet zu werden.

### *Asher*

Es gibt eine Handvoll Dinge, die ich an einem Freitagabend lieber tun würde, als eine Spendengala zu besuchen. Ein Buch lesen, zum Beispiel. Oder mir einen Film ansehen, den alle für gut halten, der aber komplett überzogen und dämlich ist. In einer Bar mit einem Gin Fizz sitzen, mit hübschen Frauen flirten und dann allein nach Hause gehen, weil es nur eine gibt, die ich in meinem Bett will. Die eine, die deutlich gemacht hat, dass es zwischen uns keine weiteren sexuellen Handlungen geben wird. Auch wenn ich ihr das nicht glaube.

In den letzten Tagen habe ich bemerkt, wie stark Romys Körper noch auf meine Nähe reagiert und ich kann nicht leugnen, dass es bei mir genauso ist. Wenn Romy in einem ihrer eng anliegenden Rippstrick-Kleider auftaucht, dann nur, um mich damit zu quälen. Denn dann kann ich den restlichen Tag an nichts anderes denken als daran, es ihr langsam über die Schenkel zu schieben, um mich anschließend in ihr zu versenken.

Ich werde genau in dem Moment hart, als ich Romys Wohnkomplex betrete. Fluchend versuche ich, meine Hose so zurechtzurücken, dass sie es nicht direkt bemerkt. Denn es ist egal, ob ich an alte Menschen, abgefaulte Füße oder die Comic-Helden meiner Kindheit denke, es bleibt eng im Schritt.

Energisch klopfe ich gegen ihre Wohnungstür und warte. Mein maßgeschneiderter schwarzer Anzug sitzt perfekt und trotzdem zupfe ich an dem Jackett herum, weil mich irgendetwas stört. Ich kann nur nicht sagen, was. Als die Tür geöffnet wird, erwarte ich, Romy vor mir stehen zu sehen, stattdessen schaue ich in die grauen Augen eines Mannes. Er ist lässig in Jeans und T-Shirt gekleidet. Seine braunen Haare sind zu einem Dutt zusammengefasst. Ein leichter Bartschatten betont seine markante Kieferpartie. Er erinnert mich an den jungen Orlando Bloom.

»Du musst Asher sein. Ich bin Tyler, freut mich, dich kennenzulernen. Komm rein, Mann.« Er tritt zur Seite, damit ich eintreten kann. Hoffentlich ist das nur der Freund ihrer Mitbewohnerin.

»Romy ist gleich fertig. Die Gute ist wegen heute Abend schon ganz aufgeregt.« Er lacht, doch ich stimme nicht mit ein. Ich bin nicht hier, um Freundschaften zu schließen oder Sympathien zu gewinnen, sondern will lediglich Romy abholen und diesen Abend hinter mich bringen.

In unmittelbarer Nähe öffnet sich eine Tür. Sofort stelle ich mich aufrechter hin, doch anstelle von Romy betritt ein weiterer Mann den Flur. Er ist fast genauso groß wie ich. Sein dunkelblondes Haar ist perfekt gestylt. Im Gegensatz zu dem anderen Kerl sieht er wie aus dem Ei gepellt aus. Dunkle Chinos und ein beiges Leinenhemd lassen ihn leger und trotzdem elegant wirken.

»Auf was wartet ihr so gespannt?« Sein Blick zuckt zwischen mir und dem Orlando-Double mit den wilden Haaren hin und her.

»Auf Romy. Sie müsste jeden Moment kommen«, entgegnet der vergnügt. »Das ist Rob, unser anderer Mitbewohner. Rob, Asher. Asher, Rob.« Tyler fuchtelt mit der Hand zwischen uns hin und her. Meine Kiefermuskulatur spannt sich an. Hoffentlich habe ich mich verhört.

»Mitbewohner?« Meine Augenbrauen zucken in die Höhe, während ich versuche, nicht allzu angepisst zu klingen. Wieso hat Romy bisher nicht erwähnt, dass sie mit zwei Männern zusammenlebt?

»Ja, wir haben Romy aufgenommen, als sie dringend ein Dach über dem Kopf brauchte. Rückblickend war es die beste Entscheidung, die wir je getroffen haben, oder Rob?«

Der Angesprochene nickt und mustert mich dabei aufmerksam. Ich schiebe meine Hände in die Taschen meiner Anzugshose, um einen lockeren Schein zu wahren.

Romy. Wohnt. Mit. Zwei. Männern. Zusammen. Das ist etwas, was in der heutigen Zeit vollkommen normal ist, aber mir geht es gehörig gegen den Strich. Bevor ich weiter darüber nachdenken kann, öffnet sich links von mir eine weitere Tür und diesmal kommt endlich die Person heraus, wegen der ich hier bin.

Romys blondes Haar ist zu einem eleganten Dutt frisiert, wodurch ihr schmaler Hals noch deutlicher zur Geltung kommt. Vereinzelte Strähnen umrahmen ihr hübsches Gesicht. Sie trägt ein grau-silbernes Kleid, bestickt mit einer Spitze, die aussieht, als würden tausend Schmetterlinge auf ihr sitzen. Mein Blick wandert langsam ihren Körper hinab und wieder hinauf, bis ich an dem kleinen Lächeln hängenbleibe, das ihre Lippen umspielt.

»Hat einer von euch auch das Gefühl, einen magischen Prom-Moment zu erleben? Ich fühl mich wie ein stolzer Daddy.«

»Halt die Klappe, Ty«, schimpft Rob. Aus den Augenwinkeln bemerke ich seinen schnellen Seitenblick in meine Richtung. Er hat Angst vor mir. Gut. Dabei schenke ich ihrem Geplänkel keine große Beachtung. Meine Aufmerksamkeit gilt einzig und allein der Frau vor mir.

»Und? Nimmst du mich so mit?« Romy dreht sich einmal um ihre eigene Achse, während ich versuche, die richtigen Worte zu finden. Ihr nacktes Bein blitzt durch den versteckten Schlitz hervor.

»Wenn er was daran auszusetzen hat, gehen wir beide aus.« Tyler kommt mir zuvor und ich wollte selten jemandem so sehr eine reinhauen wie ihm in diesem Moment. Romy lacht und schürt meine Abneigung gegen ihren Mitbewohner damit nur noch mehr.

»Das wird nicht nötig sein. Du siehst fantastisch aus.« Ich trete näher an sie heran und beuge mich zu ihr herunter, während ich ihr meinen Arm anbiete. »So phänomenal, dass ich dir dieses Kleid in der Limousine am liebsten wieder ausziehen würde«, füge ich deutlich leiser hinzu, damit die anderen es nicht hören.

Romy wird prompt rot, woraufhin sich ein angenehmes Gefühl der Zufriedenheit in meiner Brust ausbreitet.

»Du weißt, dass das nicht passieren wird«, wispert sie, als ich ihr in den Mantel helfe.

»Abwarten«, murmle ich und öffne die Tür.

»Einen schönen Abend!« Rob lächelt uns nacheinander an, was mich zu dem Schluss bringt, dass ich ihn deutlich sympathischer finde als seinen Kumpel.

»Tut nichts, was ich nicht auch machen würde«, fügt Tyler zwinkernd hinzu. Ich unterdrücke ein Augenrollen und schiebe Romy in den Flur hinaus.

»Du hast nie erzählt, dass du mit zwei Typen zusammenwohnst.« Mein Tonfall klingt schärfer als beabsichtigt.

»Du hast nie gefragt«, entgegnet sie unbeeindruckt, während sie an mir vorbei in den Aufzug steigt. Zähneknirschend folge ich ihr. Punkt für sie. Gemeinsam verlassen wir das Gebäude. Beim Anblick der Limousine am Straßenrand bleibt Romy stehen und schaut ungläubig zwischen dem Wagen und mir hin und her.

»Du verarschst mich, oder? Wir fahren damit zu dieser Gala?« Weil wir ohnehin schon spät dran sind, spare ich mir die Antwort und lege stattdessen meine Hand an ihren unteren Rücken, um sie zur hinteren Tür zu bugsieren.

»Sehen und gesehen werden«, erkläre ich, nachdem wir Platz genommen und ich dem Chauffeur ein Zeichen gegeben habe, dass er losfahren soll. »Ich genieße ein hohes Ansehen unter den oberen Zehntausend. Da schickt es sich nicht, mit kleinem Gefährt aufzutauchen. Champagner?«

Sie nickt perplex und nimmt mir das Glas mit der blubbernden Flüssigkeit ab.

»Heißt das, du bist öfter auf solchen Veranstaltungen?« Neugierig blickt sie mich über den Rand ihres langstieligen Glases an.

»Nein. Ich ziehe es eher vor, das Geld direkt zu überweisen. Ohne haufenweise Hände zu schütteln.« Oder meinem Vater über den Weg zu laufen.

Mein Erfolg hat leider die Konsequenz, dass wir in denselben Kreisen verkehren. Deshalb ist es unvermeidbar, dass wir uns manchmal über den Weg laufen. Allerdings zögere ich diese Zusammentreffen so weit hinaus wie möglich. Generell bin ich kein Fan von großen Menschenansammlungen, weshalb der Kreis meiner engsten Vertrauten nur wenige Personen umfasst.

»Für welche Organisationen spendest du?« Romy klingt so ehrlich interessiert, dass es mir beinahe leidtut, ihre Frage nicht ordentlich zu beantworten.

»Für alles, was Marlie gefällt. Sie sucht etwas raus, wovon sie denkt, dass es vielen Menschen hilft, und legt die Summe fest.«

»Heißt das, ich darf mir in den kommenden zwei Monaten

auch etwas für einen guten Zweck aussuchen und du spendest ohne Widerworte?«

Ich lehne mich zurück und betrachte sie einen Moment lang.

»Irgendwas sagt mir, dass ich definitiv mein Veto einlegen muss.«

Sie lacht und auf einmal fällt sämtliche Anspannung bezüglich des bevorstehenden Abends von mir ab.

»Wenn es dich beruhigt, dann spreche ich mich vorher mit Marlie ab. Vielleicht hat sie bereits Organisationen, die mir ebenfalls gefallen.« Romy zwinkert mir zu, bevor sie ihr Glas leert und es in den dafür vorgesehenen Halter stellt.

»Wer ist denn der Gastgeber der heutigen Gala?« Sofort stehe ich unter Strom. Meine Muskeln sind bis zum Zerreißen gespannt. Ich umklammere das Glas in meiner Hand so fest, dass ich Sorge habe, es könnte zerspringen.

»Russell Masters«, entgegne ich so desinteressiert, wie es mir möglich ist. Da er seinen richtigen Namen inzwischen wieder angenommen hat, kann Romy ihn unmöglich mit mir in Verbindung bringen.

Ich hatte ihr zwar versprochen offener zu sein, aber mein Vater ist ein schlechtes Thema, um damit heute zu beginnen.

»Kennt ihr euch schon lange?«

»Eine Ewigkeit«, erwidere ich trocken und verstaue meine Gefühle hinter einer Tür mit der Dicke einer Tresorwand. Heute Abend darf ich mich nicht von ihnen leiten lassen. Es ist der erste Schritt, um Russell zu stürzen, und ich will nicht derjenige sein, der diese Operation gefährdet, weil ich persönlich zu involviert bin. Russell Masters ist vielleicht mein Vater, aber er ist auch ein Verbrecher, dem es das Handwerk zu legen gilt.

# 11

*Romy*

Die Spendengala findet im Veranstaltungsraum eines großen Hotels statt und ist die mit Abstand beeindruckendste Location, die ich in meinem Leben bisher gesehen habe. Überall stehen runde Tische mit weißen Decken und goldenen Schildern darauf, auf denen die Namen der jeweiligen Gäste geschrieben sind. Von der Decke hängen drei riesige, viereckige Kronleuchter, von denen ich sicher bin, dass sie aus echten Kristallen und Diamanten bestehen. Es ist warm, fast schon heiß, weshalb ich froh bin, ein schulterfreies Kleid zu tragen.

Das Klacken meiner Absätze geht in den vielen Stimmen der bereits anwesenden Gäste unter. Sofort klammere ich mich fester an Ashers Arm. Außer ihn kenne ich niemanden, deshalb darf ich ihn nicht verlieren. Er wird von vielen Leuten begrüßt, die mir kaum Beachtung schenken. Zunächst finde ich das nicht schlimm. Doch nach der fünfzehnten Begrüßung, bei der Personen mich lediglich mit einem knappen Lächeln bedenken, wird es lästig. Ist es zu viel verlangt, »Hallo« zu sagen? Das sind simple fünf Buchstaben.

»Die meisten Gäste hier sind sehr ... versnobt.« Ich nippe bereits an meinem zweiten Glas Champagner und freue mich über den kleinen Moment, in dem Asher nicht in ein Gespräch verwickelt ist.

»Verstehst du jetzt, weshalb ich das Geld lieber überweise,

ohne diese Partys zu besuchen?« Asher hat die Hände in den Hosentaschen vergraben und sieht dabei so cool und gleichzeitig autoritär aus, dass es mir beinahe die Sprache verschlägt.

»Total«, bestätige ich nickend und unterdrücke ein Augenrollen, als eine junge Frau auf uns zu stolziert. Ihr hellblondes Haar ist in einem Sleek-Look nach hinten gegelt und reicht ihr bis knapp über die Schultern. Sie ist die Vierte oder Fünfte, die versucht, Ashers Aufmerksamkeit zu erregen. Bisher ist er allerdings standhaft geblieben und hat die Gespräche schnell wieder beendet.

»Asher Brennon! Was für eine Überraschung, dich hier zu treffen.« Sie zwinkert ihm zu, was er mit einem tiefen Brummen kommentiert.

»Du wusstest genau, dass ich komme, Charlotte. Also pack deine schlechten Schauspielkünste wieder ein.«

Besagte Charlotte lacht, während mein Blick zwischen den beiden hin und her wandert. Diese Unterhaltung ist anders. Sie wirkt vertrauter, als würden sich die beiden schon länger kennen. Ich versuche, das kleine grüne Monster zurückzudrängen, dass sich einen Weg an die Oberfläche bahnt. Eifersucht ist in dieser Situation vollkommen deplatziert.

»Wen hast du mitgebracht?« Charlotte wendet sich mir zu und lächelt. Ihre Augen sind so grün, dass ich das Gefühl habe, direkt in den Regenwald zu schauen.

»Das ist Romy. Meine Assistentin.«

»Die durchaus in der Lage ist, sich selbst vorzustellen«, werfe ich ein und ergreife die von Charlotte angebotene Hand.

»Du bist schlagfertig. Gefällt mir.« Sie zwinkert mir zu und obwohl meine Eifersucht bezüglich ihres Verhältnisses zu Asher noch nicht verschwunden ist, mag ich sie trotzdem.

»Bist du mit dem da befreundet?« Ich nicke in Richtung

meines Chefs, doch Charlotte schüttelnd nur lachend den Kopf.

»Nein, nein. Ich arbeite für ihn. Um ehrlich zu sein, glaube ich, dass er gar keine Freunde hat«, fügt sie leise und hinter vorgehaltener Hand hinzu. Diese Vermutung könnte ich schnell aus der Welt räumen. Immerhin ist einer seiner Freunde zufällig mein Bruder. Aber die Tatsache, dass sie meine Kollegin ist und ich sie noch nie im Büro gesehen habe, fesselt mich deutlich mehr.

»Du bist auch bei *AB International* angestellt?«

Wieder ein Kopfschütteln.

»Asher und mein Arbeitsverhältnis ist privater Natur. Ich habe nichts mit seiner Firma zu tun.«

Jetzt bin ich vollkommen verwirrt. Hat er etwa noch ein anderes Unternehmen, das er bisher verschwiegen hat?

Charlotte bemerkt meine Irritation. Mit einer schnellen Bewegung lässt sie ihre Handtasche aufschnappen und holt eine Visitenkarte daraus hervor.

**Charlotte Holmes**
***Privatdetektivin***

Ungläubig schaue ich zwischen der Karte und der jungen Frau vor mir hin und her. »Du bist Detektivin?«

»Ganz genau.«

»Und heißt Charlotte Holmes?« Der Witz dahinter bleibt selbst mir nicht verborgen und ich habe bisher keine einzige Folge *Sherlock* geschaut.

»Meine Grandma hat immer gesagt, dass wir Nachfahren des berühmten Meisterdetektivs sind. Aber daran zweifle ich bis heute.« Sie zwinkert mir vergnügt zu.

Mein Blick zuckt jedoch nach rechts. Asher steht noch immer in genau derselben Haltung neben uns.

»Wofür nimmst du ihre Dienste in Anspruch?«

»Vor einiger Zeit hat jemand Behauptungen in Umlauf gebracht, die mir und dem Unternehmen schaden«, entgegnet er zögerlich. Mit aller Kraft versuche ich, meine Gesichtsmuskulatur unter Kontrolle zu halten, denn wenn ich ehrlich bin, habe ich nicht mit einer Antwort gerechnet. Höchstens mit einer schroffen Abfuhr.

»Steckst du in Schwierigkeiten?«, frage ich mit gesenkter Stimme, nachdem ich näher an ihn herangetreten bin. Unbewusst habe ich meine Hand auf seinen Unterarm gelegt.

Ich kann mir zwar nur schwer vorstellen, dass es etwas gibt, womit Asher nicht fertig wird, aber wenn er die Hilfe einer Privatdetektivin in Anspruch nimmt, muss die Verleumdung größere Wellen schlagen.

»Nein, mach dir keine Sorgen. Ich habe alles im Griff.«

Seine Gesichtszüge entspannen sich, als er mir kurz ein seltenes Lächeln schenkt. In einer flüchtigen Bewegung streicht er mir über die Hand, bevor er einen Schritt zurücktritt, um Abstand zwischen uns zu bringen. Meine Finger gleiten von seinem Arm, woraufhin ich sie um meine Handtasche schließe.

»Habt ihr euch schon etwas ausgeguckt, für das ihr bei der Auktion bieten wollt?« Charlottes Stimme erinnert mich daran, dass Asher und ich nicht allein sind, sondern uns in einem Raum voll fremder Menschen befinden. Langsam drehe ich mich zu ihr um.

»Liegen dafür Listen aus?«, frage ich eine Spur zu begeistert. Bisher habe ich noch nie an einer Auktion teilgenommen. Asher seufzt, während Charlotte wieder ihr Millionen-Watt Lächeln aufsetzt.

»Keine Listen. Aber auf der anderen Seite des Raumes sind Tafeln aufgestellt mit Bildern von den Gütern.«

Ein aufgeregtes Kribbeln breitet sich in mir aus. Ich drehe mich so schnell zu Asher um, dass ich über meine eigenen Füße stolpere. Nur dank seiner schnellen Reaktionsgabe stürze ich nicht. Ashers Blick ist so durchdringend, dass mein Herz einige Sekunden aus dem Takt gerät.

»Kommst du mit gucken?«

»Ich würde gern, aber ich muss mich noch mit ein paar weiteren versnobten Gästen unterhalten.« Seine Lippen verziehen sich leicht nach oben. Ein weiteres winziges Lächeln in seinem sonst so ernsten Gesicht, das nur für mich bestimmt ist.

»Dann mach dich drauf gefasst, dass ich dein Geld für viel sinnloses Zeug ausgebe.«

Er lässt mich los und bringt wieder etwas Abstand zwischen uns. Sofort vermisse ich den leichten Druck seiner Finger auf meiner Haut.

»Dieses eine Mal werde ich damit leben«, entgegnet er schlicht, richtet sein Jackett und mischt sich unter die Menge. An seiner Stelle hakt Charlotte sich bei mir unter und zieht mich zu den Tafeln auf der anderen Seite des Raums. Während wir uns jede einzelne nacheinander ansehen, werden meine Augen von Angebot zu Angebot immer größer. Von teuren Uhren, über Wochenenden in Luxus-Resorts bis hin zu Schmuckstücken, die so schön sind, dass ich heute Nacht sicherlich davon träumen werde, ist alles dabei.

Charlotte drückt mir ein neues gefülltes Champagnerglas in die Hand. Inzwischen habe ich den Überblick verloren, wie viel ich davon getrunken habe. Asher hat sich seit geraumer Zeit nicht mehr blicken lassen. Stattdessen belagern uns ständig neue Männer und verwickeln uns in Gespräche. Jung und attraktiv sowie alt und bereits ergraut. Eine Sache haben sie jedoch gemeinsam: Sie haben alle unheimlich viel Geld.

»Denken die wirklich, sie landen bei uns, nur weil sie reich sind?« Charlotte verdreht genervt die Augen und nippt an ihrem Champagner.

»Ich glaube, bei den meisten Männern setzt das Denkorgan aus, sobald sie eine hübsche Frau sehen«, erwidert eine tiefe Stimme neben uns, die mir merkwürdigerweise vertraut vorkommt.

Diesmal ist es ein Mann Anfang sechzig, der beschlossen hat, uns Gesellschaft zu leisten. Sein Haar ist grau meliert. Die dunklen Augen funkeln und erinnern mich direkt an Asher. Es dauert einen Moment, bis ich begreife, wer vor mir steht.

»Mr. Brennon?« Fassungslos starre ich mein Gegenüber an.

Seine Mundwinkel zucken, als er mir die Hand reicht und einen federleichten Kuss auf meinem Handrücken hinterlässt.

»Ich wusste, dass meine Augen mich nicht getäuscht haben. Romy Nolan. Mit dir hätte ich hier nicht gerechnet.«

»Geht mir ähnlich«, entgegne ich trocken. Ashers Vater habe ich ungefähr genauso lange nicht gesehen wie seinen Sohn. Vielleicht sogar noch länger.

Es ist nicht so, dass wir damals während meiner Highschool-Zeit viel Kontakt miteinander hatten, aber wir waren Nachbarn und unser Verhältnis immer gut. Bis zu dem Tag, an dem er in einer Nacht- und Nebelaktion verschwunden ist.

»Was treibt dich auf meine Veranstaltung? Ich wusste immer, dass du zu Größerem bestimmt bist, aber in deinem Alter schon in diesen Kreisen zu verkehren? Damit verdienst du meinen Respekt.«

Sein Lächeln wirkt unecht. Daher halte ich es für keine gute Idee, ihm zu erzählen, dass ich mit seinem Sohn hier bin. Von Preston weiß ich, dass ihre Beziehung durch Mr. Brennons Verschwinden irreparabel beschädigt wurde. Und so, wie ich Asher einschätze, will er nichts daran ändern.

»Ich bin nur als Begleitung von jemandem dabei. Bisher habe ich mein Studium beendet und bei der Gründung eines Start-ups mitgewirkt. Von den Summen, die heute über die Tische gehen werden, träume ich nur.«

Er lacht, als hätte ich den Witz des Jahres gemacht, dabei habe ich lediglich die Wahrheit gesagt.

»Ich erhoffe mir sehr viel von dem heutigen Abend. Hoffentlich sind die Gäste in Spendierlaune.« Er zwinkert mir zu, woraufhin ich das Gesicht verziehe. Früher hatte ich keine Probleme, mich mit ihm zu unterhalten. Was hat ihn in den letzten zehn Jahren so unsympathisch werden lassen?

»Für was wird das Geld genutzt?«, frage ich interessiert und bemerke aus den Augenwinkeln, dass Charlotte sich leise zurückzieht. Dabei hätte es mir nichts ausgemacht, wenn sie geblieben wäre. Jetzt fühle ich mich irgendwie ausgeliefert. Als wäre ich bloß ein kleiner Fisch im Meer, der darauf wartet, gefressen zu werden. Denn so wirkt Mr. Brennon auf mich: Wie ein Hai, der bereit ist, seine Zähne in den Schwächeren zu vergraben.

»Für den Bau neuer Schulen in Somalia. Ein Projekt, das mir seit vielen Jahren am Herzen liegt.« Er legt so viel Überzeugung, wie möglich in seine Stimme und trotzdem glaube ich ihm kein Wort. »Aber zurück zu dir: Wen begleitest du heute Abend?«

Mir liegt Ashers Name auf der Zunge, doch ich hüte mich, ihn auszusprechen. Diese positive Guter-Geschäftsmann-Nummer kaufe ich Mr. Brennon keine Sekunde ab.

»Mit mir.« Als Ashers Stimme ertönt, läuft ein Prickeln meine Wirbelsäule hinab. Ich spüre seine Hand an meinem unteren Rücken und lehne mich in diese Berührung. Auch wenn ich eine Begegnung zwischen den beiden lieber vermieden hätte.

»Asher.« Mr. Brennon hat sein Gesicht perfekt unter Kontrolle, wodurch er seinem Sohn unheimlich ähnlichsieht. Ob ihm das bewusst ist?

»Russell.« Asher hätte den Vornamen seines Dads nicht gefühlloser aussprechen können. Er klingt so kühl, dass ich ein Frösteln unterdrücke. Dabei ist mir nicht mal kalt. Seine Nähe facht die Hitze in meinem Inneren vielmehr an.

»Es freut mich, dich endlich wiederzusehen.« Mr. Brennon klingt höflich, aber mir bleibt die Anspannung nicht verborgen, die in seiner Stimme mitschwingt. Ebenso wenig wie Asher. Aus den Augenwinkeln bemerke ich sein triumphierendes Lächeln.

»Gewiss. Ich war verwundert, keine persönliche Einladung erhalten zu haben. Immerhin bin ich nach dir der einflussreichste Mann der Upper East Side.« Eine kleine Ader an der Schläfe seines Vaters tritt hervor und beginnt, gefährlich zu pochen.

»Muss wohl in der Post verloren gegangen sein.« Sein Lächeln wirkt angestrengt. Asher öffnet den Mund, um etwas zu erwidern, wird aber durch das Auftauchen eines jungen Mannes am Sprechen gehindert.

»Mr. Masters? Die Auktion beginnt gleich. Sie sollten auf die Bühne.«

Er nickt knapp, während in mir die Frage aufkeimt, weshalb er ihn nicht mit Mr. Brennon anspricht. Da fällt mir ein, dass Asher in der Limousine meinte, dass ein gewisser Russell Masters Gastgeber des heutigen Abends wäre und sie sich eine Ewigkeit kennen würden. Wieso hat er nicht gesagt, dass es sich dabei um seinen Vater handelt? Hat Mr. Brennon erneut geheiratet und den Namen seiner zweiten Ehefrau angenommen? Dann würde ich verstehen, weshalb er nicht darüber sprechen will.

»Wenn ihr mich entschuldigen würdet? Es hat mich gefreut, dich wiederzusehen, Romy. Asher.« Mit einer angedeuteten Verbeugung verabschiedet er sich und verschwindet in Richtung Bühne.

»Wann hast du deinen Vater zum letzten Mal gesehen?«, frage ich Asher, als er mich sanft, aber bestimmt zu unserem Tisch dirigiert. Wir sind die Letzten, die Platz nehmen. Charlotte zwinkert mir verschwörerisch zu und hebt ihr Glas. Aber ich habe von Champagner genug und werde den restlichen Abend bei Wasser bleiben.

»Ist eine Weile her.« Ich kenne Asher gut genug, um zu wissen, dass er nicht weiter über das Thema sprechen will.

Eine Gala in einem solchen Umfang ist auch nicht der richtige Ort dafür. Trotzdem brennt mir noch eine letzte Frage auf der Zunge.

»Wieso heißt er inzwischen nicht mehr Brennon?«

»Das erzähle ich dir ein anderes Mal. Die Versteigerung beginnt.« Demonstrativ wendet er den Blick in Richtung Bühne.

Soweit ich weiß, hat seine Mom sehr unter der Trennung gelitten und das Verschwinden seines Vaters war der Grund für ihren Umzug. Aber das kurze Gespräch zwischen den beiden hat mir verdeutlicht, dass eine Menge böses Blut zwischen ihnen fließt.

### *Asher*

Seit ich Romy die Kelle rübergeschoben und erlaubt habe, auf alles zu bieten, was ihr gefällt, glitzern ihre Augen wie die eines kleinen Kindes an Weihnachten.

Es war nie geplant, dass sie auf meinen Vater trifft. Nicht mal ich war scharf auf ein Gespräch mit ihm. Agent North' Anweisungen für diesen Abend waren zudem deutlich: Ich soll etwas auf der Auktion erwerben. Denn in der Zukunft wird die FATF Russells Bücher prüfen und nach Ungereimtheiten suchen. Wenn auch nur ein Penny meiner Summe fehlt, ist er am Arsch.

Allerdings habe ich wohl den Passus verpasst, in dem beschlossen wurde, dass ich viel Geld hinblättere. Anders kann ich es mir nicht erklären, weshalb Charlotte den Preis für einen Wochenendtrip nach Aspen in die Höhe treibt.

»Darf ich dich daran erinnern, dass du nicht das Geld hast, um dafür zu zahlen.«

Sie zuckt mit den Schultern. »Deshalb habe ich Romy gebeten, mich immer zu überbieten, falls es brenzlig wird.«

Mein Blick zuckt zu meiner Begleitung, die gerade die Kelle hebt, um den Auktionator auf sich aufmerksam zu machen.

»Vierhunderttausend Dollar sind geboten von der hübschen Dame mit der Nummer sechzehn.«

Dieser Aufenthalt in dem Luxus-Resort in Aspen ist definitiv keine vierhunderttausend Dollar wert.

»Was genau tust du da?« Ich lehne mich zu ihr herüber und werde direkt von ihrem süßen Duft begrüßt.

»Ich biete auf etwas, das mir gefällt. So, wie du es gesagt hast.«

Rückblickend war das vielleicht nicht die beste Idee.

Glücklicherweise geht der Zuschlag an ein Paar in gestandenem Alter, die sich sichtlich darüber freuen. Die Enttäuschung bei Romy ist jedoch groß. Ihre Schultern hängen hinab und ihr Blick ist starr auf die Tischplatte gerichtet. Sie so zu sehen, bereitet mir beinahe körperliche Schmerzen.

»Wir könnten jederzeit ein Wochenende in so einem Hotel verbringen.«

Ihre Augen finden meine. Ein leichtes Lächeln umspielt ihre schönen Lippen, die ich zu gern wieder küssen würde.

»Das geht zu weit über das Chef-Angestellten-Verhältnis hinaus.«

»Diese Schwelle haben wir längst überschritten.«

»Offensichtlich«, flüstert sie.

»Romy, jetzt geht es um ein Ferienhaus in den Hamptons«, zischt Charlotte und hebt direkt ihre Kelle, um einen Bieter am Nebentisch auszustechen. Das Startgebot: hundertfünfzigtausend Dollar.

»Oh, da war ich noch nie!« Begeistert beteiligt sich Romy an der Versteigerung, woraufhin der Preis rasant in die Höhe schnellt. Zweihunderttausend vom Nebentisch. Zweihundertzwanzigtausend von Charlotte. Romy bietet zweihundertfünfzigtausend. Als ein Bieter am anderen Ende des Raumes eine halbe Million ruft, wirft Charlotte genervt ihre Kelle auf den Tisch. Auch Romy lehnt sich seufzend zurück.

»Fünfhunderttausend zum Ersten. Zum Zweiten und zum ...«

»Sechshundertfünfzigtausend.«

Der Auktionator verstummt. Romy sieht mich mit großen Augen an.

Charlotte lächelt wissend.

»Wer hat diese Summe genannt?«

Ich greife nach der Kelle mit der Nummer sechzehn und hebe sie hoch.

»Sechshundertfünfzigtausend sind geboten, meine Damen und Herren. Höre ich siebenhunderttausend?« Niemand im Raum rührt sich. Bisher ist diese Summe die höchste, für die ein Objekt über den Tisch geht. »Gut. Dann zum Ersten. Zum Zweiten und zum Dritten. Ein Wochenende in einem hübschen Ferienhaus in den Hamptons direkt am Meer geht an den Herren mit der Nummer sechzehn!«

Verhaltener Applaus ertönt. Dabei verstehe ich nicht, was die Leute haben. Für die meisten Anwesenden sind das Peanuts.

»Wieso hast du das gemacht?« Romy hat sich zu mir herüber gelehnt. Ihre Hand liegt auf meinem Unterarm und obwohl zwei Stoffschichten zwischen uns liegen, habe ich das Gefühl, ihre Haut direkt auf meiner zu spüren.

»Weil du in die Hamptons wolltest.«

Sie runzelt die Stirn und sieht dabei sehr süß aus. »Was willst du im Gegenzug dafür?«

Beinahe hätte ich gelächelt. Obwohl wir erst seit Kurzem wieder Kontakt haben, hat sie sich schnell in meine Denkweise eingefunden. Kein Gefallen ohne Gegenleistung.

»Nichts«, erwidere ich schlicht, obwohl ich gern etwas anderes gesagt hätte. *Eine weitere Nacht mit dir. Heißen Sex in meinem Büro.*

»Das glaube ich dir nicht.«

Jetzt verziehen sich meine Lippen doch zu einem Lächeln.

»Einigen wir uns darauf, dass du dir keine Wohltätigkeitsorganisation aussuchen darfst, für die ich zusätzlich spende.«

Sie lehnt sich auf ihrem Stuhl zurück, wobei ihre Hand weiterhin auf meinem Unterarm bleibt. »Ich bin immer noch nicht überzeugt, aber für den Moment hake ich nicht weiter nach.«

Der restliche Abend verläuft ereignislos. Meinen Vater bekomme ich nicht mehr zu Gesicht. Stattdessen beobachte ich seine Frau, die sich unter den vielen Geschäftsmännern und ihren Begleitungen deutlich unwohl fühlt. Paradox, wenn ich bedenke, dass sie aus wohlhabendem Haus stammt und meinen Vater geheiratet hat.

Während ich ein langweiliges Gespräch nach dem anderen über mich ergehen lasse, behalte ich Romy stets im Blick. Nachdem Ende der Auktion hat sie sich mit Charlotte an die Bar zurückgezogen. Zu meiner Überraschung und Zufriedenheit bestellt sie allerdings keinen weiteren Champagner, sondern bleibt bei stillem Wasser. Was mir weniger gefällt sind die Männer, die immer wieder ihre Nähe suchen.

Charlotte flirtet mit ihnen weitaus offensiver als Romy, aber ich merke, dass auch ihr die Aufmerksamkeit gefällt. Jedem einzelnen Mann, der ihr schöne Augen macht, würde ich am liebsten den Kopf abreißen, weshalb ich beschließe, dass wir keine Sekunde länger bleiben, wenn sie nicht will, dass dieser Abend in einer Schlägerei endet.

Es ist halb zwölf, als ich neben Romy auftauche und sanft nach ihrem Arm greife.

»Wir gehen.« Meine harte Stimme steht im kompletten Gegenteil zu meiner federleichten Berührung. Als wäre sie eine zerbrechliche Figur aus Glas.

»Jetzt schon? Gerade wird es richtig lustig.«

»Ich bringe dich später nach Hause, wenn du noch nicht loswillst«, bietet einer ihrer Bewunderer freundlich an. Mein Blick zuckt in seine Richtung. Es dauert keine Sekunde, bis er sich höchst auffällig für den Drink in seiner Hand interessiert.

»Das war keine Frage. Wir gehen.«

Romy entzieht mir ihren Arm und stemmt ihn in die Hüfte.

»Dir ist klar, dass ich nicht mit dir mitkommen muss, oder?«

Ich unterdrücke ein Knurren. Langsam beuge ich mich zu ihr herunter, sodass wir auf Augenhöhe sind.

»Und dir ist hoffentlich bewusst, dass ich kein Problem damit habe, dich über die Schulter zu werfen und rauszutragen.«

Sie besitzt immerhin den Mumm, unser Blickduell noch einen Moment lang aufrecht zu erhalten, bevor sie einknickt.

»Würdest du eh nicht machen«, murmelt sie, während sie an mir vorbeistolziert.

»Da wäre ich mir an deiner Stelle nicht so sicher«, entgegne ich, bevor ich ihr folge und unseren Wagen kommen lasse. Mit verschränkten Armen steht sie am Straßenrand und schaut demonstrativ in die andere Richtung. Weil ich mich allerdings wie magisch von ihr angezogen fühle, stelle ich mich hinter sie und lege meine Lippen an ihr Ohr.

»Sei nicht eingeschnappt. Erzähl mir lieber, was du dir von weiteren Stunden auf dieser öden Veranstaltung erhofft hast?« Ich spüre das Schaudern, das ihren Körper durchläuft.

»Ein paar nette neue Bekanntschaften«, erwidert sie trotzig. Ein leises Lachen kommt mir über die Lippen.

»Keiner dieser Männer hat es auf eine längerfristige Freundschaft abgesehen, Romy. Die wollten lediglich die Nacht mit dir verbringen.« Sie wirbelt auf dem Absatz herum und funkelt mich wütend an.

»Vielleicht wollte ich das auch?«

Ich balle meine Hände zu Fäusten und schlucke. Unsere Limousine fährt vor. Ohne meine Antwort abzuwarten, steigt Romy ein. Ich folge ihr, doch diesmal setze ich mich neben sie. Der Wagen fährt los, während ich mit der Fernbedienung die Trennwand zwischen der Fahrerkabine und dem hinteren Teil des Autos aktiviere.

»Was soll das?« Romy klingt atemlos. Ihre Wangen sind leicht rosa verfärbt. Allerdings weiß ich nicht, ob das von der Wut auf mich kommt, oder weil sie die elektrisch aufgeladene Stimmung zwischen uns ebenfalls spürt.

»Damit eins klar ist.« Ich beuge mich zu ihr herüber. Mit dem Daumen streiche ich über ihre volle Unterlippe und unterdrücke ein zufriedenes Seufzen, als sie mich nicht von sich wegschiebt. »Keiner dieser Männer ist in der Lage, dir das zu bieten, was ich dir geben kann. Falls du also jemanden für eine Nacht voller Spaß und Leidenschaft suchst, wende dich lieber an mich.«

Ihre Atmung verändert sich kaum merklich. Unruhig rutscht sie auf ihrem Sitz hin und her.

»Du bist ziemlich überheblich.« Ihre Stimme ist nicht mehr als ein Flüstern.

»Ich weiß. Und das gefällt dir.«

Sie beißt sich auf die Unterlippe, seufzt und bringt mich damit um den Verstand.

»Vielleicht«, gesteht sie leise. »Manchmal wünsche ich mir aber auch, dass du wieder der Mann bist, den ich damals kennengelernt habe. Von dem ich weiß, dass er immer noch da drin ist.«

Die Ehrlichkeit ihrer Worte durchzuckt mich wie ein Messerstich. Es ist erst wenige Tage her, dass ich ihr versprochen habe, mich dahingehend zu bessern und trotzdem habe ich noch keinen Schritt in ihre Richtung gewagt.

Ich lehne mich zurück, um etwas Abstand zwischen uns zu bringen. Alles in mir sehnt sich danach, sie zu berühren. Aber Romy möchte Emotionen. Spüren, dass ich ihr gegenüber aufrichtig bin.

»Ich hasse es nicht nur wegen der anderen Menschen, diese Veranstaltungen zu besuchen, sondern weil die Chance groß ist, Russell dort zu treffen.« Es ist mucksmäuschenstill im Auto. Wenn ich nicht sehen würde, wie Romys Brust sich langsam hebt und senkt, würde ich denken, sie hielte den Atem an.

»Er ist noch reicher als früher, oder?« Sie spricht leise. Als hätte sie Angst, ich könnte es mir anders überlegen, wenn sie ihre Stimme erhebt.

»Um einiges. Er ist ebenfalls im Immobiliengeschäft und lebt von seinen hohen Provisionen.« Und dem Geld, was er illegal beiseiteschafft.

»Seht ihr euch oft?« Sie ist ein Stück an mich herangerückt. Unsere Oberschenkel berühren sich und obwohl uns mehrere Schichten Stoff voneinander trennen, fühle ich mich ihr nah.

»Nicht, wenn ich es vermeiden kann«, entgegne ich wahrheitsgemäß.

Romy greift nach meiner Hand und drückt sie sanft. Ein ungewohntes Kribbeln breitet sich dort aus, wo sie mich berührt, und wandert meinen Arm hinauf direkt zu meinem Herzen. »Wie geht es dir damit, ihm heute begegnet zu sein?«

Für einen kurzen Moment horche ich in mich hinein. Ihre Nähe stillt den Sturm, der aufgrund des Zusammentreffens mit Russell in mir tobte.

»Ich wäre ihm lieber aus dem Weg gegangen.« Ich drehe den Kopf zur Seite und sehe sie an. In ihren blauen Augen liegt tiefes Mitgefühl. Ihr Daumen streicht unaufhörlich über meinen Handrücken. Eine zerrüttete Familie ist für sie schwer vorstellbar, denn die Nolans waren immer ein Herz und eine Seele. Allerdings ist Romy empathisch genug, um sich in ihre Mitmenschen einzufühlen.

»Gibt es etwas, was dich ablenken würde? Dir hilft, euer Treffen zu vergessen?« Sie lächelt. Wie automatisch zuckt mein Blick zu ihren schönen vollen Lippen.

»Da gäbe es schon etwas«, beginne ich, während ich meine Finger an ihr Kinn lege und es sanft anhebe. Vorsichtig beuge ich mich nach vorne. Langsam genug, um ihr Zeit zu geben zurückzuweichen. Doch glücklicherweise neigt sie sich mir entgegen. Unsere Lippen treffen aufeinander und genau in dem Moment beginne ich zu vergessen. Alles, was jetzt noch zählt, ist Romy und wie gut es sich anfühlt, sie wieder zu küssen.

## 12

*Romy*

Als Asher mich küsst, schmelze ich binnen Sekunden unter seiner sanften Berührung dahin und öffne meine Lippen, um seiner Zunge Einlass zu gewähren.

Er ist niemand, der die Kontrolle verliert oder sie freiwillig abgibt. Doch jetzt überlässt er mir die Führung. Weil er die Ablenkung braucht. Vergessen will. Es vorzieht, an etwas anderes zu denken als seinen Vater.

Ich unterbreche den Kuss, um den Gurt zu lösen, der mich noch auf dem Sitz hält. Etwas umständlich raffe ich mein langes Kleid hoch und klettere auf seinen Schoß, bevor sich meine Lippen wieder auf seine senken. Mein Kopf schreit, dass dieses Zusammensein falsch ist. Zu gefährlich, weil er mir erneut das Herz brechen könnte. Die Wahrscheinlichkeit, dass ich einen Höhenflug mit ihm erlebe und dann hart auf dem Boden der Realität aufschlage, ist groß.

Allerdings geht es jetzt nicht um mich. Sondern um ihn. Ich will für ihn da sein, damit es ihm besser geht. Also lasse ich es darauf ankommen. Wer nicht wagt, der nicht gewinnt, und dem stimmt mein Herz lautstark zu. Und wer weiß? Vielleicht mussten wir erst getrennte Wege gehen, um jetzt wieder zueinanderzufinden. Vielleicht waren diese zehn Jahre nötig, damit wir es diesmal schaffen.

Ashers Griff um meine Hüften verstärkt sich. Er positioniert mich so, dass ich seine Härte spüre, die gegen den weichen Stoff der Anzugshose drückt. Mein erfreutes Stöhnen wird vom nächsten Kuss verschluckt. Ich rücke ein Stück von ihm ab und nestle an seinem Hosenknopf herum, während er kleine Bisse auf meinem Hals verteilt. Markierungen, damit jeder weiß, zu wem ich gehöre.

»Ich hätte dich schon auf dem Hinweg vögeln sollen. Dann hätte kein anderer Mann gewagt, dich anzusehen.« Seine Stimme ist ein tiefes Knurren. Sofort wird die Hitze zwischen meinen Beinen weiter angefacht.

In den letzten Jahren war ich mit niemandem zusammen, der Asher ansatzweise ähnlich war. Im Bett hatte ich die Oberhand und war diejenige, die neue Sachen vorgeschlagen hat, um das Sexleben interessanter zu machen. Dan war nicht der Typ dafür. Zwei-, dreimal die Woche Missionarsstellung. Wenn er richtig wild drauf war, auch mal auf dem Sofa. Aber mehr war nicht drin. Deshalb ist das Zusammensein mit Asher so viel aufregender. Womöglich ist das auch der Grund, weshalb ich meine Bedenken ihm gegenüber ständig über Bord werfe.

»Ich wäre ohnehin mit niemand anderem nach Hause gegangen.« Mit den Lippen streife ich über sein Kinn, als er mich am Dutt packt und meinen Kopf leicht nach hinten zieht. Nicht zu stark, dass es wehtut, aber schon kräftig genug, um zu symbolisieren, dass er das Sagen hat.

»Wieso hast du es mich dann glauben lassen? Gefällt es dir, mich zu provozieren?«

Ich erkenne unterdrückte Wut in seinen Worten, weiß aber, dass er nicht wirklich sauer ist. Auch wenn sein Gesicht ausdruckslos wirkt. Kalt und hart, trotzdem wunderschön. Wie Marmor.

»Ja«, hauche ich und halte seinen Blick stand. »Unsere kleinen Auseinandersetzungen mag ich sehr.« Dieses Geständnis mache ich ihm und mir gleichermaßen, denn bis jetzt wollte ich es mir selbst nicht eingestehen.

In seinem Blick verändert sich etwas. Die Kälte verschwindet und ich sehe das Feuer aufblitzen, dass ihn schon früher zu Höchstleistungen angetrieben hat.

Er lässt meine Hüften los und greift nach links, um aus einem versteckten Fach ein Kondom hervorzuholen. Mit der anderen Hand befreit er seine Männlichkeit, die lang und hart zwischen uns aufragt. Nachdem er das Kondom darüber gerollt hat, wandert seine freie Hand unter mein Kleid und schiebt den Stoff meines Strings zur Seite. Ich bin inzwischen schon so feucht, dass ich bei dieser simplen Berührung beinahe in tausend Stücke zerspringe.

»Setz dich«, ordnet er befehlsartig an. Langsam sinke ich auf seinen Schwanz und finde dabei Halt, in dem ich meine Finger in den Stoff seines Jacketts kralle. Asher hebt sein Becken leicht an, kommt mir damit entgegen und füllt mich schneller aus, als mir lieb ist. Stöhnend lasse ich den Kopf nach vorn fallen. Es fühlt sich so gut an, ihn wieder in mir zu spüren.

»Reite mich.« Sein warmer Atem kitzelt mein Ohr. Ich erschaudere und bewege mich zunächst langsam auf und ab. Ashers tiefes Stöhnen erfüllt das Wageninnere.

»Ich befürchte, du bringst mich um, wenn du nicht etwas schneller wirst«, stößt er gequält aus und entlockt mir damit ein Grinsen.

»Vielleicht will ich dich um den Verstand bringen«, erwidere ich und komme seiner Bitte trotzdem nach.

»Dann lässt du mir keine andere Wahl und ich muss dich in einer Stellung auf der Rückbank nehmen, in der ich bestimme, wo es lang geht.«

Mir entflieht ein kleines Lachen, doch als ich die Ernsthaftigkeit in seinem Blick sehe, werde ich seufzend schneller.

»Geht doch«, murmelt er zufrieden und zieht mit einem heftigen Ruck das Oberteil meines Kleides nach unten. Mit der freien Hand beginnt er abwechselnd meine Brüste zu kneten und senkt den Kopf, um mit der Zunge meinen Nippel zu umspielen. Keuchend vergrabe ich meine Finger in seinem dichten Haar und ziehe leicht daran.

Asher wirft mir einen schnellen Blick zu und ich weiß, dass er kontrolliert, ob alles in Ordnung ist. Ein knappes Nicken meinerseits reicht, damit er sich wieder mit meinen Brüsten beschäftigt, während ich ihn weiter reite. Doch mit jeder Bewegung wird es schwerer. Die Muskeln in meinem Unterleib ziehen sich zusammen. Asher stöhnt und beißt etwas zu hart auf einen meiner Nippel. Überrascht schreie ich auf.

Sofort hebt er den Kopf und platziert seine Hände auf meinen Hüften. Kraftvoll drückt er mich immer wieder auf seine Härte, während er sich bis zum Anschlag in mir versenkt. Leicht benebelt lasse ich den Kopf in den Nacken fallen und schließe die Augen. Wurde schon mal jemand bewusstlos gevögelt? Denn ich habe das Gefühl, dass mir das gleich passiert.

Asher keucht erstickt und ich spüre, wie er sich warm in mir ergießt. Kurz darauf, sacke auch ich schwer atmend auf ihm zusammen. Meine Brust hebt und senkt sich schnell. Ich komme mir vor, als wäre ich gerade einen Marathon gelaufen. Dabei hatte ich lediglich Sex. In einem fahrenden Auto. Mitten auf den Straßen von New York City.

Asher zieht sich aus mir zurück und entsorgt das Kondom in einem kleinen schwarzen Mülleimer neben dem Mini-Kühlschrank. Ich sitze dabei immer noch auf seinem Schoß. Den Kopf an seiner Schulter platziert. Eingehüllt in seinen maskulinen, hölzernen Duft, den ich, seit wir uns wiedergetroffen haben, mit ihm verbinde.

»Wir sind da, Sir.« Eine männliche Stimme erklingt aus einem der Lautsprecher und lässt mich hochfahren. Sofort schießt mir Hitze in die Wangen und ich spüre, wie ich rot werde. Der Fahrer! Mein Blick zuckt zur Trennwand. Wie schalldicht die wohl ist? Falls er da vorn das Radio laufen hat, höre ich zumindest nichts davon.

»Hat er …? Also kann er …? Ist es möglich, dass er …?«

Asher grinst sein seltenes jungenhaftes Grinsen und schüttelt den Kopf, während er mir eine der Strähnen aus dem Gesicht streicht, die sich aus dem Dutt gelöst haben.

»Nein, keine Sorge. Soll ich dich hochbringen?«

Ich nicke geistesabwesend, während ich mein Kleid und meinen String wieder an Ort und Stelle zupfle. Ungeschickt steige ich dann von seinem Schoß aus dem Wagen und werde von einer willkommenen Kälte begrüßt, die hoffentlich das Feuer auf meinen Wangen löscht.

Gemeinsam mit Asher betrete ich meinen Wohnkomplex und wir fahren mit dem Fahrstuhl nach oben. Niemand von uns sagt ein Wort, aber das ist auch nicht nötig. Ich spüre seinen Blick auf mir. Unsere Hände sind so nah beieinander, dass sie sich zwar streifen, aber nicht vollständig berühren. Es wirkt fast schon unschuldig, in Anbetracht der Tatsache, was gerade in seinem Wagen geschehen ist. Erst vor meiner Tür finde ich meine Worte wieder.

»Ich würde dich ja fragen, ob du noch mit rein kommst, aber ich halte dich nicht für einen Mann, der die Nacht in der Wohnung einer Frau verbringt.«

»Du kennst mich gut«, erwidert er. Meine Mundwinkel heben sich leicht und auch auf seinem Gesicht erkenne ich die Andeutung eines Lächelns.

»Früher kannte ich dich besser als mich selbst.« Er nickt und streicht mit dem Daumen über meine Wange.

»Damals hätte ich ohne zu zögern bei dir übernachtet.«

»Besteht die Möglichkeit, dass sich deine Meinung diesbezüglich noch einmal ändert?«

Ein fast schmerzvoller Ausdruck zuckt über sein Gesicht und verrät mir die Antwort, ohne dass er sie ausspricht.

»Ich habe in den letzten Jahren gelernt, dass ich nicht für die Liebe gemacht bin. Aber wenn ich es für eine Person ändern wollte, wärst das immer du.«

Kleine, ungeweinte Tränen brennen in meinen Augenwinkeln. Asher ist so festgefahren in seinem Leben, ich kann mir kaum vorstellen, dass er zu einer Veränderung bereit wäre. Trotzdem ergreife ich die Chance und stelle ihm die eine Frage, die mir seit zehn Jahren auf der Zunge brennt. Die mich damals den Schlaf gekostet hat und in Dauerschleife durch meinen Kopf kreist, seit wir uns wiedergesehen haben.

»Warum bist du damals gegangen, ohne ein Wort zu sagen?«

Mein Blick sucht seinen. Für den Bruchteil einer Sekunde verdunkeln sich seine Augen, sodass ihr Zartbitterbraun fast schwarz wirkt.

»Du hast die Welt verdient. Damals wie heute. Das hätte ich dir nicht geben können. Nicht, nachdem Russell gegangen ist.«

Ein harter Zug umspielt seinen Mund. Am liebsten würde ich mich auf die Zehenspitzen stellen und ihn wegküssen.

»Du weißt, mir hat euer Geld nie etwas bedeutet.« Vorsichtig lehne ich mich gegen meine Wohnungstür. So leise, damit meine Mitbewohner es nicht für ein Klopfen halten und uns unterbrechen.

»Es ging auch nicht darum, dass ich meinen Status verloren habe.« Asher macht einen Schritt auf mich zu. Schließt die Lücke, die durch mein Zurücklehnen entstanden ist.

»Worum dann?« Meine Stimme ist nicht mehr als ein Flüstern.

»Durch sein Verschwinden hat Russell mir alles genommen. Wir konnten das Haus nicht halten und Mom hatte damals keinen Job. Die Trennung hat sie zudem stark mitgenommen. Sie ist von Tag zu Tag weiter daran zerbrochen und irgendwann vor der Realität geflüchtet.« Asher spricht so emotionslos davon, als würde er mir einen Film zusammenfassen und nicht einen Teil seines Lebens. Doch seine Augen verraten ihn. Darin sehe ich, wie sehr die Zeit ihn mitgenommen hat.

»Ich hätte dir beistehen können. Preston genauso. Du hättest damit nicht allein zurechtkommen müssen.« Auch wenn ich mir die größte Mühe gebe, mein Vorwurf ist deutlich herauszuhören.

»Nein.« Asher lächelt. Aber es ist keines seiner seltenen Lächeln, die mein Herz höherschlagen lassen, sondern viel trauriger. »Mom hatte wirklich Probleme. Das wollte ich euch nicht zumuten. Es war besser, mich als die Person in Erinnerung zu behalten, mit der ihr so viele schöne Stunden verbracht habt. Auch, wenn ich am Ende deiner Geschichte der Bösewicht gewesen bin.«

Mein Herz splittert in tausend Teile, wenn ich daran denke, wie der achtzehnjährige Asher mit all diesen Veränderungen und Tiefschlägen allein klarkommen musste.

»Glücklicherweise ist meine Geschichte noch nicht am Ende«, erwidere ich mit einem kleinen Lächeln. Sanft streicht er mir erneut eine verirrte Strähne hinters Ohr.

»Romy, ich werde niemals ein Ritter in glänzender Rüstung sein, der auf einem weißen Pferd angeritten kommt.«

»Wie gut, dass ich mich selbst retten kann.«

Ashers Kiefermuskulatur zuckt. Er sieht aus, als würde er noch etwas sagen wollen, doch er bleibt still und tritt lediglich einen Schritt zurück. Das nehme ich als Zeichen, dass unsere Unterhaltung beendet ist.

»Danke, dass du es mir erzählt hast. Schlaf später gut.« Mit einem letzten Lächeln in seine Richtung schließe ich die Tür auf und verschwinde in meiner Wohnung, ohne auf eine Antwort zu warten. Seufzend lehne ich mich von innen dagegen.

Die Uhr in der Küche tickt so laut, dass ich sie bis in den Flur hinein höre. Stumm zähle ich jedes einzelne Ticken und hoffe, dass er an meiner Tür klopft und sich umentscheidet. Nach dreihundertsiebenundzwanzig Zeigerschlägen weiß ich, dass es nicht passiert. Denn dann erklingen seine sich von der Tür entfernenden Schritte.

## *Asher*

Seit Stunden wälze ich mich unruhig im Bett hin und her. Sobald ich die Augen schließe, sehe ich Romys Gesicht vor mir. Den Anflug von Enttäuschung, als ich klar gemacht habe, dass wir nie wieder *mehr* werden. Liebe hat keinen Platz in meinem Leben. Auch wenn ich in Momenten wie vorhin im Wohnungsflur wünschte, es wäre anders. Vielleicht war das der Grund, weshalb ich noch fünf Minuten vor ihrer geschlossenen Tür ausgeharrt habe.

Doch ich bin nicht gut für sie. Romy verdient jemanden, der sie auf Händen trägt. Sie zu seinem Lebensmittelpunkt macht. Mir ist das momentan nicht möglich. Dafür ist die Zusammenarbeit mit dem FBI zu präsent und sie soll auf keinen Fall dort hineingezogen werden. Schlimm genug, dass ich ein Aufeinandertreffen mit Russell nicht verhindern konnte.

Schließlich gebe ich das Schlafen auf und schlüpfe in meine Laufsachen. Es ist vier Uhr in der Früh. Kalte Luft strömt mir entgegen, als ich den Gebäudekomplex verlasse.

Normalerweise hilft Joggen mir, meine Gedanken zu klären. Und es gibt genug, über das ich nachdenken muss. Wie lange wird es dauern, bis Russells Geldeingänge kontrolliert werden? Werde ich endlich zufrieden sein, sobald er verurteilt ist? Wie geht es weiter, wenn Romys Arbeitsverhältnis endet? Verschwindet sie dann wieder aus meinem Leben? Wird sie mit jemand anderem glücklich sein, während ich weiterhin allein in meinem Penthouse einschlafe und aufwache? Womöglich mit einem ihrer Mitbewohner?

Mein Atem geht stoßweise. Ich renne so schnell, dass meine Muskeln bereits aufgehört haben zu schmerzen. Wäre es egoistisch, alles daran zu setzen, dass sie sich wieder in mich verliebt?

Ich stoße einen frustrierten Schrei aus und erschrecke eine

Katze, die daraufhin fauchend in das Gebüsch neben mir springt. Langsam verringere ich mein Tempo. Meine Brust hebt und senkt sich stark. Mit der Hand fahre ich mir einmal über das verschwitzte Gesicht. Ich muss aufhören, an sie zu denken. Sobald ihr Gesicht vor meinem inneren Auge auftaucht, rückt alles andere in den Hintergrund. Wie Russell und die Tatsache, dass ich gestern mit ihm gesprochen habe.

Ich sollte stolz sein. Darauf, ihm so zivilisiert gegenübergetreten zu sein, obwohl ich ihm am liebsten eine reingehauen hätte.

»Guten Morgen, Mr. Brennon. Sie sind früh dran heute.« Charlie, der alte Portier hält mir lächelnd die Tür auf, als ich mein Gebäude wieder erreiche. Vorhin bin ich so schnell an ihm vorbeigesprintet, dass er es nicht mal geschafft hat, den Mund zu einer Begrüßung zu öffnen.

»Konnte nicht schlafen«, brumme ich, obwohl ich heute keine Lust auf einen Plausch mit ihm habe. Normalerweise nehme ich mir immer ein, zwei Minuten Zeit, um mit ihm zu sprechen.

Doch dann bleibe ich stehen und sehe den Portier nachdenklich an.

»Kann ich Ihnen bei etwas behilflich sein, Sir?« Charlie neigt den Kopf ein wenig zur Seite. Die Tür ist inzwischen wieder geschlossen. Der leichte Wind, der vorhin noch meinen Rücken gestreift hat, ist verschwunden. Stattdessen umhüllt mich eine wohlige Wärme und vertreibt die Kälte aus meinen Knochen, die sich trotz meiner Joggingrunde gebildet hat.

»Sie kennen sich in diesem Haus gut aus, oder?« Falls ihn meine Frage überrascht, lässt er es sich nicht anmerken.

»Natürlich, Sir. Ich arbeite seit mehr als fünfzig Jahren hier.«

Die Idee, die vor wenigen Sekunden schemenhaft in meinem Kopf herumgeisterte, nimmt plötzlich Gestalt an.

»Dann wissen Sie sicherlich, ob demnächst jemand auszieht.«

Charlie runzelt die Stirn, nickt aber. »Die Sawyers aus der dreizehnten Etage haben kürzlich gekündigt. Sie wollen näher bei ihren Kindern und Enkeln wohnen. Das Appartement ist noch nicht wieder vermietet.«

»Danke. Sie haben mir sehr geholfen.« Ich nicke dem Portier knapp zu und verschwinde Richtung Aufzug.

Zufriedenheit erfüllt mich, denn ich weiß, dass alles so kommen wird, wie ich es mir wünsche. Russell landet früher oder später hinter Gittern und ich werde mich als Nächstes darum kümmern, Romy aus dieser Männer-WG zu schleusen. Je länger ich darüber nachdenke, desto besser gefällt mir die Idee. Andere würden es größenwahnsinnig nennen. Kontrollsüchtig. Aber ich bin gern Herr meiner Lage und schrecke vor nichts zurück, um das zu bekommen, was ich will.

***

Es ist erst kurz nach acht, als ich Romy am darauffolgenden Montag in mein Büro zitiere. Sie kommt auf ihren gefährlich hohen Absatzschuhen hereingestöckelt, weshalb ich meine ganze Willenskraft aufbringen muss, um sie nicht auf der Stelle über den Tisch zu beugen und von hinten zu nehmen.

Wie immer trägt sie ein schlichtes, dunkles Kleid, dessen Stoff sich eng an ihren Körper schmiegt. Die High Heels lassen ihre Beine noch länger wirken.

»Setz dich, bitte.« Mit einer simplen Kopfbewegung deute ich auf die beiden Sessel vor meinem Schreibtisch.

»Es gibt etwas, worüber du mit mir sprechen möchtest.« Keine Frage, sondern eine Aussage. Sie schlägt die Beine übereinander und macht es sich bequem. Währenddessen schiebe ich ihr ein paar Papiere über den Tisch, die sie mit zusammengezogenen Augenbrauen betrachtet.

»Was ist das?«

»Ein Mietvertrag.«

Irritiert sieht sie zwischen dem Schreibtisch und mir hin und her. »Soll ich mich auch noch um deine Immobiliengeschäfte kümmern?« Romy verschränkt die Arme vor der Brust und schaut mich herausfordernd an. Ich unterdrücke den Drang zu lachen, obwohl ich verstehe, weshalb sie direkt in den Konfrontationsmodus schaltet. Sie sollte dringend lernen, nicht immer vom Schlimmsten auszugehen.

»Nein, für meine Immobilien beschäftige ich separate Angestellte. Lies dir die erste Seite durch.« Meine Mundwinkel zucken leicht. Sie seufzt, beugt sich vor und überfliegt den Text. Von Sekunde zu Sekunde werden ihre Augen größer, bis sie mich schließlich ungläubig anblickt.

»Da steht mein Name drauf.«

Ich nicke, lehne mich auf meinem Stuhl zurück und falte die Hände ineinander.

»Ich möchte, dass du in eines der Appartements unter meinem Penthouse ziehst.«

»Warum?«

»Weil es mir nicht behagt, dass du mit zwei Männern zusammenlebst«, erkläre ich ehrlich. Romy fällt die Kinnlade herunter.

»Es behagt dir nicht oder es gefällt dir nicht?«, fragt sie, nachdem sie sich wieder gefangen hat.

Ich zucke mit den Schultern.

»Kommt im Endeffekt auf dasselbe hinaus.«

Stille breitet sich zwischen uns aus. Romy sieht mich an, als hätte ich den Verstand verloren und dann ... beginnt sie zu lachen. So laut und so ehrlich, dass es mir durch Mark und Bein geht und einen Punkt tief in meinem Inneren berührt.

»Wie kommst du darauf, dass ich dem zustimme?«, japst sie.

»Weil es sich preislich für dich lohnt. Du müsstest nur die Nebenkosten zahlen.«

Ich wusste, dass es schwer wird, sie zu überzeugen, aber ich hätte nicht damit gerechnet, dass sie mich auslacht. Es dauert einige Minuten, bis sie sich beruhigt hat und in der Lage ist, sich wieder vernünftig zu artikulieren. Dann steht sie auf, umrundet meinen Schreibtisch, stellt sich neben mich und lehnt sich mit dem Hintern dagegen.

»Ich werde nicht aus der WG ausziehen, nur weil es dir nicht passt, dass meine Mitbewohner männlich sind.«

Verärgert beiße ich die Zähne aufeinander. Meine Finger klammern sich etwas zu fest an die Lehnen meines Stuhls.

Romy hebt die Hand und streicht mir eine Strähne aus der Stirn. Ihre Berührung ist hauchzart und trotzdem entfacht sie in mir ein Feuer, dass mich zu verschlingen droht.

»Wir schlafen miteinander, Asher, aber ich gehöre dir nicht.« Ihre Worte sind nicht mehr als ein Flüstern.

Mit einem Ruck ziehe ich sie in meine Richtung. Romy entfährt ein überraschtes Keuchen, bevor sie auf meinem Schoß landet. Sofort werde ich hart. Mein Schwanz drückt sich gegen den Stoff meiner Hose und verlangt, rausgeholt zu werden. Nicht nur er, sondern auch ich brauchen ihre Nähe.

»Ist dir klar, was du gerade gesagt hast?« Meine Stimme klingt angespannt. Noch bin ich mir nicht sicher, ob ich alles nur träume. Sie nickt und rutscht auf meinem Schoß herum, um eine bequemere Position zu finden. Dass ihre Bewegungen für mich die reinste Qual sind, fällt ihr dabei nicht auf.

»Ich habe zugestimmt, weiter mit dir ins Bett zu gehen.«

Mein Herz gerät für einige Sekunden aus dem Takt.

»Warum?«

Sie seufzt und senkt den Blick.

»Weil wir beide wissen, dass es wieder passiert. Und danach noch mal. So lange, bis wir wieder getrennte Wege gehen. Wieso sollte ich das Unvermeidbare weiter hinauszögern? Ich fühle mich zu dir hingezogen. Da haben selbst zehn Jahre Funkstille nichts dran geändert.«

Ihre Worte spalten mein Innerstes. Einerseits freue ich mich, dass sie sich auf weitere Zeit mit mir außerhalb des Büros einlässt. Auf der anderen Seite habe ich Sorge, sie interpretiert zu viel in diese Verbindung hinein.

»Du weißt, dass ich kein Romantiker bin, oder? Falls du jemanden suchst, der dir ständig Blumen schenkt, dich zum Essen einlädt oder Wochenendtrips mit dir veranstaltet, bist du bei mir an der falschen Adresse.«

Romys Mundwinkel zucken leicht, als sie den Blick wieder hebt und mich direkt ansieht.

»Du warst schon immer ein Freund von klaren Ansagen.« Sie steht auf und zupft ihr Kleid zurück in die richtige Position. »Aber mach dir keine Sorgen. Du hast Freitagnacht klar gemacht, kein Prinz zu sein.«

»Gut«, entgegne ich. Ich bin kein Mann für Beziehungen. Niemand, der sich von romantischen Gefühlen leiten und dadurch sein Leben bestimmen lässt. Gleichzeitig will ich sie in meiner Nähe wissen. Wieso springe ich nicht einfach über meinen Schatten und gebe ihr das, was sie sucht?

»Also Sex, wenn uns danach ist. Keine Dates, keine anderweitigen privaten Aktivitäten.« Inzwischen steht Romy hinter meinen Besuchersesseln und streicht mit den Fingern über das glatte Leder. Ihre Worte holen mich zurück in die Gegenwart. Sie wirkt überraschend abgeklärt. Als wäre das nicht das erste Arrangement dieser Art, das sie trifft. Eifersucht keimt in mir auf.

»Für diese Abmachung wäre es viel praktischer, wenn du die Wohnung nimmst. Dann wären wir direkt beieinander und wenn einer von uns Lust bekommt ...«

Sie lacht erneut, bevor sie amüsiert den Kopf schüttelt.

»Netter Versuch, aber keine Chance. Ich bleibe genau da, wo ich jetzt bin.«

Zähneknirschend schaue ich ihr hinterher, als sie mit schwingenden Hüften mein Büro verlässt. Mir wird schon noch etwas einfallen, womit ich sie ködern kann.

## 13

*Romy*

Asher spricht den Rest des Tages nur mit mir, wenn es absolut nötig ist. Aber was hat er erwartet? Dass ich freudestrahlend zustimme, weil er mir diese Wohnung quasi schenkt? Ganz sicher nicht. Er ist erst seit Kurzem wieder ein Teil meines Lebens. Zugegeben einer, von dem ich nicht wusste, dass ich ihn zurückhaben wollte. Allerdings heißt das noch lange nicht, dass ich mir irgendetwas von ihm vorschreiben lasse. Er ist bloß mein Boss. Im weitesten Sinne ein Freund mit gewissen Vorzügen.

Es ist kurz vor fünf, als mein Telefon klingelt.

»*AB International*, Sie sprechen mit Romy Nolan. Was kann ich für Sie tun?« Während ich meinen Standardbegrüßungstext herunterleiere, spiele ich mit dem Kugelschreiber in meiner Hand.

»Romy? Hier ist Rob. Du musst sofort nach Hause kommen!«

Binnen einer Sekunde bin ich hellwach.

»Was ist passiert?« Hektisch suche ich meine Handtasche und verfluche mich innerlich dafür, ausgerechnet heute mein Handy vergessen zu haben.

»Hier wurde eingebrochen. Es ist alles verwüstet. Die Polizei ist schon auf dem Weg.« Er klingt so alarmiert, dass ich mir sofort Sorgen mache. War Tyler zu Hause? Wurde er bei dem Einbruch womöglich verletzt?

»Geht es Ty gut?« Etwas umständlich schlüpfe ich in meinen Mantel und versuche dabei, den Telefonhörer nicht zu verlieren, der zwischen Ohr und Schulter klemmt.

»Mit ihm ist alles in Ordnung. Er war nicht da.«

Erleichtert atme ich aus.

»Ich komme, so schnell ich kann«, verspreche ich und verlasse das Büro, ohne Asher Bescheid zu geben.

Zwanzig Minuten später stehe ich röchelnd im Flur vor unserer Wohnung. Hätte ich die erste U-Bahn nicht verpasst, wäre ich deutlich schneller gewesen. So bin ich gerannt, als wäre der Teufel hinter mir her.

»Sie dürfen hier nicht rein.« Ein kleiner, untersetzter Polizist mit Schnäuzer tritt mir finster entgegen.

»Ich wohne hier«, protestiere ich, während ich versuche, einen Blick über seine Schulter zu erhaschen.

»Lass Sie rein, John. Sie muss eine Aussage machen«, ertönt es von hinten, woraufhin der Polizist grummelnd beiseitetritt. Sofort entdecke ich Rob und Tyler, die sich mit einem Polizisten im Wohnzimmer unterhalten.

»Ist alles in Ordnung? Was ist passiert? Wurde etwas gestohlen?« Die Fragen sprudeln aus mir heraus, als ich endlich bei ihnen ankomme. Meine Brust hebt und senkt sich immer noch schnell. Keine Ahnung, wann ich zum letzten Mal so viel gerannt bin.

Zu meiner Überraschung sieht das Wohnzimmer unberührt aus. Es herrscht unser normales Chaos mit ein, zwei Sofakissen mehr auf dem Boden.

Die drei wechseln einen raschen Blick, bis sich der mir immer noch unbekannte Mann räuspert.

»Ich bin Detective Ross. Sie sind Miss Nolan? Die dritte Bewohnerin?« Fragen mit Gegenfragen beantworten. Liebe ich. Trotzdem nicke ich in der Hoffnung, dass er mir dann die Antworten gibt, die ich ersehne.

»Wo waren Sie heute gegen drei Uhr nachmittags?« Er

sieht mich abwartend an, während ich die Augenbrauen zusammenziehe.

»Moment mal. Bevor ich irgendwas beantworte, würde ich gern wissen, was überhaupt passiert ist! Das ist mein gutes Recht als Bewohnerin. Oder?« Fragend schiele ich zu Rob, der bekräftigend nickt.

Detective Ross steckt seufzend den kleinen Block zurück in die Manteltasche.

»Jemand hat sich gewaltsam Zutritt zu Ihrer Wohnung verschafft. Anscheinend hat derjenige gezielt nach etwas gesucht.«

Erneut schweift mein Blick durch unser Wohnzimmer. »Aber es sieht alles aus wie immer.«

Die drei sehen sich erneut an und langsam geht mir diese stumme Kommunikation auf den Geist.

»Was ist los?« Ich stemme die Hände in die Hüften.

Ty schürzt die Lippen und weicht meinem Blick aus, während er auf den Füßen vor und zurückwippt. Rob kratzt sich am Hinterkopf und Detective Ross betrachtet mich mit nachdenklich zur Seite geneigtem Kopf.

»Es betrifft hauptsächlich ein Zimmer«, gesteht Rob schließlich. Sein Gesichtsausdruck spricht Bände.

»Meins«, entgegne ich trocken, woraufhin er nickt.

»Kann ich es sehen?«

»Die Spurensicherung ist gerade dabei, alles zu sichern, aber Sie dürfen einen kurzen Blick hineinwerfen.«

Langsam gehe ich durch den Flur und bleibe vor meiner Tür stehen. Es ist das reinste Chaos! Alle Schubladen wurden aus ihren Halterungen gerissen. Meine Klamotten sind überall auf dem Boden verteilt. Selbst meine Matratze wurde angehoben und liegt neben dem Bett.

Die Härchen in meinem Nacken stellen sich auf. Wer hat ein Motiv, mein Zuhause derart durchzuwühlen? Soweit ich mich erinnere, bin ich in letzter Zeit mit niemandem aneinandergeraten. Die einzigen Personen, mit denen ich engeren Kontakt hatte, waren Preston, Rob, Tyler, Asher und Charlotte. Von denen wird es keiner gewesen sein.

Wie in Trance wanke ich zurück zu den anderen, während sich in meinem Kopf die Ereignisse der letzten Zeit überschlagen.

»Haben Sie womöglich jemanden verärgert, Miss Nolan?« Detective Ross hat seinen Block samt Stift wieder gezückt und betrachtet mich erneut mit diesem abgeklärten, abwartenden Blick.

Ich schüttle den Kopf. »Nicht, dass ich wüsste.«

»Wo waren Sie heute gegen drei Uhr?« Seine Stimme klingt forsch. Beinahe hätte ich aufgelacht. Er hält doch nicht etwa mich für die Täterin?

»Bei der Arbeit.«

»Kann das jemand bezeugen?«

»Mein Chef. Asher Brennon. Ich arbeite bei *AB International*«, entgegne ich schnippischer als gewollt. Er macht nur seine Arbeit, trotzdem finde ich es nicht fair, so ins Fadenkreuz genommen zu werden. Ob er Rob und Ty genauso durch die Mangel gedreht hat?

»Ist Ihnen in den vergangenen Wochen etwas Ungewöhnliches aufgefallen?«

Ich setze zu einem Kopfschütteln an, als mir Dan einfällt. Aber welchen Grund sollte er haben, hier einzubrechen und meine Sachen zu durchsuchen? Das macht alles keinen Sinn!

»Mein Ex-Freund Dan hat versucht, Kontakt mit mir aufzunehmen. Er ist sowohl hier als auch bei meinem Arbeitsplatz aufgetaucht.« Jetzt scheint auch bei Ty und Rob der Groschen zu fallen.

»Stimmt. Dieser große, hagere Typ.« Tyler nickt bestätigend.

»Hat Dan auch einen Nachnamen?« Der scharfe Unterton in Detective Ross' Stimme lenkt meine Aufmerksamkeit wieder auf ihn.

»Myers. Daniel Myers.«

Er nickt zufrieden und notiert es sich.

»Wie lange sind Sie und Mr. Myers schon getrennt?«

»Ein paar Wochen. Er hat die Beziehung beendet«, erkläre ich.

»Gibt es etwas, dass Sie nach Ende der Beziehung mitgenommen haben, auf das er es abgesehen haben könnte?«

Ich schüttle den Kopf. Außer meinen Klamotten, meinem Laptop und ein paar persönlichen Sachen, die ich mit in die Beziehung gebracht habe, ist alles in unserer alten Wohnung geblieben.

»Gut, ich versuche, Mr. Myers zu kontaktieren. Die Kollegen von der Spurensicherung werden noch eine Weile brauchen, bis sie fertig sind. Deshalb würde ich Sie bitten, die heutige Nacht bei Freunden oder in einem Hotel zu verbringen. Ich melde mich, sobald ich etwas Neues weiß.«

Nachdem er jeden von uns mit einem festen Händedruck verabschiedet hat, verschwindet Detective Ross nach draußen und lässt uns ratlos zurück.

»Eure Zimmer sind unberührt?« Abwechselnd sehe ich von Rob zu Ty.

»Nicht ganz. Sie wurden auch durchsucht, aber bei Weitem nicht so gründlich wie deins«, entgegnet Rob zähneknirschend. »Traust du deinem Ex echt zu, sowas durchzuziehen?«

Seufzend zucke ich mit den Schultern.

»Früher nicht. Allerdings habe ich auch nie vermutet, dass er mich verlässt. Und eure Beschreibungen von ihm klingen nicht nach dem Mann, mit dem ich zusammengelebt habe. Von daher kann ich dir keine eindeutige Antwort geben.« Mit den Händen fahre ich mir durchs Haar und übers Gesicht.

»Wie wahrscheinlich ist es, dass wir uns ein paar Sachen zum Übernachten mitnehmen dürfen?« Tyler wirft einen kritischen Blick auf einen Mann im weißen Ganzkörperanzug, der gerade aus seinem Zimmer kommt.

»Das kannst du vergessen. Wir dürfen nichts mehr anfassen«, erwidert Rob und schiebt die Hände in die Hosentaschen. »Irgendeine Idee, wo wir hin sollen?«

»Ich könnte Preston anrufen und fragen, ob es möglich ist, bei ihm zu bleiben. Er hätte sicher nichts dagegen«, schlage ich vor, bis mir einfällt, dass mein Handy ebenfalls in dem Zimmer ist, in das ich aktuell keinen Fuß setzen darf.

Verfluchter Mist!

»Vergesst es. Ich komme nicht an mein Handy.« Sofort werden mir zwei Stück hingehalten. Ich entscheide mich für Tylers. Da ich Prestons Handynummer schon lange nicht mehr auswendig weiß, suche ich die Homepage seines Restaurants und rufe dort an. Bereits nach einer Minute ist das Telefonat wieder vorbei.

»Preston ist außerhalb der Stadt auf einer Veranstaltung unterwegs. Er kommt nicht vor Morgen zurück.« Entschuldigend sehe ich meine Mitbewohner an.

»Macht doch nichts. Ich rufe mal ein paar meiner Freunde an. Musiker sind immer sehr hilfsbereit.« Tyler lächelt mich aufmunternd an, bevor er sich ein Stück von uns entfernt.

»Bevor du auf der Couch eines Fremden übernachtest, zahle ich lieber das Hotelzimmer für deine Freunde.«

Ein Schauer läuft mir die Wirbelsäule hinab, als ich Ashers tiefe Stimme höre. Sofort wirble ich auf dem Absatz herum und starre ihn entgeistert an.

»Was machst du denn hier?«

Er kommt langsam auf mich zu, während ich mich frage, wie er es an dem kleinen Polizisten vorbeigeschafft hat. Andererseits ist Asher deutlich einschüchternder als ich, weshalb es mich nicht wundern würde, wenn er einfach an ihm vorbeimarschiert ist.

»Du warst nicht mehr da, als ich Feierabend gemacht habe. Normalerweise gehst du nie vor fünf und schon gar nicht, ohne dich zu verabschieden. Also habe ich ein paar Anrufe getätigt und erfahren, was passiert ist. Jetzt bin ich hier.«

Aus den Augenwinkeln sehe ich, wie Rob die Arme vor der Brust verschränkt und Asher misstrauisch mustert.

»Von wem weißt du es?« Meine Augen verengen sich zu Schlitzen. Mir fällt niemand ein, der so schnell an diese Informationen kommen kann. Außer er hat einen Spitzel bei der Polizei von New York.

»Das ist irrelevant.« Sein Tonfall lässt keinen Widerspruch zu und trotzdem gebe ich nicht so einfach auf. Genau wie Rob verschränke ich die Arme vor der Brust.

»War es Charlotte? Ich schwöre, wenn du mich beschatten lässt, dann ist die Kacke richtig am Dampfen!« Ich bilde mir ein, seine Mundwinkel zucken zu sehen. Asher ist der Meister des Pokerface und er setzt es leider auch mir gegenüber perfekt ein.

»Nein, es war nicht Charlotte. Musst du ausgerechnet jetzt eine Diskussion darüber anfangen? So wie ich das sehe, hast du schon genug Probleme.« Sein Blick schweift über die Vielzahl an weiß gekleideten Personen. Ich knirsche mit den Zähnen, wohl wissend, dass er recht hat.

»Wir haben einen Schlafplatz für heute Nacht, Leute! Mein Freund Chip nimmt uns auf.« Gut gelaunt stößt Tyler zu uns. »Oh, hi Asher!«

»Wer ist Chip nochmal?« Rob runzelt die Stirn und auch ich habe kein Gesicht zu diesem Namen. Dabei habe ich inzwischen einige von Tylers Freunden kennengelernt.

»Der Bassist aus meiner letzten Band. Stark tätowiert, ähnlich lange Haare wie ich. Entspanntes Gemüt. Rundum ein cooler Typ! Er meinte sogar, wir können sofort rumkommen.«

Ich kratze mich unsicher am Kopf. Auch Rob sieht aus, als würde er ein Hotel definitiv vorziehen.

»Ihr beide könnt gern dort übernachten. Romy kommt mit mir.« Wie immer lässt Ashers Tonlage keinen Raum für Diskussionen.

Meine Mitbewohner tauschen einen schnellen Blick.

»Wäre das für dich in Ordnung, Romy?«, fragt Rob zögerlich. Asher schnaubt kaum hörbar, während ich seufze.

»Jetzt darüber zu streiten, wäre ohnehin sinnlos. Wenn Asher sich etwas in den Kopf gesetzt hat, tut er alles, um zu bekommen, was er will«, entgegne ich eine Spur härter als geplant. Er soll ruhig merken, dass ich mich über seine bevormundende Art ärgere.

»Du kennst mich so gut«, antwortet Asher, während Tyler »Klingt für mich nach einer ziemlichen Red Flag« murmelt.

Sofort spannt sich Asher neben mir an, also verabschiede ich mich von meinen Mitbewohnern und verlasse schnellstmöglich die Wohnung. Erst als wir im Fahrstuhl sind und den Trubel hinter uns lassen, entspannt Asher sich. Er legt mir den Arm um die Schultern und zieht mich näher zu sich heran.

»Wenn wir jetzt ohnehin zu mir fahren, kannst du gleich einen Blick in deine neue Wohnung werfen.«

Ich schüttle lachend den Kopf. Dankbar über die Ablenkung.

»Ich werde mir gar nichts ansehen. Du kannst froh sein, dass ich eben keine Diskussion wegen deinem Verhalten vom Zaun gebrochen habe, mein Lieber.«

Seine Augenbrauen zucken nach oben. Ein kurzes Schmunzeln huscht über seine Lippen und ich muss mir eingestehen, wie gern ich ihn lächeln sehe.

»Du weißt, wie ich ticke. Hast du selbst gesagt.« Mir entgeht sein neckender Unterton nicht, trotzdem verberge ich meine Überraschung darüber. Seit unserem Gespräch am vergangenen Freitag ist er offener geworden. Entspannter.

Seite an Seite treten wir nach draußen, wo sein Wagen bereits wartet.

»Heißt aber nicht, dass ich es gut finde«, entgegne ich, während ich einsteige.

»Du hättest also lieber bei einem Kerl namens Chip übernachtet, ja?« Asher nimmt mir gegenüber Platz und sieht mich abwartend an. Anhand seines ironischen Tonfalls weiß ich, dass er die Antwort bereits kennt. Also hülle ich mich in Schweigen und versuche, das Kribbeln in meinem Bauch zu ignorieren, als ich das kleine, wissende Lächeln auf seinen Lippen sehe.

## *Asher*

Romy verbringt lediglich eine Nacht bei mir und trotzdem habe ich das Gefühl, überall ihren Duft wahrzunehmen. Sei es im Bad, in der Küche, im Wohnzimmer oder meinem verdammten Schlafzimmer. Dadurch fühle ich mich in unsere gemeinsame Vergangenheit zurückversetzt. Als es noch normal war, sie auf meinem Kopfkissen zu riechen.

Dadurch bin ich im Büro jedoch noch abgelenkter. Sobald ihr Lachen vor der Tür erklingt, bin ich in Gedanken bei ihr. Da ist es egal, ob ich mit Charlotte oder Agent North telefoniere oder einen wichtigen Call mit einem meiner Geschäftskunden habe. Sie bringt mich vollkommen aus dem Konzept. Wie damals während der Highschool, als es mir unmöglich war, mich auf Algebra und Gedichtanalysen zu konzentrieren, weil ich nur an Romy gedacht habe.

Es ist Donnerstag, als sie kurz nach Feierabend in mein Büro kommt. Inzwischen hat es sich zu einem kleinen Ritual entwickelt, dass sie noch eine Weile bleibt und mir beim Arbeiten zusieht. Ich weiß nicht, was sie daran so interessant findet. Wir reden nicht mal viel miteinander. Meistens löst sie ein kniffliges Sudoku aus einem ihrer Rätselhefte, während ich Papierkram erledige. Trotzdem gefällt mir der Gedanke, dass sie um meinetwillen bleibt. Weil sie Zeit mit mir verbringen will.

»Preston hat gefragt, ob du uns bei einem After-Work-Drink Gesellschaft leistest.«

Ich lehne mich in meinem Stuhl zurück und betrachte sie prüfend.

»Ich habe schon etwas anderes vor. Richte ihm trotzdem Grüße aus. Ich rufe ihn bei Gelegenheit mal an.« Ihre Schultern sacken hinab und ich meine, Bedauern in ihren blauen Augen aufblitzen zu sehen.

»Dann sehen wir uns morgen.« Sie wirft mir ein kleines Lächeln zu, bevor sie verschwindet und sich auf den Weg zu ihrem Bruder macht. Daraufhin schalte auch ich meinen Computer aus und schlüpfe in meinen Mantel.

Es dauert fast anderthalb Stunden, bis ich mich durch den Stadtverkehr gekämpft habe und in Long Island angekommen bin. Eine frische Brise empfängt mich, als ich aus dem Wagen steige und die Tür hinter mir zuschlage. Das Rauschen der Wellen aus der Great South Bay ist eine willkommene Abwechslung zum sonst so lauten Straßenlärms New York Citys.

Ich schlage den Kragen meines Mantels hoch und vergrabe die Hände in dessen Taschen, während ich mit großen Schritten auf das große, weiße Gebäude zu laufe, über dessen Eingang *Clarity House* geschrieben steht. Der Slogan »Hier können Sie in Ruhe heilen« prangt direkt darunter. Von außen kann niemand direkt erkennen, dass es sich um eine medizinische Einrichtung handelt, da es vielmehr Hotelcharakter hat. Trotzdem ist es eine der besten Entzugskliniken des Landes.

Ich begrüße die Dame am Empfang, trage mich in die Besucherliste ein und nehme die Treppe in den zweiten Stock. Vor der letzten Tür am Ende des Gangs bleibe ich stehen, klopfe und warte auf ein »Herein«. Sobald es ertönt, drücke ich die Klinke nach unten und betrete das große Zimmer mit Blick auf die Bucht. Selbst hier oben ist die Bewegung des Wassers noch zu hören. Auf dem Balkon sitzt eine Frau. Ihr Gesicht ist den letzten Sonnenstrahlen zugewendet, die sich wacker über dem Horizont halten. Ihr schmaler Körper ist unter einer Decke versteckt. Lautlos trete ich hinter sie, bevor ich mich herunterbeuge und ihr einen Kuss auf den Haaransatz drücke.

»Hi Mom.« Sie zuckt überrascht zusammen, doch dann breitet sich ein Lächeln auf ihrem eingefallenen Gesicht aus.

»Ich habe dir schon tausendmal gesagt, dass du dich nicht so anschleichen sollst!«

Schulterzuckend sinke ich auf den freien Platz neben ihr.

»Mein Klopfen hat mich angekündigt.«

Sie schnaubt und schüttelt amüsiert den Kopf, ehe sie nach meiner Hand greift und sie sanft drückt.

»Ich freue mich trotzdem, dass du da bist. Es ist eine Weile her.« Sofort nagt das schlechte Gewissen an mir. Normalerweise komme ich jeden zweiten Donnerstag her, um mich nach ihren Fortschritten zu erkundigen und Zeit mit ihr zu verbringen. In den letzten Wochen haben sich meine Prioritäten allerdings verschoben.

»Tut mir leid. Es war viel los.« Ich schneide eine Grimasse, woraufhin Mom mich mitfühlend ansieht. Sie ist der einzige Mensch, bei dem ich den Jungen von damals wieder nach vorn treten lasse.

»Konntest du denn eine Vertretung für Marlie finden?«

Mit aller Kraft unterdrücke ich ein Schnauben. »Ja, Romy Nolan arbeitet jetzt für mich.«

Die Augenbrauen meiner Mutter schießen so hoch, dass sie unter ihrem Pony verschwinden.

»Die kleine Romy von nebenan?«

Ich schmunzle. Das muss ein Phänomen von Müttern sein. Sie sehen ihre Kinder und deren Freunde nie als erwachsen an.

»Wieso überrascht dich das derart?«

Sie zieht die Decke enger um die Schultern, als uns ein kalter Windhauch streift.

»Euer Kontakt ist damals so schnell abgebrochen, als wir umgezogen sind ...«

Ich beiße die Zähne aufeinander und schlucke die aufkommenden Worte herunter. Wenn Russell uns nicht verlassen hätte, hätte Mom das Haus behalten können. Dann wären wir weiterhin die Nachbarn der Nolans gewesen und Romy und ich wären jetzt womöglich verheiratet. Aber all das sage ich nicht, weil ich weiß, wie sehr sie ein Gespräch über Russell aufregt.

»Manchmal nimmt das Leben ungeahnte Wendungen«, erwidere ich schlicht und lenke meinen Blick Richtung Bucht.

»Es freut mich, dass du sie wiedergefunden hast. Sie hatte früher einen guten Einfluss auf dich.« Aus den Augenwinkeln bemerke ich ihr Lächeln und entspanne mich sofort. Alles, was Mom glücklich macht, freut auch mich.

Russels Verschwinden hat sie zerstört. Um ihren Kummer zu betäuben, hat sie sich dem Alkohol zugewendet. Dann kamen die Drogen. Teilweise wusste sie nicht mehr, welchen Wochentag wir hatten. Das Geld vom Hausverkauf war schneller weg, als ich »Collegegebühren« sagen konnte, und so musste ich mich um ein Stipendium bemühen. Ich hasse Russell nicht dafür, dass ich durch sein Weggehen meine Privilegien verloren habe, sondern weil es Moms Leben aus den Angeln gehoben hat. Durch seine Entscheidung hat er sie mir genommen und ich habe sie erst zurück, seit ich sie in diese Entzugsklinik geschleift habe.

Es war ein Kampf, Mom überhaupt dazu zu bewegen. Dabei hat sie immer gewusst, dass sie aus eigener Kraft nie von den Drogen wegkommt. Jetzt ist sie inzwischen so weit, dass wir uns normal miteinander unterhalten können. Dieses ständige Lallen früher war furchtbar.

»Asher? Hast du mir zugehört?« Mom berührt mich sanft am Arm und holt mich dadurch zurück ins Hier und Jetzt. Ihre spröden Lippen umspielt ein Lächeln, als ich den Kopf schüttle.

Ihre dunkelbraunen Augen, die meinen so ähnlich sind,

haben früher pure Lebensfreude ausgedrückt. Jetzt sind sie matt und glanzlos. Das Gesicht ist eingefallen, weshalb ihre spitzen Wangenknochen scharf hervorstechen. Ihre Fingernägel sind vom vielen Knabbern kurz und uneben.

»Wo bist du heute nur mit deinen Gedanken?« Sie schüttelt amüsiert den Kopf.

»Entschuldige. Was hast du gesagt?« Ich konzentriere mich auf ihr Gesicht. Auf die Bewegung ihrer Lippen, während sie spricht.

»Ich meinte, dass ich es schön finde, dass du dich positiveren Dingen im Leben widmest. Du wirkst viel losgelöster. Entspannter. Es freut mich, dass du die negativen Gefühle deinem Vater gegenüber endlich beiseiteschieben konntest.« Ihre Worte treffen mich mit der Wucht eines Vorschlaghammers. Wie kommt sie darauf, dass Russell kein Thema mehr für mich ist?

»Nur, weil Romy wieder Teil meines Lebens ist, habe ich Russell nicht vergessen. Er wird dafür bezahlen, was er dir angetan hat.«

Sie seufzt und zieht ihre Hand von meinem Arm zurück.

»Er hat nichts falsch gemacht, Asher. Lediglich eine Entscheidung getroffen, die das Beste für ihn gewesen ist. Wenn ich ein bisschen stärker gewesen wäre, hätte ich problemlos damit umgehen können.«

Ich schnaube. Sie weiß nichts von der anderen Familie und seinen kriminellen Machenschaften. Und ich werde ihr nichts davon sagen.

»Du *bist* stark. Vergiss das niemals.« Ich stehe auf und drücke ihr einen weiteren Kuss aufs Haar. »Wir sehen uns in zwei Wochen wieder, versprochen.« Sie lächelt zu mir auf und es erleichtert mich, dass dieses kurze Gespräch über Russell sie nicht wieder in einen Tunnel aus negativen Gefühlen gezogen hat.

»Grüß Romy von mir. Vielleicht bringst du sie das nächste Mal mit.«

Ich verkneife mir den Kommentar, dass wir lediglich zusammenarbeiten. Aber solange sich ihre Gedanken darum drehen, soll es mir recht sein.

Während ich zum Auto gehe, lasse ich das Gespräch Revue passieren. Früher, während unserer guten Zeiten, hat Mom immer gewusst, was mit mir los ist, bevor ich es selbst begriffen habe. Hat sie auch diesmal recht? Verliere ich den Fokus?

Ich sinke hinters Lenkrad und schlage die Tür etwas zu fest zu. Mit quietschenden Reifen und viel zu hoher Geschwindigkeit verlasse ich den Parkplatz des *Clarity* House. Ich darf mein Ziel nicht aus den Augen verlieren und je mehr Zeit ich mit Romy verbringe, desto wahrscheinlicher wird es, dass genau dieser Fall eintritt. Zehn Jahre habe ich darauf hingearbeitet, einen Vergeltungsschlag gegen den Mann auszuüben, der mich gezeugt hat. Fakten gesammelt. Fotos schießen lassen. Jetzt hilft mir sogar das FBI, ihn dranzukriegen, auch wenn sie nur seine Geschäfte überwachen und mit seinem Privatleben nichts am Hut haben.

All diese Fortschritte lasse ich mir nicht nehmen, weil eine Frau mein Urteilsvermögen beeinträchtigt. Es gibt also nur eine Lösung für dieses Problem: Ich muss Romy wieder aus meinem Leben verbannen. Zumindest so lange, bis Russell seine gerechte Strafe bekommen hat. Die Frage ist nur, ob sie sich ein drittes Mal auf mich einlässt, wenn ich sie erneut abweise.

# 14

*Romy*

Seit Asher vor zwei Wochen meine Einladung zu einem After-Work-Drink ausgeschlagen hat, ist er merkwürdig drauf. Noch unfreundlicher. Noch wortkarger. Noch gleichgültiger. Es ist, als wären wir wieder an dem Punkt angekommen, wo wir gestartet sind. Aber alle Versuche, ihn darauf anzusprechen, scheitern. Er vergräbt sich regelrecht in Arbeit. Kommt früh, geht spät.

Unser kleines Beisammensein nach Feierabend sagt er ebenfalls ständig ab. Dabei habe ich gerade diese Zeit als angenehm empfunden. Asher hat mich in seiner Nähe geduldet und ich habe mich gemeinsam in einem Raum mit ihm aufgehalten, ohne dass wir einen Streit vom Zaun gebrochen haben. Auch wenn ich es ungern zugebe, aber mir hat es gefallen und ich vermisse diese Stunde, in der wir einfach für uns waren, auch wenn dieses »uns« nie außerhalb des Büros stattgefunden hat.

Er hat sogar aufgehört, mit mir zu flirten. Beziehungsweise Anspielungen darauf zu machen, dass ich in diese blöde Wohnung in seinem Gebäudekomplex ziehen soll. Inzwischen bin ich sogar so weit, mich darauf einzulassen. Einfach, um eine Reaktion aus ihm herauszukitzeln!

Zu Hause versuche ich, mich davon abzulenken. Rob und Ty unterstützen mich dabei, so gut es geht. Heute zum Beispiel haben wir vor, wieder gemeinsam zu kochen, wobei

Tyler dem Herd nicht zu nah kommen darf. Er wurde zum Gemüseschnippeln verdonnert, was er leise vor sich hin schimpfend erledigt.

Als es an der Tür klingelt, wechseln wir einen überraschten Blick.

»Erwartet ihr jemanden?«

Die beiden schütteln den Kopf.

»Du?«, fragt Rob, woraufhin ich ebenfalls verneine.

»Vielleicht hat Preston spontan entschieden vorbeizuschauen«, überlege ich, während ich mir die Hände an einem Handtuch abtrockne und Richtung Tür gehe. Mein Bruder schaut gern unangemeldet vorbei, seit ich hier eingezogen bin.

Es klingelt ein zweites Mal. Irritiert runzle ich die Stirn. Pres hat es selten derart eilig. Ich werfe einen Blick durch den Spion, woraufhin die Furchen auf meiner Stirn noch tiefer werden. Vor der Tür stehen zwei mir unbekannte Männer in dunklen Anzügen.

»Rob? Ich glaube, der Besuch ist für dich«, rufe ich über die Schulter und drücke die Klinke nach unten.

»Kann ich Ihnen helfen?«, frage ich freundlich lächelnd, obwohl sich ein ungutes Gefühl in meiner Magengegend ausbreitet, sobald ich die beiden Dienstmarken bemerke, die mir gezeigt werden.

»FBI. Sind Sie Romy Nolan?«

Ich nicke perplex.

»Was ist hier los?« Rob taucht neben mir auf und sieht zwischen den Beamten und mir hin und her. Die ignorieren seine Frage vollkommen und konzentrieren sich weiterhin auf mich.

»Miss Nolan, Sie müssen uns begleiten. Wir haben einige Fragen an Sie.« Aus den Augenwinkeln bemerke ich, wie sich Robs komplette Körperhaltung verändert.

»Weshalb? Wird ihr etwas vorgeworfen?« Erst jetzt scheinen die beiden Agenten Rob richtig wahrzunehmen. Sie wechseln einen kurzen Blick.

»Und Sie sind?«

»Robert Hayes. Ihr Anwalt.«

Was will das FBI von mir? Warum gibt Rob sich direkt als mein Anwalt aus? Mein Bauch fühlt sich an, als hätte jemand tausend Steine darin abgeladen. Mir wird schlecht und ich bin froh, dass wir noch nicht gegessen haben.

»Dann begleiten Sie uns ebenfalls. Miss Nolan wird rechtlichen Beistand brauchen.« Die Übelkeit wird von Angst verdrängt. Meine Hände beginnen zu zittern, weshalb ich sie schnell hinter meinem Rücken verstecke.

»Worum geht es überhaupt?«, krächze ich, weil meine Kehle so trocken ist, dass ich kaum ein Wort hervorbringe.

»Das erklären Ihnen die Kollegen.«

Rob schnaubt.

»Wenn Sie wollen, dass wir Sie begleiten, dann bestehe ich darauf, dass Sie uns darüber in Kenntnis setzen, was meiner Mandantin vorgeworfen wird.« Plötzlich ist mein freundlicher, lustiger Mitbewohner verschwunden. An seine Stelle ist ein knallharter Anwalt getreten, der versucht, die Gewalt über die Situation zu erlangen.

Rob und die beiden Agenten liefern sich ein stummes Blickduell, während ich mich am liebsten irgendwo verkriechen würde.

»Es geht um Miss Nolans Rolle bei *Easy Invest*. Wir haben Hinweise darauf, dass über die Firma Geldwäsche betrieben wurde.«

Rob wirft mir einen schnellen Blick zu. Er sieht ähnlich ungläubig aus, wie ich mich fühle. Ich öffne den Mund und schließe ihn wieder. Ich soll an Geldwäsche beteiligt gewesen sein? Wie? Ich weiß überhaupt nicht, wie das geht!

»Wenn Sie dann bitte mitkommen würden?« Rob angelt nach meinem Mantel und drückt ihn mir in die Hand. Ich klammere mich daran fest, als wäre dieses dicke Stück Stoff ein Rettungsanker.

»Du fährst mit den beiden mit. Ich komme mit dem Auto hinterher. Sag kein Wort, bis ich wieder da bin. Verstanden?«

Ich nicke mechanisch, bevor ich mich darauf konzentriere einen Fuß vor den anderen zu setzen und den Beamten nach draußen folge.

***

Der Verhörraum des FBI ist grau und kalt. Ich habe keine Ahnung, wie lange Rob und ich schon hier sitzen und darauf warten, dass endlich jemand kommt, um mit uns zu sprechen. Es dauert auf jeden Fall schon eine Wasserkaraffe lang. Denn die habe ich binnen kürzester Zeit geleert.

»Hör auf, so viel zu trinken. Wir werden beobachtet und du erweckst dadurch den Eindruck, nervös zu sein«, wispert er hinter vorgehaltener Hand.

Fassungslos sehe ich ihn an.

»Ich *bin* nervös«, fauche ich gereizt. Mein Nervenkostüm ist so dünn, dass ich vermutlich sofort in Tränen ausbreche, sobald der erste Vorwurf verlesen wird. Es drückt bereits verräterisch hinter meinen Augen.

»Bleib ruhig. Du hast nichts falsch gemacht. Das werden die schnell erkennen, okay?«

Rob drückt beschwichtigend meine Hand. Ich bin froh, dass er da ist. Dadurch fühle ich mich zumindest ein stückweit abgesichert. Er ist gut in seinem Beruf. Einer der neuen Sterne am Strafverteidigerhimmel. Wenn mich jemand aus dieser vollkommen irrsinnigen Situation befreien kann, dann er.

Endlich geht die Tür auf und zwei Beamte kommen herein. Sie stellen sich als Agent North und Bitter vor und nehmen uns gegenüber Platz.

»Miss Nolan, ist es richtig, dass Sie gemeinsam mit einem

Daniel Myers ein Start-up gegründet haben, dass sich mit der Entwicklung einer App beschäftigt hat?« Agent North' haselnussbraune Augen sind direkt auf mich gerichtet. Sein Blick ist hart und unnachgiebig und steht damit im kompletten Kontrast zu seiner lockeren Körperhaltung. Ich sehe rasch zu Rob. Mit einem kaum wahrnehmbaren Nicken bedeutet er mir, zu antworten.

»Das ist korrekt, ja. Wobei Dan, also Daniel, der Hauptgründer war. Ich habe ihm lediglich assistiert.«

Agent Bitter macht sich einige Notizen, ohne mich dabei anzusehen.

»Ihre Kollegen sagten, es ginge um Geldwäsche. Können Sie konkrete Beweise vorlegen, die meine Mandantin belasten?«

Robs Stimme ist emotionslos und ich bewundere ihn dafür. Ich hingegen habe mich schon immer von Gefühlen leiten lassen. Genau wie jetzt. Meine Hände zittern, weshalb ich sie in den Schoß lege, damit es niemandem auffällt. Doch wahrscheinlich wirke ich schon verängstigt genug.

Agent North übergeht Robs Frage geflissentlich und richtet seine Aufmerksamkeit wieder auf mich. Unter seinem Blick werde ich von Sekunde zu Sekunde kleiner.

»Welche Aufgaben haben Sie in der Firma erledigt, Miss Nolan?«

»Meistens habe ich mich um die Belange der Angestellten gekümmert und die Bücher kontrolliert«, erkläre ich und bin stolz, dass meine Stimme fester klingt als erwartet.

Agent Bitter schiebt seinem Kollegen eine Akte über den Tisch, die er aufschlägt. Ich strecke mich ein bisschen, um ebenfalls einen Blick darauf zu erhaschen, kann aber aus meiner Sitzposition nichts erkennen.

»Da meine Mandantin nicht in der Finanzabteilung des Start-ups gearbeitet hat, sehe ich keinen ...«

»Es geht uns nicht darum, Miss Nolan hinter Gitter zu bringen. Sie sind nur ein kleiner Fisch in einem großen

Teich und ich möchte die Hintermänner fassen.« Agent North unterbricht Rob, schlägt die Akte wieder zu, und schaut mich direkt an. »Sie waren kürzlich auf einer Spendengala. Hatten Sie da Kontakt mit einigen Ihrer Geschäftspartner?«

Ich muss mich anstrengen, um meine Gesichtszüge unter Kontrolle zu halten. Erst offenbart er mir, dass ich wegen Geldwäsche verurteilt werden soll. Das allein hat mir schon den Boden unter den Füßen weggerissen. Und jetzt fragt er mich nach dieser Gala?

Vorsichtig werfe ich einen Blick zu Rob. Zwischen seinen Augenbrauen hat sich eine tiefe Falte gebildet. Er scheint ebenso wenig wie ich mit dieser Frage gerechnet zu haben.

»Antworte ihm ruhig«, meint er schließlich und nickt mir aufmunternd zu.

»Ich war nicht als Teil von *Easy Invest* auf dieser Gala, sondern lediglich als Begleitung eines Freundes. Falls Sie es noch nicht mitbekommen haben, die Firma existiert nicht mehr.« Ich klinge schnippischer als gewollt.

»Das wissen wir sehr wohl. Auch, dass die Schließung sehr plötzlich gekommen ist. Ungefähr zum selben Zeitpunkt, als die FATF darauf aufmerksam geworden ist, dass *Easy Invest* in Geldwäscheaktivitäten verwickelt sein könnte«, entgegnet Agent North kühl. Er lehnt sich auf seinem Stuhl zurück. Sein Hemd spannt über den breiten Schultern.

»FATF?« Noch nie davon gehört.

»Financial Action Task Force«, erklärt Rob. »Eine Sondereinheit vom FBI, die sich mit Geldwäsche und dadurch möglichen Bedrohungen im Landesinneren beschäftigen.«

Bedrohungen? Jetzt hört's aber auf! Sehe ich aus, als stelle ich eine Gefahr für die USA dar? Meine bisher vorherrschende Verzweiflung wandelt sich langsam in Wut.

»Können Sie mir Namen von Ihren Investoren nennen? Geschäftspartnern?« Agent North zückt seinen Stift, doch ich schüttle den Kopf.

»Damit hatte ich nichts zu tun. Ich war bei keinem Geschäftstreffen oder Ähnlichem dabei. Das ist immer Dans Aufgabe gewesen.« Ich kann mir bei ihm einiges vorstellen, aber nicht, dass er sich zu Geldwäsche überreden lässt. Er war bei vielen Dingen päpstlicher als der Papst.

Fieberhaft lasse ich die letzten gemeinsamen Monate mit Dan Revue passieren. Allerdings gibt es nichts, was mir auffällig erschienen ist. Alles war wie immer. Wir haben gearbeitet und gelebt, bis alles mit einem großen Knall endete.

»Haben Sie bereits mit Mister Myers gesprochen?«, will Rob wissen und reißt mich dadurch aus meinem Gedankenstrudel. Die beiden Agenten schütteln mit dem Kopf.

»Bisher konnten wir ihn weder finden noch erreichen. Sein Telefon ist aus.«

Ich schnaube. Diese Information hätte ich ihnen auch geben können.

»Wann haben Sie Mister Myers das letzte Mal gesehen?«

Schweigend sehe ich den Beamten vor mir an.

»Das kannst du ruhig beantworten«, murmelt Rob mir zu.

»An dem Tag, als er mich verlassen hat. Er hat verkündet, dass er die Firma auflöst. Mir eine Abfindung in die Hand gedrückt und gesagt, dass er nach Paraguay auswandert.«

»Paraguay hat kein Auslieferungsabkommen mit den USA«, meint Agent North zu seinem Partner. Mir läuft es eiskalt den Rücken hinab. In welche Scheiße hat Dan sich manövriert, wenn er in so ein Land flüchtet?

»Ich vermute, dass Daniel Mycrs sich noch in New York aufhält«, wirft Rob ein. »Ein Mann, dessen Beschreibung auf ihn zutrifft, hat bereits zweimal versucht, meine Mandantin zu kontaktieren. Außerdem wurde vergangene Woche bei uns eingebrochen und nur Miss Nolans Zimmer wurde durchsucht.«

Natürlich! Innerlich schlage ich mir mit der Hand gegen die Stirn. Warum ist mir dieser Gedanke noch nicht gekommen?

»Wann hat Mr. Myers versucht, sie zu kontaktieren?«, fragt mich Agent North.

»Vor ein, zwei Wochen, am besten fragen Sie das den Sicherheitsmann an meinem Arbeitsplatz. Bert Jennings«, entgegne ich nach kurzem Überlegen. »Dan hat mich beide Male nicht angetroffen und auf meine darauffolgenden Anrufe nicht reagiert.«

Die Männer mir gegenüber tauschen einen raschen Blick.

»Sie haben meine Mandantin gehört. Vielleicht sollten Sie Ihre Ermittlungen zunächst darauf konzentrieren, Mr. Myers zu finden. Für alle weiteren Fragen kontaktieren Sie bitte mich. Außerdem will ich eine Kopie der Akte zugeschickt bekommen.« Rob erhebt sich, während er spricht, und schiebt den beiden Agenten eine Visitenkarte über den Tisch.

»Eine Frage hätte ich noch, Miss Nolan.« Agent North lehnt sich auf seinem Stuhl zurück und sieht mich direkt an. Ich schlucke. »Sie haben gesagt, dass Sie die Bücher kontrolliert haben. Ist Ihnen dabei jemals eine Ungereimtheit aufgefallen? Summen, die Ihnen merkwürdig vorgekommen sind?«

»Nein. Alles war immer tadel...« Ich stocke. Ein Erinnerungsfetzen schiebt sich vor mein inneres Auge. Drei Augenpaare richten sich auf mich.

»Es gab eine Sache. Eine Investition, die mit deutlich weniger Geld vermerkt war, als derjenige eingezahlt hatte. Ich habe Dan darauf hingewiesen und er hat es als Übertragungsfehler abgetan ...« Ich halte inne. Denke noch einmal über diese Zeit nach. »Zwei Tage später hat er alle entlassen.«

»Das Gespräch ist jetzt beendet. Einen angenehmen Abend.« Rob packt mich am Ellenbogen. Ein klares Zeichen, dass wir sofort verschwinden sollten. Also beeile ich mich aufzustehen und folge ihm nach draußen.

Nachdem wir den kleinen Verhörraum verlassen haben, habe ich das Gefühl, wieder freier atmen zu können. Als würde sich der Knoten, der in meiner Brust gesessen hat, langsam lösen. Sobald das Gebäude hinter uns liegt, fällt auch ein Teil meiner Anspannung ab. Mitten auf dem Bürgersteig bleibe ich stehen, stütze die Hände auf die Oberschenkel und sauge frische Luft ein.

»Alles in Ordnung?« Ich sehe Robs glänzende braune Schuhe auf mich zukommen.

»Ich war so blind. Wie konnte ich den Zusammenhang zwischen dieser Investition und dem Ende von *Easy Invest* nicht sehen?« Langsam richte ich mich auf.

Rob zieht eine Grimasse. »Wahrscheinlich, weil du kein Ermittler bist und Dan nicht mit einem Verbrechen in Verbindung gebracht hättest.«

»Das Problem ist nur, dass er weg ist und ich noch da bin. Was, wenn ich den Kopf für seine Straftat hinhalten muss? Weil es mir aufgefallen und ich es nicht gemeldet habe?« Der Knoten aus meiner Brust rutscht in die Bauchgegend und zieht sich dort erneut fest. Ich will auf keinen Fall ins Gefängnis, aber falls sie Dan nicht finden …

»Wir werden beweisen, dass du nichts falsch gemacht hast, okay?« Rob legt mir die Hand auf den Arm und lächelt mich beruhigend an. Ich nicke zwar, bin aber längst nicht so zuversichtlich.

»Jetzt verstehe ich auch, weshalb nur dein Zimmer auf den Kopf gestellt wurde. Hast du noch Unterlagen oder irgendetwas anderes, das Dan haben will?«

Ich fahre mir mit den Händen übers Gesicht.

»Nein, nicht dass ich wüsste. Was sollte ich auch damit?« Ich klinge so verzweifelt, dass es mich selbst erschreckt.

»Romy. Atme tief ein und aus. Es wird alles gut, okay? Ich lasse nicht zu, dass du deswegen in den Knast musst.« Rob greift meine Hände und drückt sie sanft, während er meinen Blick sucht. Meine Umgebung verschwimmt. Robs Lippen bewegen sich, doch seine Worte kommen nicht bei mir an. Ich bin so gefangen in dem Strudel aus Verzweiflung, Sorge und Angst, dass ich es nicht schaffe, klar zu denken. Fühlt sich so eine Panikattacke an?

»Falls du deine Hände behalten willst, solltest du sie sofort wegnehmen.« Ashers Stimme bewirkt, dass ich innerhalb einer Sekunde wieder vollkommen klar bin. Als hätte er die Watte, die mich von der Außenwelt abgeschirmt hat, weggerissen.

Rob lässt mich so schnell los, als hätte er sich verbrannt und macht einen Schritt zurück. Wenn ich nicht so überrascht über Ashers Auftauchen wäre, hätte ich die Reaktion meines Mitbewohners wahrscheinlich lustig gefunden. Vor wenigen Minuten war er noch der knallharte Anwalt, der keine Widerworte duldete. Kaum taucht mein Chef/Ex-Freund auf, fällt diese harte Schale ab. Stattdessen tritt dieser merkwürdig grüblerische Ausdruck in seine Augen, der mir schon öfter aufgefallen ist, wenn Asher in der Nähe ist.

»Was machst du hier?« Asher trägt immer noch den Anzug, den er heute im Büro anhatte. Sein Haar sieht leicht durcheinander aus, als wäre er oft hindurchgefahren. In seinem Blick liegt etwas Gehetztes, wobei sein lockeres, gleichgültiges Auftreten im kompletten Kontrast dazu steht.

»Ich habe gehört, was passiert ist, und mich direkt auf den Weg gemacht.« Wie schon nach dem Einbruch beschleicht mich das Gefühl, dass er mich beschatten lässt.

»Von wem hast du das erfahren?« Ich verenge die Augen und verschränke dir Arme vor der Brust. Asher spiegelt die Armbewegung sofort.

»Spielt keine Rolle.«

Normalerweise würde ich ihn jetzt so lange löchern, bis er es mir verrät und ich bin sehr ausdauernd, was sowas angeht. Aber an dem heutigen Abend ist überhaupt nichts normal. Das Verhör hat an meinen Nerven gezerrt und mich ausgelaugt. Meine Knochen fühlen sich an, als wären sie aus Blei und ich sehne mich nach meinem weichen Bett, wo ich mich einkuscheln und vergessen kann, dass diese Vorwürfe überhaupt im Raum stehen.

Meine ablehnende Haltung löst sich. Ich fahre mir mit einer Hand über die Augen und seufze.

»Weißt du was? Es ist mir egal. Ich habe weder Kraft noch Lust, jetzt mit dir darüber zu diskutieren. Du hast dich die letzten Tage nicht für mich interessiert und ich habe jetzt größere Sorgen, als mich mit dir zu befassen.« Ich gebe Rob ein Zeichen, dass wir aufbrechen können, und drehe mich um.

»Ich interessiere mich immer für dich, aber ... meistens zeige ich es nicht.« Seine leise Stimme lässt mich in der Bewegung innehalten. Langsam wende ich mich ihm wieder zu.

»Wieso hast du dich dann wieder in das Arschloch vom Vorstellungsgespräch verwandelt?« Er knirscht mit den Zähnen. Seine Kiefermuskulatur zuckt.

»Weil ich immer diese Person bin. An manchen Tagen mehr, an anderen weniger.«

Meine Lippen verziehen sich zu einem kleinen, traurigen Lächeln.

»Wir wissen beide, dass du auch anders sein kannst.«

Asher schluckt.

»Nicht mehr«, murmelt er so leise, dass ich ihn kaum verstehe. Einige Augenblicke schaue ich ihn schweigend an.

Es gibt so viele Dinge, die ich ihn fragen will. Warum er sein altes Ich aufgegeben hat. Wieso es Tage gab, an denen ich den Eindruck hatte, er würde ein *Uns* genauso sehr wollen wie ich? Was ist am vorletzten Donnerstag vorgefallen, weshalb er plötzlich wieder dicht gemacht hat?

Ich verfluche mich dafür, dass sich mein Herz noch immer nach ihm sehnt. Dass ich ihn jetzt noch retten will, obwohl ich selbst bis zum Hals in der Scheiße stecke. Aber Asher Brennon will nicht gerettet werden. Er ist stur, wie ein Esel und ich bin zu müde, um mich dem entgegenzusetzen. Also drehe ich mich um und gehe gemeinsam mit Rob zu seinem Wagen.

# 15

*Asher*

Ich blicke noch eine Weile auf die Stelle, an der Romy gestanden hat, bevor ich mich ins Auto setze und den Weg nach Hause antrete. Wieso kann ich mich ihr gegenüber nicht wie ein Arschloch aufführen? Stattdessen erwische ich mich bei dem Gedanken, mich für sie bessern zu wollen. Damit ich der Mann bin, den sie an ihrer Seite braucht. Wie jetzt zum Beispiel. Es war furchtbar, sie so aufgelöst zu sehen.

Damals, in unserem ersten gemeinsamen Leben, war sie nie derart entkräftet. Das Gespräch mit dem FBI muss ihr sehr zugesetzt haben.

Ich parke den Wagen am Straßenrand, trommle mit den Fingern auf dem Lenkrad herum. Mein Blick schweift zu dem Gebäudekomplex neben mir, dessen Fenster auf jeder Etage hell erleuchtet sind. Natürlich bin ich nicht nach Hause gefahren. Stattdessen hat mich mein Unterbewusstsein an den Ort gebracht, wo ich am liebsten sein will. Wo ich gerade sein muss. Jetzt bleibt nur noch zu klären, ob Romy mich auch sehen will.

Die Autotür fällt etwas zu stark zu. Mit langen Schritten überquere ich den Bürgersteig und nehme zur Abwechslung die Treppe in den vierten Stock. Die Bewegung hilft, meine Gedanken zu sortieren, denn ich weiß nicht, was ich ihr sagen soll. Asher Brennon sprachlos. Das kommt nicht oft vor.

Energisch klopfe ich gegen die Tür, bevor ich zurücktrete

und darauf warte, dass mir jemand öffnet. Schritte erklingen. Mein Herz setzt einen Augenblick aus und schlägt dann im normalen Rhythmus weiter, als Robs Gesicht erscheint. Etwas zwickt in meiner Brust und nach einigen Sekunden merke ich, dass es Enttäuschung ist. Wegen ihm bin ich nicht hergekommen.

»Was willst du?« Er hat die Tür nur einen Spaltbreit geöffnet, sodass ich keine Möglichkeit habe, über seine Schulter zu spähen.

»Ist sie noch wach?« Ich habe schon immer gern Fragen mit Gegenfragen beantwortet. Vor allem, wenn die Antwort klar ist. Rob weiß genau, weshalb ich hier bin.

»Ist sie. Aber sie will dich nicht sehen.« Meine Fingerspitzen jucken. Am liebsten würde ich ihn am Kragen packen und zwingen mich durchzulassen.

»Das sollte sie selbst entscheiden, oder nicht?« Ich bin stolz darauf, wie ruhig ich klinge, und Rob sollte sich ebenfalls geehrt fühlen, dass ich mich nicht mit ihm anlege. Romy würde das mit Sicherheit nicht wollen.

»Hat sie.«

Überrascht schießt meine linke Augenbraue in die Höhe.

»Ach? Ich wusste gar nicht, dass ihr seit Neustem telepathisch miteinander verbunden seid«, entgegne ich sarkastisch und verschränke die Arme vor der Brust. Robs Mundwinkel zucken. Doch ähnlich wie ich ist er als Anwalt ein Meister darin, seine Gefühle hinter einem perfekten Pokerface zu verstecken.

»Ich lasse dich nicht rein. Also, schönen Abend noch.« Ohne auf meine Antwort zu warten, schließt er die Tür wieder.

Ich knirsche mit den Zähnen und klopfe erneut. Nichts passiert. Also versuche ich es ein weiteres Mal. Diesmal deutlich energischer als zuvor. Natürlich könnte ich Romy einfach anrufen und bitten mir zu öffnen, aber ich bezweifle, dass sie überhaupt ans Telefon geht, wenn mein Name auf dem Display erscheint. Zumindest nicht heute.

Gerade als ich die Hand zum dritten Mal hebe, erscheint Tyler in der Tür. Sein Haar ist wie immer in einem Man-Bun zusammengefasst, von dem ich nicht weiß, warum die Frauen da so drauf abfahren.

»Rob hat gesagt, ich soll dich nicht reinlassen.« Seine Stimme klingt ähnlich abweisend wie die seines Mitbewohners. Allerdings erkenne ich in seinen Augen ein amüsiertes Funkeln, das mir verrät, dass er durchaus offen für Verhandlungen ist.

»Bist du derselben Meinung?«

Er zuckt mit den Schultern und lehnt sich grinsend in den Türrahmen.

»Ich denke, dass ein kleiner Machtkampf zwischen einem Anwalt und einem Immobilienhai sehr unterhaltsam ist.«

Ich unterdrücke ein Augenrollen. War klar, dass er lediglich auf sein Amüsement aus ist. »Interessiert es dich dabei gar nicht, was das Beste für Romy ist?«

Ty schluckt und fährt sich mit der Hand übers Kinn. »Wir wissen nicht, was das Beste für sie wäre.«

Beinahe hätte ich laut aufgelacht.

»Ach nein? Hast du mich deshalb angerufen und gesagt, dass das FBI sie mitgenommen hat?«

Tylers coole Fassade bröckelt. Er wirft einen Blick über die Schulter und zieht die Tür ein Stück weiter ran, um sicherzustellen, dass uns niemand hört.

»Wovon redest du da? Ich habe dich nicht angerufen.«

Meine Lippen verziehen sich zu einem Grinsen.

»Wir haben uns zwar noch nicht oft gesehen, aber ich habe ein sehr gutes Gedächtnis, was Stimmen betrifft. Also darf ich jetzt rein oder muss ich die Bombe erst platzen lassen?«

Tylers Kiefermuskeln zucken. Er knurrt etwas, das ich nicht verstehe, bevor er die Tür aufmacht und zur Seite tritt.

»Vielen Dank.« Ein Hauch von Siegesgefühl breitet sich in

meiner Brust aus. Es war vielleicht nicht die feine englische Art, diese Karte zu ziehen, aber es hat niemand behauptet, dass ich fair spiele.

Nachdem ich geklopft und ein gedämpftes »Ja?« vernommen habe, betrete ich Romys Zimmer. Inzwischen steht wieder alles an seinem Platz und wenn ich nicht mit eigenen Augen gesehen hätte, wie chaotisch dieser Raum vor Kurzem noch gewesen ist, hätte ich niemals geglaubt, dass hier jemals eingebrochen wurde.

»Was machst du denn hier?« Romys überraschte Stimme erklingt zwischen einem Berg aus Kissen und Decken, unter dem sie sich vergraben hat. Schmunzelnd schiebe ich die Hände in die Hosentaschen.

»Unser Gespräch von vorhin war noch nicht beendet«, erwidere ich und versuche, locker zu klingen. Allerdings scheitere ich kläglich, denn Romys Seufzen verrät, dass ich die Härte nicht gänzlich aus meiner Stimme verbannen konnte.

Es raschelt, als sie sich aufsetzt und ihr wirres Haar aus dem Gesicht streicht. Inzwischen ist sie abgeschminkt. Ihre blauen Augen blicken mir müde entgegen. Trotzdem hat sie nie schöner ausgesehen.

»Asher, ich habe es dir bereits gesagt: Ich habe keine Lust, mit dir über irgendwas zu diskutieren.« Sie klingt genervt, was ich verstehe.

»Ich will nicht streiten, sondern … für dich da sein.«

Langsam streife ich meine Vierhundert-Dollar-Schuhe von den Füßen und schäle mich aus meinem Jackett. Anschließend öffne ich die Knöpfe meines Hemdes, krempele die Ärmel nach oben und befreie den Saum aus der Hose, um nicht mehr so steif zu wirken. Romy beobachtet mich dabei. Von Sekunde zu Sekunde werden ihre Augen größer.

»Wer bist du und was hast du mit Asher gemacht?«

Ich lache, während ich näher an ihr Bett trete.

»Darf ich?« Ich deute auf den freien Platz neben ihr, woraufhin sie vollkommen perplex nickt und ein Stück zur Seite rückt.

»Du meinst das ernst, oder?« Mit einem Schmunzeln auf den Lippen setze ich mich neben sie.

»Hast du mich jemals scherzen hören?«

Sie lächelt zerknirscht, während sie einige Kissen auf den Sessel in der Ecke wirft, damit wir mehr Platz haben.

»Früher schon. Aber ich vergesse gern, dass du nicht mehr der Junge von damals bist.«

In meiner Brust zieht sich etwas zusammen. Der Teil, der nicht will, dass sie traurig ist. Der Teil, der mich hierhergebracht hat. Der Teil, der sich wünscht, ich könnte ein bisschen wie früher sein.

»Es tut mir leid, dass ich manchmal ein Arschloch bin«, gebe ich zähneknirschend zu.

»Manchmal?« Sie zwinkert mir zu, was in mir das Bedürfnis auslöst, über sie herzufallen und so lange zu kitzeln, bis sie um Verzeihung bittet und meine Worte nicht mehr in Frage stellt. So, wie wir es vor zehn Jahren getan haben.

Allein die Tatsache, dass ich daran denke, erschreckt mich. Ich gebe es ungern zu, aber Mom hatte recht. Seit Romy wieder in mein Leben getreten ist, habe ich mich verändert. Sie bringt etwas in mir zum Vorschein, dass ich für längst verloren gehalten habe. Einen Wesenszug, den ich nicht vielen offenbare.

Doch so schön der Gedanke auch ist, mich für sie zu ändern, passt es aktuell nicht in meine Lebenssituation. *Und trotzdem bist du hier*, flüstert eine leise Stimme, die ich am liebsten zum Verstummen bringen würde.

»Verrätst du mir, weshalb das FBI dich sprechen wollte?« Romy senkt sofort den Blick und beginnt mit den Fransen ihrer Tagesdecke zu spielen.

»Hat dir dein Informant das nicht gesagt?« Ihr schwacher Versuch, die Situation zu entkrampfen, scheitert.

»Nein, so weit sind wir am Telefon nicht gekommen.«

Romy zieht eine Grimasse.

»Dann solltest du dich dringend nach jemand Neuem umschauen.«

»Gutes Personal ist schwer zu finden. Das weißt du doch.« Ich stupse sie mit der Schulter an und entlocke ihr immerhin die Andeutung eines Lächelns. »Also?«

Sie seufzt und fährt sich mit beiden Händen übers Gesicht. Eine Geste, die sie vorhin vor dem Büro des FBIs schon ein paar Mal gemacht hat. »Du wirst keine Ruhe geben, bis ich es dir erzählt habe, oder?«

Ich schüttle den Kopf, woraufhin ihr ein weiteres Seufzen entflieht. Und dann ... beginnt sie zu erzählen. Von dem Start-up, dass ihr Ex-Freund während des Studiums gegründet hat. Der versuchten Kontaktaufnahme seinerseits. Dem aktuellen Vorwurf der Geldwäsche und ihrem Verdacht, dass dieser Dan hinter dem Einbruch steckt. Mit jeder vergehenden Minute werde ich wütender. Auf Dan, weil er sie in diese Lage gebracht hat. Auf Romy, weil sie mir nicht erzählt hat, dass sie offensichtlich jemand verfolgt. Auf Agent North, der sicherlich weiß, dass sie für mich arbeitet und mit keinem Wort erwähnt hat, sie zu einem Verhör abzuholen, und auf mich, weil ich mich in den letzten Wochen wieder abgekapselt habe. Wenn ich das nicht getan hätte, wäre mir früher aufgefallen, dass etwas nicht stimmt.

»Es gefällt mir nicht, dass dieser Dan weiß, wo du wohnst und arbeitest. Vielleicht solltest du doch nochmal überlegen, in das Appartement unter mir zu ziehen.« Ich sehe auf Romy hinab, die sich inzwischen wieder hingelegt und ihren Kopf auf meiner Brust gebettet hat.

»Vergiss es. Du nutzt die Situation nur als Vorwand. Ich gehe nicht von hier weg.«

Ich atme ein paar Mal tief ein, um nicht direkt zu explodieren. Sie hat nicht unrecht. Aber diesmal bin ich ausschließlich an ihrer Sicherheit interessiert.

»Dann lass mich wenigstens Charlotte einschalten. Sie ist

gut in ihrem Job und findet Dan sicher schneller als das FBI.«

Auch diesmal schüttelt Romy den Kopf. Ich unterdrücke ein frustriertes Knurren. Dieser Frau zu helfen, ist in etwa so schwierig wie gutes Personal zu finden.

»Macht es dir eigentlich Spaß, gegen mich zu arbeiten? Ich versuche, dir die Situation zu erleichtern. Das schaffe ich aber nicht, wenn du jeden meiner Vorschläge ablehnst.«

Romys Mundwinkel zucken. Sie neigt den Kopf ein wenig und sieht mich an. Auch wenn ihre Sturheit mich ärgert, freue ich mich, dass das Funkeln in ihre Augen zurückgekehrt ist. Mit den Fingern streicht sie nachdenklich über den Stoff meines Hemdes. Automatisch spanne ich meine Muskeln an, damit sie nicht merkt, wie stark mein Körper auf ihre Berührung reagiert.

»Manchmal habe ich das Gefühl, dass du nicht helfen, sondern mich kontrollieren willst«, gesteht sie leise. Ich schlucke, während ich ihr vorsichtig eine Strähne aus dem Gesicht streiche.

»Ich würde lügen, wenn ich das verneine.«

Sie presst die Lippen zu einem dünnen Strich zusammen. Mir ist bewusst, dass das nicht die Antwort gewesen ist, die sie hören wollte. Aber ich habe mir geschworen, nicht zu lügen. Zumindest heute Abend nicht.

»Glaubst du mir, wenn ich dir sage, dass es mir diesmal wirklich nur um dein Wohlergehen geht?«

Ihr Schulterzucken schmerzt mehr als gedacht.

»Aktuell weiß ich gar nicht, was ich denken soll. Wie konnte ich mich derart in Dan täuschen? Durch ein einziges Gespräch steht meine Welt Kopf und ich habe keine Ahnung, wie ich sie wieder in die richtige Position bringe.« Tröstend lege ich einen Arm um ihre Schultern und ziehe sie noch näher an mich heran. Romy versteht die stumme Einladung und kuschelt sich dichter an mich. Der blumige Duft ihres Shampoos steigt mir in die Nase. Für einen Moment schließe ich die Augen und genieße ihre Nähe und das Gefühl, wie sich ihr Körper an meinen schmiegt.

»Deshalb bin ich da. Ich kann für dich alles wieder an Ort und Stelle rücken, ohne dass du einen Finger krumm machen musst«, biete ich erneut leise an.

»Du sollst dich nicht einmischen, Asher. Ist das klar? Ich bin keine schwache Person, sondern löse meine Probleme selbst.« Ein Hauch von Stolz erfüllt mich, auch wenn es mir nicht gefällt, dass sie meine Hilfe ausschlägt. Früher hätte sie dem sofort zugestimmt. Da mochte sie es, wenn ich Dinge für sie regle. Mich für sie einsetze. Sie verteidige, wenn sie jemand verletzt hat. Aber das ist zehn Jahre her und gerade hat sie mir erneut bewiesen, wie sehr sie sich verändert hat.

»Wann genau bist du so selbstbewusst geworden?« Neugierig sehe ich sie an. Ein schwaches Lächeln umspielt ihre Lippen, doch es hat auch etwas Trauriges.

»Die ganze Schule hat über dein Verschwinden und unsere damit einhergehende Trennung gesprochen. Die meisten Mädels waren ohnehin eifersüchtig, weil du dich für mich entschieden hattest. Die kleine schüchterne Schwester deines besten Freundes statt einer beliebten Cheerleaderin. Ich musste mir einiges anhören und irgendwann hatte ich die Nase voll davon. Also habe ich mir ein dickeres Fell angelegt. Begonnen zu kontern. Bin aus mir herausgekommen und seitdem habe ich nicht mehr damit aufgehört.«

Mein Herz zieht sich für einen Augenblick schmerzlich zusammen. Es tut mir unendlich leid, was sie durch mein Weggehen durchmachen musste. Ich war so auf mich und Mom fixiert, dass ich ehrlicherweise keinen Gedanken daran verschwendet habe, was Romy wegen mir aushalten musste.

Plötzlich erkenne ich die Parallelen zu Russell in meinem Verhalten und das ist schrecklich. Er hat sich ebenfalls für den einfachsten Weg entschieden. Ohne auf Moms Gefühle zu achten oder den Konsequenzen für mich Beachtung zu schenken. Natürlich wollte ich Romy mein Leid ersparen, aber wenn ich jetzt höre, wie es ihr durch mein Verschwinden erging, würde ich am liebsten die Zeit zurückdrehen, um alles anders zu machen.

»Es tut mir leid, wie das damals gelaufen ist«, murmle ich und streife mit meinen Lippen ihre Schläfe.

»Ist schon gut. Wir können es ohnehin nicht ändern. Außerdem gefällt mir meine selbstbewusste Art. Auch wenn ich den Bogen manchmal überspanne und mich zu sehr in eine Diskussion hineinsteigere.«

Meine Mundwinkel zucken. »Das ist okay. Ich mag dich trotzdem. Egal, ob schüchtern oder vorlaut.«

»Sehr gut.« Sie gähnt. Ihre Augenlider fallen immer wieder zu. »Ich mag dich nämlich auch. Obwohl du zu achtzig Prozent der Zeit ein Arschloch bist.«

Behutsam streiche ich ihr mit den Fingern über den Rücken. »Ich könnte versuchen, mich zu bessern.«

Schmunzelnd blickt sie zu mir hoch. »Schaffst du eh nicht.« Ihr neckender Tonfall gefällt mir. Zeitgleich spornt er mich an, an mir zu arbeiten.

»Wollen wir wetten?« Ich spüre, wie sich meine Lippen zu einem ehrlichen Lächeln verziehen.

Romy schüttelt den Kopf.

»Du musst nicht jemand anderes werden, Asher. Es gibt Gründe, weshalb du so bist, wie du bist.« Mit jedem Wort wird ihre Stimme verwaschener, sodass ich mich am Ende richtig anstrengen muss, um sie zu verstehen.

»Wir diskutieren das morgen weiter«, flüstere ich, obwohl sie mich längst nicht mehr hört. Ihre Atemzüge sind tief und gleichmäßig. Ein friedvoller Ausdruck liegt auf ihrem Gesicht und nach einigen Minuten bin ich mir sicher, dass sie eingeschlafen ist.

Jetzt wäre ein guter Zeitpunkt zu gehen, doch ich bleibe sitzen. Gestatte mir, sie noch länger im Arm zu halten. Zu Hause wartet immerhin nur eine leere Wohnung auf mich.

Hier habe ich Romy an meiner Seite, auch wenn ich weiß, dass ich es mir nicht erlauben kann, die ganze Nacht zu bleiben. Das würde morgen früh falsche Signale senden und Hoffnungen in ihr wecken, denen ich niemals gerecht werde.

Es hat sich gut angefühlt, den kontrollierten Geschäftsmann für einige Zeit beiseitezuschieben. Doch auch wenn ich die letzten Stunden genossen habe, passt diese Art von Fürsorge und Nähe nicht in mein aktuelles Leben.

Vorsichtig löse ich mich von Romy und achte darauf, sie nicht zu wecken. Sie murmelt leise vor sich hin, bevor sie sich auf die andere Seite dreht und seelenruhig weiterschläft.

Auf Zehenspitzen schleiche ich in den Flur, um dort in mein Jackett und die Schuhe zu schlüpfen. Kleine Lampen tauchen diesen Teil der Wohnung in ein schummriges Licht. Ich taste meine Taschen nach dem Autoschlüssel ab, als die Dielen hinter mir knarzen. Sofort spannen sich meine Muskeln an.

Ich richte mich auf und drehe mich langsam um.

Rob lehnt mit verschränkten Armen im Übergang zum Wohnzimmer und sieht mich nachdenklich an. »Ich rate dir, Romy nicht wehzutun.«

»Ich werde mein Bestes geben, aber du solltest wissen, dass ich nichts dergleichen verspreche.«

Robs Unterkiefer mahlt, während ich die Hände in den Hosentaschen zu Fäusten balle. Einerseits freut es mich, dass Romy jemanden hat, der auf sie aufpasst und sich um sie sorgt. Andererseits stört es mich, dass diese Person ein Mann ist. Hätte sie sich keine Mitbewohnerinnen aussuchen können?

»Brichst du ihr das Herz, werde ich sämtliche Leichen in deinem Keller ausgraben und dich vor Gericht zerren. Du magst in der Öffentlichkeit eine reine Weste haben, aber Männer wie du sind nie so unschuldig, wie sie auf dem ersten Blick erscheinen.« Damit dreht er sich um und verschwindet, während ich im Flur stehenbleibe. Rob kann so viel graben, wie er will. Der einzig dunkle Fleck auf meiner tadellos weißen Weste ist Russell und darum kümmert sich das FBI.

Kaum habe ich die Wohnung verlassen, ziehe ich mein Handy aus der Tasche. Romy hat zwar klar gesagt, dass ich mich raushalten soll, aber es schadet sicher nicht, Agent North um eine Erweiterung des Vertrages zu bitten, sodass sein zugesagter Schutz nicht nur für meine Mom, sondern auch für Romy gilt.

## 16

*Romy*

»Ich hoffe, du hast ordentlich Hunger mitgebracht, Schwesterlein!« Preston kommt mit drei Tellern aus den Pendeltüren, die das Restaurant von der Küche trennen. Allein der Geruch lässt meinen Magen knurren.

»Wie eine ausgehungerte Löwin! Ich hatte nur einen Kaffee zum Frühstück, weil ich verschlafen habe und nicht zu spät im Büro sein wollte. Du weißt ja, wie sehr Asher Unpünktlichkeit hasst.«

Ich ziehe eine Grimasse, während ich einen neugierigen Blick auf die Teller werfe. Auf dem ersten erkenne ich verschiedene Bruschetta-Variationen. Einmal klassisch mit Tomaten und Rucola. Dann mit Avocado und Gurke und zu guter Letzt mit Pilzen. Fettuccine Alfredo, mein liebstes Pasta-Gericht, ist auf Teller Nummer zwei serviert und ein Blätterteig-Törtchen bildet den krönenden Abschluss auf Teller Nummer drei.

»Läuft es ansonsten gut zwischen euch? Asher wollte gestern partout nicht mit der Sprache rausrücken, als wir uns gesehen haben.« Preston nimmt auf dem Stuhl neben mir Platz und bedient sich ebenfalls an der Vorspeise.

»Ihr habt euch getroffen?«, frage ich mit vollem Mund, während ich ihn mit großen Augen ansehe.

Mein Bruder nickt.

»Wir haben uns das Spiel der Devils bei ihm angeguckt

und Pizza bestellt. Deshalb ist dein Essen heute auch italienisch angehaucht.« Schulterzuckend schiebt er sich den Rest Bruschetta in den Mund und ich spüre, wie ich erröte. Mein Bruder hat gestern vermutlich mit ihm auf der Couch gelümmelt. Der Couch, auf der Asher und ich Sex hatten! Beinahe verschlucke ich mich an dem Baguette.

»Alles okay?«

Ich nicke und versuche, ihm mit Gesten klarzumachen, dass ich etwas zu trinken brauche. Er springt sofort auf und schenkt mir ein Glas Wasser ein, das ich dankbar herunterstürze.

Preston sieht mich forschend an. Es ist, als hätte er einen sechsten Sinn für Dinge, die andere lieber unter den Tisch fallen lassen wollen.

»Ihr hattet Sex, oder?«

Meine Wangen sind inzwischen so heiß, dass sie sicher die Farbe der gewürfelten Tomaten vor mir haben. Um die Antwort hinauszuzögern, schiebe ich mir eine Gabel Nudeln in den Mund und stöhne begeistert auf.

»Die sind wirklich gut!«

»Danke, aber lenk nicht vom Thema ab. Du hattest Sex mit Asher. Und so wie du geguckt hast, als ich das Devils-Spiel erwähnt habe, muss es im Wohnzimmer gewesen sein.«

Ich schlucke und fülle meinen Mund erneut mit Pasta. Preston schürzt die Lippen und zieht mir den Teller vor der Nase weg, bevor ich die Fettuccine ein drittes Mal aufwickeln kann.

»Ja«, gebe ich kleinlaut zu, bevor ich mir mein Mittagessen zurückhole. »Tut mir leid, dass ich unseren Fingerschwur gebrochen habe.«

Preston zuckt mit den Schultern und stützt sein Kinn in der Handinnenfläche ab. »Macht nichts. Mir war klar, dass das passiert. Wieso hast du nichts gesagt?«

»Äh, weil ich mein Sexleben normalerweise nicht mit dir

erörtere? Du bist mein Bruder und Asher ist dein bester Freund.« Doch Preston sieht aufgrund der Neuigkeit deutlich gelassener aus, als ich angenommen habe.

»Ist es wirklich nur Sex? Oder steckt mehr dahinter?«

Seufzend lege ich die Gabel auf den leeren Nudelteller und widme mich dem Dessert. Bei näherem Betrachten handelt es sich um ein Pudding-Blätterteigtörtchen mit Zimt. Bereits nach dem ersten Bissen weiß ich, dass das mein neuer Lieblingsnachtisch wird.

Nachdenklich kaue ich darauf herum. Seit der Befragung durch das FBI ist Asher anders. Deutlich weniger Arschloch. Stattdessen fasst er mich mit Samthandschuhen an. Ob das mit unserem Gespräch in meinem Bett zu tun hat? Leider erinnere ich mich nicht mehr vollständig daran. Als ich am nächsten Morgen aufgewacht bin, war er bereits weg.

»Romy?« Preston sieht mir forschend in die Augen.

»Ich befürchte, es ist mehr.« Seufzend lege ich die Gabel beiseite und vergrabe mein Gesicht in den Händen. »Wie dämlich ist das? Er ist so anders als früher. Viel beherrschter. Kontrollierter. Abgeklärter. Aber ...«

»Er ist immer noch Asher. Deine erste große Liebe«, beendet Preston den Satz für mich.

Ich nicke langsam.

»Okay, pass auf: Wir spielen ein Spiel. Du sagst mir drei Dinge, die du früher an ihm mochtest. Dann bin ich dran und anschließend wiederholen wir das für den heutigen Asher.«

Preston lächelt mich an und ich bin ihm unendlich dankbar dafür, dass er sich mit mir mit diesem Thema auseinandersetzt, statt abzublocken.

»Er war immer für mich da, egal, welches Problem ich hatte. Asher hat alles versucht, um eine Lösung zu finden.« Ich beiße erneut von meinem Blätterteigtörtchen ab. »Außerdem hat er mir ständig gezeigt, dass er an mich denkt. Durch kleine Zettelchen, die plötzlich in meinem

Spind aufgetaucht sind oder Blumen, die auf meinem Kopfkissen lagen.«

»Stimmt. Er hat immer den Weg durchs Fenster genommen, weil er dachte, ihn sieht dabei niemand. Aber wir wussten es alle.« Preston grinst und bringt dadurch auch mich zum Lachen. Mir war ebenso klar, dass meine Eltern von seinen nächtlichen Besuchen wussten.

»Was ist die dritte Sache?« Mein Bruder sieht mich abwartend an.

»Er hat mich akzeptiert. Hat sich nie über meine Schüchternheit lustig gemacht, sondern wollte mir helfen, diese zu überwinden.« Ein wehmütiges Ziehen breitet sich in meiner Brust aus. Wir hätten so viel gemeinsam erleben können. Wenn Russell nicht verschwunden wäre, wären Asher und ich wahrscheinlich schon verheiratet.

Ich räuspere mich und schiebe den letzten Gedanken weit von mir.

»Was mochtest du an deinem besten Freund?«

»Er war für jede Schandtat bereit, ich konnte mich immer auf ihn verlassen und er hatte die besten Videospiele von allen!«

»Und was magst du am neuen Asher?« Interessiert sehe ich meinen Bruder an. Wir sprechen nicht viel über Asher, was früher vor allem an meiner Vergangenheit mit ihm gelegen hat. Deshalb interessiert es mich ungemein, was Preston antwortet.

»Obwohl er jetzt viel wortkarger ist, fühlt sich jedes Treffen an, als hätte es unseren Kontaktabbruch nicht gegeben. Es ist unkompliziert, mit ihm Zeit zu verbringen. Er hat tolle Kontakte, die mich in die VIP-Lounge der Devils bringen könnten – früher haben wir von so etwas nur geträumt. Ich könnte ihn immer noch nachts anrufen, falls ich ein Problem habe. Dann würde er alles stehen und liegen lassen, um mir zu helfen. Wenn auch auf andere Art und Weise als früher.«

Diese Art von Freundschaft vermisse ich. Es ärgert mich

ungemein, meinen eigenen Freundeskreis während der Beziehung mit Dan vernachlässigt zu haben. Vielleicht ist es an der Zeit, alle an einen Tisch zu holen und ausgiebig darüber zu sprechen. Immerhin befindet sich mein Leben in einem Umbruch. Wenn jetzt keine Zeit dafür ist, wann dann?

»Du bist dran.« Er stupst mich an und wartet auf meine Antwort. Nachdenklich wiege ich den Kopf hin und her.

»Er ist wie früher immer für mich da und versucht, mir Dinge abzunehmen, auch wenn seine Methoden diesbezüglich fraglicher sind. Außerdem habe ich das Gefühl, dass er wirklich versucht, sich zu bessern. Weniger erfolgreicher CEO eines großen Unternehmens, sondern mehr der Junge von früher. Aber ... wenn ich ehrlich bin, gefällt mir diese wortkarge, kühle Seite an manchen Tagen. Ist schon heiß, sollte aber nicht überhandnehmen.«

»Könntest du dir vorstellen, es nochmal mit ihm zu versuchen?« Prestons Worte hallen in meinem Inneren wider. Um die Antwort hinauszuzögern, schiebe ich mir den Rest Blätterteig in den Mund.

»Denke schon«, erwidere ich schließlich schulterzuckend. »Aber er ist noch nicht bereit dafür. Vielleicht kommt der Tag irgendwann. Wer weiß.« Ich lächle meinen Bruder an, der mir daraufhin die Hand auf den Arm legt.

»Pass einfach auf dein Herz auf, okay? Sonst muss ich meine Drohung doch wahrmachen und meinem besten Freund eine reinhauen.« Er zwinkert mir vergnügt zu.

»Du weißt, dass ich darauf immer achtgebe, auch wenn ich ein Händchen dafür habe, mich in die falschen Männer zu verlieben.«

»Apropos falsche Männerwahl. Hat das FBI inzwischen Dan aufgespürt?«

Seufzend schüttle ich den Kopf. »Nein, er ist weiterhin untergetaucht. Wahrscheinlich ist er inzwischen tatsächlich in Paraguay und macht sich da ein schönes Leben.«

Nachdenklich kaut Preston auf dem letzten Stück Bruschetta herum. »Kann ich mir nicht vorstellen. Immerhin hat er es darauf angelegt, erwischt zu werden, um noch einmal mit dir zu sprechen.«

»Inzwischen habe ich aufgehört, mich zu fragen, wie Dans Gehirn funktioniert. Ich meine ... offensichtlich habe ich ihn nicht richtig gekannt.«

Preston wirft mir einen mitfühlenden Blick zu. »Falls er mir noch einmal begegnen sollte, haue ich ihm eine rein, versprochen.«

Ich lache, als mein Handy in der Handtasche zu klingeln beginnt und mich daran erinnert, dass ich noch längst keinen Feierabend, sondern lediglich Mittagspause habe. Also rutsche ich vom Stuhl und schlüpfe in meinen Mantel, bevor ich meinem Bruder einen flüchtigen Kuss auf die Wange hauche.

»Das Essen war grandios, vielen Dank dafür! Leider muss ich jetzt los. Ashers Anzüge warten in der Reinigung auf mich.« Ich schneide eine Grimasse, die Preston zum Lachen bringt.

Anschließend zieht er mich in eine innige Umarmung und winkt mir nach, während ich sein Restaurant verlasse.

Mit dem Taxi fahre ich zu Ashers Reinigung, wo ich nach kurzem Warten drei Anzüge überreicht bekomme. Da der Laden nur einige Querstraßen vom Büro entfernt ist und ich nach diesem opulenten Mittagessen dringend einen Verdauungsspaziergang brauche, beschließe ich, zu Fuß zu gehen. Obwohl es schon Mitte November ist, ist es heute überraschend angenehm. Kein Wind, der mir die Frisur zerstört, oder Regen, durch den ich klatschnass werde. Stattdessen steht die Sonne hoch am Himmel und wird gelegentlich von ein paar Wolken verdeckt.

Als ich um die nächste Ecke biege, ragt der Gebäudekomplex von *AB International* bereits vor mir in die Höhe. Er ist so riesig, dass die Spitze des Daches zwischen den Wolken verschwindet. Ich bin so fasziniert davon, in diesem Gebäude zu arbeiten, dass ich meine Umgebung nicht mehr richtig wahrnehme. Plötzlich rempelt mich jemand mit einer solchen Wucht an, dass mir die Anzüge entgleiten und auf den dreckigen New Yorker Bürgersteig fallen.

»Können Sie nicht aufpassen?«, rufe ich dem Rüpel aufgebracht hinterher, doch er reagiert nicht.

Seufzend gehe ich in die Hocke, um die Anzüge aufzuheben. Glücklicherweise sind sie sicher in Folie verpackt. Wie hätte ich Asher sonst erklärt, dass seine gerade gereinigte Garderobe schon wieder dreckig ist?

Ich will danach greifen, als mich jemand von hinten packt und zurückreißt. Ein überraschter Schrei entflieht mir. Daraufhin legt sich eine große, schwitzige Hand über meinen Mund und verhindert weitere Geräusche. Grob werde ich nach hinten gezogen, wobei ich ungeschickt stolpere.

»Keinen Mucks oder es wird dir leidtun.« Die Stimme ist tief und kratzig. Der Atem des Unbekannten riecht stark nach Rauch und Alkohol. Übelkeit steigt in mir auf. In meinem Bauch rumort es. Die Fettuccine versuchen, sich nach oben zu kämpfen.

»Wo ist der Laptop?« Er ist mir so nah, dass ich die Bewegung seiner Lippen an meinem Ohr spüre. »Wo der verdammte Computer ist, will ich wissen!«

Ich spüre etwas Spitzes, dass sich in meine linke Körperseite drückt. Mein Herzschlag wird schneller. Der Mann hat ein Messer.

»Wenn du mir nicht gleich sagst, was ich hören will, findet dich die Polizei aufgeschlitzt in dieser Gasse.«

Ein stechender Schmerz durchzuckt mich, als der Unbekannte das Messer tiefer in meine Seite drückt. Mein Herz schlägt so schnell, dass ich Sorge habe, es könne mir gleich aus der Brust springen.

»Welcher Laptop?«, presse ich schließlich hervor und hoffe, dass er mich trotz seiner Hand auf meinem Mund versteht.

»Na, deiner«, knurrt er gereizt.

Fieberhaft denke ich nach. Ich habe meinen Laptop schon ewig nicht mehr benutzt. Für die Arbeit bei Asher habe ich einen Firmencomputer und zu Hause brauche ich ihn selten. Wenn ich es mir richtig überlege ... hatte ich ihn zuletzt bei Preston in der Wohnung eingeschaltet.

»Wird's bald?« Der Schmerz nimmt wieder zu. Ein Wimmern entflieht mir.

»Ich habe ihn nicht bei mir.«

Der Unbekannte lacht. Ein eiskalter Schauer läuft mir über den Rücken.

»Dachte mir schon, dass du den nicht unter deinem hübschen Mäntelchen versteckst. Sag mir, wo ich ihn finde, und ich hole ihn persönlich ab.«

Etwas Hartes trifft mich im Gesicht, als ich zu lange für eine Antwort brauche. Es knackt und Schmerz explodiert in meiner Wange. Einige Sekunden lang wird mir schwarz vor Augen. Wenn der Unbekannte mich nicht weiterhin durch seinen groben Griff aufrechtgehalten hätte, wäre ich auf dem Boden zusammengesackt.

»Ich erinnere mich nicht«, lüge ich mit zitternder Stimme.

Ich lebe seit Jahren in New York und bin viel in der Stadt unterwegs gewesen. Überfallen wurde ich dabei nie. Aber ich weiß, wie so etwas ausgehen kann. Jeder Großstädter weiß das. Trotzdem bringe ich es nicht über mich, ihm zu sagen, wo der Laptop ist. Damit würde ich Preston in Gefahr bringen.

»Hör auf, mir Märchen zu erzählen. Also sag es mir endlich oder ich steche dich ab!«

Ich atme tief durch. Der Schmerz in meinem Gesicht erschwert mir das Denken. Preston müsste noch im Restaurant sein. Wenn ich dem Typ also die Adresse nenne, kommt er in eine leere Wohnung.

»Der Laptop ist bei meinem Bruder«, stoße ich schließlich zwischen zusammengebissenen Zähnen hervor.

»Adresse?«, knurrt er, während sich sein Griff etwas lockert. Alles in mir sträubt sich, die nächsten Worte auszusprechen. Aber ich weiß, dass mir nichts anderes übrigbleibt. Ich öffne den Mund und ...

»Hey! Was machen Sie da? Lassen Sie sofort die Frau los!«

Vor Erleichterung kommen mir die Tränen. Am Ende der kleinen Gasse ist ein weiterer Mann aufgetaucht. Fluchend lässt mein Angreifer von mir ab.

»Das ist noch nicht vorbei«, zischt er, bevor ich seine sich entfernenden Schritte höre. Meine Knie geben nach. Kraftlos sinke ich zu Boden.

»Ist alles in Ordnung?« Ein Paar blauer Augen mustert mich besorgt. »Meine Freundin ruft die Polizei. Oh, Sie bluten.«

Reflexartig fasse ich mir mit der Hand an die Wange und spüre etwas Warmes unter meinen Fingerkuppen. Auf einmal beginne ich unkontrolliert zu zittern.

»Hey, es ist alles gut. Der Typ ist weg, okay?« Mein freundlicher Helfer berührt mich sachte am Unterarm, woraufhin ich erschrocken zurückzucke.

»Dean? Wo bist du? Die Polizei ist gleich da!« Neben ihm taucht eine junge Frau auf. »Ist alles okay mit ihr?« Sie senkt die Stimme, woraufhin ihr Freund den Kopf schüttelt.

Ich verfolge das Gespräch der beiden nicht weiter. Stattdessen konzentriere ich mich auf die immer lauter werdenden Sirenen.

# 17

*Asher*

Ich trommle mit den Fingern auf der gläsernen Tischplatte meines Schreibtischs herum, während ich nachdenklich auf den Bildschirm starre. Irgendetwas an diesem Dokument irritiert mich, aber ich weiß nicht, was es ist.

»Romy, kannst du mir bitte den Kaufvertrag von der Miller-Immobilie bringen? Ich muss etwas überprüfen.« Nachdem ich den Knopf der Gegensprechanlage losgelassen habe, lehne ich mich in meinem Stuhl zurück.

»Romy, es ist dringend. Ich habe gleich einen Call mit dem Kunden. Beeil dich, bitte.« Meine Stimme hat einen deutlich genervten Ton angenommen. In den letzten Wochen habe ich mich mit Kritik zurückgehalten und versucht, dem Versprechen, etwas weniger Arschloch zu sein, gerecht zu werden. Aber wenn die Zeit drängt, vergesse ich das manchmal.

Als daraufhin immer noch keine Reaktion kommt, stehe ich auf und reiße die Tür zum Vorzimmer auf. Doch mein Satz bleibt mir im Hals stecken, denn Romys Platz ist leer. Mit gerunzelter Stirn schaue ich auf die Uhr an meinem Handgelenk. Sie hat zwar gesagt, dass sie ihre Mittagspause mit Preston verbringt, aber normalerweise müsste sie längst zurück sein.

Ich laufe zurück zum Schreibtisch und schnappe mir mein Handy, um sie anzurufen. Es klingelt ein paar Mal, bevor ich zur Mailbox weitergeleitet werde. Der Ärger darüber, dass sie ihre Mittagspause verlängert, verpufft. Stattdessen schnürt mir etwas die Luft ab. Mein Brustkorb zieht sich zusammen und löst ein Gefühl in mir aus, das ich schon lange nicht mehr gespürt habe: Angst.

Ich versuche es erneut, aber auch diesmal lande ich auf der Mailbox. Der Druck auf meiner Brust nimmt zu.

Nachdem sie auch bei meinem dritten Anruf nicht abgenommen hat, wähle ich Prestons Nummer. Bereits nach dem vierten Klingeln ertönt seine Stimme.

»Ich freue mich echt, dass du dich ausnahmsweise von allein meldest, aber ich habe gerade keine Zeit.« Seine gewohnt fröhliche Stimme beruhigt mich etwas. Vielleicht haben die beiden beim Reden die Zeit vergessen und Romy sitzt noch immer neben ihm.

»Ist deine Schwester bei dir?«, frage ich, ohne auf seine Spitze gegen mich einzugehen. Preston ist tatsächlich meistens derjenige, der sich um unsere Treffen kümmert. Ein weiterer Punkt in meinem Leben, den ich dringend ändern muss. Außer ihm habe ich nämlich nicht viele Freunde.

»Nein. Sie ist schon vor einer Weile gegangen. Wieso?«

Ich unterdrücke ein Fluchen. Also ist doch etwas vorgefallen. »Weil sie noch nicht wieder im Büro aufgetaucht ist«, presse ich zwischen zusammengebissenen Zähnen hervor. Das Engegefühl in meiner Brust wird übermächtig. Mit der freien Hand umklammere ich die Lehne von Romys Schreibtischstuhl, um Halt zu finden.

»Vielleicht wurde sie in der Reinigung aufgehalten? Soweit ich weiß, wollte sie deine Anzüge abholen.«

Mir fällt kein Grund ein, weshalb es dort Probleme geben sollte.

»Ich erkundige mich«, entgegne ich jedoch und beende das Telefonat mit meinem besten Freund. Keine zwei Sekunden später halte ich mir das Handy erneut ans Ohr und warte darauf, dass jemand aus meiner Stamm-Reinigung den

Hörer abnimmt. Ungeduldig tippe ich mit der Schuhspitze auf den Boden. Doch auch diesmal habe ich keinen Erfolg. Romy hat den Laden samt Anzügen bereits verlassen.

»Verflucht!« Meine Finger zittern, als ich erneut ihre Nummer wähle.

»Hallo?« Eine tiefe männliche Stimme erklingt am anderen Ende der Leitung.

»Wer ist da?«, frage ich barsch, während sich meine Finger fester um das Telefon schließen.

»Ich bin Officer beim NYPD. Wer sind Sie?«

Mir läuft es eiskalt den Rücken hinunter.

»Ich bin Asher Brennon und versuche, meine Mitarbeiterin Romy Nolan zu erreichen. Wo ist sie?«

Der Polizist schweigt einen Augenblick und strapaziert meine Nerven damit gewaltig.

»Aktuell habe ich keinen Sinn für Geduld. Also ... wo ist sie?« Wenn möglich klingt meine Stimme noch frostiger als sonst.

»Sie ist hier bei mir«, entgegnet er unsicher. Ich unterdrücke ein Knurren.

»Geht es vielleicht etwas genauer?«, schnauze ich aufgebracht und mahne mich innerlich zur Ruhe. Es bringt nichts, den Officer anzupöbeln.

»Ich bin mir nicht sicher, ob ich Ihnen Auskunft geben darf«, gibt er kleinlaut zurück. Ich presse die Zähne so fest aufeinander, dass es wehtut. Die Fingerknöchel der Hand, die immer noch auf Romys Stuhllehne liegt, treten weiß hervor. Innerlich zähle ich bis zehn, um mich zu beruhigen. Bei sieben gebe ich auf.

»Wenn Sie mir nicht sofort sagen, wo Romy Nolan ist, sorge ich dafür, dass Sie Ihren verfluchten Job verlieren. Das Einzige, was Sie dann noch mit New Yorks Straßen verbindet, ist der Müll, den sie davon aufsammeln! Habe ich mich klar ausgedrückt?«

Ich kann sein Schlucken förmlich hören, bevor er mir den

Straßennamen durchgibt. Ohne meinen Mantel zu holen, stürme ich Richtung Aufzug und mache mich auf den Weg. Der Standort ist nicht weit vom Bürogebäude entfernt, weshalb ich innerhalb weniger Minuten da bin.

Zwei Streifenwagen stehen mit blinkenden Lichtern vor der Seitengasse, sowie ein Rettungswagen. Neugierige Passanten sammeln sich bereits, um zu schauen, was dort vorgefallen ist. Unwirsch schiebe ich mich zwischen ihnen hindurch und halte Ausschau nach Romy, entdecke sie jedoch nirgends.

»Hey! Sie dürfen hier nicht hin.«

Schwungvoll drehe ich mich zu einem jungen Mann in dunkelblauer Uniform um. Er ist etwa so groß wie ich, deutlich breiter gebaut und würde jede andere Person sicher einschüchtern. Mich allerdings nicht.

»Ist mir egal. Ich suche Romy Nolan.«

In seinen Augen blitzt Erkennen auf. Instinktiv weiß ich, dass er derjenige ist, mit dem ich eben telefoniert habe. Von ihm ist also kein weiterer Widerstand zu erwarten.

Wortlos deutet er auf den Rettungswagen. Mit großen Schritten gehe ich darauf zu und reiße die Tür auf. Auf der Trage sitzt Romy und wird von einer blonden Sanitäterin behandelt, die mich jetzt wütend anfunkelt.

»Raus! Sie haben hier drin nichts zu suchen.«

Ich ziehe die Tür hinter mir zu und nehme vor vielen medizinischen Geräten auf der kleinen Sitzbank Platz.

»Was bilden Sie sich eigentlich ein? Raus hier, habe ich gesagt!«

»Nein«, erwidere ich schroff. Meine Aufmerksamkeit gilt allein Romy. Sie ist blass. An ihrer rechten Wange klebt getrocknetes Blut. Darunter ist ihr Gesicht leicht angeschwollen und ich erkenne eine deutliche Rötung.

»Ist schon in Ordnung. Er ist mein Notfallkontakt«, erwidert sie schwach. Romys zitternde Stimme zu hören, zerreißt mir beinahe das Herz und löst parallel eine heiß lodernde

Wut in mir aus. Derjenige, der ihr das angetan hat, wird dafür bezahlen.

»Da würde ich die Wahl nochmal überdenken«, murmelt die Sanitäterin und widmet sich wieder Romys Verletzungen. Vorsichtig zieht sie ihren Mantel aus. Ihr darunterliegendes Kleid klafft an einer Stelle weit auseinander. Meine Wut wandelt sich in ein flammendes Inferno.

»Hast du gesehen, wer dich überfallen hat?« Meine Hände ballen sich zu Fäusten. Romy ist nicht schuld, an dem, was passiert ist. Meinen Ärger ihr gegenüber zu entladen, wäre falsch.

Sie schüttelt den Kopf und zuckt zusammen, als die Sanitäterin eine Stelle an ihrem Rippenbogen desinfiziert.

»War es dieser Dan?«

Wieder ein Kopfschütteln. Beinahe bin ich enttäuscht. Es hätte mir gefallen, diesem Mistkerl jeden einzelnen Knochen zu brechen.

»Ich unterbreche Ihre Fragestunde nur ungern, aber wir müssen Sie ins Krankenhaus bringen, Miss. Soweit ich das erkenne, ist Ihr Jochbein gebrochen und sie haben eine oberflächliche Schnittwunde am linken Rippenbogen. Beides muss ärztlich versorgt werden.«

Romy nickt, bevor sie auf der Trage fixiert wird, um während der Fahrt nicht herunterzufallen.

»Ich komme mit dem Wagen hinterher. In welches Krankenhaus wird sie gebracht?« Die junge Sanitäterin sieht erst mich und dann Romy prüfend an, als könne sie nicht glauben, dass ich tatsächlich ihr Notfallkontakt bin.

»Du musst nicht mitkommen. Steht heute nicht der Videocall wegen der Miller-Immobilien in Shanghai an?«

Unauffällig werfe ich einen Blick auf meine Uhr. Um genau zu sein, findet der exakt jetzt statt, aber das ist mir herzlich egal. Die werden es schon verstehen, wenn ich einen familiären Notfall vorschiebe. Sowas habe ich zwar noch nie getan, aber einmal ist immer das erste Mal.

»Das kann warten. Dein Wohlergehen ist mir wichtiger.«

Romys Lippen formen sich zu einem schockierten O und wenn ich ehrlich bin, überrascht es mich auch. In den letzten Jahren hat es nie etwas gegeben, was mir wichtiger als die Arbeit war. Aber Dinge ändern sich.

»Bist du dir sicher?«, fragt sie zaghaft, woraufhin ich bekräftigend nicke.

»Absolut. Also, welches Krankenhaus fahren Sie an?« Die Sanitäterin bespricht sich über Funk kurz mit ihrem Kollegen, bevor sie mir den Namen nennt. Ich bin schon fast an der Tür, als Romys Stimme mich aufhält.

»Kannst du Preston Bescheid sagen? Ich weiß nicht, wo mein Handy ist.« Ihr unsicheres Lachen reißt ein weiteres Loch in meine Brust. So, wie jetzt habe ich sie noch nie erlebt. Zumindest nicht seit unserem Wiedersehen. Früher kam das öfter vor, und jedes Mal hat es den Beschützerinstinkt in mir geweckt. Auch jetzt würde ich am liebsten die Welt niederbrennen, um denjenigen zu finden, der sie gezwungen hat, in ein zehn Jahre zurückliegendes Verhaltensmuster zurückzufallen.

»Ich hatte ihm ohnehin versprochen, mich zu melden, sobald ich weiß, wo du bist.«

»Du hast bereits mit ihm geredet?«

Ich drehe mich um.

»Natürlich. Er war der Erste, den ich nach dir angerufen habe, als du nicht aufgetaucht bist. Mach dir über seine Reaktion erstmal keine Gedanken. Ich kümmere mich darum und wenn du mit der Behandlung fertig bist, wird er wahrscheinlich im Wartebereich neben mir sitzen und mir bereits ein Ohr abgekaut haben.« Erleichtert stelle ich fest, dass ein kleines Lächeln über Romys Lippen huscht.

»Danke«, flüstert sie, bevor ich aus dem Rettungswagen steige und mich auf den Weg zurück zum Büro mache, um meinen Wagen zu holen. Unterwegs tippe ich eine rasche

Mail an Mr. Miller, entschuldige mich für den Ausfall des Videocalls und schlage direkt einen Alternativtermin vor.

Im Büro angekommen, fahre ich meinen Computer herunter, schnappe mir meinen Mantel und nehme den Aufzug in die Tiefgarage. Sobald ich im Auto sitze und mich in den New Yorker Stadtverkehr eingefädelt habe, wähle ich mithilfe des Sprachassistenten Prestons Nummer.

»Hast du sie gefunden?« Zur Abwechslung kein »Hallo« oder irgendein blöder Spruch. Mein Anruf hat ihm also keine Ruhe gelassen. Die Anspannung in seiner Stimme ist deutlich hörbar.

»Habe ich. Sie wurde überfallen und wird gerade ins Krankenhaus gebracht.« Geschickt lenke ich den Wagen zwischen den anderen Autos hindurch.

»Scheiße!« Im Hintergrund höre ich Töpfe scheppern. »Geht es ihr gut?«

»Den Umständen entsprechend. Ihr Jochbein ist wohl gebrochen und sie hat eine kleine Schnittwunde. Ich texte dir die Adresse vom Krankenhaus, sobald ich da bin.« Als die Ampel vor mir auf Rot umspringt, drücke ich so heftig auf die Bremse, dass ich mit quietschenden Reifen zum Stehen komme.

Preston flucht erneut.

»Ich versuche, so schnell es geht, vorbeizukommen, aber heute Abend steht eine Großveranstaltung an, für die ich das Catering mache. Keine Ahnung, wann ich aus der Küche wegkomme. So ein verdammter Mist!«

Die Ampel wird grün und ich rase erneut los. »Mach dir keinen Kopf. Ich bleibe bei ihr.«

Einen Augenblick ist es still am anderen Ende der Leitung.

»Du sorgst dafür, dass derjenige, der ihr wehgetan hat, das bekommt, was er verdient, oder?« Prestons Stimme ist gefährlich ruhig.

»Keine Sorge, wenn mir derjenige zwischen die Finger kommt, erlebt er sein blaues Wunder.«

»Sehr gut.« Wir beenden das Gespräch ohne weitere Worte.
Ich biege in die Straße des Krankenhauses ein und suche mir einen Parkplatz, was sich als schwieriger als gedacht entpuppt. Schließlich schnappe ich einem langsamen Kleinwagen die Lücke weg und eile unter Protest des Fahrers Richtung Eingang der Notaufnahme. Mein Handy habe ich dabei bereits wieder am Ohr.

»Charlotte? Hier ist Asher. Du musst etwas für mich erledigen.«

## *Romy*

Nach einer gefühlten Ewigkeit habe ich endlich meine Entlassungspapiere in den Händen und darf nach Hause.

Die Diagnose: gebrochenes Jochbein und eine Schnittwunde am Rippenbogen, die glücklicherweise nicht genäht werden musste. Die Ärztin hat lediglich längliche Pflasterstreifen darüber geklebt, um die Ränder zusammenzuhalten.

Meine Therapie: mindestens zwei Tage Bettruhe und keine körperlichen Anstrengungen, damit die Wunde nicht aufreißt.

Vollkommen erledigt schleppe ich mich in den Wartebereich. Automatisch suche ich die dort sitzenden Personen nach meinem Bruder ab und bleibe an Asher hängen, der in seinem teuren Anzug vollkommen fehl am Platz wirkt.

Sobald unsere Blicke sich treffen, springt er auf und kommt mit langen Schritten auf mich zu, bis er so dicht vor mir steht, dass ich den Kopf in den Nacken legen muss, um ihn anzusehen.

»Alles gut? Darfst du gehen?« Aufrichtige Sorge schwingt in seiner Stimme mit und mir fällt die Beunruhigung in seinen dunklen Augen auf. Mit einem schwachen Lächeln raschle ich mit den Entlassungspapieren.

»Habe das Einverständnis vom Doc. Wo ist Preston?« Erneut schweift mein Blick durch den Raum.

»Er hat einen Großauftrag als Caterer. Am Telefon meinte er, dass er so schnell wie möglich kommt. Du kannst ihn vom Auto aus anrufen.« Asher berührt mich sachte am Ellenbogen, um mich Richtung Tür zu dirigieren.

»Mit welchem Handy? Meins hat immer noch die Polizei. Bei der Vernehmung vorhin hieß es, dass ich es erst morgen zurückbekomme.«

Ashers Gesichtszüge verdunkeln sich. »Du wurdest bereits befragt?«

Ich nicke, während wir den Ausgang passieren und über den Parkplatz laufen.

»Ich war denen allerdings keine große Hilfe. Das Gesicht meines Angreifers habe ich nicht gesehen. Also konnte ich nur seine Stimme und seinen Geruch beschreiben.« Allein die Erinnerung an den Gestank von Zigaretten und Alkohol jagt mir einen Ekelschauer über den Rücken. Ich brauche dringend eine Dusche, Junkfood und eine Serie zur Ablenkung.

»Sie hätten auf deinen Anwalt warten müssen.«

Mit hochgezogenen Augenbrauen werfe ich ihm einen Blick von der Seite zu. »Wieso? Hast du Rob angerufen?« Ein kleines Grinsen umspielt meine Lippen, weil ich die Antwort darauf kenne. Asher schnaubt und öffnet mir die Beifahrertür seines schwarzen Bugattis.

»Nein, aber in Anbetracht deiner derzeitigen Lage wäre es besser gewesen, einen Rechtsbeistand an der Seite zu haben.«

Ich seufze und fahre mir mit den Händen über das Gesicht. Asher sinkt hinters Lenkrad und startet den Wagen, der mit einem leisen Schnurren erwacht.

»Darüber machen wir uns morgen Gedanken. Ich rufe jetzt erstmal Preston an.«

Via Sprachassistenz gibt Asher den Befehl, Prestons Nummer zu wählen, und keine zwei Sekunden später erklingt die Stimme meines Bruders im Auto. Wie erwartet fällt ihm ein riesiger Stein vom Herzen, als ich berichte, dass es mir so weit gut geht. Er verspricht morgen bei mir vorbeizuschauen. Das Catering für den heutigen Abend ist wohl umfangreicher als gedacht, weshalb er es danach nicht mehr schafft. Mich stört das allerdings nicht. Ich freue mich auf ein bisschen Ruhe.

»Keine Sorge, Mann. Ich kümmere mich um sie«, verspricht Asher, bevor wir das Telefonat beenden. Mit zusammengezogenen Augenbrauen sehe ich ihn an.

»Wie genau stellst du dir das vor? Willst du mich in die WG begleiten?«

Er schüttelt den Kopf, setzt den Blinker und lenkt den Wagen in den Eingang einer Tiefgarage. »Nein, du kommst mit zu mir.«

Ein Blick aus dem Fenster reicht, um festzustellen, dass wir uns nicht in Harlem befinden, sondern in Ashers teurer Wohngegend. »Denkst du nicht, dass ich da ein Wörtchen mitzusprechen habe?« Ich verschränke die Arme vor der Brust. Mir ist nicht nach Streit zumute, trotzdem gelingt es mir nicht, den anklagenden Unterton aus meiner Stimme zu verbannen.

»Heute nicht.« Asher schluckt, parkt den Wagen und schaltet den Motor aus, bevor er mich direkt ansieht. »Ich muss wissen, dass es dir gut geht. Sonst bekomme ich kein Auge zu. Nenn es Kontrollzwang oder Egoismus, aber du musst bei mir bleiben, damit *ich* nicht durchdrehe.«

Ein Kloß bildet sich in meinem Hals. »Du bist eindeutig kontrollsüchtig und egoistisch, aber ich denke, dass Fürsorge diesmal die größere Rolle spielt.«

Seine Kiefermuskulatur zuckt, als ich meine Hand auf sein Knie lege und es sanft drücke. Die Härte, die sich in seinem Gesicht widerspiegelt, erreicht seine Augen nicht. Diese sind dunkel und voller Sorge.

Mit dem Aufzug fahren wir direkt in sein Penthouse. Wie schon bei meinen letzten Besuchen begrüßt mich eine angenehme Wärme und Ashers markanter Duft. Ich war erst ein paar Mal hier und trotzdem fühle ich mich wie zu Hause, was möglicherweise auch an dem Mann an meiner Seite liegt.

»Darf ich deine Dusche benutzen?«

Asher nickt und führt mich in das wohl größte Badezimmer, das ich jemals gesehen habe. »Handtücher sind in dem Schrank unter dem Waschbecken. Nimm dir alles, was du brauchst, okay?«

Ich werfe ihm ein dankbares Lächeln zu, bevor er sich lautlos zurückzieht und ich mich der Kleidung entledige, die ich im Krankenhaus bekommen habe. Mein Kleid, der Mantel und die Schuhe wurden zwecks Spurensicherung der Polizei übergeben.

Mit zitternden Fingern stelle ich die Dusche an, trete unter den Wasserstrahl und will nach einer der zwei Shampoo-Flaschen greifen, doch mein Arm rührt sich nicht. Stattdessen stehe ich nur da und lasse das Wasser auf meinen Körper rieseln. Beobachte, wie die Perlen meine Haut hinabrinnen. Keine Ahnung, wie lange ich in dieser Position verharre. Auf jeden Fall so lange, bis meine Fingerspitzen schrumpelig sind. Aber ich fühle mich noch immer schmutzig. Als würde der abgestandene Geruch des Angreifers weiterhin in meinen Haaren hängen.

Nach dem Shampoo greife ich trotzdem nicht. Dafür fehlt mir die Kraft. Erst jetzt wird mir bewusst, wie gefährlich die Situation in der Gasse gewesen ist. Ich kann froh sein, lediglich mit einer oberflächlichen Schnittwunde davongekommen zu sein. Ich hätte in dieser Gasse sterben können.

Das Zittern kehrt zurück. Ich schlinge die Arme um mich und versuche, mich zusammenzuhalten.

»Romy? Ist alles in Ordnung?« Ashers Stimme dringt durch die geschlossene Tür zu mir durch. Ich will mit einem

»Ja« antworten. Doch es kommt kein Laut über meine Lippen.

»Ich komme jetzt rein, okay?« Um ein Haar hätte ich gelacht. Es ist so untypisch für Asher, zuerst um Erlaubnis zu bitten, bevor er etwas tut. Aber was ist an dieser Situation schon gewöhnlich? Aus dem Augenwinkel bemerke ich, wie er sich langsam der Dusche nähert.

»Du bist schon eine Weile hier drin.«

»Ich weiß«, erwidere ich, während ich meine schrumpeligen Finger betrachte.

»Brauchst du noch lange? Ich habe uns Essen bestellt, das bald ankommt.«

Meine Antwort ist nicht mehr als ein Schulterzucken. Keine Ahnung, wann ich bereit bin, nach diesem verflixten Shampoo zu greifen.

»Ich beeile mich«, verspreche ich mit einem schwachen Lächeln in Ashers Richtung. Er erwidert meinen Blick skeptisch. Mit den verschränkten Armen und den zusammengezogenen Augenbrauen wirkt er selbst in seinem Badezimmer noch autoritär. »Brauchst du bei irgendetwas Hilfe?«

Ich schlucke und will am liebsten »Nein« sagen. Der Gedanke, dass Asher mich wäscht, ist befremdlich und trotzdem sehe ich ihm schweigend dabei zu, wie er sich seiner Kleidung entledigt.

»Was machst du da?«, krächze ich, als er zu mir in die Duschkabine kommt, hinter mich tritt und nach dem Duschgel greift.

»Ich helfe dir dabei, die letzten Stunden abzuwaschen«, entgegnet er leise.

»Ist es dir so wichtig, pünktlich zu essen?« Es ist ein schwacher Versuch, davon abzulenken, wie sehr mich der Angriff mitgenommen hat.

»Nein, es ist mir wichtig, dass du dich wieder wohl in deiner Haut fühlst.«

Mit einem weichen Waschlappen fährt er mir sanft über

den Rücken. Ich schließe die Augen und konzentriere mich auf seine kreisenden Bewegungen. Genieße die Nähe zu ihm, von der ich nicht dachte, sie jemals auf diese Weise zu erleben. Immerhin hat unser jetziges Zusammensein nichts Sexuelles an sich. Er ist einfach für mich da. Auf eine Art und Weise, die ich vor einem Monat noch für unmöglich gehalten habe.

»Leg deinen Kopf in den Nacken«, weist er an und beginnt, mein Haar zu shampoonieren. Mit genau dem richtigen Druck massiert er meine Kopfhaut und gemeinsam mit dem Schaum des Shampoos verschwindet auch der Schmutz des Überfalls im Abfluss.

Nachdem Asher die Dusche ausgeschaltet und mich in ein großes, dunkelgrünes Handtuch gewickelt hat, verschwindet er aus dem Bad, um nachzuschauen, ob das Essen bereits angekommen ist. Ich hingegen trockne mich ab und föhne mein Haar, bevor ich ins Wohnzimmer trete. Lediglich in einer dunklen Leinenhose steht Asher in seiner beeindruckenden Küche und inspiziert die vielen Papiertüten auf der Arbeitsfläche.

»Auf dem Sofa liegen Klamotten für dich.« Der Blick, den er mir daraufhin schenkt, ist so fürsorglich, dass mir mit einem Schlag ganz warm wird. Ich tapse zu der großen Wohnlandschaft und entdecke Unterwäsche mit Preisschild und einen Pyjama aus Seide.

»Will ich wissen, weshalb du Frauenunterwäsche zu Hause hast?«, frage ich, während ich den Spitzen-BH inspiziere und feststelle, wie geschmackvoll er ist.

»Hatte ich nicht. Das ist der Vorteil, wenn dir das Gebäude gehört. Du kannst immer irgendwen losschicken, um etwas zu organisieren.«

Mit großen Augen sehe ich zu ihm herüber. Asher erwidert meinen Blick ungerührt.

»Willst du etwa sagen, dass du das alles hast kaufen lassen, während ich … beziehungsweise wir duschen waren?«

Seine Mundwinkel zucken leicht, bevor er sich von der Kücheninsel abstößt und zu mir herüberschlendert.

»Du warst sehr lange im Badezimmer, bevor ich dazugestoßen bin.« Sobald er vor mir steht, streicht er mir eine Strähne aus dem Gesicht. Seine Finger hinterlassen ein angenehmes Kribbeln auf meiner Haut und wecken auf einmal den Wunsch, dass er mich überall berührt.

»Tut mir leid, falls ich deine Wasserrechnung in die Höhe getrieben habe«, murmle ich, obwohl ich es nicht ernstmeine.

»Die ist mir vollkommen egal. Geht es dir besser?« Seine Hände wandern meinen Hals hinab über meine Schultern. Beinahe entflieht mir ein zufriedenes Seufzen.

»Ein bisschen«, gestehe ich und behalte für mich, dass ich mich durch seine Nähe mehr wie ich selbst fühle.

»Es ist also noch Luft nach oben.« Asher schmunzelt. »Du kannst dich gern im Badezimmer anziehen, ich hole nur schnell meinen Anzug raus.«

Ich erstarre, was Asher direkt bemerkt. »Die Anzüge«, keuche ich.

»Was ist damit?« Eine tiefe Falte bildet sich auf seiner Stirn.

»Ich habe sie fallen lassen. Wo sind sie? O Gott! Ich habe mehrere tausend Dollar auf der Straße liegen lassen!« Hoffentlich hat die Polizei sie gefunden und den Beweismitteln zugeführt.

Asher packt mich an den Schultern und sucht meinen Blick.

»Diese Anzüge sind ersetzbar, dein Leben nicht. Mach dir also keine Gedanken über ein paar belanglose Klamotten.«

Einer der Knoten in meiner Brust löst sich und verschafft mir Erleichterung. Ich war mir nicht sicher, wie wichtig ihm diese Anzüge waren. Aber in Anbetracht seines Kleiderschranks wird er auch mit drei weniger auskommen.

»Ich ... ziehe mich dann mal an.« Asher lässt mich los, woraufhin ich im Badezimmer verschwinde.

Die Unterwäsche passt perfekt. Er hat ein gutes Auge oder Glück beim Raten gehabt. Nachdem ich in den Pyjama geschlüpft bin, der sich angenehm kühl auf meiner vom Duschen geröteten Haut anfühlt, kehre ich in die Küche zurück.

Asher hat es sich bereits auf dem Sofa bequem gemacht. Der gläserne Couchtisch quillt mit Essensverpackungen über.

»Was ist das alles?« Ich sinke auf den freien Platz neben ihn und inspiziere die einzelnen Boxen. Von gebratenen Nudeln mit Hühnchen, über verschiedene Suppen bis hin zu Sushi ist alles dabei.

»Soulfood. Wenn ich mich recht erinnere, hast du dich immer mit asiatischem Essen vollgestopft, wenn du wütend oder traurig warst. Ich hoffe, das hat sich in den letzten zehn Jahren nicht geändert.« Ein Hauch Nervosität schwingt in seiner Stimme mit, während meine Lippen ein kleines Lächeln umspielt.

»Nein, dabei ist es geblieben. Sehr zum Leidwesen von Preston, der nichts von Take-away hält.« Ich zwinkere ihm zu, was Asher zum Lachen bringt. Dieser tiefe, vibrierende Laut geht mir bis ins Mark. Die Male, die er in meiner Gegenwart in den vergangenen Wochen gelacht hat, sind an einer Hand abzählbar. Deshalb schätze ich diese raren Momente umso mehr.

»Du warst nie begeistert von Asia Food. Ist das okay für dich?« Ich schiebe mir eine Frühlingsrolle in den Mund, während ich ihn ansehe. Sein Blick ist ernst und trotzdem erkenne ich einen Funken Zuneigung darin.

»Bin ich immer noch nicht. Aber heute geht es nicht um mich.« Ein Kloß bildet sich in meinem Hals. Ich versuche, ihn hinunterzuschlucken, doch er will nicht verschwinden.

»Diese Seite von dir ist ... ungewohnt«, meine ich schließlich und lehne mich mit einer Thai-Curry-Suppe auf dem Sofa zurück.

»Sie kommt auch nicht oft zum Vorschein. In den letzten

zehn Jahren ... nie. Da war ich immer auf meinen eigenen Vorteil bedacht.«

Nachdenklich rühre ich mit dem Löffel in der gelben Suppe.

»Was hat sich geändert?«

»Die Ausgangssituation«, entgegnet er leise.

»Erklär mir das«, bitte ich und wende den Blick von der Schale ab, um ihn anzuschauen. Asher hat sein Essen auf dem Couchtisch abgestellt.

»Du bist wieder da. Dadurch haben sich meine Prioritäten verschoben. Das gefällt mir zwar nicht, aber ich kann mich nicht dagegen wehren.«

»Was war sonst das Wichtigste für dich?«, frage ich leise, unfähig, auch nur einen Löffel zu essen. In meinem Magen rumort es, doch das kommt nicht von der Schärfe der Suppe.

»Die Firma. Ich habe nie ein Meeting verpasst. Nie Urlaub gemacht. Keine acht Stunden gearbeitet, sondern mehr. *AB International* ist mein Lebenswerk. Ich habe alles selbst auf die Beine gestellt. Dadurch ist einiges auf der Strecke geblieben. Freunde. Familie. Die Liebe. Aber das war es mir wert.«

In seinen Worten schwingt eine tiefe Leidenschaft mit, die ich bisher selten bei ihm gehört habe. Das, was er sich in den vergangenen Jahren aufgebaut hat, ist beeindruckend. Er kann zu Recht stolz auf diesen Erfolg sein.

»Was ist jetzt deine oberste Priorität?« Meine Stimme ist nicht mehr als ein Flüstern. Seine Augen verdunkeln sich. Nehmen wieder die Farbe von Zartbitterschokolade an. Für den Bruchteil einer Sekunde huscht ein schmerzhafter Ausdruck über sein Gesicht, als würde er die Antwort nicht zulassen wollen. Nicht wahrhaben wollen.

Asher hebt die Hand und streicht mir erneut eine Strähne aus dem Gesicht. So vorsichtig, als hätte er Angst, dass ich unter seiner Berührung zerbreche.

»Du«, entgegnet er. »Deine Sicherheit. Ich könnte es mir nicht verzeihen, wenn dir etwas passiert, während ich nur meine Arbeit im Sinn habe.«

Mein Herz springt mir beinahe aus der Brust. Asher hat mir zwar nicht gesagt, dass er mich liebt, aber weil er kein Mann vieler Worte ist, kommen diese wohl einer Liebeserklärung am nächsten. Er stellt mich über seine Arbeit. Für jemanden wie ihn ist das mehr, als eine Frau erwarten darf.

»Wenn ich denjenigen erwische, der dich angegriffen hat, dann Gnade ihm Gott«, knurrt er. Seine schönen Züge sind plötzlich von Wut verzerrt. Beruhigend lege ich ihm eine Hand auf den Oberschenkel, woraufhin er sich sofort entspannt.

»Du bist Geschäftsmann und kein Gesetzeshüter. Überlass die Verbrechersuche bitte der Polizei.« Seine Kiefermuskulatur zuckt, weshalb ich weiß, dass er die Zähne aufeinanderpresst.

»Jemand hat dir wehgetan«, stößt er hervor. Seine braunen Augen sind noch dunkler geworden und plötzlich ist die Stimmung im Raum angespannt. Beinahe mit Händen greifbar.

»Und derjenige wird gefunden und dafür zur Rechenschaft gezogen. Versprich mir, dass du in dieser Hinsicht nichts unternimmst.« Ich klinge sanft, doch die letzten Worte kommen mir mit Nachdruck über die Lippen.

»Kann ich nicht.« Der Ausdruck in seinen Augen ist hart wie Stahl.

»Asher.«

»Romy.«

»Ich sage es dir genauso klar wie nach meinem Besuch beim FBI letztens: Du hältst dich raus. Verstanden? Die Polizei wird den Täter finden. Es gibt zwei Zeugen, die ihn haben weglaufen sehen. Halt die Füße still, Asher.«

Wir funkeln einander wütend an. Ich darüber, dass er wieder dabei ist, Grenzen zu überschreiten. Er, weil ich nicht begeistert davon bin, dass er meinen persönlichen Rächer spielt. Schließlich seufze ich und nehme meine Hand von seinem Knie.

»Das ist keine Bitte gewesen«, füge ich hinzu. Sein Zähneknirschen ist so laut, dass ich eine Gänsehaut bekomme.

»Ist ja gut. Ich halte mich zurück«, brummt er, wobei ihm deutlich anzusehen ist, wie sehr ihm das missfällt.

»Danke. Außerdem weißt du, dass ich auf mich selbst aufpassen kann. Heute war ich unaufmerksam, ja. Aber das kommt nicht mehr vor.« Auch wenn ich seine Sorge um mich zu schätzen weiß, will ich nicht, dass er sich nicht mehr konzentrieren kann, sobald ich das Büro verlasse.

Asher schweigt, doch ich weiß, dass er den Ball sieht, den ich ihm zugespielt habe. Bleibt nur die Frage, ob er ihn zurückspielt oder weiterkickt.

»Vielleicht sollte ich dir einen Selbstverteidigungskurs finanzieren.«

Ich unterdrücke ein erleichtertes Seufzen und schnappe mir eine Packung Sushi, bevor ich es mir wieder auf dem Sofa gemütlich mache. Diskussion erfolgreich abgewehrt. Zumindest fürs Erste.

»Dann sponsor allen Frauen der Firma diesen Kurs. Es schadet nie, den ein oder anderen Kniff zu kennen, aber ...«

Ich lasse die kleinen Knochen im Nacken knacken und erinnere mich, wie gerädert ich immer noch bin. »Aber warte damit noch eine Weile. Aktuell will ich mich nur ausruhen und nichts tun.«

Wir verfallen in Schweigen, während wir essen. Ich probiere mindestens von jedem Gericht einmal und komme zu dem Schluss, dass Asher den besten asiatischen Lieferdienst in New York City gefunden hat. Satt und zufrieden kuschle ich mich in die weichen Sofapolster. Asher beobachtet mich dabei. Unter seinem Blick beginnt meine Haut zu prickeln. Mein Herzschlag nimmt zu und meine Wangen werden warm. Wenn mir jemand vor fünf Wochen gesagt hätte, dass ich in naher Zukunft gemeinsam mit Asher Brennon auf seinem Sofa liege und es genieße, wie er mich ansieht, hätte ich denjenigen ausgelacht.

Jegliche Härte ist aus seinen Gesichtszügen verschwunden. Im schummrigen Licht der Stehlampe erscheinen sie weich und sanft. Insgesamt wirkt er ... zufrieden. Ein Wort, mit dem ich ihn sonst nicht beschreiben würde.

»Wenn du dich entspannen willst, sollten wir in die Hamptons fahren. Immerhin wartet ein gewisser Preis darauf, eingelöst zu werden.«

Ruckartig setze ich mich auf und sehe ihn mit großen Augen an. »Was ist mit der Arbeit?«

Ashers Mundwinkel zucken.

»Wir sollten den Vermietern schon etwas Zeit geben, um alles vorzubereiten. Was die Arbeit angeht ... meine persönliche Assistentin ist diese Woche krankgeschrieben. Also gibt es für mich keinen Grund, ins Büro zu fahren und geplante Meetings lassen sich verschieben.«

Ein vorfreudiges Kribbeln breitet sich in meiner Magengegend aus. Ich hätte absolut nichts dagegen, ein paar Tage die Stadt zu verlassen und mich am Strand zu erholen.

»Wer bist du und was hast du mit Asher gemacht?«, witzle ich. Auch wenn ich mich freue, traue ich dem Angebot nicht. Marlie hat gesagt, dass Asher kaum Urlaub genommen hat, geschweige denn krank war. Er hat also fast nie im Büro gefehlt.

Langsam richtet Asher sich auf und lehnt sich mir entgegen. Seine Lippen sind zu einem winzigen Lächeln verzogen, das mein Herz zum Schmelzen bringt. Er riecht nach Curry, Koriander und Chili, was in mir den Wunsch weckt, ihn zu küssen. Einfach, weil ich wissen will, ob er auch danach schmeckt.

»Ich habe jemanden wieder getroffen, der mich daran erinnert hat, dass Arbeit nicht alles im Leben ist«, antwortet er leise und bringt mein Herz damit zum Explodieren.

»Also fahren wir in die Hamptons?« Meine Stimme ist nicht mehr als ein Flüstern, die Aufregung darin allerdings unüberhörbar. Asher wackelt mit dem Kopf.

»Ich erinnere mich nicht daran, dass du Ja gesagt hast.« Spielerisch schlage ich ihm gegen die Brust. Er fängt meine Hand mit seiner ab und umschließt sie. »Also?«

»Ja, ja, ja und noch tausende Jas mehr«, erwidere ich, was ihn zum Lachen bringt.

»Dann ist es beschlossene Sache. Ich suche gleich die Kontaktdaten raus und wenn alles gut läuft, sind wir morgen um diese Zeit bereits am Meer.«

»Dann sage ich Rob Bescheid, damit er die Agents über meinen Kurzurlaub informiert. Nicht, dass die denken, ich flüchte.«

Asher nickt. »Ist wahrscheinlich vernünftig, sie darüber in Kenntnis zu setzen.« Er lässt meine Hand los, steht auf und verschwindet in seinem Arbeitszimmer. Ich hingegen bleibe auf dem Sofa sitzen und sehe ihm hinterher. Immer noch erfreut und gleichzeitig irritiert darüber, wie ausgeprägt Ashers Fürsorge ist.

# 18

*Asher*

Wie erwartet, brauchten die Vermieter des Hauses etwas Zeit, um alles vorzubereiten, weshalb Romy und ich erst am Freitag in die Hamptons aufbrechen. Das kommt mir allerdings gelegen, denn so kann ich noch einige berufliche Angelegenheiten regeln. Vor drei Tagen auf dem Sofa war es leicht zu sagen, alles für sie stehen und liegen zu lassen. Aber die Realität sieht anders aus. Zumal am nächsten Morgen mein Verstand wieder Mitspracherecht hatte und mich seither stetig daran erinnert, dass ich meine Firma für volle drei Tage allein lasse. Und dass nur, weil mir Romys Wohlergehen wichtiger ist.

»Ich fasse es nicht, dass du sie mit in die Hamptons nimmst!« Preston taucht neben mir auf und wirft die letzte von Romys Reisetaschen in den Kofferraum meines Wagens. Aus Platzgründen habe ich mich heute gegen den Bugatti entschieden und stattdessen einen älteren Ford Jeep gewählt. Denn auch wenn wir nur zwei Übernachtungen haben, hat Romy gepackt, als würden wir für drei volle Wochen verreisen. »Ich bitte dich seit *Monaten* darum, mal ein ausschweifendes Wochenende dort zu verbringen.«

»Mit dir gehe ich im Gegenzug in die VIP-Lounge zum nächsten *Devils*-Spiel, in Ordnung?« Preston hat die Angewohnheit, schnell beleidigt zu sein und um dem zu entgehen, muss ich ihn mit etwas ködern, dass noch reizvoller ist.

»Geht klar!« Er hält mir die Hand zum Einschlagen hin, was ich ohne Zögern tue. Ich hatte ohnehin vor, mir demnächst eins der Spiele live anzusehen, warum nicht gemeinsam mit meinem besten Freund im VIP-Bereich?

»Aber jetzt mal ehrlich, Mann ... Wann bist du das letzte Mal verreist? Seit wir uns wiedergetroffen haben, arbeitest du gefühlt vierundzwanzig Stunden an sieben Tagen die Woche.« Ich schließe den Kofferraum, während ich über seine Frage nachdenke. Romy ist noch dabei, sich von Rob und Tyler zu verabschieden.

»Das war noch zu Highschool-Zeiten«, entgegne ich langsam. Es war der letzte Urlaub mit Russell, bevor er uns verlassen hat. Damals war ich begeistert von den Wanderungen, den Fahrradtouren und den ruhigen Stunden beim Angeln. Jetzt lösen diese Bilder nur noch Wut und Frust in mir aus.

»Du meinst es diesmal ernst, oder?«

Fragend sehe ich Preston an, der wiederum seinen Blick auf Romy und ihre Mitbewohner gerichtet hat. »Wie bitte?«

Mein bester Freund vergräbt die Hände in den Hosentaschen.

»Na ja, du nimmst sie mit in die Hamptons. Dafür lässt du ein Wochenende verstreichen, an dem du genauso gut arbeiten kannst. Das ... muss doch etwas bedeuten.«

Ich schlucke, während ich mich gegen meinen Wagen lehne. Bisher haben Preston und ich nicht über meine Absichten Romy gegenüber gesprochen. Auch damals war das ein Thema, das wir vermieden haben. Ich denke, insgeheim war er zufrieden damit, dass ich der Mann an Romys Seite gewesen bin. Aber jetzt sind wir älter. Reifer. Erwachsen genug, um die Einstellung des anderen in Sachen Beziehung zu hinterfragen. Wenn er diesmal hätte verhindern wollen, dass Romy und ich zueinanderfinden, wäre er diesen Plan längst angegangen.

»Ich kann es weder bejahen noch verneinen. Deine

Schwester ist etwas Besonderes. Sie verdient das Beste dieser Welt, doch in meinem Leben läuft so viel Mist ab, da will ich sie ungern mit reinziehen. Andererseits kann ich nicht ohne sie. Es ist ... kompliziert.«

Prestons Miene bleibt unergründlich. Mit diesem Gesichtsausdruck könnte er selbst mir Konkurrenz machen.

»Ich hau dir eine rein, falls du ihr wehtust. Letztes Mal hatte ich keine Gelegenheit dazu, weil du verschwunden bist. Aber diesmal weiß ich, wo ich dich finde.«

Meine Mundwinkel zucken, auch wenn ich versuche, es zu unterdrücken. Soweit ich weiß, haben sich seine Schläge in den vergangenen Jahren nicht gebessert, weshalb ich mir bezüglich dieser Drohung keine Sorgen mache. Trotzdem habe ich nicht vor, Romy zu verletzen.

»Hattet ihr genug Zeit, euch zu verabschieden?« Sie taucht zwischen uns auf und sieht grinsend von einem zum anderen.

»Ich bin nicht derjenige, der ewig mit seinen Mitbewohnern gequatscht hat. Wir sind übermorgen wieder da«, erwidere ich trocken, woraufhin ihr ein kleines Lachen über die Lippen kommt. Sofort lockern sich meine angespannten Schultern. Als hätte ihre bloße Anwesenheit diese Wirkung auf mich.

»Ich habe sie nur gebeten, die Wohnung nicht abzufackeln, während ich weg bin. Falls Tyler kocht, besteht die Gefahr.«

»Sie werden drei Tage ohne dich klarkommen«, mischt sich Preston schmunzelnd ein. Romys Wangen färben sich rot.

»Außerdem hättest du eine Appartement-Alternative, falls der Fall eintritt«, erinnere ich sie, woraufhin sie mit den Augen rollt.

»Zum hunderttausendsten Mal: Ich ziehe nicht in deinen Gebäudekomplex.«

Preston zieht irritiert die Augenbrauen zusammen, während ich meine Hand an ihrem unteren Rücken platziere und sie zur Beifahrerseite schiebe.

»Lass uns darüber auf der Fahrt diskutieren«, meine ich gut gelaunt.

»Am liebsten würde ich das Thema komplett ruhen lassen«, murrt Romy und winkt ihrem Bruder zu.

»Mal schauen, ob ich dazu in der Stimmung bin.« Ich zwinkere ihr zu und wundere mich dabei selbst über meinen Stimmungswechsel. Es fühlt sich beinahe so an, als wäre ich in Romys Gegenwart ein vollkommen neuer Mann. Als hätte unser gemeinsamer Abend nach ihrem kurzen Krankenhausaufenthalt alles verändert.

»Alter Tyrann«, murmelt sie, bevor sie einsteigt. Ich schlendere um den Wagen herum und nehme hinter dem Steuer Platz.

»Gib's zu. Insgeheim magst du meine herrische Art.«

Romy schweigt einen Moment. Aus den Augenwinkeln sehe ich ihre Lippenbewegung. Ihr leises »Vielleicht« verliert sich allerdings im Aufheulen des Motors, weshalb ich es mir eventuell nur eingebildet habe.

\*\*\*

Die Fahrt dauert etwa anderthalb Stunden und wieder einmal frage ich mich, weshalb ich nicht viel öfter in den Hamptons bin. Vielleicht sollte ich dort ein Haus kaufen. Um auszuspannen, wenn es mir in der Stadt zu viel wird. Andererseits ... wann habe ich in den letzten zehn Jahren eine Auszeit gebraucht? Auch dieses Wochenende hätte ich entweder in meinem Büro zu Hause oder bei *AB International* verbracht. Also verwerfe ich die Idee direkt. Das Geld kann ich sinnvoller ausgeben. Wobei in eine Immobilie zu investieren, gar nicht so dumm ist.

Als ich den Wagen vor unserem Haus abstelle, springt Romy nach draußen, noch bevor der Motor aus ist. Mit einem milden Lächeln beobachte ich sie dabei, wie sie mit großen

Augen unsere Unterkunft für die nächsten Tage anstarrt. Das Haus liegt am Ende einer Straße. Wenn ich die Beschreibungen der Immobilie richtig gelesen habe, ist direkt dahinter der Ausläufer einer Bucht mit eigenem Sandstrand.

»Wollen wir reingehen?«, frage ich, nachdem ich den Wagen ebenfalls verlassen habe. Romy nickt begeistert und hüpft beinahe neben mir her, während wir die vier Stufen zur Veranda erklimmen.

Ich schließe die Tür auf und lasse Romy den Vortritt. Der Eingangsbereich ist in schlichten weißen Tönen mit schwarzen Akzenten gehalten und erinnert an den gerade angesagten Landhausstil. Auch das Wohnzimmer wirkt teuer, aber gemütlich. Es ist anders als mein Penthouse in New York. Viel heimeliger. Trotzdem fühle ich mich direkt wohl. Durch die Fenster und die Terrassentür haben wir einen fantastischen Blick in den Garten, der ringsherum mit dichten, hohen Hecken umpflanzt ist, die einen hervorragenden Sichtschutz bieten. Wasserdampf sammelt sich über dem Pool.

»Ich habe keinen Bikini dabei.« Romy zieht schmollend die Unterlippe vor.

»Ich persönlich hätte kein Problem damit, wenn du nackt baden gehst.« Ihr darauffolgender Schlag trifft mich am Oberarm, ist aber kaum spürbar.

»Das hättest du wohl gern.« Sie lacht und öffnet die Balkontüren. Sofort weht ein kalter Luftzug hinein und lässt mich frösteln. Meine Jacke habe ich im Auto gelassen.

»O mein Gott. Ist das da drüben ein überdimensionales Schachspiel?« Romy klingt, als könne sie es kaum glauben. Ich folge ihrem Blick und tatsächlich: In einiger Entfernung zum Pool stehen Schachfiguren, die mir locker bis zur Hüfte gehen.

»Extravaganz wird in den Hamptons großgeschrieben«, meine ich schulterzuckend, woraufhin sie fassungslos mit dem Kopf schüttelt.

»Ihr Reichen habt echt einen Knall«, erwidert sie und

flitzt an mir vorbei ins Obergeschoss. Mit zuckendem Mundwinkel schließe ich die Balkontür und folge ihr. In der oberen Etage befinden sich vier Schlafzimmer mit angrenzenden Bädern. Alle im selben Landhausstil eingerichtet wie das Erdgeschoss.

»Hier könnte eine Eishockeymannschaft übernachten«, haucht Romy ehrfürchtig. Ihre kindliche Freude begeistert mich.

»Vielleicht nicht ganz, aber die Hälfte von ihnen sicher.« Mit den Händen in den Hosentaschen lehne ich mich in den Türrahmen eines Schlafzimmers.

»Rein theoretisch könnten wir jeder jede Nacht in einem anderen Zimmer übernachten und hätten trotzdem nicht alle Räume genutzt!«

Meine Lippen verziehen sich zu einem Grinsen. So oft, wie in den vergangenen Tagen ist das noch nie vorgekommen. Dennoch ist es jedes einzelne Lächeln wert, wenn ich sehe, wie begeistert Romys Augen funkeln.

»Wie wäre es, wenn wir das Gepäck aus dem Auto holen, uns in Ruhe die restlichen Räume anschauen, und dann entscheiden, was wir als nächstes machen?«

Romy nickt begeistert.

Im Kellergeschoss gibt es neben einem Fernsehzimmer, einen Spieleraum mit Billardtisch, Dartscheibe, Tischkicker und diverse Brettspiele. Langweilig wird uns sicher nicht, zumal Romy eine überraschend talentierte Billardspielerin ist. Nachdem sie mich dreimal abgezogen hat, gebe ich auf und wir beschließen, vor dem Mittagessen einen kleinen Spaziergang am Strand zu machen. Dick eingepackt, damit uns der Wind nichts anhaben kann, treten wir nach draußen und schlendern durch den Garten, bevor wir das kleine Tor passieren und einen Trampelpfad Richtung Meer nehmen.

»Hast du jemals drüber nachgedacht, für ein ruhigeres Leben aufs Land zu ziehen? Fernab der Großstadt?« Romy hakt sich bei mir unter. Ein Stromschlag fährt durch meinen

Körper und hinterlässt ein angenehmes Kribbeln überall dort, wo sie mich berührt.

»Nein, nie. Ich liebe den Vibe der Großstadt. Die Schnelllebigkeit. Auf dem Land hätte ich nie das erreicht, was ich in New York geschafft habe.« Der Wind zerrt an Romys Haar. Mit der freien Hand streicht sie es sich zurück. Meine Fingerspitzen jucken. Am liebsten hätte ich das für sie getan. Die Berührung durch unsere verschlungenen Arme reicht mir nicht.

»Ich wollte auch immer in die Stadt. Rhode Island war mir ... zu ruhig. Aber inzwischen gibt es Momente, in denen ich mir genau das zurückwünsche. Anstatt hupenden Autos und hektischen Fahrradklingeln Meeresrauschen. Kein Gepöbel, weil jemand angerempelt wurde, sondern freundliche Begrüßungen unter Nachbarn.«

Ihr Blick gleitet zum Wasser, während meiner an ihrem Gesicht hängenbleibt. Käme eine solche Zukunft für mich in Frage? Wäre ich bereit, mein Leben in New York zumindest teilweise aufzugeben, um mit Romy in einer ruhigeren Gegend zu leben? Abseits der Großstadt. Zum Beispiel hier in den Hamptons. Es ist eine schöne Vorstellung und trotzdem weiß ich nicht, ob sie realisierbar ist. Arbeiten könnte ich von zu Hause, aber wäre ich dann genauso effektiv und produktiv?

»Du solltest öfter Wochenendausflüge machen. Raus in die Natur und dir so die Ruhe holen, nach der du dich sehnst«, schlage ich vor, woraufhin sie abwesend nickt.

»Wenn ich irgendwann das nötige Kleingeld dafür habe, denke ich darüber nach.« Sie wirft mir ein schwaches Lächeln zu, weshalb sich mein Herz auf merkwürdige Weise zusammenzieht. Geld ist seit Jahren kein Thema mehr für mich. Das ist einer der vielen Punkte, um den ich mir keine Sorgen machen muss und ich wünschte, Romy könnte dasselbe von sich behaupten.

»Ich zahle dir eine Menge, da bleibt sicher ein bisschen

was für einen Urlaub übrig«, entgegne ich locker, um die angespannte Situation aufzulösen.

»Es reicht, um mir ein ausreichendes Polster anzulegen, damit ich nach den drei Monaten eine Weile über die Runden komme. Immerhin ist nicht gesagt, dass ich direkt eine neue Stelle finde.«

Ein Stich durchzuckt meine Brust. Der Wind fühlt sich plötzlich noch kälter an. Ich vergesse gern, dass unser Zusammensein befristet ist.

»Du könntest trotzdem weiter bei *AB International* arbeiten«, bemerke ich beiläufig, während wir unseren Spaziergang fortsetzen.

Romy wirft mir einen belustigten Blick zu.

»Und Marlie? So viel Arbeit liegt nun auch nicht an, dass du dafür zwei persönliche Assistentinnen beschäftigen musst.«

»Irgendwo in der Firma lässt sich sicher etwas finden.«

Sie bleibt stehen.

»Du musst dringend damit aufhören, immer alles für mich regeln zu wollen. Ich bin erwachsen und selbst in der Lage, einen neuen Job oder eine andere Wohnung zu finden, falls ich das will.« Ihr strenger Ton steht im kompletten Gegensatz zu dem sanften Ausdruck in ihrem Gesicht. Der wirkt eher, als würde sie mit einem kleinen Jungen schimpfen.

»Das weiß ich. Aber du berührst einen tief verborgenen Teil in mir. Den, der will, dass du glücklich und zufrieden bist und alles auf der Welt bekommst, was du dir wünschst.« Ein Lächeln erscheint auf ihren Lippen, wodurch ihre kleinen Grübchen noch deutlicher hervortreten.

»Du weißt aber, dass das Leben so nicht funktioniert?«, neckt sie mich zwinkernd.

»Für mich schon«, erwidere ich schulterzuckend, woraufhin sie herzhaft zu lachen beginnt.

Das Klingen meines Handys bewahrt mich vor Romys Antwort. Auf dem Display leuchtet Charlottes Name auf.

»Da muss ich rangehen. Entschuldigst du mich einen Augenblick?«

Romy vergräbt ihre Hände in den Jackentaschen und nickt.

»War klar, dass du die Arbeit nicht komplett in New York lassen kannst. Ich gehe schon mal zurück zum Haus.«

Nachdenklich sehe ich ihr hinterher. Mein Handy bimmelt dabei gnadenlos weiter. Stört es sie, dass ich Charlottes Anruf jetzt annehme? Oder waren ihre Worte eher als Scherz gemeint?

»Es ist gerade ungünstig«, belle ich in den Hörer und folge Romy mit etwas Abstand.

»Ich habe schon gehört, dass du dir ein entspanntes Wochenende in den Hamptons machst. Aber es interessiert dich sicher, was ich zu erzählen habe.« Charlottes gute Laune ist unüberhörbar.

»Schieß los. Ich wollte dieses Wochenende zum Entspannen nutzen«, entgegne ich kurz angebunden.

»Sowas kannst du?«

»Charlotte«, knurre ich warnend und bin einen Augenblick versucht aufzulegen, mein Handy auf stumm zu schalten und mit Romy zu kochen.

»Hast du gewusst, dass Romys Ex-Freund eine App entwickelt hat, in die dein Vater investiert hat?«

Ich bleibe stehen. Romy hat das Gartentor inzwischen passiert und ist aus meinem Blickfeld verschwunden. Mit Daumen und Zeigefinger massiere ich mir den Nasenrücken. Dafür hat sie mich jetzt nicht ernsthaft gestört, oder?

»Asher?«

»Ja, das wusste ich bereits. Weil Dan nirgends zu finden ist, ist Romy aktuell Hauptverdächtige, was das angeht. Dein toller Freund Agent North denkt, sie sei der Kopf hinter der Geldwäsche.« Meine Stimme klingt frostiger als beabsichtigt. Was mich an der Vermutung der FATF am meisten nervt, ist, dass sie meinen Worten keinen Glauben schenken.

Ich habe angeboten, für Romy zu bürgen, doch davon wollte Agent North nichts wissen. Er war nicht mal bereit, meine Schutzvereinbarung auszudehnen, damit sie auch Romy umfasst.

Charlotte flucht so laut, dass ich mein Handy vom Ohr wegnehmen muss, um nicht taub zu werden. »Was kann ich tun?«, fragt sie schließlich.

»Finde Dan und bring ihn dazu, sich zu stellen. Ist mir egal, wie. Hauptsache Romy wird aus der Schusslinie genommen.« Außerdem hilft es sicherlich, einen Zeugen zu haben, der gegen Russell aussagt.

»Wird erledigt. Ich melde mich, sobald ich etwas habe.«

Charlotte und ich arbeiten noch nicht lange zusammen, aber inzwischen weiß ich, dass auf ihr Wort Verlass ist. Das FBI schafft es nicht, Dan Myers zu finden? Dann muss ich mich eben selbst darum kümmern. Und wenn es jemandem gelingt, dann Charlotte.

Mit dem Handy noch immer am Ohr, durchschreite ich mit großen Schritten den Garten.

»Gut. Dieser Auftrag hat höchste Priorität.« Denn je schneller Dan dem FBI übergeben wird, desto weniger Sorgen muss sich Romy um ihre Zukunft machen.

# 19

*Romy*

Alles an diesem Wochenende ist wunderbar. Den nächsten Morgen beginne ich mit einigen Runden im Pool. Keine Ahnung wie, aber Asher hat mir einen Bikini organisiert. Wenn jemand so viel Geld hat, wie er, ist anscheinend alles möglich.

Nach einem guten Frühstück spazieren wir erneut am Strand entlang. Weil der Wind allerdings heftig pfeift, feuert Asher zu Hause den Ofen an. Eingemummelt in eine weiche Decke lümmle ich mit einem Buch auf dem Sofa und versuche, mich aufs Lesen zu konzentrieren, während Asher online das Kreuzworträtsel der *New York Times* löst. Es ist ein Leben, an das ich mich gewöhnen könnte. Ein Zusammensein, das ich mir tief im Inneren wünsche, auch wenn ich weiß, dass es dazu nicht kommen wird. Dieses Wochenende ist eine Ausnahme. Wäre ich nicht überfallen worden, hätte Asher nicht vorgeschlagen wegzufahren, auch wenn er diesen Trip für mich ersteigert hat. Vermutlich wäre es sonst im Sande verlaufen und er hätte sich irgendwann geärgert, so viel Geld dafür ausgegeben zu haben.

Nach einem kleinen Mittagessen probieren wir die Sauna aus. Zu meiner Überraschung gefällt es mir darin so gut, dass ich mir fest vornehme, zu Hause nach Angeboten in Wohnungsnähe zu suchen.

Seit wir gestern hier angekommen sind, macht Asher einen deutlich entspannteren Eindruck. Auch ihm scheint es gut zu bekommen, die Großstadt mitsamt Arbeit hinter sich zu lassen. Auch wenn sein Telefon eben erneut geklingelt und er sich entschuldigt hat, um den Anruf anzunehmen. Als CEO hat er vermutlich nie einen kompletten Tag frei.

Ich strecke mich, als ich vom Sofa aufstehe und Richtung Küche tapse. Inzwischen ist es fast sieben, weshalb es Zeit wird, mit den Vorbereitungen fürs Abendessen zu starten. Unser Frühstück war sehr opulent, das Mittagessen ist dagegen eher dürftig ausgefallen. Mit zur Seite geneigtem Kopf betrachte ich die Vorräte in den Einbauschränken und überlege, welches Gericht ich damit zustande bringe.

»Was genau machst du da?« Ein angenehmer Schauer rieselt meine Wirbelsäule hinab, als Ashers tiefe Stimme hinter mir ertönt. Sie ist wie dunkler Samt, der über meine Haut streicht.

»Ich schaue nach, was wir kochen«, erwidere ich, während ich ihm einen Blick über die Schulter zuwerfe. Mir stockt der Atem. In den vergangenen Minuten hat er sich umgezogen. Statt lässigen Chinos und legerem Pullover trägt er jetzt einen perfekt sitzenden, schwarzen Anzug. Die oberen Knöpfe seines ebenfalls schwarzen Hemdes sind geöffnet, sodass ein Stück gebräunte Haut hervorblitzt. Ich schlucke, denn mein Mund ist plötzlich staubtrocken.

»Wieso ... also ... wieso bist du so rausgeputzt?« Im Gegensatz zu ihm komme ich mir in den Leggings und meinem Oversized-Pullover vollkommen underdressed vor.

»Weil wir ausgehen.« Ein Lächeln zupft an seinen Mundwinkeln, wodurch er noch attraktiver wirkt.

»Wenn es diesen Dresscode erfordert, musst du ohne mich los. Ich habe nichts dergleichen eingepackt.«

»Keine Sorge. Dein Outfit liegt auf dem Bett.« Er hat kaum den Satz beendet, da flitze ich schon an ihm vorbei ins Obergeschoss und ignoriere dabei den stechenden Schmerz in meinem Brustkorb. Die Wunde verheilt zwar gut, aber bei manchen Bewegungen tut sie noch immer weh.

Auf meiner Seite des Bettes liegt eine weiße Schachtel mit dunkelblauer Schleife und ich reiße den Deckel ab, wie ein kleines Kind am Weihnachtsmorgen. Ich habe Geschenke schon immer geliebt. Das hat sich auch mit sechsundzwanzig nicht geändert.

Zum Vorschein kommt etwas Hellgrünes. Langsam ziehe ich ein Kleid hervor. Je nach Lichteinfall schimmert es leicht und bei genauerem Hinsehen bemerke ich die Silberfäden, die das Licht reflektieren. So schnell ich kann, entledige ich mich von meinem Outfit und schlüpfe in Ashers Geschenk. Es schmiegt sich wie eine zweite Haut an mich und ist so eng, dass kein BH mehr darunter passt. Begeistert betrachte ich mich im Spiegel. Drehe mich um meine eigene Achse und fühle mich wie eine Prinzessin. Noch mehr als am Abend der Spendengala.

Rasch fasse ich meine Haare zu einem Dutt zusammen, frische mein Make-up auf und decke besonders den blaugrünlichen Fleck an meinem Jochbein sorgsam ab. Anschließend ziehe ich die Schuhe an, die neben dem Bett stehen. Ein Paar goldene High Heels, die mir zuerst nicht aufgefallen sind.

Vorsichtig schreite ich die Treppe ins Erdgeschoss herunter. Für mich fühlt es sich an, als wären lediglich Minuten vergangen, aber als ich Ashers flüchtigen Blick auf die Uhr bemerke, muss weitaus mehr Zeit vergangen sein.

»Und? Was sagst du?« Ich lächle ihn schüchtern an. In meinem Bauch tobt ein Schwarm Schmetterlinge. Bisher haben sich die Geschenke von Männern auf Blumen oder Pralinen beschränkt. Dan hat mir manchmal auch beides gekauft. Aber Asher hebt das Ganze auf ein komplett neues Level. Es ist unvergleichbar, weil er unvergleichbar ist.

»Perfekt«, murmelt er. Mein Herz setzt einen Moment aus und schlägt doppelt so schnell weiter, als sein Blick über meinen Körper wandert. »So perfekt, dass ich es dir am liebsten wieder ausziehen will.« Hitze sammelt sich zwischen meinen Beinen und weckt ein sehnsüchtiges Ziehen in meinem Unterleib. Seit der Spendengala haben wir nicht mehr miteinander geschlafen. Er hat sich zwar ein paar Mal in meine Träume geschlichen, aber das war bei Weitem nicht so gut, wie ihn wirklich zu spüren.

»Später«, erwidere ich heiser, woraufhin seine Augen den Ton von Zartbitterschokolade annehmen.

»Ist das ein Versprechen?« Seine Stimme hat wieder diesen samtigen Unterton angenommen, der mich beinahe in die Knie zwingt. Selten hat mich allein die Stimmfarbe eines Mannes angemacht.

Mit seinen Fingerspitzen streicht Asher über meine noch immer leicht geschwollene Wange. Ich erschaudere und schließe für einige Sekunden die Augen. Genieße seine federleichte Berührung.

»Vielleicht«, hauche ich, während ich die Augen aufschlage und Asher direkt ansehe. Seine Mundwinkel zucken nach oben. Zufriedenheit blitzt in seinen dunklen Augen auf. Kämpft neben Verlangen und Lust um seine Daseinsberechtigung.

»Dann lass uns Essen gehen. Ich kann es nämlich kaum erwarten, wieder nach Hause zu kommen.«

***

Überraschenderweise fahren wir nicht zu einem Restaurant.

»Bist du sicher, dass wir hier richtig sind?« Mit gerunzelter Stirn steige ich aus. Über die Motorhaube wirft Asher mir einen vielsagenden Blick zu.

»Ich hätte uns nicht hergebracht, wenn das nicht unser Ziel wäre.«

Er legt mir die Hand auf den unteren Rücken, um mich vorwärtszuschieben. Dabei bin ich mir seiner Berührung so überdeutlich bewusst, als würde seine Hand auf meiner nackten Haut liegen. Während der Fahrt bin ich beinahe durchgedreht. Seine Hand lag ständig auf der Mittelkonsole.

So nah, dass er mich mühelos hätte berühren können und es trotzdem nicht getan hat. Das war die reinste Folter.

Jetzt konzentriere ich mich jedoch auf das riesige Gebäude vor uns, über dessen Eingang in großen leuchtenden Buchstaben *Long Island Aquarium* steht.

»Du weißt hoffentlich noch, dass ich keinen Fisch esse, der noch Augen hat.«

Asher nickt schmunzelnd.

»Das habe ich nicht vergessen, keine Sorge.« Wir passieren den Eingang. Am Ticketschalter sitzt niemand mehr. Generell wirkt das Aquarium verlassen, was im Anbetracht der Uhrzeit kein Wunder ist. Laut der Infotafel neben mir ist die Öffnungszeit längst vorbei.

»Wieso haben die noch auf?« Und die viel wichtigere Frage: Warum tragen wir Abendgarderobe, wenn er mir lediglich ein paar Fische zeigen will?

»Ich habe meine Kontakte spielen lassen«, erwidert Asher schlicht und führt mich durch einen verglasten Tunnel. Neben, über und unter uns herrscht reges Treiben. Fische in den buntesten Farben schwimmen an uns vorbei. Plötzlich bin ich Auge in Auge mit einem Manta und entdecke eine Schildkröte in der Ferne.

»Das ist unglaublich«, wispere ich und bleibe stehen, um mir das Spektakel einen Moment länger anzusehen. Einige Fische verschwinden, als plötzlich ein Hai vorbei geschwommen kommt. Er ist mindestens zwei Meter lang und sieht von Nahem bedrohlich aus.

»Gefällt es dir?« Ashers leise Stimme dringt an mein Ohr. Sein warmer Atem trifft meine Wange. Sein dunkler, hölzerner Geruch passt so gar nicht in diese Unterwasserwelt.

»Sehr. Aber ich weiß immer noch nicht, wo wir hier essen sollen.«

Ein erneutes Schmunzeln tritt auf Ashers Lippen.

»Lass dich überraschen.«

Wir gehen weiter. Der Tunnel endet nach einigen Minuten in einem großen Raum, dessen steinerne Wände immer wieder von Glasfronten unterbrochen werden. Zwei weitere Tunnel gehen von hier ab, doch darauf achte ich kaum. Meine Aufmerksamkeit gilt dem Tisch in der Mitte. Eine weiße Decke verhüllt die Oberfläche. Zwei Teller, Wein- und Wassergläser und eine einzelne Kerze stehen darauf. Es wirkt schlicht und trotzdem verleiht das Ambiente dem etwas Hochromantisches. Langsam wandert mein Blick umher. Einige Aquariumbewohner beäugen uns neugierig. Andere flitzen hinter dem Glas hin und her und verschwinden schließlich aus meinem Sichtfeld. Die Becken sind so riesig, dass ich nicht weiß, wo sie beginnen und aufhören.

»Ich dachte, du bist kein Romantiker«, necke ich Asher, als er mir gentlemanlike den Stuhl zurückzieht, damit ich darauf Platz nehmen kann.

»Das hat nichts mit Romantik zu tun«, erklärt er, woraufhin ich die Augenbrauen hochziehe. Ein amüsiertes Grinsen zupft an meinen Mundwinkeln.

»Nicht? Für mich ist dieses Date eine Definition davon. Du könntest ein Foto davon im Wörterbuch direkt neben dem Wort abdrucken und jeder würde mir zustimmen.«

Asher setzt sich mir gegenüber und zuckt unbeeindruckt mit den Schultern. Ob ihm dieser Teil von ihm wirklich nicht bewusst ist? Oder will er es sich nicht eingestehen, dass er doch romantisch veranlagt ist?

»Nenn es, wie du willst«, erwidert er schlicht und gibt jemandem ein Zeichen. Binnen Sekunden steht ein junger Mann neben uns, füllt unsere Gläser und serviert das Essen. Aus einer braunen Tüte mit dem Logo eines Lieferdienstes. Mühevoll unterdrücke ich ein Lachen und warte ab, bis er verschwunden ist.

»Du kaufst mir ein Kleid und Schuhe, die sicher ein Vermögen gekostet haben. Mietest ein Aquarium für uns allein und betreibst diesen Aufwand, um mich mit Essen vom Lieferservice zu überraschen? Das hätten wir auch zu Hause auf dem Sofa haben können.« Ich greife nach meinem Weinglas und proste ihm zu. Asher neigt leicht den Kopf und sieht mich an. Hält meinen Blick gefangen und verzieht seine Lippen zur Andeutung eines Lächelns. Sofort wird mein Mund trocken. In meiner Brust flattert es und ich habe plötzlich das Gefühl, dass die kleinen Fische nicht im Aquarium, sondern in meinem Bauch von einer Seite zur anderen flitzen.

»Das hätte bei Weitem nicht so viel Stil gehabt«, erwidert er schlicht. Ich schlucke, nippe an meinem Wein und unterdrücke ein Seufzen. Die Flüssigkeit hat nicht die gewünschte Wirkung. Ich habe immer noch das Gefühl, dass sich die Sahara in meinem Mund verlagert hat.

»Du wolltest mich also beeindrucken?«

Ashers Blick verdunkelt sich. Seine schokoladenbraunen Augen werden erneut zu Zartbitterstücken.

»Das ist schon lange nicht mehr notwendig, oder?« Eine Frage mit einer Gegenfrage beantworten. Eine Angewohnheit, die er ständig auslebt.

Mit der Zungenspitze befeuchte ich meine Lippen und beobachte, wie seine Augen die Bewegung intensiv verfolgen. Mir wird heiß. Dabei ist der Raum angenehm feucht und kühl. Unruhig rutsche ich auf meinem Stuhl hin und her. Es bringt nichts, jetzt an Sex zu denken. Auch wenn er dieses Aquarium gemietet hat, agieren im Hintergrund sicher Angestellte. Es kommt also nicht in Frage, mich von ihm an diesen Steinwänden nehmen zu lassen. In meiner aktuellen körperlichen Verfassung wäre das ohnehin nicht möglich. Im schlimmsten Falle reißt die Wunde auf und dieses wundervolle Date endet im Krankenhaus.

Trotzdem erregt mich der Gedanke mehr, als er sollte. Er vertreibt sogar meinen Appetit und ersetzt ihn durch ein Hungergefühl der anderen Art.

»Lass es dir schmecken.« Asher lächelt wissend, was mich

wahnsinnig macht. Manchmal hasse ich es, für ihn wie ein offenes Buch zu sein.

»Du dir auch«, murmle ich und wende mich meinem Essen zu. Es sind Spaghetti in einer Tomaten-Sahne-Soße mit Garnelen. Irgendwie makaber, wenn ich bedenke, in welcher Umgebung wir uns befinden, trotzdem schmeckt es ausgezeichnet. Hoffentlich kommen keine Garnelen vorbei und erkennen ihre Verwandten auf meinem Teller.

Nach dem Essen unterhalten wir uns über Gott und die Welt. Es ist angenehm entspannend und ich bin fast enttäuscht, als wir aufbrechen. Während wir durch einen der anderen abgehenden Gänge spazieren, treffen wir niemanden. Draußen reicht Asher mir sein Jackett, denn es ist merklich kühler geworden. Dankbar schlüpfe ich hinein und spüre, wie seine im Stoff gespeicherte Körperwärme auf mich übergeht.

»War die Überraschung ein Erfolg?«, fragt er schließlich, als wir die Straße entlangfahren, die zu unserem Ferienhaus führt.

»Sie war grandios. Das werde ich so schnell nicht vergessen.« Von der Seite aus werfe ich ihm einen dankbaren Blick zu. Seine Augen sind auf die Straße gerichtet, doch seine Hand findet ihren Weg auf meinen Oberschenkel und drückt ihn leicht.

Sofort flammt die altbekannte Hitze in mir auf. Ich konzentriere mich auf meine Atmung und lenke den Blick nach draußen in die Dunkelheit, doch seine Berührung ist überpräsent. Die Schwere seiner Hand auf dem Stoff meines Kleides. Die Wärme, die ich darunter empfinde. Als er den Wagen zum Stehen bringt und sie wegnimmt, erzittere ich aufgrund der plötzlichen Kälte, die sich von dort aus in mir ausbreitet.

Wie ferngesteuert steige ich aus, schlendere zum Haus und trete hinter ihm ein.

Asher verschwindet schnurstracks im Wohnzimmer und

feuert den Ofen erneut an, während ich aus den hohen Schuhen schlüpfe und das hübsche Kleid durch etwas Bequemeres ersetze. Als ich schließlich ins Wohnzimmer zurückkomme, herrscht bereits eine angenehme Wärme und zwei Gläser Rotwein stehen auf dem kleinen Beistelltisch vor dem Sofa.

Asher hat seine Schuhe und sein Jackett ebenfalls abgelegt. Die Ärmel seines Hemdes sind bis zu den Ellenbogen hochgeschoben, sein dunkles Haar ist zerzaust und verleiht ihm einen deutlich jugendlicheren Ausdruck.

»Das haben wir früher immer gemacht, wenn deine Eltern nicht da waren.« Meine Stimme zerreißt die Stille. Ich stoße mich vom Türrahmen ab und kuschle mich neben Asher aufs Sofa, der mich mit offenen Armen empfängt.

»Ich weiß. Allerdings haben wir damals Limo getrunken und einen Film geschaut.« Er schmunzelt. Seine Fingerspitzen streifen unaufhörlich die Haut an meinem Hals.

»Sei ehrlich: Du hast den Filmen nie Aufmerksamkeit geschenkt. Immer, wenn ich zu dir herübergesehen habe, hast du mich angeguckt.« Ich neige den Kopf ein wenig zur Seite und schaue zu ihm hoch. Seine Lippen umspielt ein winziges Lächeln.

»Wenn du in meiner Nähe gewesen bist, war es schwer, sich auf etwas anderes zu konzentrieren«, gesteht er leise. Mein Magen schlägt einen Salto.

»Ist das noch immer so?«

Asher sieht mich an. Seine Augen wandern über mein Gesicht, bis sie an meinen Lippen hängen bleiben. »Noch viel schlimmer.«

Ich halte den Atem an, als er sich zu mir herunterbeugt und seine Lippen auf meine treffen. Ganz sanft. Der wahrscheinlich keuscheste Kuss, den wir bisher ausgetauscht haben, und trotzdem pocht es zwischen meinen Beinen. Mir ist nicht bewusst gewesen, wie sehr ich mich danach sehne, ihn wieder zu spüren. Seine nackte Haut auf meiner. Seine Lippen, die jeden Zentimeter meines Körpers erkunden.

Ohne den Kuss zu unterbrechen, klettere ich vorsichtig auf seinen Schoß. Er platziert seine Hände auf meinen Hüften, immer darauf bedacht, unter keinen Umständen meinen verletzten rechten Rippenbogen zu berühren. Langsam intensiviere ich unseren Kuss, während ich die restlichen Knöpfe seines Hemdes öffne, um es ihm von den Schultern zu streifen.

»Asher.« Meine Stimme ist nicht mehr als ein Flüstern, doch es reicht, damit ihm der Atem stockt. Wir lösen uns voneinander und sehen uns an. »Auch das haben wir früher nicht gemacht.«

Er schmunzelt, fährt mit der Hand unter meinen Pullover und zieht ihn mir in einer fließenden Bewegung über den Kopf, nur um ihn achtlos hinter mich zu schmeißen. »Zumindest nicht im Wohnzimmer meiner Eltern.«

»Das hätte ich mich niemals getraut. Da war die Angst viel zu groß, uns könnte jemand erwischen.« Ich verteile federleichte Küsse auf seinem Hals, der unter mir vibriert, als er lacht.

»Wie gut, dass heute niemand reinplatzen kann.« Vorsichtig setzt er mich neben sich auf dem Sofa ab und befreit mich von meiner Leggings, bevor er selbst Anzughose und Unterwäsche auszieht. Fasziniert beobachte ich ihn dabei.

Da ich beim Umziehen auf den BH verzichtet habe, liege ich nur noch in meinem Höschen vor ihm. Trotz des schwachen Lichtes der Stehlampe und dem Schein des Feuers sehe ich Verlangen in seinen Augen aufblitzen.

Mit nur wenigen Schritten ist er wieder bei mir und platziert sich zwischen meinen Schenkeln. Ich atme überrascht auf, als ich spüre, wie hart er bereits ist. Sofort senkt sich sein Mund auf meinen. Ein heißes Prickeln rieselt meinen Rücken hinab und sammelt sich in meiner unteren Körperhälfte. Ashers rechte Hand fährt über meine nackte Haut, während er mit der anderen meine Handgelenke umfasst und sie über meinem Kopf zusammenhält.

»Ich will dich, Romy. Aber ich möchte dir auf keinen Fall wehtun«, murmelt er, während sein Blick über meine Wange und die verbundene Stelle an meinem Rippenbogen gleitet.

»Ich sage dir Bescheid, falls irgendetwas ist. Versprochen«, erwidere ich atemlos. Als hätte er nur auf diese Zustimmung gewartet, streicht er mit den Fingerspitzen über den feuchten Stoff meines letzten verbliebenen Kleidungsstückes.

»Gut. Denn selbst wenn ich mich zurückhalte, habe ich vor, dich mit Haut und Haaren zu verschlingen.« Immer wieder streichen Ashers Finger zwischen meinen Beinen entlang. Wimmernd presse ich den Mund auf meinen Oberarm. Die Lust, die sich in mir aufgestaut hat, seit wir das Haus verlassen haben, droht, sich zu entladen, ohne dass wir richtig angefangen haben.

»Nicht bewegen«, befiehlt Asher und lässt mich los. Schwer atmend und mit zitternden Beinen bleibe ich zurück, während sich seine Schritte entfernen. Die Augenblicke ohne ihn kommen mir wie Stunden vor. Zwischen meinen Beinen pocht es. Meine Brustwarzen haben sich aufgestellt und verlangen schmerzhaft nach Aufmerksamkeit.

»Ich könnte dich eine Ewigkeit so anschauen.« Beim Klang von Ashers Stimme komme ich beinahe, ohne dass er mich berührt. Seine Finger streichen über meine Taille und haken sich in mein Höschen, bevor er heftig daran zieht und den Stoff entzweireißt. Die Feuchtigkeit zwischen meinen Beinen nimmt zu, bald läuft sie über die Innenseiten meiner Oberschenkel.

Asher brummt zufrieden, als er einen Finger in mich schiebt und mir damit ein Stöhnen entlockt.

»War das während des Essens auch so?«, fragt er leise. Sein warmer Atem streift meine Wange.

»Möglicherweise«, keuche ich. Ein animalisches Knurren löst sich aus seiner Kehle. Er zieht den Finger zurück.

Frustriert stöhne ich auf. Doch als das Reißen der Kondomverpackung zu hören ist, verschwindet die Unzufriedenheit und wird durch Vorfreude ersetzt. Eine Sekunde später ist er wieder über mir und versenkt sich in mir. Mit der einen Hand stützt er sich neben meinem Kopf auf der Sofalehne ab, während sich die andere in meinen Oberschenkel krallt und ihn so anwinkelt, dass er einen Punkt erwischt, der mich Sterne sehen lässt.

»O Gott.«

»So wurde ich schon oft betitelt.« Ashers Grinsen ist unüberhörbar, als er sich fast vollständig aus mir zurückzieht, nur um wieder tief einzudringen. Statt einer Antwort kommt mir ein weiterer Laut des Genusses über die Lippen. Asher setzt seine Stöße präzise. Langsam und bedacht, um mir nicht wehzutun. Meinem Körper nicht noch mehr Strapazen aufzuerlegen.

»Du willst jetzt ernsthaft über die anderen Frauen sprechen, mit denen du geschlafen hast?«, keuche ich, wobei mich mein scharfer Unterton selbst überrascht. Zu dem Kribbeln und der Gänsehaut mischt sich noch etwas anderes, dass ich zunächst nicht genau benennen kann. Es ist, wie ein leicht stechender Schmerz, der erst durch meine Brust zuckt und sich dann in ein Druckgefühl verwandelt.

»Wenn ich bei dir oder in dir drin bin, interessiert mich niemand anderes. Und an den anderen Stunden des Tages genauso wenig.« Ashers Lippen streifen meinen Hals und hinterlassen kleine, federleichte Küsse, die einen völligen Kontrast zu seinen Stößen bilden, die jetzt immer heftiger werden.

»Gut« ist alles, was ich hervorbringe. Er drückt mich etwas tiefer in die Polster und vögelt mir jegliche Gedanken daran, mit wie vielen anderen Frauen er in den letzten zehn Jahren zusammen war, aus dem Kopf. Haut trifft auf Haut.

Die Muskeln in meinem Unterleib ziehen sich zusammen. Ich lasse den Kopf nach hinten fallen und schließe die Augen, als mich ein Orgasmus überrollt. Es fühlt sich an, als würden in mir tausend Feuerwerkskörper explodieren und mich in Brand stecken.

Asher stößt weiter erbarmungslos in mich, während ich bereits von den Nachwellen des Höhepunkts geschüttelt werde. Wenige Augenblicke später, spüre ich, wie er sich warm in mir ergießt. Meine Beine sind Wackelpudding. Wenn ich nicht schon liegen würde, wäre ich spätestens jetzt gen Boden gesunken. Dieses Zusammensein war das intensivste, dass wir bisher miteinander geteilt haben. Es war vollkommen anders als bei ihm zu Hause oder damals in der Limousine. Intimer. Inniger.

Ich fühle mich ihm verbundener als zuvor.

Darüber sollte ich mir Sorgen machen. Immerhin weiß ich, dass Asher und ich keine Zukunft haben. Er hat seine Absichten deutlich gemacht und sobald unser Arbeitsverhältnis endet, endet auch unsere gemeinsame Zeit.

Dennoch würde ich nichts lieber tun, als mit ihm im Schlafzimmer zu verschwinden, um genau dort anzuknüpfen, wo wir aufgehört haben. Und das ... jagt mir eine Scheißangst ein.

# 20

*Asher*

Das Wochenende ist schneller vorbei, als mir lieb ist.

Den Sonntagvormittag verbringen wir größtenteils im Bett. Ich wecke Romy mit meinem Kopf zwischen ihren Schenkeln und hätte aufs Frühstück verzichtet, wenn ihr Magen nicht knurrend danach verlangt hätte. Doch selbst Kaffee und French Toast haben ihren süßen Geschmack nicht von meiner Zunge vertrieben.

Als es auf den frühen Abend zugeht, wuselt Romy aufgeregt im Haus herum und sucht ihre Sachen zusammen. Es ist mir ein Rätsel, wie sie es in so kurzer Zeit geschafft hat, ihren kompletten Kofferinhalt im Haus zu verteilen. Ich hingegen sitze im Ohrensessel im Wohnzimmer und hänge meinen Gedanken nach. Womöglich sollte ich in eine Immobilie hier in der Gegend investieren. Dann wären solche Auszeiten mit Romy immer möglich, wenn uns danach ist.

»Wo sind nur meine selbstgestrickten Socken?« Mit gerunzelter Stirn flitzt Romy an mir vorbei und hebt sämtliche Sofakissen hoch, bis sie unter dem letzten mit einem triumphierenden Schrei ihre Kuschelsocken hervorzieht. »Wusste ich doch, dass ihr hier irgendwo seid!«

Schmunzelnd sehe ich ihr hinterher und erwische mich bei dem Gedanken, dass es mich nicht abschreckt, ihr Chaos um mich zu haben. Wann genau ist das denn passiert?

»Bin fertig!« Mit zufriedenem Lächeln taucht Romy im

Türrahmen auf und beendet meine Gedankengänge, die gerade eine merkwürdige Richtung eingeschlagen haben. Seit ich auf der Highschool mit ihr zusammen gewesen bin, hatte ich nicht mehr das Verlangen nach einer Beziehung. Sex, um meine Bedürfnisse zu befriedigen, konnte ich auch ohne Liebe und Romantik haben. Die Zeit mit Romy zeigt mir, weshalb ich all die Jahre diese Art von Nähe nicht vermisst habe: Weil keine Frau ihr das Wasser reichen konnte.

»Dann wollen wir uns mal auf den Weg machen.« Ich stehe auf und trage unser Gepäck zum Auto.

»Freust du dich auf zu Hause?« Ihre Stimme durchschneidet die Stille im Wagen. Ich werfe ihr einen raschen Blick zu und nicke knapp.

»Es war angenehm, mal auszuspannen, aber ich bin und bleibe ein Arbeitstier. Morgen werde ich vermutlich früher als sonst hinterm Schreibtisch sitzen, um alles aufzuarbeiten, was übers Wochenende liegen geblieben ist.« Die vergangenen Tage mit ihr waren das erhöhte Arbeitspensum der kommenden Woche allemal wert. »Was ist mit dir?«

Romy wackelt nachdenklich mit dem Kopf.

»Ich freue mich Rob, Ty und Preston wiederzusehen und die Vorzüge der Großstadt zu genießen. Aber ein Wochenendhaus auf dem Land ist definitiv auf meine Bucket List gerutscht.«

Verdammt. Ich muss mich dringend nach Immobilien umsehen. Wie gut, dass ich zufällig in der Branche arbeite.

»Ähm, Asher? Hast du dich verfahren? Das ist nicht der Weg, den wir auf der Hinfahrt genommen haben.« Zweifelnd sieht Romy mich an. Ein Lächeln huscht mir übers Gesicht.

»Ich irre mich nie, das solltest du inzwischen wissen. Wir legen noch einen Zwischenstopp ein, bevor wir nach Hause fahren.«

»Wie?« Romys Stirn ist in Falten gelegt und sie sieht dabei

so niedlich aus, dass ich sie am liebsten geküsst hätte. Reflexartig schließen sich meine Hände fester um das Lenkrad.

»Ich würde dich gern mit zu meiner Mom nehmen.« Die Stille im Wagen ist ohrenbetäubend laut. Aus dem Augenwinkel bemerke ich ihren ungläubigen Blick. Ich weiß selbst nicht, aus welcher Laune heraus ich das beschlossen habe. Aber Mom hat bei meinem letzten Besuch gesagt, sie möchte Romy wiedersehen. Also erfülle ich ihr diesen Wunsch. Und vielleicht kann ich Romy gleichzeitig zeigen, dass ich bereit bin, mich ihr zu öffnen.

»Wirklich?« Sie klingt so freudig überrascht, dass ich instinktiv weiß, mich diesbezüglich richtig entschieden zu haben.

»Ja, aber sie ist nicht mehr die Frau, die du von früher kennst.« Ich biege auf die Interstate ab, die uns geradewegs zum *Clarity House* führt. Romy schweigt. Wartet geduldig, bis ich bereit bin weiterzusprechen.

»Ich habe schon erwähnt, dass die Trennung von Russell sie zerstört hat. Mom hat sich in Drogen und Alkohol geflüchtet, um den Schmerz zu betäuben.« Meine Finger schließen sich so fest um das Lenkrad, dass die Knöchel weiß hervortreten. Erst als Romy die Hand ausstreckt, um sie mir auf den Oberschenkel zu legen, entspanne ich mich wieder. »Mom hat komplett den Bezug zur Realität verloren. Ich musste mich plötzlich um alles kümmern. Den Haushalt machen, einkaufen gehen, nebenbei den Abschluss schaffen, mich um ein Stipendium bemühen. Selbst während des Colleges bin ich regelmäßig bei ihr gewesen, um sicherzustellen, dass sie sich nicht umbringt.«

Romys ersticktes Schluchzen erfüllt das Wageninnere und übertönt die leise Musik des Radios. Angespannt presse ich die Zähne aufeinander. Für Außenstehende ist es hart, davon zu hören. Aber es ist wichtig, sie über Moms verändertem Zustand in Kenntnis zu setzen, damit sie sich nicht erschrickt, sobald sie ihr gegenübersteht. Und vielleicht ... hilft es mir ein bisschen, zu heilen, wenn ich darüber spreche.

»Ständig habe ich versucht, sie zu einem Entzug zu überreden. Aber sie wollte nie etwas davon hören. Irgendwann habe ich ihr keine Wahl mehr gelassen und sie eigenhändig in die Klinik gefahren. Seitdem ist sie dort und macht gute Fortschritte. Ich besuche sie alle zwei Wochen und hoffe, dass sie bald in der Lage ist, in ein betreutes Wohnen zu ziehen. Ganz ohne Aufsicht will ich sie nicht lassen.«

Romys Hand liegt noch immer auf meinem Oberschenkel. Ich werfe ihr einen flüchtigen Blick zu und bemerke die Tränen in ihren Augen. Sie so zu sehen, tut weh. Aber dadurch versteht sie womöglich besser, weshalb ich heute so bin, wie ich bin.

»Ich freue mich sehr, deine Mom zu treffen«, gesteht sie mit erstickter Stimme und wischt sich mit dem freien Handrücken über die Augen. »Und ich bin unendlich stolz darauf, was du alles für sie getan hast. Auch wenn ich dabei gern an deiner Seite gewesen wäre, um dich zu unterstützen.«

Ein trauriges Lächeln umspielt meine Lippen, weil ich genau wusste, dass Romy diese Gedanken durch den Kopf gehen. Also greife ich nach ihrer Hand und drücke sie sanft.

»Jetzt schließe ich dich nicht mehr aus. Versprochen.«

\*\*\*

Die Sonne versinkt bereits hinter dem Gebäude, als wir das *Clarity House* erreichen. Sobald wir aussteigen, greift Romy nach meiner Hand und lässt sie nicht mehr los, bis wir beim Zimmer meiner Mom angekommen sind. Wie immer kündige ich mich mit meinem Klopfen an und warte auf ihr »Herein«.

»Bist du bereit?« Ich sehe zu Romy herunter, die entschlossen nickt. Gemeinsam betreten wir das Zimmer und finden Mom in ihrem Sessel vor. Ihr Blick ist zum Meer gerichtet. Die Balkontür gekippt, sodass der Wind eine salzige Brise ins Zimmer trägt.

»Asher! Was für eine Überraschung!« Moms Augen leuchten auf, als sie mich entdeckt. Ich lasse Romys Hand los, um mich zu ihr herunterzubeugen und ihr einen Kuss auf die Wange zu geben.

»Wir waren zufällig in der Nähe«, erkläre ich.

»Wir?« Moms Blick gleitet an mir vorbei. »Romy Nolan! Ich fass es nicht, wie erwachsen du bist!« Sie mustert Romy offen von oben bis unten, die alles mit einem herzlichen Lächeln über sich ergehen lässt.

»Es freut mich sehr, Sie wiederzusehen.« Sie macht einen Schritt auf Mom zu und streckt die Hand aus, bevor sie in der Bewegung innehält und ihre frühere Nachbarin schließlich in den Arm nimmt. Mom scheint davon genauso überrascht zu sein wie ich, erwidert die Umarmung jedoch nicht weniger herzlich.

»Setzt euch, setzt euch. Wie geht es deinen Eltern? Und Preston?«

Ich ziehe zwei Stühle heran. Romy beginnt derweil von ihrer Familie zu erzählen. Berichtet, wie es nach ihrem Abschluss weiterging und dass sie dank Preston bei *AB International* gelandet ist. Mom hört ihr begeistert zu. Stellt immer wieder Zwischenfragen und lacht, wie ich es schon lange nicht mehr gehört habe. Ihre Wangen sind rosiger. In ihren Augen leuchtet die alte Lebensfreude auf.

Es begeistert mich, sie so zu sehen, weshalb ich beschließe, Romy öfter mitzubringen. Vielleicht bitte ich auch Preston, mich zu begleiten. Ihn hat Mom früher genauso gemocht wie seine Schwester.

Nach zwei Stunden verabschieden wir uns. Romy verspricht hoch und heilig, bald wieder zu kommen, bevor wir das *Clarity House* verlassen. Draußen ist es bereits dunkel. Laternen säumen den Weg zum Parkplatz. Kurz vor unserem Wagen bleibt Romy stehen. Sie stellt sich auf die Zehenspitzen und reckt sich mir entgegen. Ihre Lippen streifen meine. Ein scheuer Kuss, der nicht zu dem passt, was wir heute Morgen noch im Bett getrieben haben, der Situation aber angemessen ist.

Reflexartig schlinge ich einen Arm um ihre Hüften, um sie näher an mich zu ziehen. Ein überraschter, atemloser Laut kommt ihr über die Lippen, als sie gegen mich stolpert.

»Danke, dass du mich mitgenommen hast«, flüstert sie. Die Meeresbrise ist so stark, dass Romys Haar immer wieder zurück in ihr Gesicht weht. Aber ich werde nicht müde, es ihr ebenso oft zurückzustreichen. Der kleine Schauer, der sie dabei jedes Mal durchläuft, ist alles, was ich brauche.

»Nein, ich danke dir. Es hat Mom sichtlich gutgetan.«

Ihr darauffolgendes Lächeln ist entwaffnend. Womit habe ich es verdient, jemanden wie sie in meinem Leben zu haben? Dass sie mir überhaupt eine zweite Chance gibt?

»Bleib heute Nacht bei mir«, bitte ich leise. Ich bin noch nicht bereit, sie gehen zu lassen und wieder in den normalen Alltagsrhythmus zu verfallen. Auch wenn es das einzig Richtige wäre.

Romys Augen weiten sich für den Bruchteil einer Sekunde, bevor eines der schönsten Lächeln ihr Gesicht erhellt, das sie mir jemals geschenkt hat.

»Sehr gerne. Das Wochenende hat dich weich gemacht«, fügt sie anschließend neckend hinzu. Ich unterdrücke ein Seufzen, weil ich nur ungern zugebe, dass sie den Nagel auf den Kopf getroffen hat.

Unsere gemeinsamen Tage haben etwas an meiner Sicht auf die Zukunft geändert. Sie haben mir gezeigt, dass es möglich ist, mein Privatleben mit der Arbeit in Einklang zu bringen. Privatleben bedeutet in dem Fall, so viel Zeit mit Romy zu verbringen, wie irgendwie möglich.

»Du definierst das falsch. Nicht das Wochenende hat mich weich gemacht. Sondern du.« Um uns herum ist es still. Der Wind trägt lediglich das Rauschen der Wellen zu uns herüber. Meine volle Konzentration gilt Romy, deren Lippen sich gerade zu einem überraschten O verziehen. Bevor mich der Mut verlässt, rede ich weiter.

»Ich will für dich ein besserer Mensch werden. Meine

Work-Life-Balance ins Gleichgewicht bringen, um mehr Zeit mit dir zu verbringen. Auch wenn unser Arbeitsverhältnis endet. Ich ... will dich nicht wieder gehen lassen.« Mein Herz hämmert so heftig in der Brust, dass ich Angst habe, Romy könnte es spüren.

Es ist zehn Jahre her, dass ich solche Worte zuletzt ausgesprochen habe. In dieser Zeit habe ich meine Gefühle sorgsam verpackt in die hinterste Ecke meines Herzens verschoben. Niemals wäre ich auf die Idee gekommen, dass Romy diejenige ist, die sie wieder hervorkramt.

»Was genau willst du damit sagen?«

Wieder spüre ich, dass ich lächle. Ich verüble es ihr nicht, dass sie konkreter nachfragt. Zu Beginn unseres Arrangements wäre es mir nicht im Traum eingefallen, ihr etwas Vergleichbares zu sagen.

»Ich will dich in meinem Leben. Jetzt. In drei Monaten. In einem Jahr. Du bist die einzige Frau, die ich an meiner Seite will. Tut mir leid, dass ich so lange gebraucht habe, um das zu erkennen.«

Romy schnieft. Erst jetzt bemerke ich die kleinen Tränen, die sich in ihren Augenwinkeln gesammelt haben und nun ihre Wangen hinunterlaufen. Sanft wische ich sie mithilfe meines Daumens davon.

»Ist die Vorstellung, mehr Zeit mit mir zu verbringen, so furchtbar?« Sie schüttelt heftig den Kopf. Für den Bruchteil einer Sekunde hatte ich Angst, sie würde sich von mir abwenden.

»Nein, es kommt nur so überraschend«, erklärt sie und auch das verstehe ich. Nachdem wir das erste Mal wieder miteinander geschlafen haben, habe ich deutlich gemacht, was ich will: Sex. Keine Gefühle, keine Romantik, kein gar nichts. Dass ich derjenige bin, der diese Regel bricht, spricht dafür, wie sehr Romy mir unter die Haut geht.

»Willst du erst darüber nachdenken?« *Bitte sag Nein*, fleht eine leise Stimme in meinem Inneren. Ich könnte kein Auge mehr zu machen, bis sie sich entschieden hat.

»Nein, ich weiß schon eine Weile, was ich will, und das bist eindeutig du.« Wenn möglich wird mein Lächeln noch breiter. Hoffentlich denken meine Angestellten, Geschäftspartner und Feinde nicht, ich hätte meine Autorität verloren, wenn ich ab sofort häufiger mit diesem Gesichtsausdruck durch die Gegend laufe.

»Gut, denn ich hätte diese Nacht nicht ohne dich verbringen wollen. Oder die nächste. Und übernächste …«

Romy lacht und wärmt damit mein so lange erkaltetes Herz.

»Dann sollten wir schleunigst nach Hause fahren«, rät sie mir zwinkernd, bevor sie sich von mir löst und die Beifahrertür öffnet.

Schnell folge ich ihr. Bis wir in meinem Appartement sind, wird ohnehin zu viel Zeit vergehen und ich will nicht länger darauf warten, sie erneut zu spüren. Oder darauf ihren atemlosen Worten zu lauschen, während sie in meinen Armen liegt und immer wieder beteuert, dass sie mein ist.

### *Romy*

Ich bin auf Wolke sieben. Wobei diese Floskel nicht annähernd beschreibt, wie beflügelt ich mich fühle.

Seit unserem Ausflug in die Hamptons sind drei Wochen vergangen. Drei Wochen, in denen Asher seinen Worten Taten hat folgen lassen und seine Zeit im Büro reduziert hat, um zumindest die frühen Morgenstunden, Abende und Nächte mit mir zu verbringen. Natürlich wird unsere Zweisamkeit ständig von dringenden Anrufen unterbrochen, die er nie ignoriert, aber inzwischen habe ich mich daran gewöhnt.

Solche Opfer muss die Freundin eines der einflussreichsten CEOs New Yorks nun einmal bringen.

Inzwischen ist es Dezember, weshalb wir nach Feierabend über den Weihnachtsmarkt schlendern und Punsch trinken. Manchmal gehen wir essen oder bestellen etwas nach Hause, bevor wir sehr, sehr viel Zeit in seinem Schlafzimmer verbringen. Asher ist wie ausgewechselt. Obwohl er im Büro weiterhin den wortkargen, einflussreichen CEO raushängen lässt, kommt von Tag zu Tag mehr sein altes Ich hervor. Und das gefällt mir.

Nach meinem Gespräch mit Preston, während unseres gemeinsamen Mittagessens, habe ich lange darüber nachgedacht, welche Version von Asher mir besser gefällt. Der einfühlsame junge Mann von damals oder der vor Macht strotzende Geschäftsmann von heute. Jetzt ist mir die Antwort vollkommen klar: Die Mischung macht es. Ich liebe die kleinen Momente, die wir miteinander teilen, in denen er fürsorglich und zuvorkommend ist, aber mir gefällt seine herrische und dominante Seite mindestens genauso gut. Eins steht für mich definitiv fest: Ich will meine Zukunft mit Asher verbringen und allein der Gedanke, ihn wieder zu verlieren, löst Unbehagen in mir aus. Bauchgrummeln. Ein schmerzendes Herz.

Es ist kurz vor fünf, als ich seine Präsenz hinter mir spüre. Asher hat die Angewohnheit, lautlos aufzutauchen, doch inzwischen erkenne ich die Veränderungen in der Atmosphäre, sobald er einen Raum betritt.

»Kommst du mit zu mir?« Seine Hände streichen von meinem Nacken über meine Schultern. Eine harmlose Berührung im Vergleich zu dem, was er sonst mit mir anstellt. Aber wir haben beschlossen, im Büro so wenig Körperkontakt wie möglich zu haben. Auch wenn uns das beiden zunehmend schwerer fällt.

»Heute nicht. Ich habe Rob und Ty versprochen, mal wieder einen Abend mit ihnen zu verbringen.« Seit wir aus den

Hamptons zurückgekommen sind, habe ich meine Mitbewohner kaum gesehen. Um ungestörter zu sein, sind wir meistens in Ashers Wohnung.

Ein missbilligendes Brummen ertönt hinter mir. Schmunzelnd drehe ich mich um und sehe zu ihm hoch.

»Du wirst sicherlich einen Abend ohne mich auskommen«, necke ich zwinkernd. Asher stützt sich auf den Lehnen meines Schreibtischstuhls ab und beugt sich zu mir herunter, sodass wir auf Augenhöhe sind. Sein dunkler, hölzerner Duft umgibt mich und weckt direkt das Bedürfnis, tief einzuatmen.

»Wird schwer«, murmelt er, während er mit seinen Lippen die Partie meines Kiefers streift.

»Asher!«, ermahne ich atemlos.

»Was? Ich bin der CEO. Das gibt mir die Freikarte, alles zu tun, was ich will.« Eine Gänsehaut überzieht meine Arme, als er spielerisch an meinem Ohrläppchen knabbert. Ich weiß genau, was er vorhat, aber dieser Abend ist für meine Freunde reserviert. Immerhin werde ich stetig daran erinnert, was letztes Mal passiert ist, als ich all meine Zeit in meine Beziehung gesteckt habe.

Entschlossen stehe ich auf und schlüpfe in meinen Mantel. Für einen kurzen Moment zuckt Überraschung über Ashers Gesicht, doch er hat sich schnell wieder unter Kontrolle.

»Du lässt dich nicht umstimmen, oder?« Eine Maske aus Gleichgültigkeit legt sich über seine Züge. Die Maske, von der ich weiß, wie ich sie brechen und darunter kriechen kann.

»Heute nicht. Aber morgen sehen wir uns ja wieder.« Zum Abschied drücke ich ihm einen flüchtigen Kuss auf die Lippen, was ihn direkt aufweicht. Bevor er den allerdings vertiefen kann, drehe ich mich um und laufe Richtung Aufzug. Leider weiß ich genau, dass ich bleiben würde, falls er seine Kussqualitäten bis zum Äußersten reizt.

Mit dem Taxi fahre ich zur WG und verfluche mich innerlich dafür, nicht die U-Bahn genommen zu haben. Wann lerne ich endlich, im New Yorker Abendverkehr nicht mit dem Auto unterwegs zu sein? Nach einer schier endlosen Fahrt komme ich bei unserer Wohnung an und stehe bereits im Fahrstuhl, als mein Handy klingelt. Schafft Asher es keine halbe Stunde ohne mich? Ein amüsiertes Lächeln zupft an meinen Lippen, verblasst allerdings schnell, als ich die Anrufer-ID erkenne.

»Romy Nolan.« Meine Stimme klingt piepsiger als gewollt. Langsam trete ich aus der Aufzugskabine und laufe mechanisch zur Wohnung.

»Guten Abend, Miss Nolan. Hier ist Agent North vom FBI.« Schlüssel ins Schloss stecken. Drehen. Tür öffnen. Eintreten.

»Was kann ich für Sie tun?« Seit unserem Verhör vor einigen Wochen habe ich nichts mehr vom FBI gehört. Nachdem ich aus den Hamptons zurückgekommen bin, habe ich lediglich meinen Laptop dort abgegeben, allerdings keinen der Agenten zu Gesicht bekommen. Ein winziger Teil von mir hatte die Hoffnung, dass sich die Anschuldigungen dadurch in Luft aufgelöst haben. Dass der Laptop das fehlende Puzzleteil war, was der Behörde fehlte, um meine Unschuld zu beweisen.

»Hey, Fremde! Schön, dass du auch mal wieder ...« Rob bricht den Satz ab, als er meinen Gesichtsausdruck bemerkt.

Lautlos informiere ich ihn darüber, mit wem ich telefoniere, woraufhin er mir gestikulierend zu verstehen gibt, den Lautsprecher einzuschalten.

»Ich rufe an, um Sie darüber zu informieren, dass wir Daniel Myers gefunden haben.«

Mir stockt der Atem. Rob hingegen runzelt die Stirn und trocknet sich die Hände an dem Handtuch ab, das über seiner Schulter liegt.

»Wie ist es dazu gekommen?« Ich bin ihm dankbar, dass er das Reden für mich übernimmt, denn ich bin viel zu schockiert und erleichtert über die Worte des Agenten. Mit Dans Auftauchen bin ich aus dem Schneider. Oder?

»Mister Hayes ist auch anwesend. Sehr gut. Dann spare ich mir den zweiten Anruf. Die Antwort auf Ihre Frage ist simpel: Mister Myers hat sich gestellt und alles zugegeben.«

Jetzt erwache ich aus meiner Starre.

»Wie jetzt? Freiwillig?« Erst gelingt es dem FBI nicht, ihn zu finden, und jetzt taucht er plötzlich auf und erzählt die Wahrheit?

Am anderen Ende der Leitung herrscht Stille.

»Nicht ganz.«

»Wie meinen Sie das?« Aus der Küche erklingt ein Scheppern. Rob wirft einen nervösen Blick in deren Richtung. Wahrscheinlich hat er Sorge, Tyler könnte jeden Moment die Bude abfackeln. Trotzdem bleibt er bei mir und hört sich an, was Agent North zu sagen hat.

»Eine Informantin, mit der wir öfter zusammenarbeiten, hat ihn gefunden und dazu gebracht auszusagen. Zusammen mit den verschlüsselten Daten, die wir auf Ihrem Laptop gefunden haben, sind Sie damit entlastet.«

Erleichterung durchströmt mich. Meine Knie werden weich, weshalb ich mich mit der freien Hand an der Wand abstütze. Ich muss nicht ins Gefängnis! Gott sei Dank! Trotzdem flüstert eine leise Stimme in meinem Kopf, dass das noch nicht alles gewesen ist.

»Erhebt der Staat Anklage gegen ihn wegen Geldwäscherei?«, will Rob wissen. Mit angehaltenem Atem warte ich auf die Antwort des Agenten.

»Nein.«

»Was?«, rufe ich genau in den Moment, als Rob ein ungläubiges »Wie bitte?« ausstößt. Agent North räuspert sich und lässt wieder einige Augenblick verstreichen, bis er antwortet.

»Erinnern Sie sich daran, als ich sagte, Sie seien nur ein kleiner Fisch in einem großen Teich?«

Reflexartig nicke ich, auch wenn er das nicht sieht. Anscheinend versteht er mein Schweigen als Zustimmung. »Mister Myers hilft uns, den großen Fisch zu angeln. Er wird als Kronzeuge aussagen, weshalb wir ihm für diese Tat Straffreiheit zugesichert haben. Außerdem hat er uns den Namen des Mannes genannt, der Sie überfallen hat. Das NYPD hat ihn bereits festgenommen.«

Fassungslos schüttle ich den Kopf. »Dan hat beinahe mein Leben ruiniert. Wenn er sich nicht gestellt hätte, wäre ich für seine Taten ins Gefängnis gegangen! Und Sie sagen mir jetzt, dass er damit davonkommt? Was ist so wichtig, dass es meinen Fall zu einer Mickrigkeit werden lässt?«

Meine Brust hebt und senkt sich schnell, während ich mit den Fingern das Telefon fester umgreife. Inzwischen ist mir so warm, dass ich mir am liebsten den Mantel ausgezogen hätte, doch ich will kein einziges Wort der Antwort verpassen.

»Ich darf Ihnen keine genauen Informationen geben, aber es handelt sich um einen hochrangigen Geschäftsmann, der über Jahre hinweg Gelder veruntreut hat. Er hat in *Easy Invest* investiert, um einen Teil seines veruntreuten Geldes reinzuwaschen.«

Fieberhaft überlege ich, wer Dans Investor gewesen ist. Ob er mir den Namen irgendwann einmal genannt hat.

»Die Unannehmlichkeiten, die wir Ihnen bereitet haben, tun mir sehr leid. Ich wünsche Ihnen einen schönen Abend.«

Agent North beendet das Gespräch, nachdem ich mich ebenfalls verabschiedet habe. Achtlos lasse ich meinen Mantel daraufhin auf den Boden fallen und folge Rob in die Küche, wo Tyler bereits am Tisch sitzt und brav Gemüse schält und schnippelt. Er bekommt von Rob eine Kurzzusammenfassung der letzten Minuten, während ich auf einen der freien Stühle sinke.

»Hast du eine Ahnung, wen Agent North gemeint hat?« Tyler sieht mich fragend an. Zu seiner Enttäuschung schüttle ich den Kopf.

»Mit den Kunden oder Investoren hatte ich nie etwas zu tun. Das war immer Dans Sache«, erkläre ich und schnappe mir eine bereits geschälte Karotte. Es knackt laut, als ich hineinbeiße und nachdenklich darauf herumkaue.

»Wo könnte Dan diese Information hinterlegt haben?« Rob wirft mir einen fragenden Blick zu.

»Wenn ich das wüsste.« Ein Seufzen verlässt meine Lippen. Ich stütze das Kinn in die Handinnenfläche und trommle mit den anderen Fingern auf der Tischplatte herum. »In seinem Mail-Postfach eventuell.«

»Kommst du da ran?« Tylers Augen funkeln voller Vorfreude.

»Wenn er seine Zugangsdaten nicht geändert hat, vermutlich schon.« Blitzschnell springt er auf, holt seinen Laptop und baut ihn vor mir auf. Während ich das E-Mailkonto aufrufe, hüpft er aufgeregt neben mir auf und ab.

»Setz dich hin. Ich kann mich sonst nicht konzentrieren«, bitte ich und tippe nebenbei Dans E-Mail-Adresse ein.

»Das ist so spannend!« Selbst im Sitzen versprüht Tyler so viel Energie, dass mich seine Aufregung direkt ansteckt.

»Und illegal«, brummt Rob vom Küchentresen aus.

»Ja, ja. Lass mal den Juristen stecken. Dich interessiert es doch auch. Gib's zu.« Tyler wirft seinem besten Freund einen tadelnden Blick zu, der lediglich mit den Schultern zuckt. Hätte er uns aufhalten wollen, hätte er das längst getan.

Im Geiste gehe ich Dans Passwörter durch. Glücklicherweise ist er jemand, der sich nie zu viel auf einmal merken konnte, weshalb er drei Stück hat, die er in abgewandelter Form immer wieder benutzt. Ich brauche zwei Versuche, bis ich mich eingeloggt habe. Ein triumphierender Schrei entwischt mir und am liebsten hätte ich die Faust in die Luft gereckt. Aber im letzten Moment verkneife ich mir Rob zuliebe die Geste. Er hat uns zwar nicht daran gehindert, das Postfach zu öffnen, beobachtet uns aber mit gebührendem Abstand und angespannter Körperhaltung.

Schnell scrolle ich herunter, bis ich zum Ordner mit dem Vermerk »Diverses Wichtiges« komme. Auch dort dauert es noch einmal eine Weile, bis ich die passende Mail finde. Sie ist fast vier Jahre alt und der Name des Absenders lässt mir das Blut in den Adern gefrieren.

»Und hast du was?« Die Beine von Tylers Stuhl kratzen über den Boden, als er aufspringt, den Tisch umrundet und mir über die Schulter schaut.

»Alles in Ordnung, Romy? Du siehst aus, als hättest du einen Geist gesehen.« Rob kommt näher und mustert mich besorgt.

Ein Geist war es nicht, aber plötzlich sehe ich einige Dinge klarer. Zum Beispiel, weshalb Agent North wissen wollte, ob ich Geschäftspartner auf der Spendengala getroffen habe, zu der ich Asher begleitet habe. Und wer die ominöse Informantin sein könnte, die Dan gefunden hat.

»Russell Masters«, liest Ty vor. »Nie gehört. Sagt dir der Name etwas?«

Ich nicke mechanisch. Meine Hände sind auf den Oberschenkeln zu Fäusten geballt.

»Romy?«

Ich öffne den Mund und schließe ihn wieder, ohne ein Wort gesagt zu haben. In meinem Inneren herrscht helle Aufruhr. Mehrere Stimmen schreien in meinem Kopf und machen das Denken unmöglich. Mein Herz zieht sich schmerzhaft zusammen.

»Wer ist Russell Masters?« Rob sicht mich direkt an. Ich erwidere seinen Blick und nehme all meine Kräfte zusammen, um den beiden die Antwort zu geben, die sie hören wollen.

»Ashers Vater.«

## 21

*Romy*

Die Aufzugtüren öffnen sich mit einem leisen *Pling*. Fernsehgeräusche begrüßen mich. Es klingt, als würde Asher den Abend mit Eishockey verbringen. Wie in Trance setze ich einen Fuß vor den anderen, weiß nicht einmal, wie ich hergekommen bin. Seit ich den Namen von Dans damaligem Geldgeber herausgefunden habe, ist alles verwischt.

Asher liegt auf dem Sofa. Seinen Anzug hat er gegen eine dunkle Leinenhose und ein schlichtes dunkles Longsleeve ausgetauscht.

Sobald er mich sieht, stellt er den Fernseher auf stumm und steht auf. Ein Lächeln zupft an seinen Lippen. Wieder drückt eine kalte Hand mein Herz zusammen. Dieser lockere Gesichtsausdruck steht ihm so gut. Seit wir beschlossen haben, offiziell zusammen zu sein, lächelt er viel öfter.

»Ich wusste, dass du es nicht lange ohne mich aushältst.« Lässig schlendert er auf mich zu, doch je näher er kommt, desto langsamer wird er. Seine Stirn legt sich in Falten. Das Lächeln verblasst. »Was ist los?«

Ich atme tief ein und aus. Halte mich am Riemen meiner Handtasche fest, als wäre es das Einzige, was mir in der aktuellen Situation Halt gibt.

»Hast du Charlotte darauf angesetzt, Dan zu finden und ihn dazu zu bringen, mich zu entlasten?« Ich klinge so schwach, wie ich mich fühle.

Ein Ruck geht durch Ashers Körper. Sein Gesichtsausdruck verändert sich. Jetzt wirkt er hart. Unzugänglich.

»Wie kommst du darauf?« Eine Frage mit einer Gegenfrage beantworten. Sein liebstes Spiel.

»Weil Agent North mich angerufen hat. Die Vorwürfe gegen mich wurden fallen gelassen.« Ich sollte noch immer erleichtert darüber sein, aber in mir toben so viele negative Gefühle, dass ich keine Freude darüber empfinde.

»Das ist doch großartig.« Ashers Schultern entspannen sich ein wenig. Sein Gesichtsausdruck bleibt gleich und er klingt nicht gerade so, als würde er sich wirklich freuen.

»Kommt darauf an. Hast du oder hast du nicht Charlotte beauftragt, ihn zu suchen, damit er sich stellt?«

Inzwischen halte ich meine Handtasche so fest, dass meine Fingerknöchel weiß hervortreten. Ich habe Angst. Angst vor dem, was Asher gleich antwortet und was es für unsere Zukunft bedeutet. Seine Kiefermuskulatur zuckt. Ein Anzeichen dafür, dass ihm nicht gefällt, in welche Richtung dieses Gespräch geht. Mehr braucht es nicht. Dadurch habe ich meine Antwort.

»Ich fasse es nicht«, murmle ich und wende mich zum Gehen. Zu tief sitzt der Schmerz darüber, dass er sich über meine Bitte hinweggesetzt hat.

»Ich habe das für dich getan!«

Wie vom Donner gerührt bleibe ich stehen. Seine Worte hängen zwischen uns in der Luft. Seine Verzweiflung ist mit Händen greifbar. Jetzt ist er derjenige, der Angst hat. Angst, mich zu verlieren. Aber darüber hätte er sich vorher Gedanken machen müssen.

Plötzlich ruht der Sturm in meinem Inneren, macht der lodernden Flamme der Wut Platz.

Wut darüber, dass ich mich überhaupt auf diesen Job bei *AB International* eingelassen habe und Asher dadurch die Möglichkeit hatte, in mein Leben zurückzukehren.

Wut darüber, mich wieder in ihn verliebt zu haben.

Wut darüber, gedacht zu haben, er könne sich tatsächlich ändern. Für mich. Für uns. Für eine gemeinsame Zukunft. Wie konnte ich nur derart blauäugig sein?

Langsam drehe ich mich um.

»Ich habe dir mehrfach gesagt, du sollst dich raushalten. Aber du scherst dich einen Dreck um die Grenzen, die ich abstecke.« Ein freudloses Lachen bahnt sich seinen Weg aus meiner Kehle und tritt mir über die Lippen. »Was springt für dich bei der Sache raus? Hat Dan etwas gegen Russell in der Hand? Ist er dieser große Fisch von dem Agent North ständig faselt?«

Asher schluckt und ich weiß, dass ich ins Schwarze getroffen habe.

»Es hatte für beide Seiten Vorteile«, erwidert er ausweichend, woraufhin ich schnaube.

»Rede es dir nicht schön, Asher. Du bist mir in den Rücken gefallen. Ich hatte dich explizit darum gebeten, nichts zu unternehmen. Der Polizei und dem FBI die Ermittlungen zu überlassen.«

Er knirscht mit den Zähnen und bleibt stumm. Etwas in mir zerbricht. In meinem Inneren klirrt es so heftig, dass ich einen Augenblick brauche, um zu verstehen, dass Asher mir gerade ein zweites Mal das Herz gebrochen hat.

»Ich hätte es wissen müssen. In dem Moment, als du nach dem Einbruch plötzlich in der Wohnung aufgetaucht bist. Oder vor dem Büro des FBIs, nachdem ich verhört wurde. Charlotte hatte mich ständig im Auge, oder?« Meine Stimme ist nicht mehr als ein Krächzen. »Das mit uns hat sich erledigt.«

Asher runzelt die Stirn.

»Warum? Du profitierst doch auch davon, dass Dan aussagt.«

Ich schüttle fassungslos den Kopf. Versuche, Worte zu finden, die meine aktuelle Gefühlslage ausdrücken, doch es gelingt mir nicht. Alles, was sich in meinem Kopf zusammenspinnt, klingt zu banal.

»Es geht im Leben nicht immer nur um Profit, Asher. Natürlich ist es gut für mich, dass die Sache jetzt geklärt ist. Aber was viel schwerer wiegt, ist, dass du mich hintergangen hast. Wie soll ich dir noch vertrauen, wenn ich mich ständig fragen muss, ob es auch stimmt, was du sagst? Kann ich mich darauf verlassen oder muss ich Wochen später feststellen, dass dem wieder nicht so war? So ein Leben will ich nicht führen.«

Ohne seine Antwort abzuwarten, drehe ich mich um und verschwinde mit schnellen Schritten Richtung Aufzug. Immer wieder drücke ich auf den Knopf, in der Hoffnung, dass sich die Türen dann schneller öffnen. Tränen brennen in meinen Augenwinkeln, aber ich bin nicht bereit, ihnen freien Lauf zu lassen. Nicht, wenn Asher noch in unmittelbarer Nähe ist.

Erleichtert atme ich aus, als ich den Aufzug endlich betrete. Erschöpft sinke ich gegen die kalte Wand und fahre mir durchs Haar. Doch kurz bevor sich die Türen schließen, schiebt sich eine kräftige Hand dazwischen und bringt sie dazu, sich wieder zu öffnen. Sofort richte ich mich auf, straffe die Schultern und wische unauffällig einige Tränen weg.

Asher nimmt beinahe den kompletten Türbereich ein. Seine Augen spiegeln den Schmerz wider, der auch mein Innerstes zerreißt. Seine sonst so perfekt sitzende Maske aus Gleichgültigkeit und Überheblichkeit ist zerbrochen.

»Ich wollte dich nicht hintergehen, Romy. Glaub mir. Als das FBI Dan nicht finden konnte, habe ich Charlotte den Auftrag erteilt, ja. Weil ich wusste, dass sie gut im Aufspüren von Menschen ist. Aber ich hätte nie gedacht, dich dadurch zu verlieren.«

Ich beiße mir auf die Unterlippe. Er macht einen Schritt auf mich zu, doch bei der Andeutung eines Kopfschüttelns hält er sofort inne. Ich würde es nicht ertragen, wenn er mich jetzt berührt.

»Warum hast du nicht mit mir darüber geredet? Ich weiß

doch, wie sehr du Russell verabscheust für das, was er deiner Mom angetan hat. Womöglich hätte ich deine Beweggründe dann besser verstanden.«

Jetzt ist Asher derjenige, der den Kopf schüttelt.

»Du bist das einzig Gute, was mir in den letzten Jahren widerfahren ist. Abgesehen von dem Erfolg der Firma. Ich wollte das nicht beschmutzen, indem ich dich mit den Rachegedanken überschütte, die ich Russell gegenüber hege.«

Seine Erklärung klingt plausibel und trotzdem reicht es nicht, um die entstandene Kluft zwischen uns zu schließen.

»Dass du uns damit einen irreparablen Schaden zufügst, ist dir nicht in den Sinn gekommen?« Selbst Asher kann nicht so egoistisch sein. Doch er schüttelt den Kopf und erstickt damit meinen letzten Funken Hoffnung, dass doch noch alles gut wird.

»Dann ist wohl alles gesagt.« Ich drücke den Knopf fürs Erdgeschoss. Ashers Hand schnellt vor und umschließt meine.

»Was bedeutet das jetzt?« Er klingt so gebrochen, wie ich es noch nie zuvor gehört habe. Wenn mein Herz noch intakt wäre, würde es spätestens jetzt in tausend Stücke zerspringen, aber Asher hat es bereits zerstört.

Sanft löse ich meine Hand aus seiner, drücke den Knopf und bringe so viel Abstand wie möglich zwischen uns.

»Ich kündige mit sofortiger Wirkung und bitte dich, mich nicht mehr zu kontaktieren.« Obwohl meine Stimme zittert, klinge ich erstaunlich hart.

»Romy, bitte. Das meinst du nicht ernst.« Er spannt die Kiefermuskulatur an. Seine Augen weiten sich. Asher sieht aus, als hätte ich ihn geohrfeigt. Schmerz und Unglauben huschen abwechselnd über sein Gesicht.

»Doch, ich meine alles so, wie ich es gesagt habe. Du hast dich dazu entschieden, meine gesetzten Grenzen nicht zu akzeptieren, schlimmer noch, sie sogar weit überschritten. Deshalb musst du jetzt mit den Konsequenzen leben.« Die Türen schließen sich, doch Asher steht noch immer im Weg.

Der Druck hinter meinen Augen nimmt zu. Ich will auf keinen Fall vor ihm zusammenbrechen.

»Lass mich gehen, Asher«, bitte ich leise.

»Ich kann nicht«, erwidert er schmerzerfüllt.

»Du musst.«

Nur widerwillig tritt er zurück. Erleichtert sehe ich dabei zu, wie sich die Türen schließen und ich endlich allein bin. Meine Knie geben nach. Mit letzter Kraft drücke ich den Stopp-Knopf, bevor ich zu Boden sinke. Tränen fließen mir ungehindert über die Wangen. Schluchzer schütteln meinen Körper. Ich hätte nie zulassen dürfen, dass Asher sich wieder in mein Herz schleicht. Oder mich der Annahme hingeben, er könne sich ändern. Es wäre alles so viel einfacher gewesen, wenn ich auf seine Warnung zu Beginn dieses Arbeitsverhältnisses gehört hätte. Denn heute hat er mir ein für alle Mal bewiesen, dass er nicht mehr der Mann von damals ist.

Ich weiß nicht, wie viel Zeit vergeht, bis ich den Aufzug erneut in Bewegung setze. Provisorisch wische ich mir die verschmierte Mascara unter den Augen weg und versuche zumindest, mit halbwegs erhobenem Kopf aus Ashers Wohnkomplex zu stolzieren. Auf der Rückbank des Taxis sacke ich dann wieder in mich zusammen. Neue Tränen füllen meine Augen und fließen mir in stummen Sturzbächen über die Wangen. Den Blick des Taxifahrers ignoriere ich, indem ich mein Handy hervorziehe, um Ty und Rob zu schreiben, dass ich gleich wieder zu Hause bin. Doch ich komme nicht zum Tippen. Stattdessen schließen sich meine Finger fester um das Gehäuse des Telefons. Ein ersticktes Schluchzen erklingt im Innenraum des Wagens, während ich mir das Handy fest gegen die Brust drücke.

Gegen seinen heutigen Verrat ist Ashers damaliges Verschwinden nichts gewesen. Es hat mir zwar auch den Boden unter den Füßen weggerissen, aber ich konnte darüber hinwegsehen. Ansonsten wäre ich nicht in der Lage gewesen, mit ihm zusammenzuarbeiten. Diesmal hat er es zu weit getrieben. Diesmal werde ich ihm nicht verzeihen.

### *Asher*

Romy kommt am nächsten Tag nicht zur Arbeit.
Am darauffolgenden Tag ebenfalls nicht.
Am Tag danach auch nicht.
Sie beantwortet keinen meiner Anrufe und obwohl sie deutlich gemacht hat, dass ich mich von ihr fernhalten soll, habe ich doch die Hoffnung gehabt, sie würde noch einmal mit mir reden. Oder zumindest ihre Kündigung nicht ernstmeinen.

Mit der Hand streiche ich mir über das stoppelige Kinn. Ich erinnere mich nicht, wann ich mich das letzte Mal rasiert habe. Wahrscheinlich an dem Tag, als meine Welt noch in Ordnung gewesen ist. Bevor sie zum Stillstand kam.

Ohne Romy sind meine Tage dunkler. Als hätte sie sich das Licht geschnappt und mitgenommen.

Vor mir steht ein halb leeres Whiskeyglas und verhöhnt mich. Um diese Uhrzeit trinken. Das passt nicht zu dem sonst so beherrschten, kontrollierten Asher. Aber ich bin nun mal der Sohn meiner Mutter. Unsere Sorgen in Alkohol zu ertränken, liegt in unseren Genen.

Das Telefon im Vorzimmer klingelt. Ich mache mir nicht die Mühe, den Anruf anzunehmen. Seit Romy nicht mehr da ist, lasse ich die Geschäfte schleifen, weil ich viel zu sehr damit beschäftigt bin, unser letztes Gespräch zu analysieren. Die Firma läuft trotzdem gut und ich halte all meine geschäftlichen Termine ein, aber ... der Gedanke, einen Ersatz für sie zu suchen, stößt mir übel auf.

Irgendwann erstirbt das Geräusch des Telefons und es kehrt wieder Ruhe ein. Zumindest für einen Moment, denn keine zwei Minuten später vibriert mein Handy auf dem

Schreibtisch. Charlottes Name leuchtet auf dem Display auf. Für einige Sekunden bin ich versucht, sie zu ignorieren. Weil ich aber weiß, wie hartnäckig sie ist, wische ich doch den grünen Hörer nach links.

»Es passt gerade überhaupt nicht«, brumme ich, während ich mich in meinem Stuhl zurücklehne und mit der anderen Hand nach dem Whiskeyglas angle.

»Mach dich nicht lächerlich. Für meine Anrufe ist immer Zeit und ich bin mir sicher, dass dich die neusten Informationen brennend interessieren.«

Wortlos drehe ich mich mitsamt Stuhl um und lasse den Blick aus dem Fenster schweifen. Das letzte Mal, als sie diesen Wortlaut benutzt hat, habe ich einen fatalen Fehler begangen.

»Erzähl schon. Ich höre förmlich, wie du vor Aufregung platzt.« Durch eine simple Drehung des Handgelenks bringe ich die braune Flüssigkeit in meinem Glas zum Rotieren, begnüge mich momentan jedoch damit, sie lediglich zu betrachten, statt zu trinken.

»Das FBI hat heute Morgen Russell Masters' Haus gestürmt und ihn zum Verhör mitgenommen.« Charlotte klingt, als würde sie mir erzählen, sie hätte beim Lotto gewonnen und in gewissen Teilen verstehe ich ihre Freude sogar. Wir haben auf diesen Augenblick hingearbeitet. Genau deshalb habe ich der FATF mein Geld zur Verfügung gestellt.

Ich sollte aufspringen. Jubeln. Triumphierend die Faust in die Luft recken. Stattdessen bleibe ich sitzen und zucke nicht einmal mit der Wimper. Von Russells Verhaftung zu hören, befriedigt mich nicht im Geringsten. Ich fühle mich noch genauso leer wie vor Charlottes Anruf.

»Großartig«, ist alles, was ich dazu sage. Am anderen Ende der Leitung ertönt ein empörtes Schnauben.

»Zeig bitte nicht zu viel Begeisterung. Es ist alles genau so gelaufen, wie wir es geplant haben. Nur noch ein Schlag und er ist vollkommen am Boden. Genau dort, wo du ihn haben wolltest.« Charlottes Worte brennen voller Leidenschaft und entzünden damit zumindest einen kleinen Funken in mir. Sie hat recht. Ich wollte Russell alles nehmen, was er liebt, und jetzt wäre der perfekte Moment, um zum finalen Schlag auszuholen.

Ruckartig stehe ich auf und stelle das Whiskeyglas etwas zu laut auf der gläsernen Schreibtischplatte ab.

»Danke für deinen Anruf. Ich muss etwas erledigen.« Ohne ihre Antwort abzuwarten, lege ich auf, schließe meine unterste Schublade auf und hole eine Akte daraus hervor.

Nachdem ich sichergestellt habe, dass alle Geräte ausgeschaltet sind, verlasse ich mein Büro und fahre mit dem Aufzug direkt in die Tiefgarage zu meinem Wagen. Russell den letzten Rest zu geben, wird mir zwar nicht darüber hinweghelfen, Romy verloren zu haben, aber es ist eine willkommene Ablenkung.

***

Der Vorteil, eine einschüchternde Persönlichkeit zu besitzen, ist, dass andere Menschen mir schnell geben, was ich will. In diesem Fall ist es der Zugang zu Mrs. Masters Haus. Ihre Haushaltshilfe hat nur eine Sekunde gezögert, bis sie versprochen hat, ihre Chefin zu holen. Das war vor fünf Minuten. Energisch klopfe ich gegen die weiße Holztür und warte auf die dahinter ertönenden Schritte.

Vorsichtig wird sie geöffnet und das zarte Gesicht einer Frau erscheint. Ihre Augen sind rot und verquollen. Sie muss etwa im Alter meiner Mutter sein, vielleicht ein, zwei Jahre jünger.

»Mein Mann ist nicht da.« Ihre Stimme klingt rau vom vielen Weinen. Für sie ist es bestimmt ein Schock gewesen, als die Agenten ihren Mann heute Morgen mitgenommen haben.

»Das passt mir hervorragend. Ich wollte ohnehin mit Ihnen sprechen.«

Sie runzelt die Stirn und schiebt sich etwas weiter in den Türspalt. »Weshalb?«, fragt sie misstrauisch.

Langsam hebe ich die Hand mit der Akte, sodass sie sie sieht. »Ich habe Informationen über Ihren Mann, die Sie hören wollen.«

Sie schnaubt.

»Davon habe ich bereits genügend. Einen schönen Tag noch.« Mrs. Masters will die Tür schließen, doch ich bin schneller und schiebe meinen Fuß dazwischen. Überrascht zuckt sie zurück und starrt mich mit großen Augen an.

»Das war keine Bitte.«

Wenn möglich ist es um uns herum gerade zehn Grad kälter geworden. Die Luft ist geschwängert von meiner Autorität. Widerwillig öffnet sie die Tür und bedeutet mir mit einer Geste einzutreten. Anschließend folge ich ihr durch einen weitläufigen Flur ins Esszimmer, wo sie mir mit einer weiteren Handbewegung bedeutet, Platz zu nehmen.

»Was wollen Sie?« Mrs. Masters verschränkt die Arme vor der Brust und überschlägt ihre Beine. Klare Anzeichen dafür, dass sie keine Lust auf dieses Gespräch hat. Aber das ist nicht mein Problem. Das ist mein Moment.

»Mein Name ist Asher Brennon. Ich bin Russell Masters Sohn.«

Sie stutzt, bevor sich die Falten auf ihrer Stirn vertiefen.

»Das ist eine Lüge. Wir haben lediglich zwei Töchter.«

»Falsch«, erwidere ich schlicht und öffne die mitgebrachte Akte. »Vor knapp neunundzwanzig Jahren war Ihr Mann mit meiner Mutter zusammen. Aus dieser Beziehung bin ich entstanden.« Die Worte hinterlassen einen bitteren Beigeschmack auf meiner Zunge. Langsam schiebe ich ihr einzelne Blätter über den Tisch. Meine Geburtsurkunde, wo sein Name eingetragen ist. Fotos aus unserer gemeinsamen Zeit. Ihre Finger zittern, als sie alles nach und nach betrachtet.

»Aber ... das kann nicht sein. Vor neunundzwanzig Jahren war er bereits mit mir liiert.« Mrs. Masters schluckt. Tränen treten ihr in die Augen. Rasch zücke ich ein Taschentuch und reiche es ihr. Ich mag ein Arschloch sein, aber ich bin kein Monster. Zögernd nimmt sie es entgegen und tupft sich über die Augen.

»Er hat ein Doppelleben geführt. Bis ich ungefähr achtzehn gewesen bin, hat er bei uns gelebt. Hin und wieder musste er auf eine längere Geschäftsreise. Ich nehme an, in dieser Zeit war er bei Ihnen.«

Sie nickt. Ihre Finger halten das Taschentuch so fest umklammert, dass ihre Knöchel weiß hervortreten.

»Was ist dann passiert?« Ihre Stimme gleicht einem Krächzen.

»Er hat uns verlassen.« Ich könnte nicht gleichgültiger klingen. Damals habe ich nicht verstanden, weshalb Russell so gehandelt hat. In gewissen Teilen ist es mir heute noch unklar, aber ich habe meinen Frieden damit geschlossen. Beziehungsweise ... arbeite ich daran.

»Wann?« Sie sieht mich direkt an.

»Vor zehn Jahren.«

Ein Ruck fährt durch ihren Körper. Erkenntnis blitzt in ihren Augen auf. »Damals war ich schwanger.«

»Mit Ihren Zwillingen«, bestätige ich nickend. Es hat eine Weile gedauert, bis ich eins und eins zusammenzählte. Der Zeitpunkt seines Verschwindens. Die Geburt seiner Töchter. Er ist zwar reich, hat es aber anscheinend nicht eingesehen, für jedes seiner Kinder aufzukommen. Also hat er sich für eine Familie entschieden. Für die Familie, die vorzeigbarer ist.

»Warum erzählen Sie mir ausgerechnet heute davon?«

Ich lehne mich auf meinem Stuhl zurück und lege die Fingerspitzen aneinander. »Natürlich könnte ich Ihnen jetzt sagen, ich wäre der Meinung, Sie verdienen nach all diesen Jahren die Wahrheit. Aber ich will ehrlich sein. Es geht mir ausschließlich darum, meinem Vater dafür leiden zu lassen, was sein Weggang mit meiner Mutter gemacht hat.«

Die Augen seiner Frau weiten sich. Ihre Lippen formen sich zu einem leichten O und wenn möglich, wird sie noch etwas blasser als ohnehin schon. Ich höre, wie sich ein Schlüssel im Schloss dreht und kurz darauf die Wohnungstür aufgestoßen wird.

»Samantha? Bist du da? Ich bin zurück.« Russells erschöpfte Stimme dringt durch die große Wohnung. Das nehme ich zum Zeichen, um mich zu verabschieden.

»In dieser Mappe steht alles, was Sie wissen müssen. Machen Sie damit, was Sie wollen, aber ich lege Ihnen nahe, ihn zu verlassen. Wir kennen uns nicht, doch Sie haben Besseres verdient, als einen Lügner und Betrüger, der sich seinen Reichtum mithilfe des Geldes anderer Leute ergaunert.«

Sie reagiert nicht auf meine Worte, sondern starrt lediglich die Dokumente vor ihr an. Ich lasse noch einige Sekunden verstreichen, bevor ich mein Jackett richte und mich Richtung Ausgang begebe. Im Flur treffe ich auf Russell.

»Asher. Was machst du hier?« Falls er von meinem Auftauchen überrascht ist, lässt er es sich nicht anmerken. Seine Schultern hängen hinab, als wären sie schwer wie Blei. Müdigkeit durchzieht sein Gesicht. Das FBI scheint ihn richtig hart rangenommen zu haben. Gut so.

»Ich hatte einen netten Plausch mit deiner Frau«, erwidere ich unterkühlt. Sein linkes Augenlid zuckt minimal und sein Blick gleitet über meine Schulter Richtung Esszimmer.

»Was hast du getan?« Er hat die Stimme gesenkt. Der bedrohliche Unterton ist unüberhörbar, beunruhigt mich aber nicht im Geringsten.

»Das, was ich schon vor Jahren hätte machen sollen. Ich habe nur auf den richtigen Moment gewartet, um ihr von deinem Doppelleben zu berichten.«

Er presst die Zähne aufeinander und ich ergötze mich an dem wütenden Funkeln in seinen Augen.

»Du mieser, kleiner ...« Russell macht einen Schritt auf mich zu. Am liebsten würde ich zurückzucken, weil er in meinen persönlichen Sicherheitsbereich eingedrungen ist, doch mein Stolz hält mich davon ab.

»An deiner Stelle würde ich mir überlegen, was du tust. Eine Anzeige wegen Körperverletzung macht sich in den Augen des FBI nicht so gut.« Seiner Kehle entspringt ein Knurren, was ich nur milde belächeln würde, wenn er mir diese Gefühlsregung wert wäre. Aber Russell Masters hat es nicht verdient, dass auch nur eine Zelle meines Körpers auf ihn reagiert.

»Du hältst dich für etwas Besseres, oder? Schlauer. Gewiefter. Aber das bist du nicht. Ich werde dich vernichten, Asher. Darauf kannst du Gift nehmen«, speit er mir entgegen.

»Wird schwierig aus dem Knast heraus. Falls es dir nicht aufgefallen ist: Ich habe dich in die Knie gezwungen und das FBI hat mir freundlicherweise dabei geholfen. Denk beim nächsten Mal besser drüber nach, wessen Leben du zerstörst.«

Wir liefern uns noch einige Sekunden ein kleines Machtspiel via Augenkontakt. Wie erwartet, ist Russell derjenige, der zuerst den Blick abwendet, sich an mir vorbeischiebt und zu seiner Frau eilt.

»Samantha, Schatz, was auch immer er dir erzählt hat, es ist alles gelogen.«

Ich schnaube und mache mich wieder auf den Weg zur Tür.

»Ach, wirklich? Diese Geburtsurkunde sieht für mich sehr echt aus.« Ich bin mir sicher, dass Mrs. Masters noch heute ihre Sachen packt und mit den Mädchen verschwindet.

Jetzt muss ich doch lächeln, während ich in den Flur hinaustrete und Richtung Aufzug schlendere. Innerhalb eines Tages hat Russell alles verloren, was ihm wichtig gewesen ist.

Ein Hauch von Zufriedenheit breitet sich in mir aus, als ich den Fahrstuhl betrete und darauf warte, dass sich die Türen schließen. Doch der Triumph hält nur kurzzeitig an. Ohne es zu wissen, haben Russells Worte einen tiefen Krater in meine Brust geschlagen. Noch tiefer als Romys Verschwinden.

*Du hältst dich für etwas Besseres, hm? Aber das bist du nicht.*

Er hat den Nagel auf den Kopf getroffen. Ich habe ein Doppelleben geführt, indem ich dem FBI geholfen habe, Russell zur Strecke zu bringen und Romy davon nichts erzählt habe. Nichts erzählen durfte. Macht mich das zu einem genauso schlechten Menschen? Habe ich wie mein Vater gehandelt?

Mit in den Hosentaschen vergrabenen Händen verlasse ich den Gebäudekomplex und kehre zu meinem Wagen zurück, während ich zu dem Schluss komme, dass dem nicht so ist. Weil ich mich anders verhalten werde als Russell. Ich verschwinde nicht in der Versenkung. Lebe mein Leben nicht weiter, als hätte es Romy nicht gegeben. Stattdessen konzentriere ich mich auf das einzig Wichtige: Sie zurückzugewinnen, indem ich ihr zeige, wie viel sie mir bedeutet. Und wie wichtig sie für mich ist, um ein ausbalanciertes Leben zu führen.

## 22

### Romy

Die Weihnachtstage sind nicht so fröhlich wie sonst, obwohl Preston und meine Eltern sich alle Mühe geben, meine Laune zu heben. Der einzige Kontakt zu Asher war eine kurze Textnachricht, in der mir ein frohes Fest gewünscht hat. Mehr nicht. Kein Anruf. Kein unerwünschtes Auftauchen. Diesmal hält er sich an meinen Wunsch, mir fernzubleiben.

Dadurch habe ich genug Zeit, um alles zu reflektieren. Mir darüber Gedanken zu machen, ob ich überreagiert habe. Die Situation anders hätte lösen können. Doch jedes Mal bin ich zur selben Antwort gelangt: nein.

Fehlt er mir? Jeden verdammten Tag.

Werde ich trotzdem stark bleiben und mich nicht bei ihm melden, weil ich weiß, dass es besser ist, wenn wir getrennte Wege gehen? Definitiv.

Es ist die erste Januarwoche, als Asher versucht, wieder Kontakt aufzunehmen. Ich sitze allein im Wohnzimmer und studiere die Jobanzeigen der *New York Times*, als es an der Tür klingelt. Davor wartet ein junger Mann, der mir vage bekannt vorkommt, mit einem riesigen Strauß dunkelroter Rosen.

»Hallo Miss Nolan.« Ich blinzle ein paar Mal perplex und nehme ihm umständlich die Blumen aus der Hand, bevor er eine kleine Karte dazwischen steckt.

»Die sind für Sie. Ich hoffe, dass wir uns diesmal nicht so

oft sehen.« Er zwinkert mir amüsiert zu und verschwindet im Treppenhaus, während bei mir der Groschen fällt. Natürlich! Das ist derselbe Mann, der damals die Blumen gebracht hat, als Marlie versucht hat, mich zu überreden bei *AB International* anzufangen. Diesmal kommen die Blumen allerdings von Asher selbst, denn seine klare Schrift würde ich überall erkennen.

Seufzend stelle ich die Rosen ins Wasser und platziere sie auf dem Wohnzimmertisch, um sie dann nachdenklich zu betrachten. Hoffentlich hat der Lieferant recht, denn wenn weitere Sträuße eine ähnliche Größe haben, weiß ich nicht, wo ich die alle unterbringen soll.

Natürlich wird mein Gebet nicht erhört. Jeden weiteren Tag kommt ein neuer Strauß. Mal sind es Lilien, dann passend zur Jahreszeit weiße Amaryllis, Tulpen in verschiedenen Farben, wieder Rosen und Hyazinthen.

»Immerhin schickt er diesmal keine Gerbera«, witzelt Tyler, als er einen der Sträuße umstellt, um mich besser zu sehen.

»Dafür bin ich ihm sehr dankbar«, fügt Rob hinzu, der nebenbei gerade unser gemeinsames WG-Konto checkt. Seitdem meine Beziehung mit Asher in die Brüche gegangen ist, vergewissern die beiden sich ständig, ob es mir gut geht. Das bedeutet im Klartext: Einer von ihnen ist immer zu Hause, wir bestellen häufiger Essen als sonst und ich habe die Gewalt über das Fernsehprogramm. Auch jetzt warten wir auf eine Lieferung unseres neusten Lieblingslokals und lümmeln entspannt auf dem Sofa.

»*Ich* wäre ihm dankbar, wenn er mich in Ruhe lässt. So, wie ich es von ihm verlangt habe«, entgegne ich zerknirscht.

»Schon, aber ist es nicht süß, dass er sich trotzdem Mühe gibt, deine Vergebung zu erlangen? Ich hätte ihn niemals für jemanden gehalten, der einer Frau hinterherrennt.« Tyler kratzt sich nachdenklich am Kinn.

»Romy ist ja auch keine x-beliebige Frau«, rügt Rob. Ich lächle ihn dankbar an, doch seine Augen sind starr auf das

Laptopdisplay gerichtet. Tiefe Furchen graben sich in seine Stirn.

»Ist alles in Ordnung?« Sofort setze ich mich aufrechter hin. Er wirft einen schnellen Blick in meine Richtung, klappt den Laptop zu und legt ihn beiseite.

»Ja, ja. Alles gut. Die brauchen echt lange heute mit dem Essen, was?« Mit der Hand fährt er sich gestresst durchs Haar.

»Eigentlich nicht«, entgegnet Tyler belustigt, nachdem er sein Handy gecheckt hat. »Wir haben erst vor zehn Minuten angerufen.«

»Oh, ach so.« Robs Wangen färben sich leicht rosa, was mein Misstrauen verstärkt.

»Was hast du gerade auf dem Konto gesehen?«, frage ich argwöhnisch. Seine Wangen werden noch dunkler.

»Nichts von Belang.«

Ich ziehe skeptisch eine Augenbraue nach oben.

»Du weißt, dass ich jederzeit über die App nachsehen kann und so blitzschnell rausfinde, ob du lügst.«

Rob seufzt. »Ich würde dir trotzdem raten, keinen Blick aufs Konto zu werfen«, murmelt er.

»Warum?« Ich bin schon dabei, nach meinem Handy zu angeln, als Ty sich einmischt.

»Weil deine Miete für die kommenden drei Monate von einem gewissen Asher Brennon überwiesen wurde.«

Mir fällt die Kinnlade herunter. Mit offenem Mund blicke ich abwechselnd zwischen meinen Mitbewohnern hin und her. »Das ist ein Witz, oder?«

Sie schütteln den Kopf. Ich umklammere das Handy in meiner Hand fester. Ein heißer Knoten bildet sich in meinem Bauch und lodert so heftig, dass ich Angst habe, von innen heraus zu verbrennen. Binnen Sekunden habe ich die App selbst geöffnet und sehe schwarz auf weiß, dass die beiden die Wahrheit sagen. Asher hat meine Miete bezahlt. Wie zur Hölle kommt er darauf, dass das nötig ist? Immerhin habe ich die Gehaltszahlungen für alle drei Monate erhalten. Damit komme ich für die nächste Zeit gut über die Runden.

Ich knirsche so fest mit den Zähnen, dass es wehtut. Denkt er, dass er mich so zurückgewinnt? Durch einen Haufen Blumen und Geld? Er mag Multi-Millionär sein, aber selbst er sollte wissen, dass Geld nicht jedes Problem aus der Welt schafft. Und eines, das auf einem Vertrauensbruch basiert, schon gar nicht.

»Ich überweise es ihm zurück«, erkläre ich, während ich bereits die notwendigen Schritte dafür in die Wege leite.

»Vielleicht redest du vorher mit ihm. Ich meine, dass er deine Miete bezahlt, grenzt an eine Verzweiflungstat.« Ty klingt ein bisschen zu mitfühlend für meinen Geschmack.

»Das sind Peanuts für ihn. Er soll bloß nicht denken, dass ich weich werde, wenn ich es behalte.« Aus den Augenwinkeln bemerke ich, dass die beiden einen Blick wechseln.

»Es ist natürlich dein gutes Recht, sauer zu sein. Aber vielleicht machst du ihm noch einmal klar, dass du keinen Kontakt willst«, gibt Rob zu bedenken.

Asher hat meine Worte bereits beim ersten Mal verstanden. Er will sie nur nicht akzeptieren.

»Diese Transaktion sollte ihm alles sagen, was er wissen muss«, erwidere ich schlicht und drücke auf *Überweisen*. In diesem Moment klingelt es an der Tür. Hoffentlich ist das der Lieferdienst mit dem Essen und kein weiterer Blumenstrauß. Rob steht auf und kommt wenige Minuten später mit zwei wohlduftenden Tüten zurück. Für den Rest des Abends spricht niemand mehr über Asher Brennon und seine Versuche, mich zurückzugewinnen.

Es dauert knapp vier Tage, bis er sich das nächste Mal meldet. Glücklicherweise hat der Blumenterror aufgehört, allerdings hat er die Monatsmieten knallhart zurück auf unser Konto überwiesen. Seitdem spielen wir ein munteres Spiel des hin und her Transferierens, dessen ich nicht müde werde, bis er endlich aufgibt.

Um nicht den ganzen Tag über zu Hause zu sitzen, habe ich einen Minijob in Robs Kanzlei angefangen. Es ist nichts besonders Anspruchsvolles, aber es beschäftigt mich den Vormittag über. Als ich an diesem Mittag zurück zur Wohnung komme, treffe ich auf unseren Postboten, der mir neben der üblichen Werbung einen großen schweren Umschlag in die Hand drückt.

Im Appartement angekommen schmeiße ich die Prospekte direkt in den Müll und setze mich mitsamt Umschlag an den Küchentisch. Es steht kein Absender drauf, aber ich erkenne die ordentliche Schrift, in der mein Name geschrieben wurde. Für einen Moment bin ich versucht, den Brief ungeöffnet in den Müll zu schmeißen, doch leider siegt meine Neugier, weshalb ich ihn aufreiße und den Inhalt auf dem Couchtisch verteile.

Wie schon bei den Blumen liegt eine handgeschriebene Karte dabei, außerdem ein vom Notar beglaubigtes Dokument, das wie eine Besitzurkunde aussieht, und eine Art Dossier mit der Abbildung eines Hauses. Ein schmerzhafter Stich durchzuckt meine Brust. Auch wenn ich es nur ungern zugebe, vermisse ich Asher. Mein Kopf weiß, dass es keinen Sinn macht, diese Beziehung erneut aufzuwärmen. Sie würde immer wieder in einer Trennung und Liebeskummer enden. Asher und ich mögen für schöne Momente geschaffen sein, aber der Ausgang unseres zweiten Versuchs eines gemeinsamen Lebens zeigt, dass wir nicht für die Ewigkeit bestimmt sind. Jetzt muss nur noch mein Herz von dieser Wahrheit überzeugt werden.

*Ich weiß, dass du immer noch nicht bereit bist, mit mir zu sprechen. Während unserer Tage in den Hamptons war ich glücklicher als je zuvor und du würdest lügen, wenn du bestreitest, dass es bei dir nicht genauso war. Deshalb hoffe ich, dass du dieses verspätete Weihnachtsgeschenk nicht verschmähst.*

*A.*

In meinem Bauch flattert es aufgeregt. Etwas zu hektisch greife ich nach den Unterlagen und blättere sie durch. Das notariell beglaubigte Dokument ist tatsächlich eine Besitzurkunde für ein Haus in den Hamptons und das beigefügte Dossier listet jede Kleinigkeit auf, die diese Immobilie zu bieten hat. Einen Innen- und Außenpool. Eine Sauna. Fünf Schlafzimmer. Eine Küche, die zumindest von den Fotos her aussieht, als wäre sie größer als Prestons gesamte Wohnung. Ein riesiges Wohnzimmer, samt Esszimmer. Räume zum Vergnügen, Entspannen und sich auspowern. Glücklicherweise steht kein Preis dabei, denn sonst wäre ich vermutlich in Ohnmacht gefallen.

Asher hat mir ein Haus in den Hamptons gekauft. Er hat während unserer Rückfahrt aufmerksam zugehört und sich gemerkt, dass ich mir vorstellen könnte, dort zu leben.

Jeder normale Mensch hätte im Laufe seines Lebens versucht, Geld für so eine Immobilie anzusparen, aber Asher schüttelt das notwendige Kleingeld dafür einfach aus dem Ärmel. Der kurze Anflug von Zuneigung, der mich eben gestreift hat, schwindet. Ich lege die Papiere zurück auf den Tisch und schnappe mir stattdessen mein Handy. Es dauert keine fünf Sekunden, bis eine mir vertraute, tiefe Stimme am anderen Ende der Leitung erklingt.

»Er hat mir eine Luxusvilla gekauft, Pres. In den Hamptons. Du musst mit ihm reden. Das geht so nicht weiter.«

*Asher*

Ich hätte nie gedacht, dass in meinem Penthouse jemals ein Baby schreit. Und trotzdem sitzt Marlie mir gerade gegenüber und versucht ihre – zugegeben bezaubernd aussehende – Tochter zu beruhigen.

»Dein Besuch freut mich, aber wenn du sie nicht abstellst, weißt du, wo der Ausgang ist.« Ich lehne mich auf dem Sofa zurück und lege einen Arm auf der Lehne ab. Marlie wirft mir einen gespielt genervten Blick zu, der so viel sagt wie: Du schmeißt mich niemals raus, weil ich die Einzige bin, die dir helfen kann. Und leider ... hat sie recht.

Romy hat nicht auf meine Blumengrüße geantwortet und ihre Reaktion darauf, dass ich ihre Miete übernommen habe, war lediglich eine Transaktion, die das Geld zurück auf mein Konto hat fließen lassen. Weil ich keine große Auswahl an Freunden habe und mit Preston sicher nicht meine Situation bespreche, musste ich auf Marlie zurückgreifen.

Sobald ihr kleiner Schreihals sich beruhigt hat und wieder seelenruhig an einem Schnuller nuckelt, schlägt sie die Beine übereinander und sieht mich abwartend an.

»Du hast es also verbockt.« Keine Frage, sondern eine Aussage. Ich unterdrücke ein Zähneknirschen. Es wurmt mich, dass sie direkt davon ausgeht, es wäre meine Schuld.

»Offensichtlich«, erwidere ich genervt, wobei ich mir durch das viel zu lang gewordene Haar fahre.

»Erzähl mir alles«, verlangt sie, woraufhin ich ihr eine Zusammenfassung der letzten Monate gebe. Und dabei lasse ich nichts aus. Von meinem Erstkontakt mit dem FBI über Romys Überfall bis hin zu unserem letzten Gespräch in meiner Wohnung erfährt Marlie alles. Jetzt, wo ich den ganzen Mist loswerde, den ich mit mir herumschleppe, merke ich, wie gut es mir tut, mit ihr zu sprechen. Auch wenn ich es lange Zeit nicht einsehen wollte, muss ich mir eingestehen, dass Marlie schon immer mehr als nur eine Angestellte gewesen ist. Sie ist das, was einer besten Freundin am nächsten kommt.

Nachdenklich tippt sie sich mit ihrem maniküreten Finger ans Kinn. »Hast du mal drüber nachgedacht, dass ihr all diese kostspieligen Aufmerksamkeiten nichts bedeuten?«

»Inwiefern?« Ich runzle irritiert die Stirn.

»Romy erscheint mir nicht wie jemand, der viel Geld braucht, um glücklich zu sein. Ich denke, dass sie andere Dinge mehr wertschätzt. Du musst also etwas finden, das tiefer geht. Ihr zeigen, wie ernst du es meinst.« Marlie greift nach ihrem Wasser und nippt daran, während ich über die Bedeutung ihrer Worte grüble.

»Wie mache ich das?«

Sie lacht glockenklar.

»Darauf musst du schon selbst kommen. Wenn ich es richtig verstanden habe, fühlt sie sich hintergangen. In ihrem Vertrauen betrogen. Zeig ihr, dass sie sich auf dich verlassen kann. Immer.«

In meinem Kopf beginnt es zu rattern. Doch sämtliche Ideen, die zum Vorschein kommen, verwerfe ich direkt wieder, weil sie alle den Einsatz meines Vermögens erfordern.

Mein Handy vibriert. Ein Blick aufs Display reicht, um zu sehen, dass es sich bei dem Anrufer, um die Rezeption handelt.

»Ja?«

»Mister Brennon, ich wollte Sie nur darüber informieren, dass ein Gast auf dem Weg zu Ihnen ist.« Die Stimme der Rezeptionistin ist freundlich und weil die Person ohne meine Einwilligung Zugang zum Aufzug bekommen hat, muss sie auf der Liste stehen. Und die ist sehr kurz.

Mein Herz macht einen verräterischen Satz. Ist es möglich, dass Romy vorbeikommt? Ohne auf Marlies verwunderten Blick einzugehen, springe ich auf und laufe mit langen Schritten Richtung Fahrstuhl. Selbst wenn sie mir nur den Umschlag mit den Unterlagen für das Haus zurückgeben will, wäre es mir das wert. Mein Körper verzehrt sich so sehr nach ihr, dass hoffentlich ein kurzer Moment mit ihr reicht, um mich die nächsten Wochen über Wasser zu halten. Oder so lange, bis sie mir verzeiht.

Mein Magen hüpft aufgeregt, je näher der Fahrstuhl kommt. So wie jetzt, habe ich mich noch nie in meinem Leben gefühlt. Die Türen gleiten lautlos auf. Enttäuschung bricht wie ein Tsunami über mich herein. In der Kabine steht zwar ein Nolan, aber das falsche Geschwisterteil.

»Was machst ...« Ich schaffe es nicht, den Satz zu beenden, bevor Prestons Faust auf mein Gesicht trifft. Ein höllischer Schmerz explodiert hinter meiner Nase. Überrascht taumle ich einige Schritte zurück. So viel Kraft habe ich ihm nicht zugetraut.

»Verdammte Scheiße«, flucht er und schüttelt sich die Hand. Ich hingegen betaste mein Gesicht und stelle erleichtert fest, dass die Nase heil geblieben ist. Verdient hätte ich es. »Das war dafür, dass du Romy schon wieder das Herz gebrochen hast«, fügt er hinzu und schiebt sich an mir vorbei ins Appartement.

»Dir auch Hallo«, murmle ich und folge ihm. Er geht schnurstracks in die Küche und bedient sich an meinem Eisfach. Mit einer Packung Tiefkühlerbsen sinkt er aufs Sofa und begrüßt Marlie, die bereits dabei ist aufzubrechen. Trotz des Trubels schläft ihre Tochter seelenruhig weiter, als würde sie von all dem nichts mitbekommen.

»Danke, ich brauche kein Eis«, knurre ich, während die Schmerzen des Schlages noch immer in meinem Kopf nachhallen.

»Hättest auch keins gekriegt«, erwidert Preston bissig und begutachtet besorgt seine Hand. Ich unterdrücke ein Augenrollen und begleite Marlie zum Aufzug.

»Hier ist zu viel geballtes Testosteron für meinen Geschmack, deshalb mache ich mich wieder auf den Weg. Berichte mir Montag von deiner Idee, wie du Romy zurückgewinnst.« Sie winkt zum Abschied und verschwindet im Aufzug.

Preston hingegen sitzt immer noch mit grimmiger Miene auf dem Sofa, als ich neben ihn falle und seine mit Tiefkühlerbsen bedeckte Hand betrachte.

»Geht's dir jetzt besser?«

»Eindeutig, ja.« Er nickt bestätigend, bevor er sich mir zuwendet und mir fest in die Augen schaut. »Was sind deine nächsten Schritte, um Romys Vergebung zu erlangen?«

Verblüfft blinzle ich ein paar Mal.

»Wie bitte?«

Preston verdreht genervt die Augen.

»Hasse ich dich dafür, dass du ihr wehgetan hast? Natürlich. Habe ich dieses Ende kommen sehen? Hundertprozentiges Ja. Empfinde ich dich trotzdem als beste Wahl für sie, anstelle eines der anderen Wichser da draußen? Definitiv.«

Ich bin selten sprachlos, aber Prestons kleine Rede führt dazu, dass mir die Worte fehlen. Er ist die letzte Person auf der ganzen Welt, von der ich dachte, er würde Partei für mich ergreifen. Wenn er die Chance gehabt hätte, wäre seine Faust vermutlich schon vor zehn Jahren in meinem Gesicht gelandet.

»Guck nicht so überrascht. Du bist mein bester Freund. Mir liegt auch was an deinem Glück.« Er stupst mich mit der Schulter an und holt mich damit aus meiner Starre.

»Das ist keine Falle oder so?« Misstrauisch mustere ich ihn erneut, weshalb er den Kopf schüttelt.

»Kein Trick, ich schwöre. Romy lässt es sich zwar nicht anmerken, aber ich erkenne, wenn sie leidet, und du fehlst ihr.«

Meine Brust fühlt sich plötzlich enger an als noch vor wenigen Minuten. Ich fahre mit der Hand darüber, in der Hoffnung, dass es hilft, doch es ändert nichts daran, dass ich keine Luft bekomme.

»Sie hatte genug Gelegenheiten, auf mich zuzukommen«, murmle ich, während ich die Schultern kreisen lasse. Aber auch das hilft nicht.

»Es ist nicht ihre Aufgabe, das zu klären. Du hast Mist gebaut und inzwischen solltest du gemerkt haben, dass deine kostspieligen Geschenke nicht gut ankommen.«

Ich unterdrücke ein Augenrollen. Er klingt genau wie Marlie.

»Was schlägst du also vor?« Mit hochgezogenen Augenbrauen sehe ich meinen besten Freund an. Nachdenklich fährt er sich mit der gesunden Hand übers Kinn.

»Beginn erstmal mit der Wahrheit. Dann eine große Geste. Etwas, das ihr zeigt, dass du es ernstmeinst. Schließ deine Firma und konzentrier dich ausschließlich auf sie. Finde ihren Tagesablauf heraus und begleite sie zu ihren Terminen, damit sie nicht allein unterwegs ist.«

»Das nennt sich Stalking«, entgegne ich trocken, doch Preston zuckt nur desinteressiert mit den Schultern.

»Einige Frauen finden das sicherlich romantisch.«

»Romy auch?« Meine Skepsis ist kaum zu überhören.

Preston betrachtet mich mit einem vielsagenden Blick und ich seufze. Natürlich kenne ich Romys hoffnungslos romantische Seite und die Tatsache, dass sie ausgerechnet mich liebt, kommt ihr da nicht zugute. Denn ich bin so ziemlich der unromantischste Mann dieser Welt.

Je länger ich über Prestons Vorschlag nachdenke, desto mehr komme ich zu dem Schluss, keine andere Wahl zu haben. Ich werde einen Versuch wagen, selbst wenn das bedeutet, dass Romy mir die Polizei auf den Hals hetzt.

»Also ... dann erzähl mir mal, wie der Tagesablauf deiner Schwester neuerdings aussieht.«

# 23

*Romy*

Zwei Stufen auf einmal nehmend, haste ich die Treppe hinunter. Mein Wecker hat heute Morgen nicht geklingelt und wenn Tyler in der Küche keinen Teller zerbrochen hätte, wäre ich noch später aufgewacht. In einer Viertelstunde muss ich in der Kanzlei sein. Ein unmögliches Unterfangen beim morgendlichen New Yorker Verkehr. Trotzdem bin ich ambitioniert genug, es zu versuchen.

Die Tür fällt hinter mir ins Schloss und der Straßenlärm begrüßt mich wie eine alte Freundin. Doch das Hupen der Autos und das hektische Klingeln der Fahrradfahrer rückt in den Hintergrund, als ich den Blick hebe und jemanden an der gegenüberliegenden Straßenlaterne lehnen sehe.

Die Welt bleibt für einige Sekunden stehen. Mein Herz macht einen verräterischen Satz und mein Magen schlägt einen Salto. Mir liegt das »Was machst du hier?« bereits auf der Zunge, aber ich schlucke es herunter.

Ashers Haar ist länger als vor wenigen Wochen. Sein Drei-Tage-Bart hat sich verdichtet, weshalb er noch verwegener aussieht. Er hat die Hände in den Taschen seines dunklen Mantels vergraben und sieht mich direkt an. Uns trennen nur wenige Meter, dennoch erkenne ich die Sehnsucht in seinen zartbitterbraunen Augen.

Ich schlucke. Versuche, mich zu sammeln und beschließe, meinen Weg anzutreten. Ohne ihn zu fragen, warum er vor meiner Haustür wartet. Ohne ihm in die Arme zu fallen und zu sagen, wie sehr er mir fehlt. Stattdessen hebe ich lediglich das Kinn an und marschiere los Richtung U-Bahn. Aus den Augenwinkeln sehe ich, wie er mir mit einigen Metern Abstand folgt.

Ich werfe einen flüchtigen Blick auf meine Armbanduhr. Er müsste längst im Büro sein. Woher nimmt er sich die Zeit, mich zur Arbeit zu begleiten? Denn auch wenn ich das nicht erwartet habe, steigt er mit mir in die U-Bahn. Asher Brennon im Untergrund von New York. Wenn mir das jemand vor drei Monaten gesagt hätte, wäre ich vor Lachen umgefallen.

Aber er ist hier. Etwa eine Armlänge von mir entfernt und hält sich an einer Stange fest, während ich den letzten Sitzplatz ergattert habe. Er folgt mir bis zur Kanzlei. Ich werfe ihm einen letzten Blick über die Schulter zu, bevor ich das Gebäude betrete. Er bleibt auf dem Gehweg zurück und sieht mir lediglich hinterher.

Als ich Feierabend mache, ist er immer noch da. Oder schon wieder. Die Frage brennt mir auf der Zunge, aber ich bin zu stolz, um sie auszusprechen. Stattdessen treten wir schweigend den Heimweg an. Von diesem Tag an holt er mich jeden Morgen ab, bringt mich zur Arbeit und begleitet mich wieder zurück. Selbst als ich am Wochenende zum Einkaufen gehe, ist er da und trägt ganz selbstverständlich meine Tüten. Mich beschleicht das leise Gefühl, dass Rob und Ty mit ihm in Verbindung stehen und ihm meinen Tagesablauf mitteilen. Wie sollte er sonst immer dann auftauchen, wenn ich das Haus verlasse?

Irgendwann halte ich es nicht mehr aus.

»Musst du nicht ins Büro? Wartest du, während ich arbeite die ganze Zeit in der Kälte? Wieso begleitest du mich überhaupt?« Die Fragen purzeln aus meinem Mund, bevor ich sie aufhalten kann. Und es sind nur ein Bruchteil derer, die mir auf der Seele brennen.

Ashers Mundwinkel zucken. Er steht auf dem Bürgersteig, während ich bereits die ersten Stufen Richtung Wohnhaus erklommen habe. »Ich habe meine Prioritäten angepasst, Romy. Damit will ich dir zeigen, dass du mir viel wichtiger bist, als der Job es jemals sein könnte.«

Bei seinen Worten wird mir warm. Ich schlucke, öffne den Mund und schließe ihn direkt wieder. Denn ich finde keine passende Antwort. Alles, was ich weiß, ist, wie sehr es mir gefällt, dass er wieder in meiner Nähe ist. Es vermittelt mir ein Gefühl von Sicherheit.

»Okay«, erwidere ich also nur, drehe mich um und verschwinde im Inneren des Hauses. Während ich den Fahrstuhl betrete, vergrabe ich mein Gesicht in den Händen.

»Okay? Wie sinnlos war das denn?« Hitze steigt mir in die Wangen. Für einen Moment bin ich versucht, zurückzulaufen und ihm eine andere Antwort zu geben. Eine passendere. Auch wenn mir keine einfällt. Also verwerfe ich den Gedanken wieder und betrete die WG.

Tief dröhnendes Lachen dringt an meine Ohren und verrät, dass mein Bruder zu Besuch ist. In letzter Zeit hält er sich oft hier auf und hat selbst zu Tyler und Rob eine Freundschaft aufgebaut. Als ich ins Wohnzimmer komme, lümmeln die drei auf dem Sofa, wobei Ty und Pres die Köpfe zusammenstecken und sich ein Video auf dem Handy ansehen.

»Kannst du das glauben? Fast eine Million Aufrufe. Eine Million! Ich fasse es nicht, wie viele Menschen sich für meine Gesangsvideos interessieren.« Ty klingt ehrfürchtig und überrascht zugleich. Ich trete hinter die beiden und erhasche einen Blick auf das Display.

»Ich habe dir gesagt, dass Social Media ein Gamechanger ist. Jetzt müssen nur noch die richtigen Leute darauf aufmerksam werden.«

Mein Bruder und mein Mitbewohner zucken zusammen. Grinsend umrunde ich das Sofa und setze mich neben Rob.

»Jemand sollte dir ein Glöckchen umhängen, damit du dich nicht mehr anschleichen kannst«, brummt Pres, was mein Grinsen noch breiter macht.

»Vielleicht solltest du deine Umgebung aufmerksamer beachten«, entgegne ich schulterzuckend und strecke mich. Preston murmelt etwas Unverständliches und wendet sich wieder seinem Gespräch mit Tyler zu.

»Fang auch an, Videos zu drehen. Das würde deinem Cateringservice sicher mehr Aufmerksamkeit bringen.« Ty ist direkt Feuer und Flamme, während mein Bruder eher skeptisch wirkt.

»Wer würde mich denn Kochen sehen wollen?«

»Jeder, der sich dafür interessiert und eine Menge junger Frauen, die dich attraktiv finden«, erwidert Tyler schulterzuckend.

Preston sieht ihn mit gerunzelter Stirn an.

»Du musst noch so viel lernen«, murmelt Ty und klopft ihm beruhigend aufs Knie. »Du bist attraktiv und Frauen stehen auf Männer, die kochen. Schneide ein Video zusammen, hau einen trendigen Sound drunter und ich garantiere dir, du kannst dich vor Aufträgen nicht mehr retten.« Während die beiden in eine neue Diskussion versinken, stupst Rob mich mit der Schulter an.

»Agent North hat mich heute angerufen. Er wollte mitteilen, dass Dan bis auf Weiteres auf freiem Fuß ist.« Sein Gesichtsausdruck gleicht dem Aufruhr in meinem Inneren.

»Ich fasse es nicht, dass er damit durchkommt.« Am liebsten würde ich auf etwas einschlagen, um meiner Wut darüber freien Lauf zu lassen. Während ich beinahe ins Gefängnis musste, obwohl ich nichts getan habe, darf Dan munter über New Yorks Straßen spazieren.

»Manchmal ist unser Rechtssystem scheiße, ja.« Er wirft mir ein mitfühlendes Lächeln zu, was meinen Ärger allerdings nicht mildert. Dan hätte es genauso verdient, hinter Gittern zu sitzen wie Russell. Apropos ...

»Weißt du, welche Strafe Russell bevorsteht?« In der Zeitung habe ich lediglich gelesen, dass er sich durch Kaution freigekauft hat und bis zum Prozess nicht ins Gefängnis, aber in der Stadt bleiben muss. Bei ihm besteht wohl erhöhte Fluchtgefahr, weshalb er jetzt mit einer Fußfessel lebt.

Rob wackelt nachdenklich mit dem Kopf.

»Wenn ich den Aussagen der Zeitungen Glauben schenken darf, hat er Gelder in Millionenhöhe veruntreut und es über mehrere Start-up Unternehmen reingewaschen. Von daher rechne ich mit mindestens vierzig Jahren Gefängnis.«

Mein überraschtes Aufatmen geht in der ertönenden Klingel unter. »Habt ihr Essen bestellt?«

Die Jungs schütteln den Kopf.

»Erwartest du noch jemanden?« Tyler sieht in meine Richtung, doch ich verneine. Es hat sich niemand angekündigt. Preston ist bereits hier und die einzig andere Person, die jetzt im Flur stehen könnte, wäre Asher.

Mein Herz macht einen Satz und galoppiert davon, während ich aufstehe, um zur Wohnungstür zu laufen. Meine Finger zittern vor Aufregung, als ich die Klinke ergreife und nach unten drücke. Um ein Haar hätte ich angefangen zu weinen, denn vor mir steht nicht Asher. Sondern Charlotte.

»Alles okay? Du siehst aus, als würdest du jeden Moment ohnmächtig werden.« Sie betrachtet mich besorgt von oben bis unten, bis sie sich an mir vorbeischiebt, ohne auf eine Einladung zu warten.

»Bitte, komm doch rein«, murmle ich, nachdem ich mich wieder gefasst habe. Aus dem Wohnzimmer dringen die Stimmen meiner Mitbewohner und meines Bruders.

»Lass uns ein Video aufnehmen, in dem du eine Gurke superschnell schnippelst. Guck nicht so. Kann auch eine Karotte sein. Je nachdem, was wir da haben. Wenn das gut läuft, reden wir nochmal über deine Social-Media-Karriere.« Tyler klingt ähnlich aufgeregt wie an dem Tag, als er uns seine neue Gitarre präsentiert hat.

»Ich weiß nicht, Mann.« Prestons Stimme dagegen ist unfassbar ernüchternd.

»Er lässt nicht locker, bis du es wenigstens versuchst«, wirft Rob ein.

Preston stöhnt.

Meine Mundwinkel zucken und Charlotte wirkt höchst verwirrt.

»Am besten wir unterhalten uns in meinem Zimmer«, schlage ich vor und öffne die Tür nebenan. Sobald wir allein sind, lehne ich mich dagegen und schaue sie mit vor der Brust verschränkten Armen an.

»Also ... hat Asher dich geschickt?«

Charlotte sinkt auf meinen Sessel und schüttelt den Kopf. »Nope. Ich bin aus freien Stücken hier.«

Langsam stoße ich mich von der Tür ab, schlendere zum Bett und mache es mir dort gemütlich. Wenn ich es mir genau überlege, wirkt sie nicht so, als wäre sie beruflich hier. Sie ist leger in Leggings uns einem Oversized-Pullover gekleidet, der ihre komplette Figur verschluckt. Ihre blonden Haare sind zu einem unordentlichen Dutt zusammengefasst und sie ist ungeschminkt.

»Weshalb besuchst du mich?« Bisher ist es nie zu einem privaten Kontakt gekommen. Auf der Spendengala haben wir uns zwar gut verstanden und für einen Moment keimte der Wunsch in mir auf, mit ihr befreundet zu sein, aber sie hat nie Interesse gezeigt.

»Asher hat unsere Zusammenarbeit beendet.« Wenn ich nicht schon sitzen würde, hätte ich spätestens jetzt einen Stuhl gebraucht.

»Wie bitte?«

Charlottes Mundwinkel zucken. »Asher hat unsere Zusammenarbeit beendet«, wiederholt sie betont langsam, damit ich jedes Wort verstehe.

»Warum?« Er war zufrieden mit Charlottes Arbeit. Immerhin hat er Dan durch sie gefunden. Allein die Erinnerung daran stößt mir übel auf.

»Wegen dir, natürlich.« Ein sanfter Ausdruck legt sich auf ihre Züge, als sie mich ansieht. Ein erneutes »Warum« liegt mir auf der Zunge, doch sie beginnt bereits weiterzusprechen. »Kurz bevor du bei AB International begonnen hast, hat Asher mich engagiert. Ich sollte die Person finden, die falsche Tatsachen über ihn und die Firma behauptet. Dadurch bin ich auf Russell gestoßen und aufgrund meiner Nachforschungen ist das FBI auf mich aufmerksam geworden. Agent North und ich haben früher bei derselben Einheit gearbeitet. Er kannte Ashers Verbindung zu Russell und hat mich gebeten, ein Gespräch zu arrangieren.«

Ich sehe Charlotte mit offenem Mund an. »Das heißt, Asher und Agent North kannten sich bereits, als ich der Geldwäsche beschuldigt wurde?« Mein Magen zieht sich schmerzhaft zusammen und auf einmal wird mir speiübel. Wie konnte er mich nur so im Regen stehen lassen?

»Hör bitte weiter zu, bevor du voreilige Schlüsse ziehst. Asher hat lediglich sein Geld zur Verfügung gestellt, damit die FATF verfolgen konnte, ob Russell seine Bücher fälscht. Nachdem er von deinem Verhör erfahren hat, wollte er seinen Deal mit North ändern. Ursprünglich umfasste er nur Schutz für seine Mom, damit sie keiner Medienwelle ausgesetzt wird. Asher hat verlangt, dich mit einzuschließen, aber North hat ihm dies verweigert.«

»Wieso hat er es mir nicht erzählt?«, frage ich leise, während meine Finger am Saum meines Pullovers nesteln.

»Durfte er nicht. Er hat eine Verschwiegenheitserklärung unterschrieben«, entgegnet Charlotte sanft.

»Und die Sache mit Dan? Ich hatte ihn gebeten, sich rauszuhalten, und er hat sich darüber hinweggesetzt.«

Charlotte seufzt.

»Das war ein Fehler, aber in dem Moment hat er nicht über dessen Auswirkungen nachgedacht. Er wollte dich aus der Schusslinie ziehen. Ohne Dans Aussage wäre das nicht möglich gewesen. Es war falsch von ihm, diese Entscheidung ohne deine Zustimmung zu treffen, aber er bemüht sich wirklich, dich zurückzugewinnen.«

Schweigend warte ich darauf, dass sie weiterspricht. In meinem Inneren herrscht totales Chaos. Einerseits verstehe ich sein Handeln und auch seinen Deal mit dem FBI. Er hätte alles getan, um Russell zu stürzen. Seine Abneigung gegen ihn war bei der Spendengala mit den Händen greifbar. Andererseits weiß ich nicht, ob ich darüber hinwegkomme, dass er meine Grenzen nicht akzeptiert.

»Er hat unsere Geschäftsbeziehung beendet, weil er sichergehen wollte, dass du nie wieder das Gefühl hast, er sei nicht vertrauenswürdig. Wenn ich weiterhin in seinem Auftrag agiere, wäre das nicht möglich gewesen. Gib ihm eine zweite Chance. Er hat sein Arbeitspensum runtergeschraubt, um bei dir zu sein. Wenn du mich fragst, würde er sogar seine Firma verkaufen, wenn du ihn darum bittest. Er ist hoffnungslos in dich verliebt. Auch wenn er das nicht mit Worten zum Ausdruck bringt.«

Ich öffne den Mund und schließe ihn wieder. Ist das die große Geste von denen immer in Büchern und Filmen die Rede ist? Asher mag nicht der romantische Typ sein, aber vielleicht ist das seine Art, mir zu zeigen, dass er endlich bereit ist, sich zu ändern. Wobei ich das nach unserem Hamptons-Trip bereits gedacht habe.

Charlotte zwinkert mir zu, steht auf und verlässt mein Schlafzimmer. Ich hingegen bleibe nachdenklich auf dem Bett zurück. All das, was sie mir in den vergangenen Minuten erzählt hat, ist schön und berührt einen Punkt tief in mir.

Inzwischen ist genug Zeit vergangen, um mir über alles klar zu werden. Die Wochen, in denen Asher und ich zusammen waren, waren die glücklichsten seit Langem. Damals habe ich den Mann gesehen, der er sein könnte, wenn er es nur zuließe. Denn in ihm steckt mehr als der kalte, knallharte CEO.

Es fällt mir zudem schwer, mir ein Leben ohne Asher vorzustellen. Vor zehn Jahren ist es mir zwar gelungen, über ihn hinwegzukommen, doch ich habe mich erneut in Asher verliebt und werde ihm eine dritte Chance geben. Wann genau ich dafür bereit bin, weiß ich allerdings nicht. Denn ich kann ihm nicht von heute auf morgen verzeihen, was er getan hat. Aber wenn Asher mich wirklich liebt und eine gemeinsame Zukunft für uns will, wird er warten, bis ich bereit dazu bin.

# 24

*Romy*

In den kommenden Wochen behalten Asher und ich unser tägliches Ritual bei. Er holt mich von zu Hause ab, begleitet mich zur Arbeit und bringt mich abends wieder zurück. Der einzige Unterschied: Wir beginnen, uns zu unterhalten.

Ich erzähle von Robs neuem Jobangebot und dass sich eine Plattenfirma bei Tyler gemeldet hat. Asher berichtet von Marlie, die seit Anfang des Jahres wieder für ihn arbeitet, aber bei Weitem nicht das Pensum von früher schafft. Sie hat die Stunden reduziert, um mehr Zeit für ihre kleine Familie zu haben. Auch wenn beide unterschiedliche Gründe für ihren neuen Arbeitsalltag haben, ergänzt es sich gut.

An manchen Tagen fahren wir mit der U-Bahn. An anderen bringt uns Ashers Chauffeur oder er fährt selbst. Irgendwann gehen wir sogar dazu über, einen Zwischenstopp für Kaffee einzulegen, bevor es weiter zur Arbeit geht. Wir reden über belanglose Dinge, aber nie über uns. Trotzdem ist es schön, Zeit mit Asher zu verbringen. Uns langsam wieder anzunähern. Kleine Berührungen auszutauschen, wenn unsere Finger sich beim Gehen streifen oder er mir in unbedachten Momenten eine Strähne aus dem Gesicht streicht, die der Wind dorthin geweht hat.

Je länger wir uns sehen, desto mehr verraucht meine Wut. Es stimmt, dass die Zeit alle Wunden heilt. Vor allem, weil ich sehe, wie sehr er sich bemüht. Er geht viel offener mit seinem Leben um. Verschließt sich nicht mehr wie noch vor ein paar Monaten. Seine Mom verlässt demnächst die Klinik und freut sich bereits auf ihren Platz in einem Wohnheim, den Asher ihr organisiert hat. Der Trubel um Russell hat sie weniger aufgeregt als erwartet und trotzdem macht Asher sich große Sorgen um sie. Zudem fiebert er dem Tag des Prozesses entgegen, der all dem ein Ende bereitet. Unserer Vergangenheit einen Deckel aufsetzt, damit wir sie sicher wegschließen und uns auf die Zukunft konzentrieren können.

Jeden Abend schlafe ich mit einem Lächeln ein, denn ich weiß, dass Asher am nächsten Morgen an der Laterne gegenüber meiner Wohnung auf mich wartet. Bis er es nicht mehr tut.

Das Erste, was mir auffällt, als ich an jenem Mittwochmorgen den Bürgersteig betrete, ist seine Abwesenheit. Irritiert werfe ich einen Blick auf die Uhr an meinem Handgelenk.

Halb acht. Genau die Uhrzeit, zu der ich normalerweise das Haus verlasse. Einen Moment lang überlege ich, allein loszulaufen, doch den Gedanken verwerfe ich schnell wieder. Wahrscheinlich steckt er im Verkehr fest.

Aber auch zehn Minuten später ist er noch nicht da. Unruhig trete ich von einem Fuß auf den anderen. Schaue sogar auf mein Handy in der Hoffnung, er hätte angerufen oder eine Nachricht geschrieben, allerdings ist nichts auf dem Display zu sehen. Lediglich die großen weißen Zahlen der Uhrzeit, die mich daran erinnern, viel zu spät dran zu sein.

Nachdem ich einen letzten Blick die Straße runtergeworfen habe, beschließe ich, den Arbeitsweg allein anzutreten.

Während ich mich in das dichte morgendliche Gedränge der U-Bahn stürze, checke ich immer wieder mein Handy. Doch es bleibt weiterhin stumm. Meine Schritte werden langsamer. Ein Fremder rempelt mich so heftig an, dass ich beinahe stürze, und schimpft dann, als wäre es meine Schuld gewesen. Wenn Asher bei mir wäre, hätte sich das niemand getraut. In den letzten Wochen haben die anderen Pendler uns ausreichend Platz gelassen. Als würde Ashers Aura schon ausreichen, damit sie ihm aus dem Weg gehen.

»Ach, fuck it«, murmle ich, während ich seine Nummer wähle.

Es klingelt einmal, bevor ich direkt zur Mailbox weitergeleitet werde. Ashers beherrschte Stimme dringt an mein Ohr und befiehlt regelrecht, eine Nachricht zu hinterlassen. Aber ich denke gar nicht daran, sondern lege auf. Er muss sehr beschäftigt sein, wenn er nicht mal ans Telefon geht. Oder er ist es leid geworden zu kämpfen, ohne Resultate zu sehen. Dabei finde ich unsere Fortschritte beachtlich. In den letzten Wochen sind wir nicht einmal in eine hitzige Diskussion geraten. Das ist mehr als wir in zweieinhalb Monaten Zusammenarbeit geschafft haben.

Nervös knabbere ich an meinem Daumennagel. Immer mehr Menschen schimpfen darüber, dass ich in einer überfüllten U-Bahn-Station den Weg verstopfe. Also setze ich mich wieder in Bewegung und versuche erneut, Asher zu erreichen. Wieder ohne Erfolg. Danach rufe ich Preston an, der direkt rangeht.

»Wie geht's, wie steht's, Schwesterherz?«

Ich unterdrücke ein Augenrollen. Es ist mir schleierhaft, warum manche Menschen am Morgen schon so fröhlich sind.

»Weißt du, wo Asher ist?«, entgegne ich, ohne auf seine Frage einzugehen.

»Nein. Im Normalfall textet er mir nicht dauerhaft seinen Standort. Ist alles okay? Hat er dich nicht abgeholt?« Er klingt plötzlich viel ernster als noch vor wenigen Sekunden.

»Ich weiß es nicht. Er war heute Morgen nicht da und jetzt geht er nicht ans Telefon. Kannst du versuchen, ihn zu erreichen?« Ein unangenehmes Druckgefühl breitet sich in meiner Magengegend aus. Falls Asher Prestons Anruf annimmt, weiß ich immerhin, dass er nicht mit mir reden will.

»Klar, ich schreibe dir gleich.« Wir beenden das Gespräch

und ich lehne mich gegen die Wand neben mir. Es dauert höchstens zwei Minuten, bis Prestons Nachricht auf dem Handy auftaucht.

*Pres: Auch bei mir nur die Mailbox.*

Ich atme erleichtert aus, weiß zeitgleich allerdings nicht, ob mich das freut oder beunruhigt. Nachdenklich drehe ich das Handy zwischen den Fingern und gehe meine Optionen durch. Einerseits könnte ich in die Kanzlei fahren und meine Arbeit erledigen. Andererseits weiß ich, dass ich mich nicht richtig konzentrieren werde, bis ich weiß, was mit Asher ist. Deshalb tippe ich eine schnelle Nachricht an Rob und melde mich für heute krank.

Option zwei ist, zu Asher nach Hause zu fahren, in der Hoffnung, ihn dort anzutreffen.

Mit schnellen Schritten verlasse ich die U-Bahn-Station und rufe mir ein Taxi. Währenddessen versuche ich noch einmal, ihn anzurufen, werde diesmal allerdings direkt zur Mailbox geleitet. Mein ungutes Gefühl verstärkt sich. Wieso ist sein Handy ausgeschaltet? Auch auf Marlies Firmenapparat ertönt lediglich die automatische Ansage, dass aktuell niemand zu erreichen ist.

Sobald wir vor seinem Wohnkomplex halten, springe ich aus dem Wagen und hätte beinahe vergessen, den Fahrer zu bezahlen, wenn er mir nicht hinterhergerufen hätte. Nach einer verhaspelten Entschuldigung und einem großzügigen Trinkgeld sprinte ich auf den Eingang zu, wo Charlie mir freundlich lächelnd die Tür aufhält.

»Miss Nolan, eine schöne Überraschung! Ich habe Sie hier schon lange nicht mehr gesehen.« Der alte Portier strahlt eine derartige Ruhe aus, die sich direkt auf mich überträgt. Mein Herzschlag wird langsamer und ich spüre, wie sich meine Atmung normalisiert.

»Freut mich auch, Sie zu sehen! Wissen Sie, ob Asher noch da ist?«

Bedauerlicherweise schüttelt er den Kopf. Mein Magen sackt zusammen mit meinem Herzen in die Kniekehle. »Er hat vorhin das Gebäude mit einer Reisetasche verlassen und meinte, er müsse für ein paar Tage geschäftlich verreisen.«

»Was?« Entsetzt starre ich den Portier an, der mich mitleidig betrachtet. Ist das womöglich der Grund, weshalb sein Handy mich direkt zu Mailbox leitet? Weil er in einem Flugzeug Gott weiß wohin sitzt?

»Aber er wollte noch einmal ins Büro. Vielleicht haben Sie Glück und erwischen ...« Charlies letzte Worte höre ich nicht mehr, weil ich bereits auf dem Absatz kehrtgemacht habe und wieder Richtung Straße renne. Wild winkend versuche ich, ein Taxi auf mich aufmerksam zu machen und hätte vor Freude beinahe geweint, als direkt eins neben mir anhält. Ich gleite auf den Rücksitz und nenne dem Fahrer die Adresse, der sich daraufhin direkt in den Verkehr einfädelt.

Die Fahrt kommt mir unendlich lang vor, dabei sind die Straßen eher leer. Mein Körper kribbelt vor Aufregung, als endlich das Gebäude von *AB International* vor mir aufragt. Diesmal denke ich daran, zu bezahlen und verabschiede mich höflich, bevor ich aus dem Wagen stürze und ins Innere laufe.

Bert sieht mich überrascht an und öffnet den Mund, um etwas zu sagen. Doch ich schenke ihm nur ein knappes Lächeln und schlüpfe zwischen den Aufzugtüren hindurch, bevor er mich darauf aufmerksam machen kann, dass ich keinen Zutritt mehr zum Gebäude habe. Immerhin habe ich meinen Mitarbeiterausweis vor einer Weile per Post zurückgeschickt. Mit zitternden Fingern drücke ich den Knopf für die achtzigste Etage und sende ein Stoßgebet zum Himmel, Asher noch anzutreffen. Wenn er aufgrund eines geplanten geschäftlichen Termins verreisen muss, hätte er mir doch davon erzählt?

Von Etage zu Etage leert sich der Fahrstuhl, bis ich schließlich allein bin. Die Musik dudelt leise im Hintergrund, doch ich höre sie kaum, weil ich stattdessen das laute Rauschen meines Blutes wahrnehme. Mein Herz klopft viel zu schnell und ein drückendes Gefühl breitet sich in meiner Bauchgegend aus. Wie eine Mahnung, zu lange gewartet zu haben. Anders hätte handeln sollen. Ich hätte ihm früher signalisieren müssen, dass ich eine Zukunft für uns sehe, aber Zeit brauche, um mir über alles klar zu werden.

»Jetzt entspann dich mal«, murmle ich, froh darüber, allein im Fahrstuhl zu stehen. »Er ist ja nicht aus der Welt. Oder für immer weg.«

Die Fahrstuhltüren öffnen sich. Ich trete hinaus und weiß direkt, dass ich die einzige Person in diesem Stockwerk bin. Die Lichter laufen im Stromsparmodus. Marlies Schreibtisch ist nicht besetzt. Plötzlich fühlen sich meine Beine an, als bestünden sie aus Blei. Je näher ich Ashers Büro komme, desto schwerer werden sie. Ich greife nach der Klinke, drücke sie herunter und stehe einen Herzschlag später in seinem leeren Büro.

## *Asher*

Die Aufzugtüren öffnen sich beinahe geräuschlos. Die Ruhe, die mich in der achtzigsten Etage von *AB International* empfängt, ist eine willkommene Abwechslung zu der Hektik, die mich schon den ganzen Morgen in Schach hält. Wenn ich nicht so viele Sachen im Kopf gehabt hätte, wäre mir vielleicht aufgefallen, dass ich die wichtigste Akte für mein anstehendes Geschäftstreffen auf dem Schreibtisch liegen gelassen habe. Obwohl ich schon einmal hier war, um andere Dokumente zu holen. Marlie hat sich für heute kindkrank gemeldet. Die beiden anderen Mitarbeiter, die sonst noch mit mir in dieser Etage sitzen, haben Urlaub. Mein restliches

Team wuselt in den unteren Stockwerken herum und hält die Firma am Laufen. Sodass der Betrieb auch während meiner Abwesenheit gesichert ist.

Ich halte inne, als ich die geöffnete Bürotür sehe. Irritiert runzle ich die Stirn. Ich bin mir sicher, sie geschlossen zu haben. Lautlos pirsche ich mich heran und entdecke überraschenderweise Romy, die in meinem Schreibtischstuhl sitzt. Ihr Kopf ist gegen die Nackenstütze gelehnt und sie dreht sich samt Stuhl langsam im Kreis.

Sofort weicht sämtliche Anspannung aus meinem Körper. Stattdessen erfüllt mich eine altbekannte Wärme, die immer auftritt, wenn Romy in der Nähe ist. Sie vertreibt meine Rastlosigkeit und wegen ihr ging es mir die letzten Wochen besser. Weil sie wieder mit mir gesprochen hat. Durch unsere gemeinsamen Stunden konnte ich den Stress vergessen, den Russells anstehender Prozess verursacht.

»Mit dir habe ich nicht gerechnet.«

Beim Klang meiner Stimme springt sie auf. Mit großen Augen starrt sie mich an, doch ich erkenne selbst aus der Entfernung, dass etwas nicht stimmt.

»Du bist hier.« Sie klingt verblüfft und ich würde am liebsten fragen, wo ich sonst sein sollte. Leider kenne ich die Antwort darauf: in einem Flugzeug auf dem Weg nach Shanghai.

»Du auch«, entgegne ich und schaffe es weiterhin nicht, den Hauch Überraschung aus meiner Stimme zu verbannen. Langsam stoße ich mich vom Türrahmen ab und schlendere auf sie zu. Romy umrundet meinen Schreibtisch und binnen Sekunden sind wir uns so nah, dass ihr blumiger Geruch meine Sinne vernebelt. »Musst du heute nicht arbeiten?«

»Wenn du heute Morgen da gewesen wärst, säße ich jetzt in meinem Büro.«

Ich knirsche mit den Zähnen und würde mir am liebsten die Hand gegen die Stirn schlagen. Wie konnte ich nur vergessen, ihr Bescheid zu sagen? Aber dieser Anruf, der mich um vier aus dem Bett geklingelt hat, hat meine kompletten Pläne über den Haufen geworfen.

»Es tut mir leid, dass ich nicht wie gewohnt auf dich gewartet habe. Glaub mir, ich hätte dich tausendmal lieber zur Arbeit begleitet, als mich mit Geschäftspartnern rumzuärgern.«

Ihre Miene wird weicher, woraufhin ich erleichtert aufatme. Für einen kurzen Augenblick hatte ich Angst, alles, was wir in den letzten Wochen erreicht haben, mit einem Fehler zunichtegemacht zu haben.

»Weshalb bist du überhaupt hier?« Ich streiche ihr eine verirrte Strähne aus dem Gesicht und genieße es, wie sie unter meiner Berührung erschaudert. Am liebsten würde ich sie nie wieder loslassen.

»Weil ich zuerst bei dir zu Hause war und Charlie meinte, dass ich dich mit etwas Glück noch im Büro erwische. Aber als ich angekommen bin, warst du schon weg und hast auf keinen meiner Anrufe reagiert.« Sie schluckt. In Gedanken verpasse ich mir die nächste Ohrfeige. Ich war den ganzen Morgen damit beschäftigt, Anrufe zu tätigen, Flüge und Hotels zu buchen und als ich auf dem Weg zum Flughafen gewesen bin, habe ich mein Handy bereits in den Flugmodus geschaltet, um wenigstens ein bisschen Ruhe zu haben, bevor das Chaos in Shanghai losgeht.

»Wie gut, dass ich eine Akte auf dem Schreibtisch liegen gelassen habe, sonst säße ich schon im Flugzeug.« Innerlich danke ich dem Universum für diese glückliche Fügung.

»Du gehst also wirklich.« Romy tritt einen Schritt zurück, doch ich folge ihr, um den Abstand zwischen uns nicht zu groß werden zu lassen.

»Nur für ein paar Tage. Es gibt Probleme mit dem Miller-Projekt in Shanghai, deshalb muss ich persönlich vor Ort sein.« Das passt mir aktuell zwar nicht, weil ich den größten Teil meiner Zeit darauf verwenden wollte, Romy zurückzugewinnen, aber ich kann die Geschäfte nicht vollkommen schleifen lassen.

»Hättest du mir Bescheid gesagt?« Ihre Stimme ist so leise, dass ich sie kaum verstehe und trotzdem weiß ich instinktiv, was sie sich ausgemalt hat, als ich nicht aufgetaucht bin.

»Natürlich. Du bist meine oberste Priorität, Romy. Wenn ich nicht müsste, würde ich gar nicht fliegen.«

Ein schüchternes Lächeln erscheint auf ihren Lippen und raubt mir den Atem. »Als du nicht da warst und ich hier in dein leeres Büro gekommen bin, ist mir etwas klar geworden«, gesteht sie leise.

»Was denn?« Mit den Händen fahre ich ihre Arme hinab, nur um unsere Finger miteinander zu verflechten.

»Weißt du, wie selten es ist, seine Jugendliebe wiederzutreffen?«

Ich lächle, weil sie meine Frage mit einer Gegenfrage beantwortet.

»Und dann auch noch die Möglichkeit zu haben, sich ein zweites Mal in diese Person zu verlieben?« Romy macht eine kurze Pause. Atmet tief durch und malt mit dem Daumen kleine Kreise auf meinen Handrücken. »Ich hätte dir früher sagen müssen, dass ich eine Zukunft mit dir will, aber Zeit brauche, um alles zu verarbeiten.«

Ein Lächeln zupft an meinen Mundwinkeln. Ich löse unsere Hände voneinander und lege sie stattdessen an ihre Wangen. »Du bist das Beste, was mir in den letzten zehn Jahren passiert ist und davor warst du ebenfalls das hellste Licht in meinem Leben. Ich riskiere es nicht noch einmal, dich zu verlieren. Für mich war es bereits ein Geschenk, dass du meine Nähe ein drittes Mal zugelassen hast. Mich nicht zum Teufel geschickt hast, als ich angefangen habe, dich zu begleiten.«

Auf Romys Lippen liegt ein Schmunzeln, was sich binnen Sekunden in ein Lächeln verwandelt.

»Deine Hartnäckigkeit ist eines der Dinge, die ich an dir liebe«, verrät sie geradeheraus und bringt meine Welt damit aus dem Gleichgewicht. »Ich habe es bei unserem ersten Aufeinandertreffen in diesem Büro nicht für möglich gehalten, weil du so anders gewesen bist als früher, aber du hast dir trotzdem wieder einen Platz in meinem Herzen erschlichen. Wobei, ich weiß nicht, ob ich ihn jemals neu besetzt habe. Ich liebe dich. Deshalb bin ich hergekommen. Um dir das zu sagen. Ich liebe den zuvorkommenden, fürsorglichen jungen Mann von früher, der in meiner Gegenwart zum Vorschein kommt. Aber ich liebe auch die Version des Mannes, die du heute bist. Den wortkargen, in sich gekehrten Teil, der während der Arbeit im Vordergrund steht. In unserer Zeit nach den Hamptons und in den vergangenen Wochen habe ich verstanden, dass du beides bist. Beides verkörpern kannst. Du denkst dein jugendliches Ich von früher verloren zu haben, aber dem ist nicht so. Du bist eine perfekte Mischung der Vergangenheit, der Gegenwart und Zukunft und ich will dich nicht mehr gehen lassen. Ich will kein Leben ohne dich führen, aber sieh es mir nach, wenn ich in manchen Situationen noch Zeit brauche.«

Sie atmet tief ein und aus. Ihre Schultern sacken herunter. Generell wirkt sie auf einmal lockerer. Losgelöster. Als hätte das Aussprechen dieser Worte sie von einer großen Last befreit. In mir hingegen explodiert ein Feuerwerk, auch wenn ich das nicht durch überschwängliche Emotionen zum Ausdruck bringe. Stattdessen erobere ich ihren Mund und küsse sie so lange, bis sie zu Wachs in meinen Armen wird und sich ihr zufriedenes Seufzen in meiner Mundhöhle verliert.

»Was hältst du davon, mich nach Shanghai zu begleiten?«, murmle ich an ihren Lippen.

Romy reißt überrascht die Augen auf. »Meinst du das ernst? Du wirst doch unheimlich viel zu tun haben.«

Ich streife mit dem Mund über ihre Kieferpartie und zucke mit den Schultern.

»Ich werde mir genug Zeit nehmen, um dir zu zeigen, wie sehr ich dich liebe. Denn nach deiner Rede von eben kann ich jetzt unmöglich wegfliegen. Zumindest nicht ohne dich. Also begleite mich. Bitte.«

Romy stellt sich auf die Zehenspitzen und drückt mir einen weiteren Kuss auf den Mund. Mein Griff um ihre Taille verstärkt sich.

»Wie könnte ich dieses Angebot ablehnen?«, flüstert sie lächelnd.

»Dann los.« Ich schnappe mir die fehlende Akte vom Tisch, nehme Romys Hand und ziehe sie Richtung Aufzug.

»Warte mal! Ich muss meinen Pass holen. Und ich habe auch keine Klamotten dabei!«

»Nicht schlimm. Wir gehen shoppen, sobald wir gelandet sind, und ich kaufe dir alles, was du willst«, erwidere ich und bedecke ihren Hals mit Küssen, woraufhin sie erschaudert.

»Muss ich mich an solche Aussagen jetzt gewöhnen, wo ich mit einem Millionär zusammen bin?«

Mein Lachen vibriert in meiner Brust.

»Du beleidigst mich, Liebling. Ich bin Milliardär.«

Ende

# Danksagung

*My Secret Desire* ist sage und schreibe mein sechstes erschienenes Buch. DAS SECHSTE! Könnt ihr euch das vorstellen? Dementsprechend ist das natürlich auch die sechste Danksagung, an der ich verzweifle.

Romys und Ashers Geschichte war ein Versuch, mich ein bisschen auszuprobieren. Die beiden sind älter als meine bisherigen Protagonisten. Stehen mit beiden Beinen fest im Leben, und haben ganz andere Probleme, mit denen sie sich auseinandersetzen müssen. Außerdem habe ich durch sie meine Liebe für Second-Chance-Romance entdeckt! Aber genug von meinem Geschwafel, auf geht's mit der Dankesrede!

Als im September 2023 die E-Mail von betweenpagesbyPIPER kam und sie mir im Rahmen des Schreibwettbewerbs einen Verlagsvertrag angeboten haben, konnte ich es nicht fassen.

Danke, liebe Caroline, dass du an diese Geschichte geglaubt und ihr ein Zuhause gegeben hast! Ich weiß, dass es mit mir als Autorin nicht einfach ist, weil ich sehr perfektionistisch und anspruchsvoll bin, aber wir haben das gut gemeistert und ich hoffe, wir arbeiten auch zukünftig noch viel zusammen!

Cornelia, es fällt mir immer schwer, mich auf neue Lektorinnen einzustellen, aber das mit uns beiden hat gut funktioniert! Ohne dich wäre der kleine Suspense-Anteil rund um Russell und Asher niemals so rund geworden. Tausend Dank dafür!

Gemeinsam mit meiner lieben Freundin Marie habe ich diese Reise gestartet, denn auch sie veröffentlicht 2025 bei betweenpagesbyPIPER. Danke für dein offenes Ohr, deine Ratschläge und die drölf Millionen Sprachnotizen, die wir immer austauschen, obwohl es vermutlich einfacher wäre, zu telefonieren.

Meine Mädels aus der Autorengruppe sind auch ein wichtiger Teil meines Schreiballtags geworden. Danke, dass ihr euch immer so sehr mit mir freut! Und ohne die Writies-Gruppe auf Facebook gäbe es dieses Buch nicht, denn dadurch bin ich erst auf die PIPER-Challenge aufmerksam geworden.

Ich danke meinen Eltern, die vor allem während des Lektorats viel auf mich verzichten mussten, damit ich alles pünktlich abgeben kann. Ich bin gespannt, was ihr zu diesem Buch sagt. Immerhin ist es das Erste, was ich euch (aus Gründen) nicht zum Vorablesen gegeben habe.

Ein großer Dank gilt auch meiner wundervollen Illustratorin Rose, die Romy und Asher ein Gesicht gegeben hat. Ich bin immer noch verzaubert von der Charakterkarte!

Und zu guter Letzt danke ich jedem Einzelnen, der dieses Buch gelesen hat. Ohne euch hätte ich nicht die Möglichkeit, weiter zu schreiben und zu veröffentlichen. Ich hoffe, ihr habt Romys und Ashers Geschichte genauso geliebt wie ich.

Wenn ja, schreibt gern eine Rezension auf der Plattform eurer Wahl, damit noch viel mehr Leute darauf aufmerksam werden.

Fühlt euch gedrückt.

Marina